世界有那么大

所以容得下跑起来的布偶小马

天有那么广阔

所以龙在云间打了个滚

就奔腾出千万里雷霆电光

所有的科学现象

都可以是梦幻神话、志怪传奇

浪漫不需要向科学解释

他手中的千丝万缕，
都是说不尽的缘分故事。

不留客
戚知雨

兰茵
景熠

CNS PUBLISHING & MEDIA 中南出版传媒
湖南文艺出版社
HUNAN LITERATURE AND ART PUBLISHING HOUSE

图书在版编目（CIP）数据

不留客 / 鱼之水著. -- 长沙 : 湖南文艺出版社,
2024.1（2025.8重印）
ISBN 978-7-5726-1562-7

Ⅰ. ①不… Ⅱ. ①鱼… Ⅲ. ①长篇小说－中国－当代
Ⅳ. ①I247.5

中国国家版本馆CIP数据核字(2023)第251346号

不留客
BU LIU KE

作　　者：鱼之水
出 版 人：陈新文
责任编辑：李　阔
出版统筹：邓　理
策划编辑：田渊源
装帧设计：杨　平
内文设计：谭琼玉
封面绘制：海里有豆　观火OL
插图绘制：海里有豆　毛啾啾啾啾
出版发行：湖南文艺出版社
（长沙市雨花区东二环一段508号　邮编：410014）
网　　址：www.hnwy.net
印　　刷：湖南天闻新华印务有限公司
经　　销：新华书店
开　　本：880mm×1230mm　1/32
字　　数：638千字
印　　张：18.75
版　　次：2024年1月第1版
印　　次：2025年8月第4次印刷
书　　号：ISBN 978-7-5726-1562-7
定　　价：75.80元

目录

CONTENTS

BU LIU KE

第1章

不留客

颖江市，南北街。

六月初，街道上只有零星的几个人。尤星越拖着大号行李箱，走了十来分钟，终于停在一家门店前。

门店的门牌号是南北街137号，很多年没有营业，链锁都上了一层锈，奇怪的是玻璃门上却没有多少灰尘。

尤星越看看门牌，确定自己没走错，正要拿出钥匙开门，隔壁136号走出一个中年女人，诧异地看着尤星越。

女人年近五十，脸色苍白，带着几分病弱气，她问："你租了这家店？"

尤星越的目光在女人眉心掠过，女人天庭饱满，看面相是积福积德的善心人，但眉宇处却积着一团晦暗的黑光，整个人生气弱运势低，估摸着很快会大病一场。

尤星越收回目光，面不改色地回答："是继承了家里亲戚的。"

尤星越大学刚毕业，半个月前一个远房亲戚病逝，将手里的店铺转给了尤星越。亲戚膝下没有子女，尤星越在对方病重的时候照顾过对方一段时间。

因为尤星越接受了赠予，所以必须承担远房亲戚欠下的医疗费。尤星越用积蓄还了所有债务，只剩下一点生活费，因为已经毕业，不能再住宿舍，尤星越索性搬到店铺来住。

不过说是亲戚，其实是没有血缘关系的资助人。尤星越高中的学费和生活费都是对方提供的，后来资助人自己生了病，才断了资助。

察觉到女人的神色有些紧张，尤星越体贴地问："外面太阳大，阿姨进来说话？”

尤星越戴着一副细框眼镜，眉宇半掩在镜片后，目光说不出的平和，五官又格外清隽，她脸上微微含笑，就像春风懒洋洋地在人身上打了个卷。

女人放松下来，连忙摆手：“不进去了。”

她本来是犹豫的，可是这个年轻人体贴温柔，她顿时好感倍增，提醒道：“你这店有点邪门，还是请人做完法事再开业吧。以前有人做过生意，赔钱不说还生病。”

尤星越没想到对方是来提醒他的，眼神柔软一些：“没关系，我不怕那些。”

女人连连摆手：“可不能不怕！你们现在的年轻人，胆子都太大了！听阿姨的，阿姨吃的盐比你吃的饭都多！这家店面不能用……”

尤星越笑着听完女人的劝告，突然道：“阿姨，冒昧问一下，你家里最近有人去世吗？”

女人一愣，惊奇极了：“你怎么知道？是我公公，他前几天去世了。”

这位阿姨身体不舒服，还顶着大太阳过来提醒他。

尤星越笑了下，伸手在女人左肩上轻轻一掸。

女人只感觉连日来的疲惫和酸痛忽然烟消云散，女人自己看不出什么，但在尤星越的眼中，女人左肩上萎靡的火苗再次欢快跳动起来。

民间传说中人有三把火，分别在头顶和左、右肩，女人左肩的火微弱且频繁跳动，一看就知道是受了惊吓后没有恢复。

只是被轻轻一拂，女人连日来沉重的肩膀突然松泛起来。

女人难以置信地看着尤星越过于温柔年轻的面容——这个年轻人看上去和自己儿子一样大，居然是有真本事的人！

女人立刻改口：“大师！我这是怎么了？”

尤星越捻了捻手指，那一丝阴气在指腹上消散，笑道：“民间有老规矩，出殡不能回头，阿姨是不是没有遵守？路上回头撞了煞，阿姨最近这几天应该做了不少噩梦，早上要出来晒晒太阳。”

女人吃了一惊，没想到尤星越连这都能猜出来。

她连连道谢：“谢谢大师！我这几天都会好好晒太阳的。”

尤星越浅浅一笑，打开137号的门锁。女人这一次没有阻拦尤星越。

尤星越道：“阿姨你忙吧，我先进去了。”

女人高兴地转身回了隔壁店，正在搬家具的丈夫伸头问："你跟那个小伙子说啦？他不信？"

女人白了丈夫一眼："说了，人家可是有本事的人！一眼就看出家里前几天走了人，伸手在我肩上拍了一下，我就感觉浑身骨头都轻了。"

女人照照镜子："你看我脸色是不是也好点了？"

丈夫好笑道："你这是心理作用，那么漂亮一个小伙子被你说得跟大师一样……咦？好像是好一点了。"他凑过去，妻子这几天晦暗发黄的脸色果然好了一点，出去一趟，整个人都精神了几分，不是病恹恹的样子了。

丈夫心里一惊：看来真碰上大师了！

他挠挠头，尽管如此，他心里对那个大师依然有所怀疑，但还是抱着一丝希望，问道："要不，我们去拜访一下？说不定真能帮你看好。"

尤星越关上玻璃门，在空阔的店面里发出"嘎吱"一声。

外面明明是炎热的夏天，137 号内的温度却低得让人发抖，空气里还弥漫着一股铁锈味的水汽。

"呜呜呜——"低沉的哭声盘旋在 137 号内，阴风掀起了窗帘，却没有漏进一丝光。一片防尘布突兀地翻飞到空中，呈现出一个人形！

防尘布后传来阴森森的嗓音："好大的胆子，敢来占爷的房子！"

说着防尘布"哗啦"一声脱落，露出千丝万缕的黑色头发，紧紧包裹着一人多高的黑影。

它浑身都裹在黑色的头发里，黑发炸开在墙上映出张牙舞爪的影子，头发分出几股卷向尤星越！

尤星越愣了一下，黑发来得太快，他差点没看清楚。

在黑发后，黑影发绿的眼珠紧紧盯着尤星越：这个白白净净的高个男生很快就会和其他店主一样，一边哭一边喊地从店里滚出去——

尤星越叹了口气，放下行李箱，不见他有什么动作，发丝在即将触及尤星越时忽然停滞——

空气中凭白生出十来根纤细的红线，眨眼将张牙舞爪的黑发扎了两个羊角辫。

黑影在南北街横行霸道，从未受过这样的侮辱！

尤星越手指搭在红线上，礼仪周全地道歉："不好意思，我近视看不清楚，只好对你粗暴一点了。"

就在黑影要放狠话威胁的时候，他注意到了捆在自己身上的红线，忽然想起流传在颖江市的一个小道消息——

颖江市有个奇怪的天师，没有灵力也看不到妖气，甚至分不清是妖怪还是人，会用一种殷红的线，比道士的法器还厉害。

天师长什么样？

戴着细边眼镜，比电视上的明星还漂亮。

黑影吓得灵体不稳：怎么会惹到这种人物？

红线细如蛛丝，肉眼很容易忽略，脆弱得似乎一碰就断，实际上坚硬更胜钢丝，轻松地将发狂的黑发绑起。无论黑发如何挣扎，红线始终紧紧捆住黑发。

尤星越近视，走近几步才看清黑影是一团杂乱的黑发。

黑影滴溜溜地在地上打转："大师饶了我吧。我从来没有害过人呐！"

尤星越说："你虽然没有害过人，但必然是吓人的惯犯。我放过你一次，早日往生去吧。"

万物有灵，活物有肉体与灵体，二者交融。

肉体死后，灵体脱离，若徘徊人世不去，则成煞。

黑影哼哼唧唧道："小的知道了。但是小的……"

尤星越饶有兴致地看了他一眼："你还在这儿待着，是想挨一顿揍？"

黑影立刻缩成一团："不不不，小的这就滚！"

黑影迅速用黑发包住自己，滚出了 137 号。

黑影滚到门口的时候撞在门框上，掉下了一把钥匙。尤星越还没说话，黑影就惨叫一声消失在了空气里。

尤星越："……就这点出息。"他捡起钥匙，这是一串店门的备用钥匙。

摆平了黑影，尤星越吐出一口气，本以为可以好好休息一会儿，就听见 137 号内部传来一道柔软的男童声音，虚弱中透着委屈："你怎么才来呀？我等你好久了。"

尤星越镜片后的眼睛轻轻眯了一下，唇角若有若无的笑意消失了。

店面里肯定没有第二个人，那说话的，必然是小妖精。

童声回荡在 137 号内部，尤星越一时找不出声音的来源，他偏过头，镜片为眼神镀上一层薄薄的寒意，他问："还有谁在这里？"

"是我呀，"那个声音明显着急起来，"我是不留客，就是这间店面！"

尤星越扶额，没想到这间店面竟然有意识。

“我叫尤星越，从亲戚手里继承了这间店，可以在这里暂住吗？”

“我知道，是我特意找你来的。”

137号的暗处亮起微微的光，片刻后光亮消失，走出一个小小身影，七八岁的男孩模样，穿着旧时候的对襟短衫，头发扎成两个小发包。

他半透明的躯体看上去虚弱而疲惫，似乎随时能消失在空气里。

尤星越疑惑：“特意找我？”

不留客慢吞吞走过来，站在尤星越面前，仰着头：“你欠了我十万，约定了要还我。”

尤星越挑眉，并不信：“我欠了你十万？”

尤星越一个没有超前消费习惯的人，怎么会在外面欠债？何况还是一个……非人类的债。总不至于还有妖贷吧？

尤星越蹲下来，手臂放在膝盖上和不留客平视，好脾气地询问：“你会不会认错人了？”

“不会！”不留客声音清脆急切，他从怀里掏出一张欠条，“你看，欠条！”

欠条陈旧发黄，一看就知道是有年头的旧纸张，但被保存得很好，四角平整。

尤星越打开欠条，只见上面写着：

本人向不留客借十万，由本人下一世（卜一卦，姓名尤星越，男，六月初四生，于二十二岁与不留客相见）偿还。

确实，他叫尤星越，生日是六月初四，今年二十二岁。

好家伙，上辈子打了欠条，连这辈子姓什么叫什么都算好了。这算什么？我坑我自己？

尤星越拿着欠条，一时没有说话。

不留客以为尤星越要反悔，着急地拉住尤星越的袖子：“你要是不还我，我很快就会消失了。”

不留客身体呈半透明状态，如果继续衰弱下去，确实不妙。

尤星越的心软下去，很无奈地笑着：“我当然要还你，就是这个数目不少，我在想要怎么才能尽快还上。”

他虽然是半个天师，却没什么名气，平日里也只是驱逐一些纠缠自己的妖怪，想要凭借天师的本事赚钱，恐怕熬出名声都要好几年。何况，他会捉妖，却不精通风水看相，门路自然没有风水大师那么多。

不留客陡然来了精神："卖古董！"

137号内部空间极其宽敞，摆着五个大型博古架，博古架是中式装修中常见的家具，大型博古架具有分隔空间的作用。店里的这些黄花梨的博古架上摆着各种字画卷轴、金银玉器。显然，架子上这些就是不留客说的古董。

尤星越对古董了解不多，但能感觉出这些物件绝不是工艺品。

尤星越低头问："我帮你卖古董就行了？那只要能卖出一件，我就能还上十万了。"

"不对！"不留客用力摇头，"你每卖出一件，只还我一线！你欠的不是钱，是线。"

不留客想了想："你转世之后忘了之前的事吧？线就是生灵与生灵之间的联系，可以是契约，也可以是因果。我们将一件古董与人类或者其他生灵结缘，就能获取一线。你体内的那些线，已经完全是你自己的了，不能再转赠给我。"

尤星越陷入沉默。

不留客仰头看着尤星越，小声问："你怎么了？"

尤星越的表情和语气都很超脱："没什么，只是感觉日子没什么奔头了。"

也就是说，他欠了不留客十万桩生意，别说这辈子，可能下辈子都还不上。

尤星越将欠条还给不留客，身后传来了敲门声。

尤星越打开门，刚刚才见过的阿姨和一个中年男人站在门口。

阿姨露出一个紧张的笑容："大师。"

尤星越目光扫过女人，在女人紧张起来前收回目光，莞尔一笑，侧身："请进。"

他笑起来实在是如暖阳细风，和煦得令人身心放松。

女人的紧张立刻得到了安抚，小心翼翼走进137号，刚进门就打了个寒战，总觉得这屋子里有点冷。

尤星越拉开窗帘，阳光驱散了屋内残存的阴寒气："不好意思，刚刚进门还没来得及打扫，也没有能坐的地方。阿姨有什么事吗？"

女人赶紧掏出一封厚厚的红包："我这几天昏沉沉的，刚才多谢大师出手帮忙。您千万别推辞，我这毛病快一个星期了，找了几个大师都不管用。大师刚才帮了我一把，我觉得好多了。"

尤星越哭笑不得："阿姨，不舒服要去医院。"

女人有些迟疑道："大师，我八字轻，不舒服难道不是因为撞到了不干净的东西吗？我一直头晕恶心，好几次差点晕倒。"

尤星越正要说话，不留客忽然扯了扯尤星越的袖子。

尤星越隐晦地递出一个询问的眼神。

不留客指了指女人的肚子，仗着人看不见他，也听不见他的声音，开口说："总觉得有几分不对。"

尤星越跟着看过去。

女人的小腹处延伸出一根时有时无的白线，尾端几乎是透明的，在阳光下几乎看不见，尤星越的视线几次掠过女人，都没有发现。

以前也见过这种情况，大部分是怀孕了。

尤星越突然沉默，女人打了个哆嗦："大师，我这是怎么了？"

女人的丈夫却有些怀疑——他们之前碰见的骗子，也爱故弄玄虚，总将事情讲得极其严重，忽悠他们买一些昂贵的符箓。

丈夫决定先下手为强："大师，是不是又要买些符箓回去？"

"嗯？我不卖符。"尤星越被打断了思路，一时没明白丈夫的意思，略作沉吟，"日子大约是太浅了，我看不太清楚。阿姨，你们要不要去医院验验血？"

丈夫和女人同时愣住了，他们找了那么多神婆大师，还是第一次碰见叫他们去验血的。

女人云里雾里，试探着问："大师，我身上有什么病？"

尤星越一笑："阿姨别担心，不是什么病症。我是看阿姨家有添丁进口的可能，时间太短了，验孕试纸不一定准确，阿姨还是去医院验验血吧。"

女人失声："这……这不可能，我都四十三岁了！"

丈夫也连连摇头："怎么会呢？我们都这个年纪了。"

尤星越笃定："您先去一趟医院。"

丈夫扶起女人，两人都蒙得很，正要离开，尤星越叫住女人："阿姨，请把手给我。"

女人愣了下，伸出手。

尤星越打开自己的钱包。在电子货币盛行的现在，他依然随身携带一只钱包，但是钱包里装的不是钱，而是一束红绳。

尤星越取出一根红绳，系在女人的手腕上。

凡人肉眼看不到之处，编织红绳紧紧将女人的灵体拴在肉身之内。

尤星越是个奇怪的天师。不论佛道，正常的术士都依靠修炼出的灵力，尤星越却不同，他一眼就能看出纠缠在生灵上的线，甚至可以随意使用。

尤星越也曾试探过其他术士，发现只有他能感知线的存在。

就像不留客所说，线是生灵与生灵之间的联系，所谓月老牵红线，就是指的姻缘关系。

“阿姨八字轻，确实容易受到惊吓，夜晚的时候记得不要猛回头。红绳洗澡的时候可以取下，如果坏了或者松动了，一定要及时找我更换。”

女人的丈夫犹豫片刻，觉得这个大师或许真有点本事：“大师，留个联系方式吧。我叫周健，我爱人叫张雪梅。”于是两人互留了手机号码。

红绳系上的瞬间，张雪梅有了一种奇异的安定感。张雪梅忍不住抚摸手腕上的红绳，不知道是不是她的错觉，她的身上好像暖了起来。她从小就被算命的说八字轻，因为惊吓丢过魂，之后即便成年了，偶尔还有心悸的毛病。

张雪梅连连点头：“谢谢大师，我知道了。”

夫妻二人走出 137 号，急匆匆地开车离开。

尤星越送走这对夫妻，这才发现女人的红包没有拿走，里头封着两千的现金。

尤星越想了想，没有送回去，而是对不留客晃晃红包：“这样我们就有钱定做一个新的招牌了。”

不留客大喜。

尤星越随手将红包放在桌子上继续打扫，屋子内部空间比看起来还大，随着尤星越的步伐，空间似乎向内延伸。靠近街道的一边有一扇落地窗，窗前摆着待客用的桌椅。尤星越粗略估算过，这实际面积最少有二百平方。店内的博古架上摆着各种古董，越往里面走，光线越暗，仿佛从轻快的现代一步步走回那已消失的时光中。

不留客牵着尤星越的手仔细地解释：“天下器物分为两种，一种空有躯壳，另一种产生了灵，有智慧，称作器灵。不过在关店之前，店里后一种器物已经全部离开了。”

穿过博古架，不留客迈着小短腿跑到左手边，推开一扇房门：“里面是卧室。这里什么都有。”

卧室空间不大，虽然封存多年，但没有灰尘，散发着淡淡的木香气。

不留客仰着头，用期待的眼神看着尤星越："你会留下吧？"

尤星越哭笑不得，不留客怎么总觉得他会跑？他蹲下来，摸摸不留客的头发："当然，我还欠着你的债呢，一定会还的。等手续办好就开业。"

颖江市第二人民医院。

周健坐立难安地等在长廊上，不时伸头看向科室。没一会儿，张雪梅拿着检测单子出来，神情恍惚。周健赶紧上前搀："检查结果怎么说？"

"怀孕十二天！医生说我缺钙还有点贫血，所以才头晕。"

这也太神了！她自己都没发现自己怀孕了。周健这才明白大师口中的"日子太浅"是什么意思，才十二天，验孕试纸都不一定能测出来，可不就是太浅了吗？

张雪梅反应过来："快快，老周，再包个大红包，我们现在给大师送过去。"

"老婆，晚上还要去小妹家里吃饭。今天就吃了饭好好休息吧，明天再去。"

张雪梅的妹妹张枚嫁给了包工头曹铎，原本只是小富之家，不过曹铎近几年忽然走了好运，连着做了几个大工程，如今在颖江市颇有身家。

张雪梅夫妇登门的时候，张枚过了好一会儿才出来开门。

一周不见，张枚憔悴了许多，脸色蜡黄，眼下青黑，脸上是遮不住的疲惫。

张雪梅握着妹妹的手，忍不住皱起眉："才一个星期没见，你怎么瘦了这么多？"

张枚苦笑："你不知道，最近家里怪得很，我一直做噩梦，睡不好吃不下。"

张枚年近四十，没有生养过孩子，原本比张雪梅年轻漂亮许多，但这一周的时间让张枚看上去老了好几岁。

"妹夫呢？"

"在里面陪大师呢。"张枚小声嘀咕，"老曹说家里最近不平静，找了这个姓汪的风水大师来看看。"

说着话，三人走进客厅，看见一个穿着唐装的中年男人背着手在客厅里转悠。

曹铎正殷切地跟在中年男人身后："大师，我老婆最近总是做噩梦，家里也经常无缘无故丢东西。是不是进了不干净的东西？"

说话间，曹铎看见张雪梅夫妇进来，漫不经心道："大姐和姐夫来了，随便坐吧。"也没招待，继续跟在风水大师身后。

曹铎中年发迹，被人捧了几年，心态早已不是当年的诚恳踏实，对待老婆娘家人的态度也变了。

张枚尴尬地笑了笑："别管他。"

张雪梅心里哼了一声，握着妹妹的手，忍不住皱起眉："是不是撞见不干净的东西了？我跟你说，我今天碰见一个大师……"

张枚哭笑不得："姐，你怎么还这么迷信？我家老曹也是的，从外面搞回来一堆风水摆件，说是招财进宝，花了好多钱。"

"有些东西不得不信。"张雪梅在沙发上坐下，忽然感觉有道充满恶意的视线落在自己身上，同时升起一股寒意，她控制不住地抖了一下。这感觉和出殡那天碰上脏东西时一模一样！

张枚吓了一跳："怎么了？"

张雪梅下意识握住手腕上的红绳："没什么。"

她看向视线来的方向，却没找到人，只见一只硕大的金蟾蜍摆件，放在客厅的百宝阁上，嘴里衔着一枚铜钱，金蟾的头正朝向自己。

在张雪梅的注视下，金蟾凸起的眼珠微微地动了一下。她悚然一惊，定睛再看，金蟾一动不动："小妹，这个金蟾……"

张枚扫了一眼："老曹前几天从一个风水大师手里收来的，花了十几万，说是开过光。"

张雪梅坐立难安，她忍不住向金蟾看了一眼又一眼。

张枚只以为张雪梅是搬家累着了，心疼道："我去给你泡一杯红枣茶吧……"

张枚刚刚站起来，张雪梅就见一只硕大的蟾蜍趴在金蟾上，突然后腿一蹬，径直扑向了自己的肚子。此时她手腕上的红绳闪过微光，挡住了蟾蜍，张雪梅浑身发寒，昏了过去，意识消失前的最后一秒，她听见了妹妹和丈夫惊慌的声音。

周健吓得脸都白了，他连着叫了两声，张雪梅才慢慢醒过来。周健低头一看，张雪梅手腕上的红绳不知道什么时候断开了。原本鲜艳的红绳从中间断开，断口发黑，空气里有一股烧焦的怪味。

南北街那位大师说，红绳断了一定要联系他。周健抖着手，拨通了手机里的一个号码。

刚刚锁上门的尤星越拿出手机，一看备注，居然是今天刚刚添加的联系人："喂？"

周健颤声道："大师，我老婆手腕上的绳子断了。"

尤星越轻轻挑起眉。

虽然系红绳的时候叮嘱过，出意外要及时联系他，但尤星越或送或卖了好几条红绳，却还是第一次碰见红绳断开的情况。

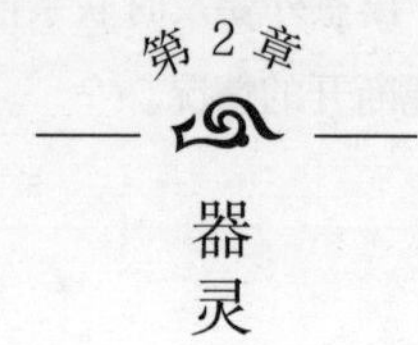

第2章 器灵

周健在电话里简单说明了情况，尤星越结束通话后，立刻打车赶往周健所在的春江花苑。

张雪梅昏迷得太突然，意识飘浮在一片黑暗中，看不见任何东西，也发不出声音。就在她惊慌的时候，一团虚弱的白光蹭到张雪梅身边。

黑暗中的微光让张雪梅稍稍安心，白光慢慢向左方飘去，张雪梅下意识跟上白光，她越跑越快，忽然一头撞进白光，再次睁开眼睛的时候，她已经躺在了沙发上。

此时一个仙风道骨的中年男子正捏着张雪梅的手腕："周太太，你八字太轻，最近是不是撞了邪？"

曹铎在一边介绍："这是汪大师，是有名的风水大师。"

醒来后的张雪梅浑身发抖，手里紧紧攥着尤星越给她的红绳："大师，这屋子里有脏东西！"

中年大师哂笑："这个你就想多了。我观这别墅，虽然风水不好，但是屋主行善积德，怎么会有脏东西呢？"

张雪梅见他不信，着急得不行："真的有！尤大师呢？还没来吗？"

张枚赶紧安慰姐姐："姐夫打过电话了，我们还是先去医院看看吧？"

张雪梅用力摇头，一手死死抓着妹妹："这屋子里真有脏东西！"

汪大师不悦地皱起眉。

曹铎赶紧说："汪大师，我这个姐姐胆子小，刚才可能吓到了，您别介意。"

“既然周太太已经有相熟的大师，那我也就不叨扰了。”汪大师淡淡地说。

曹铎笑着安抚：“汪大师，您先坐着，咱们还有生意要谈呢。我上次从您那儿请的金蟾，真灵啊！”

汪大师想了想：“那我就在这里看看那位大师的本事吧。”

就在几个人乱成一团的时候，周健接到了尤星越的电话，赶紧跑出去接人。过了一会儿，随着正门一开，响起两人的脚步声。其中一个既轻又缓，徐徐地踩在地板上。

汪大师坐在沙发上，捧着茶杯看过去。只见周健旁边是个极年轻的男人，男人身量颇高，穿长袖卫衣和牛仔裤，比起大师，更像个太漂亮的明星。

最关键的是，全身上下都看不出灵气。

汪大师眯起眼睛，他还当是什么大师，明明就是个骗子。不过既然是个水货，他就能安心了。

张雪梅一见尤星越，眼泪就忍不住流下来：“大师！”

尤星越见状皱起了眉——不过隔了几个小时，张雪梅眉心的晦暗黑气就浓重了许多，撞煞受惊不至于到这个地步，更像是……被上过身。

不留客紧紧挨在尤星越手边。他担心尤星越跑路，所以非要跟在尤星越身边，好在他虽然虚弱，但确实不是阴晦之物，既不会被人看见，也不害怕阳光。

不留客轻声说：“这里有产生了灵智的古董，两个。”

尤星越惊讶，不过此刻显然还是活人更重要。他走到张雪梅身边：“张阿姨，手绳给我看看吧。”

红绳不是从绳结处解开，而是直接断裂，断口甚至有黑色的烧焦痕迹。

红绳全部由尤星越亲手编织，被尤星越长时间带在身边，自然而然地吸收了尤星越的力量，就算挡了灾，也不应该轻易断裂。

尤星越收好红绳，换了一条给张雪梅戴上：“张阿姨见到什么了吗？”

张雪梅指向百宝阁上的金蟾摆件：“就是这个！我看见一只大蟾蜍趴在上面，吓得我没敢乱动，谁知道它一下扑到我身上来！后面的事我就记不清了。”

曹铎不高兴道：“大姐，这可是我重金请回来的金蟾，灵得不行，我好几桩生意都谈成了。”

汪大师捻着胡子：“不错，金蟾是招财进宝的灵物。这尊更是开过光的宝贝。周太太，你前几天撞过邪，阳气弱所以出现了幻觉。何况，如果金蟾真的作祟，怎么单单就吓到了周太太？”

汪大师转向尤星越：“小友，我姓汪，你师承何人啊？”

尤星越晃晃手里的红绳：“普通人。偶然帮了张阿姨一次，张阿姨八字轻，所以我一直担心着，出了事也不能不理会。”

汪大师盯着红绳，却没看出什么异常来。

张雪梅含泪：“是真的！小妹，你不是说你最近也经常做噩梦吗？还听见一些怪声。”

可惜张枚不太信：“我觉得是房子旧了。网上不是说钢筋水泥老化了会有声音吗？”

尤星越安抚地对张雪梅笑笑：“张阿姨别紧张，我去看看。”

金蟾摆在百宝阁上，头部避开窗户，正对客厅的沙发，摆件腹部有几个发暗的红点。尤星越闻到淡淡的腥气。

金蟾摆件旁边还蹲坐着一个半透明的身影，这就是金蟾摆件的器灵。器灵和寻常灵体不同，一般来说很难看见，金蟾以为尤星越看不见自己，便专注盯着张雪梅的肚子。

金蟾器灵身上缠着几根暗红色的线，其中有一根连在汪大师身上。

不留客扯了扯尤星越的袖子：“这是一个器灵，楼上还有一个。不过楼上的器灵很虚弱，好像……是一尊小貔貅，快要消失了，我的感应不太清晰。”

尤星越看得认真，汪大师心里嗤笑：装模作样。

“小友，看出什么来了？器灵需要它自己现身或者有缘人才能看见。这尊金蟾开过光，有两百多年的历史，灵性十足。”

不留客跟着仰头：“他说错了。这个大金蟾有四百多年的历史，因为享受过祭祀，已经算半个邪神。”想了想，不留客忧心忡忡道，“邪神虽是人供奉出来的，但也不是小妖小怪，可凶了，你千万要小心。”

一些器物受到不正当供奉后，往往会诞生出邪性重的邪神，已经不能单纯归类于器灵。

尤星越安抚地拍一拍不留客的头发。他和不留客一时都不能判断出金蟾的修为到达了什么境界。不过金蟾一扑就能烧毁红绳，必然是棘手的。

曹铎深信不疑：“没错。我将金蟾请回来之后，不仅竞标成功，连手上的工程都顺利了！小师父，你可不要信口开河啊。”

张枚也有些迟疑："……这倒是。"

家里发迹也就最近几年，尤其是近来一个月，曹铎谈下了不得了的大单子。

汪大师得意道："金蟾有灵。金蟾与曹先生有缘，所以曹先生一请回金蟾，果然就财源广进，所遇的问题迎刃而解。"

曹铎正是尝到了金蟾带来的甜头，所以对汪大师言听计从、心服口服。

曹铎事业上的顺利和成功不容忽视，张枚根本没有怀疑到金蟾身上。张枚犹豫地看向姐姐："姐，姐夫说你最近几天都睡不好，应该是看错了吧？"

汪大师面露得意。

见妹妹一家都听信汪大师的，张雪梅着急地看向尤星越。

尤星越眼睫半垂，闻言微微笑了下，视线扫过曹铎："天下没有免费的午餐。曹先生，你请回金蟾后真的没做别的事？"

曹铎一惊，难道这个年轻人有真本事吗？

他躲开尤星越的视线，嗫嚅道："没有。"

尤星越："那这是什么？"说着，尤星越伸手在金蟾腹部擦过，随即在几人面前摊开。

曹铎和汪大师脸色同时一变，只见尤星越冷白的指腹上沾着一抹暗红色，散发着常人很难闻到的血腥气。

尤星越微捻指腹，低头闻了闻："牲畜的血。先生，你从汪大师手里请来了这尊金蟾，连用鲜血和生肉祭祀金蟾的方法也是汪大师教给您的吧？"

金蟾与汪大师连着一根线，说明金蟾与汪大师有联系，基本可以断定是汪大师将金蟾给了曹铎。

曹铎大吃一惊，他没有告诉这年轻人金蟾的来历啊！

曹铎态度恭敬几分："这有什么不对吗？"

尤星越取出纸巾擦手指："您细细想一想，有几户人家会用生肉和血祭祀家里的神像或者灵物？"

曹铎脸色慌乱，他心中有不好的预感，念叨着："好、好像是很少见，但是也有，我见过的！道观里的神仙也用猪头祭祀啊……"

说到后面，声音越来越小。曹铎眼珠转动，避开了尤星越的视线。

所谓人心不足蛇吞象，曹铎对金蟾的邪门之处并非一无所知，可惜贪婪的念头占了上风，曹铎还是迎回了这尊金蟾。

尤星越继续道："金蟾招财灵验，必然要收取祭祀品作为报酬。"

曹铎："那我们一直祭祀也行吧？"

汪大师赶紧道："不错，只要一直供奉，金蟾就会保佑曹先生财源广进，事业顺利。"

尤星越歪头，目光被镜片衬得有些冷："真的吗？"

汪大师不敢与尤星越对视，下意识瞥向金蟾，却不想金蟾眼珠转动，和汪大师冷冷对视。

汪大师心惊肉跳，立刻反驳："自是如此！金蟾是灵物，又不是邪神妖怪。"

尤星越将汪大师与金蟾间的眼神交流收入眼底，笑了下："所谓邪神，原本就是应贪欲而生。曹先生供奉金蟾的方法，和以前祭祀邪神的方式相差无几。旧时候，南方曾经盛行祭祀邪神五通，供奉到了后期，会向信众索要幼童以及美人做祭品。"

在场除了汪大师以外，其他人都打了个寒战。

汪大师竭力辩解："荒唐！曹先生，你想想，金蟾何时提出过过分的请求？金蟾是受过香火供奉的神灵，拥有实现信众心愿的能力。曹先生，这可是不可多得的宝贝。"

他盯着尤星越的眼神中露出几分凶狠，警告尤星越不要多管闲事。

曹铎对汪大师的怀疑再次动摇，他内心渴望获得更多的钱，开始自我欺骗："确实……金蟾只是要一些牛羊的肉。"

尤星越不为威胁所动："是吗？曹先生，金蟾受到第一次祭祀，和最近一次祭祀时，分别要求了什么东西？"

曹铎仔细回想："第一次是一盘新鲜的牛排肉，上一次是……半扇猪。"曹铎的声音逐渐变小，勉强挤出最后三个字。

曹铎顿时不寒而栗——确实，一开始汪大师只是要求他供奉少量生肉，不到一周的时间，要求就变成了半扇猪甚至整只羊！

也许再过段时间……不，不用过段时间，汪大师前几天已经告诉他要奉上活的动物！

到了此刻，曹铎终于意识到自己请了一个什么东西回家，他回过头，再次映入眼中的金蟾忽然变得面目可憎起来。

曹铎一把抓住尤星越的手腕："大师！我虽然贪财，可不敢害人啊！大师你救救我们！”

尤星越飞快皱了下眉，他看着瘦，手劲却不小，轻松掰开曹铎的手指：“这是自然。”

汪大师怎么都想不到，原本顺利进展的计划，会被一个毛头小子破坏！他脸部涨红，一股怪异的血腥味从他身后传来。

不留客惊慌道：“器灵现身了！”

别墅里的光线不知何时暗淡下来，一只浑身金色的蟾蜍跳上汪大师右肩，眼珠滚动，森然视线定格在尤星越身上。

金蟾现身，邪气和阴气布满整个别墅，这让张雪梅又陷入了昏迷。

张枚吓得跌坐在地上，紧紧捂住嘴——这世界上真的有成精的妖怪！居然还在她的家里！

汪大师被金蟾压身，眼神瞬间失焦。金蟾的身影飞快没入汪大师的身体。

曹铎吓得失声叫道：“妖怪——”

汪大师翻出眼白，四肢趴地，猛地扑向张雪梅！周健紧紧抱住张雪梅，希望用自己的身体挡住金蟾。夫妻二人闭着眼睛，一分一秒都被拉得漫长煎熬，大概几十秒的时间，周健迟迟没有感觉到疼痛，战战兢兢地睁开眼睛，却被入目的景象惊到失声——

无数红线以尤星越为中心，横竖穿插遍布整个别墅一楼。汪大师被红线压在地上，金蟾立刻甩脱汪大师的身体，再次扑向张雪梅。尤星越眉心一皱——金蟾怎么对张阿姨那么执着？他五指收拢，红线随着他的动作尽数卷向金蟾。金蟾猝不及防被捆个正着，它金色眼珠翻转，忽然变大数倍，粗短的后腿全力挣扎起来。

金蟾毕竟是邪神，力量即便衰弱也不容小觑，它很快将红线扯得七零八落，露出一个足够金蟾钻出去的洞口。

不留客差点叫出声，吓得赶紧捂住嘴。

尤星越毫不犹豫地扬起右手，红线将手心割出多道伤口，鲜血顺着红线蔓延，原本凌乱的红线突然活了过来，扭动几下互相分开，在千钧一发之际，骤然伸长扯住金蟾。

被血染透的线更加坚韧灵活，生生将金蟾器灵拖回了摆件。

尤星越从袖子里甩出一道符：“天地自然，秽炁分散……凶秽消散，道炁常存。急急如律令！”

尤星越在道法上修炼不到家，只会一些常见的咒语，他在灵力上实在没多少天赋，符咒都是用来辅助线的。

金蟾发出尖锐的怪叫，黄符压住金蟾的刹那，金蟾器灵被镇压回了摆件。

日光被红线分割成千万块，别墅里呈现一种氤氲的红。

尤星越站在层叠的红线之中，他白得有些发光，偏偏又站在浅红日光里，凛然中透出几分旖旎。

“找死。”尤星越冷冽的声音撕开这暖色的假象。

不留客仰头看着线，露出震惊的表情：尤星越竟然可以让线在普通人面前显形？

金蟾被封印后，别墅内的一切重回正常，红线也消失了。

汪大师被金蟾上过身，醒过来后趴在地上撕心裂肺地咳嗽。看样子汪大师之后要病上好一阵子。

曹铎受到惊吓后虚脱无力，他摸摸自己的胸口，撑着发软的腿站起来，用力踹了汪大师两脚：“你敢害我！”

汪大师痛叫一声：“我也是被逼的！我买了那癞蛤蟆回来，以为是普通的金蟾摆件，谁知道是邪神？它逼我为它做事，不然就要拿我儿子开刀。曹老板，我就这一个儿子，我也是没办法。”

金蟾受人香火供奉，超脱器灵的范畴，修炼成邪神，比一些能化形的妖怪还要难缠。汪大师原本就是心术不正之人，打不过索性选择为虎作伥，帮金蟾物色受害者。

张雪梅躺在沙发上，手腕上的红线传递给她一些暖意。尤星越走到张雪梅身边，看了一眼后放下心。

金蟾多次对张雪梅下手，好在都被及时拦下，张雪梅的三魂七魄依然被红绳牢牢拴在身体内。

不过金蟾怎么对张雪梅这么执着？

周健担心道：“大师，我老婆没事吧？要不要喝点符水，买点法器？”

尤星越笑笑：“遵医嘱好好休养吧，平时晒晒太阳就行。”

此时张雪梅清醒过来，觉得肚子一阵绞痛，哽咽着：“我这八字也太轻了，怎么什么妖怪都往我身上扑？”

尤星越摇摇头：“也许不是八字的缘故。”虽说八字轻更容易被上身，但是金蟾实力颇强，不至于拣软柿子捏，真正的原因恐怕要问一问金蟾。

他伸手拦下愤怒的曹铎：“汪大师，你为什么偏偏相中曹先生一家？”

汪大师下意识看向金蟾。

金蟾摆件肚皮朝上，翻倒在地。汪大师这个“大师”虽然水分不少，但一眼就看出金蟾真的被镇压了，还是有点真材实料的。

可碍于金蟾淫威犹在，汪大师不敢回答。

尤星越低头吹了下手心的伤口，红线造成的伤口虽小但深，疼痛丝毫没有因为伤口面积小而减轻。

察觉出汪大师的犹豫，尤星越头都不抬，轻描淡写地问：“你怕它？”

汪大师打了个寒战：“当然怕！”

“那你就不怕我？”尤星越垂下手，扫了汪大师一眼。

尤星越面容温柔清俊，眼睛却像藏着两点寒星。

汪大师一个激灵：“我全都交代！金蟾想要夺舍一副身体，成年人肯定没有小孩合适。曹先生最近有子嗣运，而且曹先生在颖江市也算是富贵之家，金蟾对曹先生很满意，所以才逼我这么做的！”

曹铎嘴里的辱骂戛然而止。

汪大师恨不得给尤星越三跪九叩：“都是大蛤蟆逼我的！我真的不敢违法害人！”

尤星越对风水和相面没有多少了解，他歪头仔细打量曹铎，又看看张枚：“我看曹太太不像怀孕。”

“我们夫妻一直没有孩子。我两个星期前做了体检，没有怀孕……”张枚似乎想到什么，难以置信地看向曹铎，“你！”

曹铎低头，嘟囔道：“我年纪不小了，又没个亲生孩子，这么大的家业总要有人继承。”

张雪梅激动地站起来，准备给曹铎一记耳光：“曹铎你太狼心狗肺了！小妹和你明明领养了一个孩子。那孩子又听话又聪明，你到底还有什么不满足？你赶紧跟外面的女人断干净！”

尤星越低头在张雪梅的小腹处扫过：“张阿姨，你现在要平稳情绪，不要太激动。”

周健赶紧轻拍张雪梅的肩膀。

曹铎不高兴道："谁不想有个自己的孩子？我和张枚结婚这么多年，连个孩子都没有。现在有了亲生的孩子，我怎么断？到时候给那女的一笔钱，把孩子抱回来多好！"

张枚气得浑身发抖，发疯一样抄起手边的东西扔向曹铎："你到外面骗一些小姑娘，还要骗个孩子！曹铎，你是畜生！"

曹铎心里零星的愧疚烟消云散，沉着脸躲开："我在外打拼，管你吃管你喝，让你在家安心当个家庭主妇，有哪里对不起你？而你，连生个孩子都做不到！"

张枚捂着脸，蹲在地上哭了出来。

她没有生育过，陪曹铎熬到现今，结果陪伴了小半辈子的男人不忠，被揭发后还理直气壮地责怪她不能生。张枚小半辈子的时间白搭在这样一个男人身上，怎么能不绝望？

曹铎这种行为已经超过渣男的界限，到了人渣的地步。金蟾害他，也算是狗咬狗一嘴毛。

尤星越递出一包纸巾，张枚捂着脸，以免暴露自己太狼狈的表情，含糊吐出两个字："谢谢。"

汪大师接着说："金蟾到了曹家，发现曹太太并没有怀孕，所以愤怒之下开始作恶。曹太太在家里看到的怪事都是金蟾有意恐吓，我看不下去，今天来就是想提醒曹太太……"

金蟾发出声音："你放屁！"金蟾在地上翻了一圈，对汪大师洗白甩锅的行为充满愤怒。

汪大师连滚带爬缩到尤星越身后。

尤星越稀奇地看向金蟾："你还能说话？"

金蟾对着汪大师破口大骂："是姓汪的不想供奉我，说物色了一个更好的家庭，还说曹铎走子嗣运！结果我到了曹家，拿了曹铎的八字一算，发现根本就不能生！他命里就不会有孩子！"

曹铎僵住了，难以置信地看向金蟾："你说什么？"

金蟾在现代社会学了一些新词："我说你不能生！你不孕不育，你懂吗？"

尤星越内心忍不住开始鼓掌：好瓜！这可太狗血解气了。

曹铎失魂落魄："不可能啊，时间都对得上……"

他掏出手机，特意走到角落里拨通了一个电话，电话那边不知道说了什么，曹铎大发雷霆："拿我的钱，还敢背叛我……"

尤星越竖着耳朵听了一会儿，得到自己想听的内容，又恢复了那副温柔平和的模样，专心安慰起姐妹俩。

过了半晌，曹铎走回来，讪讪看向张枚。张枚被张雪梅搂着，姐妹俩谁都不愿意看曹铎一眼。

金蟾奋力滚到尤星越脚边，讨好道："我才是被骗的那个！天师，你饶了我吧，我自愿给你招财进宝，什么供奉都不要！"

尤星越懒得理会金蟾，看向曹铎："金蟾你还要留下吗？"

出了这事，曹铎哪里还敢留着金蟾？

"不了不了！大师您带走吧！"

"等一下，"张枚挣扎着站起来，"大师，其实在金蟾来之前，家里就有些古怪的动静。像桌子上水杯、文件之类的东西会无缘无故掉下去。"

曹铎顾不上尴尬："对对！就是因为家里这样，我才想去看风水。大师，难道我家里还有……还有妖怪？"

不留客扯扯尤星越的衣服："二楼楼梯口左手边第二间房。"

"我知道是什么情况了。"尤星越起身径直走上二楼，停在一间房前，"这是曹先生的书房吧？里面安置了一尊貔貅摆件？"

曹铎惊叹："大师您真是料事如神。貔貅有什么问题吗？"他快步上前，殷勤地打开房门。

尤星越低头，料事如神的不留客羞涩地抿唇一笑。

曹铎的书房陈列着大面积的书架，阔气的实木书桌上摆着一尊拳头大小的貔貅摆件。

不留客扒在书桌上，踮起脚观察小貔貅："和田籽料的玉貔貅，料子倒是很一般。开灵智不足五十年。新生器灵很脆弱，受了金蟾邪气的影响，再不养一养，就该消失了。"

尤星越的眼镜已经不合度数了，他弯腰仔细看了一会儿，才从玉貔貅内部找到一道近乎透明的身影。

这就是小器灵，确实虚弱。

尤星越观察的动作，闹得曹铎心里发毛："大师，这个也请您带走吧，这是十来年前请的，当时到手就五六万，权当是我的一个心意。我以后收心，不会在外面搞这些东西了！”

曹铎一边说，一边用眼睛瞥张枚，看到张枚冰冷的侧脸，曹铎讪讪收回视线。

不留客“哇”了一声：“现在这种料子的和田玉这样贵了？”

尤星越托着小貔貅，他虽然想带小貔貅走，但该说的话不会省：“这尊小貔貅和金蟾不同，是正经来路的灵物。不过受了金蟾的邪气侵扰，即便摆在家中也不会有什么作用。”

曹铎一朝被蛇咬十年怕井绳，一个东西都不敢留。

张枚苦笑，疲惫道：“有多大能耐吃多大碗饭。大师您带走吧，我们家供养不好这些金贵东西。”

尤星越轻抚玉貔貅：“既然这样，我就带貔貅和金蟾一起回去了。至于钱，我……”

“不不不，不收您的钱。您看您这手，赶紧包扎一下，晚上就留在这里吃饭吧。”

曹铎见识过尤星越的本事，为了巴结讨好尤星越，别说白送两个祸害，就是真金宝玉也照送不误。

“不了，我回去还有事。”尤星越一来担心玉貔貅的器灵，二来曹铎出轨还被“绿”，一家子肯定还要闹。毕竟是不光彩的家事，尤星越在这里难免碍事。

张枚心疼地看着尤星越的手：“总要洗洗伤口，看着太吓人了。”

尤星越摊开手，从手心到指腹横着六七道红线割出的伤口，看起来是有些吓人。

张枚拿出家用医疗箱，简单包扎了尤星越的手，尤星越道谢后就往门外走。

张雪梅愧疚道：“给大师添麻烦了，一个电话叫您过来忙到现在，连点东西都没吃。家里事多，我们处理好了一定登门道谢。”

张枚拿着红包匆忙递到尤星越面前：“大师，您帮了我们一个大忙！要不是您，我姐姐还不知道要出什么事，我们还会继续被那个姓汪的骗！”

尤星越拎了下自己的包，笑道：“过犹不及，不能再收了。”这话听着太玄，张枚怕自己犯了行内忌讳，没有强塞。

尤星越一只脚踏出门，像是突然想起来什么似的，回头笑吟吟道：“周叔叔，明天还是要陪着阿姨去医院查一查。”

周健紧张得差点破音：“怎么了怎么了？”

张雪梅也赶紧捂住肚子，她差点忘了，她怀着孕呢！

“没什么，张阿姨是高龄孕妇，平常注意补充营养，”尤星越意有所指，“周叔叔是好男人，肯定比我更了解怎么照顾妻子。”

曹铎的脸逐渐发绿，他等了几十年都没有一个亲生的孩子，周健却连二胎都有了。

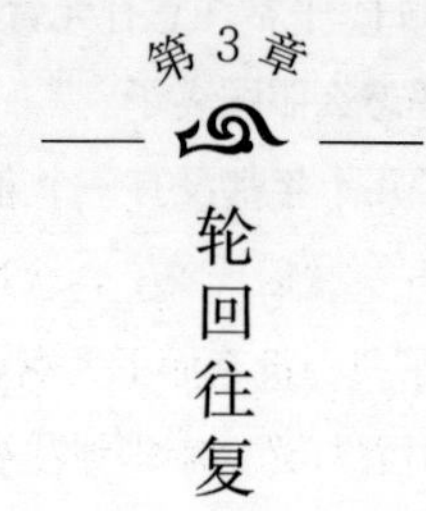

第3章 轮回往复

尤星越回到南北街137号的时候，天已经黑了。

南北街是颍江市人流量最大的商业街之一，入夜后比白天热闹。尤星越关上门，疲惫地坐在椅子上。

不留客小心翼翼地打量尤星越的表情，动作轻柔地……趴在了尤星越膝盖上。

历来只有能继承古董店的老板能看见不留客，在尤星越来之前，不留客已经很久没有与其他生物交流过。

尤星越轻揉不留客的头发，拿出包里的金蟾和玉貔貅。金蟾受到镇压，邪气连同金蟾邪神一并被封印在器物里，所以两个器灵同在一个包里，也没有影响到玉貔貅的器灵。

金蟾与貔貅都是招财灵物，旧时代里阶级森严，民间多用金蟾，貔貅则是达官贵人们的心头好。尤星越手里这只玉貔貅雕得栩栩如生，而且年份较短。

和田玉历史悠久，备受国人喜爱，品级跨度大。在玉石资源逐渐凋零的现代，玉貔貅的料子价值提高不少，而且雕工不错。

可惜曹铎太过贪心，差点害得玉貔貅消散于天地。属实是损人不利己，花钱买罪受。

尤星越拨弄玉貔貅头上的角："虽然带回来了，但是要怎么养？"

不留客："貔貅受金玉财气的供养，这里是商业街，金钱大量流动，对貔貅很好。你平日里可以讲经，用灵力滋养貔貅。"

尤星越指腹轻轻摩挲貔貅，将灵力注入其中。

金蟾不知道尤星越在和谁说话，着急道："我呢？那我呢？天师你饶了我吧，我一时糊涂，但也没真的害人不是？"

尤星越："你敢说自己没有受过淫祀？"

金蟾急了："天师你听我解释！我是受过活人的祭祀，但我那个时候就是一块铁疙瘩，根本没有灵智。我开灵智后，确实索取过供奉，可只是一些牲畜。这次的确越界了，还好天师阻止了我，没有酿下大祸。"

尤星越托着下颌，镜片反射着灯光，幽幽地注视金蟾："是吗？"

金蟾的说法未必是假的，毕竟人造邪神诞生于人的贪欲。不过金蟾已经起了夺舍害人的念头，只是未遂而已，尤星越不可能轻易放金蟾离开。

金蟾一时拿不准这年轻天师的想法，顿时陷入委屈中："真的。他们非要祭祀，难道也怪我吗？"

尤星越没理它，他实在太累了，用完身上最后一点灵力，在附近浴室冲了个澡便回来休息了。

接下来两天，尤星越一直在办古玩店营业所需的手续。

也是这几天，尤星越才知道不留客的古董店延续了许多年，在他接手之前已经有六、七任老板，而尤星越是第一个人类老板。

古董店一直以不留客的名字命名，尤星越打算延续不留客的名字。

古董店太久没有开门，各种证明材料时间久远，手续办起来十分麻烦。

工作人员坐在窗口后，接过尤星越递来的一沓证明材料。这些纸质材料陈旧泛黄，看上去年头不短，甚至还盖着没见过的公章。问题在于南北街至今只有六十年历史，这些产权证明看上去都比南北街年纪大了。

工作人员推了推眼镜，被尤星越过于温柔漂亮的颜值震了一下，很快收回注意力："帅哥，你确定没拿错？"

尤星越一手抵住下半张脸，有点不敢看她："……是。"

工作人员深吸一口气，甚至不敢用力翻动材料："你这些证明材料太久了，而且过户的手续也不全……奇怪了，你是怎么接手店面的？"

尤星越微微垂目，和不留客对上视线。不留客努力挂在柜台上，还给了尤星越一个无辜的眼神。

在不留客熟悉的那个年代，开门做生意还不像现在一样规范，不留客自己也不知道怎么过户的，他只是给尤星越的远房亲戚托了梦。

工作人员百思不得其解，她新入职不到四个月，干脆道：“不好意思，我去问一下同事。”

她拿起材料，拍了拍旁边同事的肩膀：“貌姐，你帮我看看这个产权证明，这都多少年前的了，还能用吗？”

貌姐抬起头，虽然被称为貌姐，看起来却十分年轻，她一身干练的通勤打扮，素颜清新靓丽：“我看看。”

不留客仰头：“是漂亮猫猫。”

尤星越一脸疑惑，不留客指一指貌姐。

尤星越好奇地歪头看过去，这里居然有能化成人形的妖怪？如果是妖怪，会不会看出证件的异常？

貌姐看到“不留客”三个字的时候，面露惊喜，推开椅子站了起来：“小刘，这个我来处理吧。”

小刘吓了一跳。在她印象里，貌姐虽也是基层员工，但每个领导都对貌姐格外尊敬，小刘还没见过貌姐情绪这么激动过。

貌姐从办公区域走出来：“尤先生，跟我来吧。”

她一边走向走廊尽头，一边说：“先生，我叫黎貌。这里不好办手续，您请跟我来。”

黎貌打开最后一间办公室，率先走进去。

黎貌，狸猫。难怪是漂亮猫猫了。

尤星越跟着她进门，一步踏入门内，眼前明亮的办公室扭曲旋转，景象再次清晰起来的时候，他们已经站在了另一栋办公大楼前。

比原先的办公大楼更气派明亮，不仅如此，附近还弥漫着令人战栗的气息，空气里飘溢着浅浅的花香味。

办公大楼的名字是：非人类规划总局。

显然，这就是妖怪的总管局。

不留客仰着头看着这座阔气的办公大楼，吃惊地睁大眼睛：“哇——好有钱。”

尤星越赞同：“我们什么时候也能这么有钱就好了。”

黎貌微笑道：“不留客是妖怪店，很久以前也是相当出名的。只要走总局的流程，今天下午前就能办齐所有证件。”

尤星越：“原来如此。”

黎貌领着尤星越走进大楼，这个时间已经错过了上班时间，一楼只有柜台后坐着人。

准确来说，是一个化形的妖怪——这位妖怪前台穿着得体的西装，毛茸茸的大尾巴却勒在自己脖子上。

尤星越忍不住多看了一眼。

黎貌道："他的原形是雪豹。"

尤星越："难怪有这么长的尾巴。"

不愧是总局，连前台都是修为精深的妖怪。

办事楼层在六楼，尤星越和黎貌乘电梯到达六楼，黎貌请尤星越坐下后，打开电脑埋头工作。

办公室里一时只剩键盘敲击声，中间尤星越签了几份文件，坐了还不到半个小时，一股阴冷的气息悄悄弥漫开。

尤星越眼睫微垂，纸杯里的热水渐渐变冷，门外也传来脚步声，尤星越扶着椅背转过身。

来人恰好到了门口，是一男一女。

女人高挑美貌，耳边坠着鲜红的流苏耳坠，她懒洋洋地打了个招呼："哟，我的漂亮小猫在忙正事呢。"

黎貌无奈："局长！"

被称作局长的女人眨眨眼，看向尤星越："你是不留客的新老板？我是总局局长程明浅，有点事情想请你帮忙。"

尤星越一怔："我？"

程明浅侧过身，露出身后的男子。

男子容貌隽秀，一身纸白的衣裳，裸露在外的皮肤毫无血色，双唇鲜红异常。

他一身寒气，怀抱玉匣，向尤星越彬彬欠身："在下往复座下使者郁荼。听闻不留客再次问世，冒昧来访，还请先生见谅。"

往复？

尤星越迟疑片刻："据我所知，这世上只有一个往复。"

往复的大名，连他这个半吊子天师都有耳闻。

生于混沌之中，悬于忘川河上。名为往复，又称轮回，是应天地规律而生的灵神——传说如此，实际上往复悬在忘川河的浓雾里，从没有人目睹其真容。

甚至有传闻说，往复没有灵智，没有实体，只是一团混沌。故而设轮回司，负责轮回的正常运转。

郁荼含笑颔首：“不错，正是轮回之主往复。”

尤星越略诧异：“我能为轮回做什么？”

程明浅道：“往复平衡生死，故而本体上总是缠绕着一些线。线积累得多了，难免妨碍运转，所以要不时清理一番。”

郁荼感慨：“不留客的上一任老板离世已有几百年，主人本体上的线越缠越多，我等虽有灵神之位，却连看见线都做不到，只能劳动不留客的主人。”

郁荼再次欠身，递出怀中的玉匣：“依照不留客的老规矩，请先生为我家主人清理一番。”

往复是天地之间的法则，尤星越看看不留客，不留客点头，尤星越便答应下来：“既然这样，我会尽力的。”

程明浅道：“而且你也不白做工哦。”

尤星越好奇：“还有报酬？”

郁荼羞涩地笑一下：“如果您对轮回司的职位感兴趣，我们会优先考虑。”

尤星越：“……那就不必了。”

他现在还不想跳槽。

办完手续后，尤星越带着证件和往复回到南北街。

刚关上门，一支笔滚下桌子，咕噜滚了两圈停在尤星越鞋边。

一道小小的透明身影蹲在椅子上，巴掌大小，头生一对不足指节长的小角，耳朵微尖，身披鳞甲身形如豹，通身像加了一层柔光滤镜。

这是玉貔貅的器灵，在南北街养了两天，已经从奄奄一息的小貔貅变成了顽皮器灵，没事就喜欢把高处的东西推下去。

纸、笔、鼠标不时掉落在地，深更半夜可以抓到貔貅在几个博古架上跑酷。

就这猫似的破毛病，难怪曹家总觉得家里闹妖怪。

不留客叹气：“怎么能这么顽皮呢？”

金蟾躺在地上，四脚朝天地告状：“它还差点把杯子推下去！老板你再不管它，它就要上房揭瓦了！”

金蟾饱受貔貅摧残——貔貅半夜跑酷，经常“不小心”撞到金蟾，有时候还会蹲在金蟾脑袋上思考貔貅的一生。

而金蟾受到红线禁锢，不能移动，只能给貔貅当座驾。

尤星越半天捡了金蟾三次，后来索性睁只眼闭只眼，由着玉貔貅拿金蟾出气。

何况张雪梅差点被金蟾上身，也是玉貔貅用最后的灵力替张雪梅挡了一次，所以貔貅和金蟾之间新仇旧恨都有。

所谓冤有头债有主，金蟾在曹家散发的邪气险些导致貔貅器灵消亡，相比于金蟾带给貔貅的伤害，貔貅这点“报复”简直是无伤大雅的恶作剧。

貔貅蹲在桌子上，居高临下俯视金蟾，用一种“总有刁民要害朕”的语气回答：“我没有，你瞎。”

貔貅虽说年纪轻，但开灵智也有几十年了，因而是一副清越动听的少年音，并不稚嫩。

貔貅为龙九子之一，器灵是毛茸茸的模样，头顶一对小角，活像只神气活现的猫。

尤星越淡然从金蟾身上跨过去，连弯腰捡起金蟾的想法都没有：“是吗？”

金蟾屈辱地叫了一声：“呱——”

尤星越揉一把貔貅，“我有正事，你自己玩。”

说着坐下来，从包里取出玉匣。

貔貅圆滚滚的眼珠转动，视线落在金蟾身上。

金蟾小声抽泣起来：“我的命苦啊……”

尤星越找出耳机戴上，装作听不见金蟾一唱三叹的怪调，专心打量往复。

虽然答应了郁荼，但是尤星越对清理毫无头绪。往复实在特殊，即便郁荼没有限时，尤星越也知道不宜拖得太久。

玉匣三寸见方，通体洁白温润，入手甚至微微发热，盒体八面都雕琢着神怪。

打开玉匣，入眼的是一层层“线”，交缠纠结看不见头绪，甚至看不见往复的本体。

生死是大事。生灵死后，身上绝大部分线会自动脱落，只有极少数亡魂不愿意放下生前种种，灵体上依然缠着各种线。

亡灵缠在往复上的线跨越时间空间，沉重固执，想要解除，不知道要花多少工夫。

尤星越曾被线割伤过，浅浅几道伤口，却半个月都没有愈合。

往复如果有灵智，想来会被这些线束缚得难以呼吸吧？

尤星越将往复放在桌上，面对被丝线覆盖到看不出模样的往复，尤星越头疼道："说是要取下线，具体该怎么做？"

如果是其他器物，尤星越会直接上手解线，但是他不知道能不能碰往复。

不留客："以往的老板是用自身的线牵引出往复的线。但亡灵的线跨越生死，能缠在往复本体上的线更是偏执，取线艰难，还容易受伤。可惜我现在太弱了，没办法帮到你。"

不留客鼓励尤星越："你一定可以！你比他们都强，在你之前，从来没有人可以让线在普通人面前显形。"

只有少数生灵可以看见线，而尤星越竟然还能让线在看不见的人面前显现。

尤星越笑着揉揉不留客的头发："谢谢夸奖，我尽全力。"

尤星越心态轻松，他是既来之则安之的性格，一旦发现自己身在某个无法脱离的处境，总能很快适应："慢慢来吧。"

他拨开线找出一根线头，指尖缓缓延伸出红线，试着连接往复上的线。

尝试几次，全部失败。往复上的线确实太固执，死死纠缠往复，对尤星越递出的线爱答不理。而线毕竟不如手指灵活，尤星越沉默几秒，很无辜："其实用手也没什么吧？"

不留客想了想，赞同："器物的想法和人类不一样的，只要能解开线，用什么办法都一样吧。"

尤星越得到了不留客的肯定，手指钩起白线，轻而缓慢地抽出来。

他手指修长，念书的时候经常做手工，手指格外灵活，指尖微屈就轻轻挑起了一根线。

往复上的线看上去多，实际上只是线太长缠了许多圈，一根能绕上三四圈，尤星越解下十来根线，已经能看见往复的本体。

尤星越拈出线头的时候，指腹难免触碰往复本体，索性将整个玉轮捧起来清理。

轮回司。

时无宴蓦然睁开眼睛，从冰冷的长榻上坐起身。

坐在一边打瞌睡的郁茶被时无宴吓了一跳，手忙脚乱地站起身："主人？"

主人一睡几百年，怎么突然醒过来了？

时无宴没理他，一手搭在脖颈上，他的指尖冰冷苍白，紧紧摁住脖颈上青色的血管。

时无宴疑惑地皱起眉——

束缚在本体上的“线”正丝丝缕缕地抽离，这不稀奇，应该是不留客的老板在解线。但有别于以往的是，有柔软温热的东西直接触碰他的本体。

说是触碰，其实已经是抚摸。

时无宴甚至能感觉到那人直接将自己的本体捧在手中。他微微抿起唇。

那触碰如羽毛扫过一样轻柔，偏偏又难以忽视。

南北街 137 号。

短短两个小时，尤星越已经解到最后一层线。

这些能直接附着在往复本体的线，比外层的更加固执。而且往复的本体上有大大小小的齿轮，线以千奇百怪的姿势卡在齿轮之间。

尤星越稍不留神，指腹被线割出一道伤口，鲜血立刻渗出来。

“嘶。”

尤星越猛地收回手，还是迟了，一滴血顺着手指滑下，准确落在往复上。

尤星越脸色微变，不留客脱口而出：“糟了！”

开启灵智的普通器物尚且不宜沾血，何况往复？

尤星越立刻抽出纸巾，刚刚擦去血滴，手腕忽然一紧——对面椅子上凭空多出一道身影。

那人修长的手指松松圈着尤星越的手腕，衣袖上金纹流动。他乌黑的睫毛低垂，忽然抬眸望向尤星越：“放肆。”

他似乎常年不见阳光，肤色苍白，眉睫却乌墨似的黑，有种冷冷的俊美。

措辞是严厉的，语气倒没有苛责的意味，声音也轻柔低沉。

尤星越心里涌起不好的预感。

果然，那人接着说：“为何抚摸我？”

不留客惊呆：往复本人？

掌握万物生死的往复，竟然真的有灵智，还能化成人身？

不留客历任老板都为往复解过线，但从未让往复现身过！这也是不留客第一次见到往复本人。

尤星越连忙放下玉轮："您听我解释，我真的不是在非礼您。"

不留客十个肉乎乎的手指一下捂住脸：为什么会有越描越黑的感觉？

往复一时没有说话，与尤星越同时望向玉轮。

尤星越沉默片刻，灵光一闪，提出建议："那……您摸回来？"

说完，尤星越自己也无奈了——他就不是个能正经说话的人，平常和朋友们打趣惯了。真是嘴在前面飞，脑子在后面追。

时无宴漆黑的眼眸定在尤星越身上："我摸你做什么？哪里来这么多不正经的腔调？"

往复太严肃，尤星越没过脑子的话，硬是变成了调戏。

尤星越忍住笑，眼神却藏不住笑意，层层地泛起涟漪："抱歉。今日您座下使者郁荼，委托我清理往复上的线。因为用手解线更快，所以才冒昧动手……得罪之处，还望海涵。"

桌子上，纠缠往复的线解开大半，往复在日光下露出了玉质的齿轮本相，温润洁白，内蕴宝光。

郁荼今日才送来他的本体，线竟然解开了大半。

时无宴端详不留客的新老板。

很年轻，有一副极漂亮的面容，眼镜后的眼神平和从容，并不因自己的到来而惊慌。注意到自己的眼神，他居然还展颜一笑，十足坦荡。

时无宴避开尤星越的视线："你应该……知会郁荼一声。"

时无宴瞥见尤星越指腹处的血迹，于是摊开尤星越的手，只见指腹处被割出一道细长而深的伤口，鲜血缓缓从伤口深处往外渗。

而那手心里，竟然还有别的伤痕未愈合。

尤星越脸上笑容微收，想抽回手。

他性格虽然有些不着调，办事却一向靠得住，很少有这种失误："不小心被线划伤，导致血滴在您的本体上，实在不好意思……"

时无宴轻轻抚过伤口。

尤星越手上一热，伤口眨眼的时间愈合结痂，连疤痕都没有留下。

掌管轮回的灵神竟然有这样温柔的一面。

尤星越惊讶地抚摸手心："谢谢。如果等着它自愈，要花很久的时间。我第一次清理这么多线，惊动了您……"

时无宴："可以叫我的名字。"

尤星越一怔。

时无宴道："时间的时，有无的无，宴请的宴。"

尤星越下意识默念一遍：时无宴。

不留客扯一下尤星越的袖子，指指往复本体：血的事还没解释。

尤星越心领神会，道："我听不留客说过，器物不宜见血，尤其是开启灵智的器物，我……"

时无宴："我不是脆弱的器灵，不会因为沾染人的气血而有什么变化。"

时无宴睫毛动了动："我并非责怪你，是我有求于你，但是别那么用力地摸我……会有感觉。"

尤星越很无辜地推了下镜框："好。"

时无宴起身，尤星越这才发现他比自己高了近半个头。

"你的客人来了，"时无宴后退一步，声音和身形逐渐淡去，"清理后，只要叫我的名字，我就会来见你。"

话音落下，敲门声随之响起。

张雪梅夫妇拎着满手礼品，笑着打招呼："大师，下午好。"

几天不见，张雪梅的脸色多了几分红润，精神饱满。

尤星越盖上玉盒，倒了两杯热水："请进，随便坐。"

周健后怕道："要不是大师提醒，孩子保不住就算了，我老婆说不定还要出事。"

张雪梅被丈夫搀扶着坐下："家里忙了几天还没掰扯清楚，让大师见笑了。"

她从包里拿出一个纸包，递到尤星越面前："大师，您上次走得太匆忙，我们没来得及向您道谢。"

在尤星越拒绝前，张雪梅道："大师，我们两个一通电话就害您跑了一趟，还受了点伤。您要是不收下，我心里过意不去。"

周健也说："是啊。这不是小妹给的，是我们的心意。"

尤星越想了想："既然这样，我就收下了。"

想要把不留客开起来，需要不菲的资金，尤星越手头那点钱根本不够，他连眼镜都舍不得换。

见尤星越收下红包，张雪梅笑了笑，眉宇间依然有几分忧愁。

尤星越了然，主动提起张雪梅的妹妹：“小张阿姨最近还好吗？”

张雪梅慢慢摩挲着小腹：“我其实想请大师算算，我妹妹离婚这条路是好还是不好。”

尤星越摇头。

张阿姨这是钻牛角尖了，哪儿能什么事都用玄门的路子解决呢？

尤星越道：“我不精通命理，算不出来什么。何况若命不好，难道要认吗？我想请一个好的律师权衡利弊更合适。”

张雪梅沉思片刻，豁然开朗：“大师说得对！等我们的事都处理好了，一定和妹妹一起登门道谢！”

说着，张雪梅猛地起身，风风火火往外走，吓了周健和尤星越一跳。

周健一边追着老婆的脚步，一边说：“大师，您开业那天一定要通知我们，我们一定来给您添人气。”

夫妇两人来得匆忙，走得更匆忙。

夫妇两个送来的纸包里足足有两万元。

有了这笔钱，尤星越手头终于宽裕些，可以简单装修店面。

尤星越刚将玉匣放进卧室，手机就嗡嗡震动起来。

尤星越拿起手机，接通电话：“喂，您好。”

“是尤先生吗？你周三在我们这儿定做的招牌做好了，你看什么时候有空，我们直接送货上门。”

尤星越：“方便的话，可以现在就送过来吗？地址是南北街 137 号。”

“好的，这就过来。”

尤星越挂掉电话，摸摸不留客：“挂上招牌，再做点装修，我们很快就能正式开业了！”

137 号的正门不算小，可惜长年不开业，门店招牌的位置被 138 号占了太多，尤星越知道这事要是争论起来得浪费很多时间，索性就算了。

为了显眼，尤星越定做的招牌是仿古风格。

新做的招牌是乌檀色，用金漆写了“不留客”三个字。招牌下挂着的两盏小灯笼，在敞亮的玻璃世界里微亮着。

招牌一装上，顿时就有几分开业的意思。整个门面的装修素雅古典，反而鲜明得让人一眼就能在众多店面中注意到它。

不留客牵着尤星越："卧室旁边还有库房，你看看有没有能用的。"

送走了装招牌的师傅，尤星越在不留客的提示下，找到137号里的库房。

137号简直像个异空间，拉开库房的小门，里面居然套着一个面积与137号差不多的仓库。

黄花梨、酸枝木、鸡翅木随便丢在地上。金银器皿，字画古籍，凌乱堆积在架子中间。

放眼望去，随便一样都称得上珍品宝物。

尤星越撑着门框，感慨："这就是端着金碗要饭的感觉吗？"

不留客随便推开一把黄檀椅子："嗯？这只是没有灵智的物件，尽管有些年代，能卖上好价钱，却不能结缘。"

尤星越从库房里取出一些古董，填满店内的博古架。137号内有两扇相互呼应的大窗，所以采光绝佳，尤星越给靠南北街的一扇大窗定制了一块圆拱窗，又把玻璃门换了，原有的其他装修足够完善，尤星越就只添置了新的窗帘和坐垫。折腾完了装修，尤星越手里的存款从两万二缩水到了一千五。

他给张雪梅阿姨发去了明日开业的信息，对着不留客叹气："你说我拜个什么神，能保佑我明天赚一笔大的？"

不留客咬着指节，努力地想了想："拜拜金蟾？"

金蟾忽然被点名，兴奋地"呱"了一声。

尤星越冷漠地转过头："还是算了吧。"

貔貅伸头，耳朵尖一抖一抖的："你拜我！"

尤星越看着小貔貅后爪蹬耳朵的姿势，陷入沉默——拜这种不太聪明的貔貅，没什么用吧？

张雪梅收到消息拿着手机惊呼："老周！大师明天就开业了，快去订几个花篮，明天一起送过去。还要告诉小妹，明天跟我们一起去。"

张雪梅的儿子吐槽："你们又上哪儿找的大师啊？上次还被骗了三万多，这次又要去送钱。"无奈亲妈怀孕，儿子不敢说重话："花钱就算了，不舒服要去医院。你还怀着孕呢，不能乱吃什么偏方……"

"我怀孕是大师提醒我才知道的。你小姨家里前几天出事，还有曹铎那个白眼狼出轨都是大师揭穿的！"

说完，张雪梅简单说了曹家发生的事。

儿子今天才从学校回来，没想到这几天发生了这么多事，他心里对这个“尤大师”依然抱有怀疑。这也太神了吧，还金蟾成精，大学里那么多流浪猫，怎么没一个成精？

张雪梅还向儿子展示手腕上的红绳。儿子靠近仔细看了看：“就是很普通的红绳，批发价估计就几毛。你们还给了两万多……真不是被骗？”

“什么骗子？放尊重点！红绳真的有用，你妈晚上睡觉都安稳多了。小孩子家家，懂不懂什么叫敬畏之心？”周健教训着。

儿子撇撇嘴：“明天开业，我也去。”

“你不是不信吗？还去？”

“肯定去。至少那个大师确实帮了妈和小姨的忙，我估计表弟也会去。不是新店开业嘛，多两个人多点人气呗。”儿子在心里嘀咕，主要是去见见所谓的“大师”，防止爹妈再次上当受骗。他倒要看看，现在的骗子出什么全新版本了。哪有正经大师开古玩店的？古董行业水那么深，万一老妈又被骗，再买个“法器”回来怎么办？

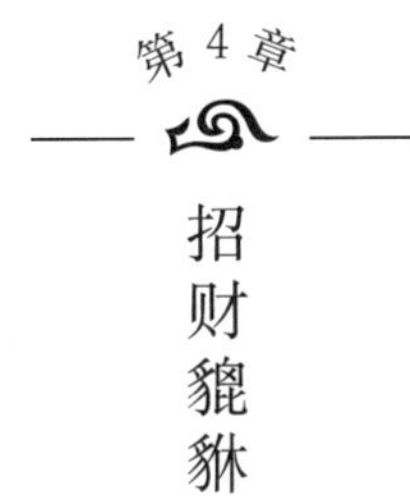

第4章 招财貔貅

周五。

南北街新开了一家店，乌檀色招牌上漆着“不留客”三个字。只这个招牌，就吸引了不少行人的目光。

店面非常大，靠街一侧有一扇中式木质雕花圆拱形大窗，日光穿过雕花，在黄花梨的桌椅上映出光影。人在桌边饮茶谈话，像镶嵌在现代街景中的一幅古画。

新店开业，既没有铺红毯，也没用音响放音乐，只是敞着大门，露出古色古香的内部装修。

可惜吸引的视线很多，却没有一个行人走进来。

南北街是一个快节奏的商业街，一条街上网红店和各种奢侈品店挤挤挨挨，古玩店开在这里，显眼中透着不合时宜。不留客挂在尤星越肩膀上，忧心忡忡：“在我死掉之前，能卖出一个古董吗？”

尤星越听着心酸。有灵智的器物与生灵结缘才能产生不留客需要的线，而古玩店常常是三年不开张，开张吃三年。

但不留客等不了三年，而且现在店里开启灵智的器物只有貔貅和金蟾。

尤星越安慰道：“别担心，一定会卖出去的。”

他的视线转移到金蟾身上：“灵神也是生灵，我要是强行把金蟾卖给郁茶，也能建立联系吧？”

不留客呆呆看着尤星越：对灵神强买强卖，真的可以吗？

尤星越对不留客一笑。

不留客想了想：大概是在开玩笑吧，这么多任老板有妖有怪，从没有谁与往复身边的灵神做生意。

尤星越揉着不留客的头发，若有所思。虽然刚才是随口一提，但是越想越可行。总不能真的让不留客消失吧？说起来，他给往复清理线都没收手工费。

两人都没注意到的是，玉盒的缝隙里光芒闪烁，随即再次归于沉寂。

就在尤星越思考强卖金蟾的可能性时，门口忽然来了一群年轻人，扛着花篮放在门口，还铺了条红毯！

周樊扶着张雪梅，要不是他拉着，亲妈就要小跑起来去见那个什么尤大师了。

张雪梅回头，看看身边的年轻人问："你从哪儿找来这么多人？"

周樊撇嘴："篮球队的朋友，叫来暖暖场子。"

张雪梅看见尤星越走过来，立刻迎上去。

周樊知道拦不住，他抬头一看，很吃惊——这大师也太年轻了！而且顶着这么一张脸，怎么不去当明星？

周樊的眼神引起了年轻老板的注意，他偏过脸，对周樊微微颔首。周樊竟恍惚了一下。

周樊一直是公认的阳光型帅哥，此刻不得不承认，对方确实更好看，气质也卓然不同。

周樊拍拍同学的肩膀："顾珉。"

被叫作顾珉的青年转过脸。顾珉和周樊都是大学校篮球队的主力，两人私底下关系很好，顾珉为人低调，但周樊很清楚顾珉出身颖江市的豪富之家，家里有不少古董收藏，对古董有一定了解。

"今天拜托你了，咱俩一会儿跟在我妈后面，别让我妈被骗了。"

顾珉点头："知道。如果阿姨非要买怎么办？"

周樊想了想："没事，你告诉我就行，我负责拦着我妈。"

"古董行业水深，我不是专业的，不一定准确。现在高仿太多，有些水平不够的古玩店老板自己都会被忽悠。"

周樊吐槽："你看那个老板跟咱们差不多大，我估计店里都是现代工艺品。而且这个古玩店开在南北街，装修就有种网红店的味道。我妈还说他是大师，会捉妖怪。"

顾珉听到"大师"两个字，挑眉："大师？"

这年头有几个大师?

周樊耸肩，吐槽道：“我妈这个人特别迷信，她上当就算了，没想到我爸也信！非说我小姨家有妖怪，是这个老板捉住的。”

顾珉闻言忍不住笑了：“哪有那么多妖怪。”

周樊不知道的是，顾珉有一双能看见灵的眼睛，他并不是不信玄学。周樊却以为顾珉和自己一样，闻言赞同：“就是啊。那些灵异现象都有科学解释，可是我爸妈就是不信，被骗子骗了好多次。我妈给这位大师包了两万多的红包，他们真是被骗了多少次都不长记性。”

两人说着话，一起进了古玩店。然而一进门，周樊就被震惊到了——

古玩店内部哪是什么网红风格，五个硕大的博古架，店里只亮着几盏灯，各种釉彩的瓷器在光线下流光溢彩。从门口看过去，就像迷失在时间里。店内放着一只错金博山香炉，袅袅白烟伴随着清浅的香气，弥漫着令人心安的气息。

周樊示意顾珉看向古玩店老板：“那就是尤大师，你看他跟我们差不多大，居然叫‘大师’。”

顾珉看向尤星越，二十出头的年纪，全身上下看不到半点灵光。要知道他生来有一双特别的眼睛，如果是有真本事的大师，身上会环绕着强弱不同的灵光。古玩店的老板，虽有一张格外出众的脸，但就是一个普通人。

顾珉轻轻皱起眉：“看着不太像。”

看着张雪梅和古玩店老板聊起来，周樊赶紧走过去，扶着张雪梅的手臂，用眼神示意顾珉快点过来。

张雪梅惊叹：“太精美了。不过簪子头怎么像个挖耳勺？”

簪子是白玉的，两指长，镶嵌着红碧玺，红白相称盈盈可爱。顾珉若有所思地看了眼尤星越，依照他的眼力，这支耳挖簪恐怕是真品。

尤星越一笑：“确实是挖耳勺，瓷国有一段时期很流行耳挖簪，既可以用来装饰簪发，也可以用来挖耳。有些耳挖簪簪挺尾部尖锐，能剔牙。”

张雪梅顿时乐了：“想不到古人跟我们一样，不过这可比牙线牙签贵重多了。真漂亮，是什么材质？”

“和田玉的簪身，镶嵌红碧玺和珍珠，这是一支勋贵人家的耳挖簪，耳挖的部分是银，所以有轻微的氧化，工艺材质都属上乘。碧玺是一种成分复杂的混合宝石……”尤星越说起话来又轻又缓，能将一件东西的前世今生娓娓道来，仿佛亲眼见过这支耳挖簪如何蹚过岁月长河。

尤星越从库房里挑出的古董要么是自己有所了解，要么是不留客印象较深的器物，为的就是可以稍作解说，免得一问三不知。

张雪梅听得心动起来，她见识过尤星越的本事，对尤星越有近乎盲目地崇拜，总觉得古玩店里的东西都有特殊功效。

周樊赶紧碰了下顾珉，示意他赶紧阻止。然而顾珉的话却出乎预料："和田玉的籽料成色不错，碧玺也是。这样一支簪子，即便不论其历史价值，本身也是相当精美的首饰。"

周樊震惊扭头：不是吧？他内心十分混乱，然而周樊很清楚，顾珉之所以这么说，是因为顾珉认为这支簪子是真的。

不是吧，这种店子居然卖真品？

尤星越转过头对顾珉微微一笑。

张雪梅动心的则是另一点："大师，我听说有些老东西是有灵的。我看网上很多科普说老东西自带磁场，能镇宅养身。"

"妈！少看营销号！那些都是骗人的！你要说磁场，家里的吸铁石还有磁场呢！"周樊忍不住道。

张雪梅瞪了眼儿子："不懂别瞎说！老东西当然有灵！"她可是亲眼见过金蟾妖怪！

尤星越瞥了眼周樊，好笑道："确实有，但那是极少数。就像人虽然多，但天才很难得，都是可遇不可求的。"

顾珉眉心一跳：老板的话听起来是劝告，但定会引起张阿姨追问，到时就可以提出自己店中就有这样的古董，再夸大一番，便可以诱哄客人买下高价的古董。

"那店里有吗？"果然，张阿姨追问。

尤星越正要说话，周樊道："世界上真有那么灵的东西？我爸妈以前在庙里请过开光的手串，好像没什么特别功能。"

尤星越歪过头，和周樊对视，镜片后的目光沉静如水，却让周樊觉得自己的心思全部被看透了。

尤星越一笑："世上确实有生出灵智的器物。至于能不能看见，一来看对方愿不愿意显形，二来看人与器物之间是否有缘。"

周樊忍住翻白眼的冲动："我说老板，你这属于封建迷信吧？古董成精，那晚上博物馆不得是古董蹦迪？”

“小樊！跟大师好好说话，你不信去外面问问，老人家都说玉有灵气能养人。”

周樊无奈：“妈，珉哥家里那么多古董，是不是真有灵，你问问他不就知道了。”

顾珉若有所思地看着尤星越：“这支簪子虽然历史悠久，材质上乘，但是和灵气不沾边。如果请两个貔貅就能招财进宝，那还谈什么生……”

周樊听得连连点头，却没想到顾珉话说到一半，突然卡住，眼睛定定看向一个方向。

在顾珉的视线中，簪子所在的格子后忽然冒出一对耳朵，神气活现地抖了两下，紧接着一道虚影蹿上架子，它看上去还不到巴掌大，身形像只小豹子，头上却生着一对犄角。

是个……貔貅！顾珉抿起唇，呼吸悄悄放轻，生怕惊扰了小貔貅。貔貅器灵蹲坐在簪子旁，高傲地抬起小蹄子，从簪子上跨过去，抖抖毛，伸头盯着顾珉，冲他晃晃脑袋，吐了下舌头。

顾珉清楚地听到一个清越的少年嗓音嘲笑他：“笨蛋。”

顾珉一向平静的表情终于裂开，他惊愕地在架子上找了一圈，发现簪子隔壁的格子上就陈列着一只玉雕貔貅摆件，和面前这个虚影一模一样。

尤星越顺着对方的视线看过去，和翘着尾巴的小貔貅对上视线。

他给貔貅一个眼神：回去。

貔貅踩踩博古架，扭头给了尤星越一个圆润的背影：我不。

这种玉质的招财貔貅大多是可爱型的，诞生出的器灵也是如此。

顾珉话锋一转：“我收回刚才的话，器物得天地厚爱能开灵智。老板，我看这尊玉貔貅十分合眼缘，不知道是否有机会请它回家。”

周樊腹诽：你在干什么啊珉哥？我请你来拦着我妈，结果你自己还先买了？

顾珉抿唇歉意一笑：“是我见识短浅，低估了大师。我会尽力出一个合适的价格，您看怎么样？”

周樊恍惚：只有自己坚信科学的世界。

顾珉这段话，出乎在场所有人的预料。

貔貅器灵扭头，好奇地打量顾珉。在貔貅眼中，顾珉浑身都冒着紫气和黄光，看得出命格极好，有财气更有贵气。貔貅舔舔爪子，跳到尤星越肩上，慢悠悠踩着老板的肩膀，挨着尤星越的颈侧打量这个放话要请自己回去的凡人。

尤星越只感觉颈边一热，那是灵气带来的错觉。

在貔貅的注视下，顾珉自己都有些不好意思——他真的没想到自己这双生来与众不同的眼睛，竟然也有看走眼的时候。

“还没有自我介绍。我姓顾，顾珉，是颖江市本地人。”

张雪梅吃惊极了：这个不是小妹家的貔貅吗？

周樊目瞪口呆，他没想到大学就开始创业的顾珉不仅想买古玩店的东西，还说出“尽全力出一个合适的价格”这种等着被宰的话。

尤星越也很惊讶，不过他惊讶的是顾珉似乎可以看见貔貅器灵。

不留客眼神一亮：“这个顾珉是非富即贵的命格，而且为人也不错，确实适合奉养貔貅。”

最重要的是，貔貅器灵并不排斥顾珉。如果貔貅愿意，那么不留客今天就能得到一分力量。

尤星越心情不错，转向张雪梅：“阿姨，我失陪一下。”

尤星越取下貔貅摆件，比了个“请”的手势：“顾先生，我们详谈。”

顾珉跟着尤星越走到休息室，一眼就注意到这套桌椅竟然是整套的黄花梨家具，甚至看上去有些年头了。别说古玩店，就是发家多年的富豪也不舍得将一整套的黄花梨家具搬到店里来待客。

尤星越抬手，将蹲在自己肩上的貔貅捧下来：“顾先生看得到吧？”

顾珉点头，他现在十分不好意思：“不瞒老板，我的眼睛能看见常人看不见的东西。我……我一开始看不出老板身上有灵气，所以误以为老板是……”

尤星越接下去：“以为我是坑蒙拐骗的江湖骗子？”

顾珉歉意地点头。

“既然你看得见，我就简单介绍一下规矩。我们不留客会结缘一些开了灵智的器物，比如这尊貔貅，如果它同意，你可以从我这里请走它。”

貔貅顺着尤星越的手臂刺溜一下滑到桌子上，迈着小步子绕着顾珉的手打转，卷曲的尾巴懒洋洋地甩来甩去。它丁点大，偏偏神气得不得了。

顾珉指尖动了动，全力遏制抚摸貔貅的冲动。

尤星越接着道：“器物一旦生出灵智，就不只是冷冰冰的物件。他们会思考，同时也有一定的修为，可以为主人家带来好处。譬如这只玉貔貅，虽然不是真貔貅，但借了貔貅的形，确实有招财镇宅的能耐。”

尤星越说话时，神情温和，唇角甚至带着几分笑意，注视顾珉的眼神却仿佛能洞穿人心。

顾珉轻轻吸了一口气。

“我的意思是，”尤星越看出顾珉的紧张，一笑，“貔貅是瑞兽，如果能和心存善念且有善举的人家结缘，那是相得益彰的好事。但如果心怀叵测，不仅会害了自己，也会害了貔貅。顾先生，您懂我的意思吗？”

顾珉肃然：“明白。我请貔貅回去并不是为了赚更多的钱，只是我见到它就觉得可亲可爱。”

尤星越若有所思，顾珉的神情不似作假。尤星越自小在福利院长大，从小就见过形形色色的人，比起同龄人，他看上去更活泼，更擅长与陌生人搭话，也更能看出皮囊下的人心。但在自来熟的表象下，尤星越其实是很慢热的人。

尤星越看向小貔貅：“你呢？你是怎么想的？”

貔貅矜持地探出爪子，搭在顾珉的手指上，他的小爪子只有人类指甲盖那么大：“我觉得他还行，我勉强能看得上他。”

尤星越十指交叉：“那我简单介绍一下貔貅的情况。这尊玉貔貅摆件很小，三百克左右，雕工不错，年份上短一些。”

貔貅：“我，古董。”

顾珉喜欢它喜欢得不行，笑着道：“那你觉得，你多贵？”

貔貅陷入沉思，紧接着说：“你不能让老板亏了。我在上一家，差点被害得消失，要不是老板带我回来养了几天，我会彻底变回一个摆件。你得给我一个，让我和我老板都很满意的价格。”

顾珉快被它可爱疯了，这么小小一只，谈起价格来一本正经的，顾珉竖起一根手指：“你觉得这个价格可以吗？”

这个一，当然指的是一百万。

顾珉心里是有些忐忑的：“我知道这个价位其实低了，毕竟您带貔貅回来后，一定耗费了许多。它是无价之宝，但是我刚刚创业，手里能支配的流动资金不足，所以……”

尤星越听到顾珉的报价，有些吃惊，毕竟小貔貅是他从曹铎那个缺德货手里白得的。

而尤星越本人是半路上任的老板，对古玩行业一知半解，所以对他来说，貔貅这样拳头大的玉雕摆件能卖出这个价真的很惊喜了，貔貅虽是籽料，但品质确实一般。

不留客也吃惊极了："哇——竟然能卖一百万！"

尤星越隐晦地瞥了一眼不留客。幸好貔貅看不见不留客，否则依照貔貅的性格，一定要和不留客打起来。

"您觉得这个价格怎么样？"

尤星越十指交叉，淡然道："貔貅是我从一个黑心包工头手里解救出来的，没花一分钱，你给什么价，我都净赚。"

貔貅震惊，他这样的小宝贝竟然是白来的？

"本貔貅看错你了，你也是黑心商人！"

尤星越戳了貔貅一跟头："你还没去他家呢，别胳膊肘往外拐。"

顾珉一怔，终于忍不住笑出声。他以为古玩店老板是一个大隐隐于市的温润高人，方才打量他的眼神压迫感十足，没想到打趣起来竟然和普通的年轻人差不多，瞬间削弱了距离感。

最终，尤星越只是取了折中价格，笑着说："我还是少要点吧，省得貔貅心疼自己口袋里的钱。"

"谢谢老板。"五十万可不是一笔小数目，何况顾珉来时完全没想到自己会在古玩店里花钱，只能先支付了定金，"那我先回去周转资金，下午一定送来。"

两人谈完事情，貔貅器灵扒着顾珉的口袋，然后头一低，整个栽了进去。

顾珉迟疑："老板……"他现在回去，器灵就跟着他一起回去了。

"器灵本体放在这儿，你先带着他回去吧。"尤星越道。

器灵不能离本体太远，距离一旦拉得太开，貔貅自己就会往回跑。顾珉一手抄进口袋，唇角扬起笑容："谢谢老板。"

两人走到外间，顾珉拍一下周樊的肩膀："周樊，我先回去一趟。"

"怎么突然就回去了？我还要请你喝奶茶。"

顾珉步伐匆匆，闻言头都不回地回答："我回去拿支票。"

"啊？"周樊恍惚地看着顾珉走出去。

不到两个小时，顾珉就回到店里，尤星越特意将签订合同的地方定在了落地窗边。

店里不时有客人进来闲逛，因为店外的花篮和红毯引人注目，落地窗外偶尔也会有好奇张望的行人。尤星越和顾珉带着貔貅摆件坐在落地窗前一副生意谈成的模样。

尤星越将合同推给顾珉：“貔貅是凶猛的瑞兽，切记不要放在卧室内。可以是客厅或者书房，招财镇宅。”

不留客的合同在不留客本人、老板、买主和器物本体的四方见证下签订，合同落成的瞬间，貔貅与顾珉之间产生了一条纤细的线，代表貔貅与顾珉之间有了正式的联系。

这根线一分为二，其中一根再次拆分成两根，分别没入尤星越和不留客体内，尤星越感觉一股热流汇入体内，潜藏在体内的力量似乎壮大了几分。而不留客透明的躯体隐隐变得凝实，他摸摸自己的脸，闭着眼睛深深吸了一口气，每多一分力量，他就能撑更长的时间。

一般情况下，器灵和生灵有了一定程度的交集，就会产生“线”，只是这种线非常脆弱，一旦器物转手，线就会随着时间的推移而逐渐消亡。但是在有契约的情况下，线会变得坚硬稳固，不会随着时间流逝而变得脆弱，除非契约损毁，或者一方死亡，否则线不会因为外力而断裂。

契约成立，顾珉心中升起一种奇特的满足感，冥冥中感觉自己和貔貅有了一层无人可见的联系。

顾珉压下心中的激动，开口：“谢谢老板，我……”一阵手机铃声打断了顾珉，顾珉歉意一笑。他接通电话，那头传来一个大嗓门：“老大！我跟你说！咱们那个项目谈成了！就刚刚，对方公司换了项目负责人，我们已经把合同签下来了！”

顾珉挂断电话，表情惊愕，尤星越关心地问了一句：“怎么了？”

顾珉还没回过神：“公司的一个大项目谈下来了。那个项目拖了半个月，刚刚突然就……”

貔貅站在桌子上，在大好的阳光中，舒展四爪，伸了个大懒腰，尾巴高高翘起来，得意地晃了好几下。

“貔貅招财，我一直都知道，”顾珉借着抿唇的动作，掩饰内心的惊讶，“但竟然可以这么灵吗？”他只是喜爱貔貅，并不需要从貔貅身上索取什么，此刻不是惊喜，而是担心貔貅会不会因此受到伤害。

此言一出，旁边的客人露出难以置信的表情。是托吧？是托吧？一定是托！

请个貔貅回去，就能把生意谈成了？

尤星越看着顾珉和貔貅，在他眼中，貔貅与顾珉之间的线格外稳固，线上甚至氤氲着华光。

只有足够牢固的线，才会散发光芒。

尤星越眼神柔和许多："顾先生，你是非富即贵的命格，多有善行，顾氏每年都会帮扶颍江市的福利院。而貔貅是瑞兽，与顾先生算是互相成就了，换了别的人，未必这样灵。"

像小貔貅这样的新生器灵，是碰上了顾珉这样适配度极高的契约者，才有了如此惊人的效果。就像顾珉，他命格再好，如果没有貔貅的气运辅助，想成功也要经过波折。

顾珉与貔貅，实在是太相配。

顾珉神色严肃："我明白了，谢谢老板。"

尤星越将貔貅摆件放进早就准备好的木盒中，笑吟吟："不用客气，能碰见你是我和貔貅与你有缘分。以后貔貅有什么问题，也可以来找我。"

顾珉接过木盒："好的。我现在就带貔貅回去，以后一定经常来拜访老板。"

貔貅器灵则慢悠悠钻进顾珉的口袋，在里面翻个身，然后扒着口袋边缘，露出头，举起小爪子冲尤星越挥了挥。

周樊恍恍惚惚，直到自己亲妈一脸惋惜地向老板告别："尤大师，我有些累了，一会儿就回去了。店里都是好东西，就是家里……"张雪梅有些不好意思地笑笑。她能在南北街开店，也是小富之家，但也没富裕到可以随便买个古董回去。

尤星越莞尔："阿姨能来暖场，我已经很开心了。对了，您手腕上的红绳一定要经常戴着。"说罢送张雪梅出门，三人路过最后一个博古架时，张雪梅一眼看到了金蟾，吓得躲到尤星越身后，"大师，你还没把它……处理掉？"

尤星越稳稳托住张雪梅的手臂："阿姨别怕，它现在改邪归正了。"

金蟾就是因为觊觎张雪梅腹中胎儿才被镇压，赶紧小声说："对对对，真的改邪归正了。"

金蟾器灵是可以在人前显形的邪神，发出的声音也可被普通人听到。

周樊脸色一下白了，控制不住喊了一声，赶紧看向尤星越："它怎么……"

"嘘——"尤星越竖起手指抵在唇边。他天生温柔俊美，那副金属细框的眼镜后，似乎掺杂着浅浅的笑意。

顾珉和周樊一走，其他同学也走了，有个男生临走前，还摸了一把架子上的铜质香炉。

店内再次安静下来。原本零星的几个客人，也互相推搡着离开了古玩店。不留客紧紧贴着尤星越的手臂：“那个男生一直用手机拍来拍去的，对着你和顾珉也拍了好一会儿，好像是在录视频。”他在尤星越的陪伴下，学了不少现代社会的新东西。不留客历经数个时代，一直保持着孩童的相貌，也保持了孩童的好奇和单纯，他的学习能力可是一等一的。

尤星越不在意：“随便他录。”反正放到网上也不会引起什么注意。

不留客半懂不懂地点头：“我去库房里取一件新的古董，补上空位。”

尤星越点点头。他回到卧室，取出玉匣，往复的本体静静地躺在盒子中，上面只剩下最后一层线。说是一层，其实只是一根，因为太长，所以在往复上缠了整整一圈。他这几天都忙着古玩店开业的事，一直没有腾出时间来清理最后的线。

尤星越在触碰到线时，听见了哭泣声，绝望和怨恨的情绪立刻袭上心头。

“我不能死，不能死，我的父母还在家里等着我……”

“天理何在，天理何在啊！仇怨不能昭雪，我不服！”

“亡国之恨！屠城血仇！”

……

线本身是联系的载体，承载了生灵的执念。而这最后一层线，更是直接缠绕在往复本体上，比外层的线固执疯狂千万倍。

不留客从库房回来，吓得丢开手里的金器，连忙扑到尤星越身边：“星越！星越！快醒醒！”太糟了，他忘了提醒尤星越最后一层线很麻烦，要谨慎抽取，否则会被线反噬！

往复应天地规则而生，是地位超然的灵神，这些线却可以纠缠在往复的本体上，可以想象是怎样的执念。

不留客心生恐慌——历任老板在清理最后一层线时，都会异常头疼，这些老板中有不少是当世大妖，受到线的反噬后都要休息好一阵子，星越会不会被……被线危害性命？

尤星越眼神失去焦距，他的心神完全被线中情绪影响，已经接收不到外界的信息，根本听不到不留客的呼唤声。

不留客伸手握住尤星越的手，努力将尤星越的手带离往复。

线察觉到了不留客的心思，蛇一样伸出头，顺着尤星越的指尖一寸寸向上蔓延，途经之处，线伸出的毛细分支扎入皮肤，吸取尤星越的鲜血。

吸饱了鲜血的线呈鲜红色，一头没入尤星越的袖口，不留客虽然看不见，但他知道这些线一定顺着血脉去找心脏了。

线越来越红，表面渗出血。

不留客手指发抖，转而扯住线，试图将线从尤星越手腕上解下来。不留客没有血肉之躯，不理解爱恨情仇，故而不受线的影响，可他现在太虚弱了，非但解不开线，还会被反噬！

尤星越仿佛置身一片漆黑中，暗色里穿行着无数条线。

叹息、抽泣、号啕哭声、尖叫……负面情绪充斥尤星越心间。

尤星越恍惚间想起十来年前，那时候的经济远不如现在，福利院的孩子吃了上顿没下顿，所有人过着紧巴巴的日子，一件不够暖和的夹袄要撑过很多个冬天。有一年的冬天格外冷，七岁的尤星越和其他孩子抱在一起取暖，挨过了一个寒冬。

对生的无望，对死的畏惧同时涌上尤星越心头，他轻轻皱起眉。

“来跟我一起吧，”有个声音萦绕在尤星越耳边，“天下万物终有一死，与其等死后落入轮回司，不情不愿地投入轮回之中，不如现在就与我融为一体，超脱生死……”

尤星越从负面情绪中清醒过来，礼貌地打断那个声音：“超脱生死有福利吗？五险一金，八小时工作制？”

那声音哑口无言。

尤星越继续彬彬有礼地询问：“你的超脱生死，是指紧紧扒在往复本体上，在忘川河上没吃没喝，然后被我解下来喂给不留客吗？”

那声音暴怒：“你！我告诉你，你下一辈子还是要过这样的日子，生如朝露，你竟不知悔改！”

随着声音发怒，围绕尤星越的负面情绪掀起新的浪潮，再次将尤星越卷入其中。尤星越轻轻笑了下：“别来了，第二次了，这一套对我不起作用。”

尤星越微微闭了下眼睛，再次睁开的时候，他准确地在纷乱的线中握住一根赤红的线，硬生生将其扯了出来！现实中，钻入尤星越体内的线同时被抽了出来，带出一片血，滴滴答答落在桌上，有一两滴还溅到了往复本体上。

尤星越：“……”

好吧，这已经是他第二次干这种事了。

尤星越将线丢在桌上，他被抽了不少血，脸色不太好。

不留客喜极而泣，扑进尤星越怀里：“都怪我！全都是我的错！我昏睡了好几百年，有些东西一时间没想起来，忘了告诉你最后一层线需要我和你一起动手。”

尤星越一手轻拍不留客的头，另一手擦拭往复上的血迹，还能分出心思安抚不留客：“别怕，我没事，刚才只是……”

话音未落，时无宴出现在不留客内。

尤星越擦拭的动作一顿，抿了下唇，久违的有点心虚——往复在他身边短短一周，他已经让往复沾了两次血。

活到现在所有的不靠谱，全搭在往复身上了，要不要这么丢脸?

他不动声色地轻吸一口气，微笑着抬起脸：“太抱歉了，我又……”

时无宴没等尤星越说完：“让你受苦，是我的错。”他突然又将视线转向那一根线，“当然，也是它的错。”他抬起尤星越的手，抚平伤口的动作轻柔，眼神冷然。

在时无宴的注视下，吸饱了尤星越鲜血的线艰难地弹动两下。

尤星越惊讶：“你可以看见？”

郁荼也是灵神，可是连线在什么地方都不清楚。

时无宴道：“万物生死皆在我眼中，只要存在，我就能看见。不过线只能看见，无法触碰。”

第5章 金蟾

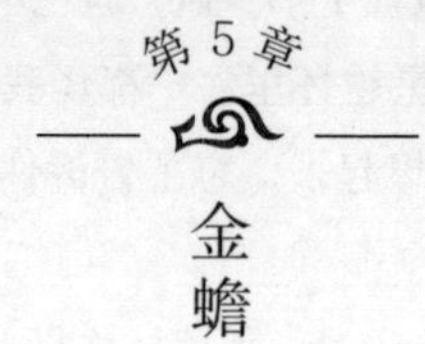

时无宴一手轻轻抵住胸膛，微微垂下眼睛："往复的人身也是血肉之躯，本体可以被线纠缠，但我这副模样的时候，无法接触线，所以不得不麻烦你。我在沉睡时，感觉你的血滴在我身上……"

很烫。

忘川河上雾气冰冷，时无宴快忘了血肉之躯的温度。

时无宴顿了下，轻轻道："我过来看看。"

尤星越解释："最后这根线很奇特，似乎修炼成了精怪，蛊惑我投靠他，我猜他是想占用我的身体。"

不留客正要说话，时无宴已经开了口："线也会产生灵智，不留客就是线的化身。"

不留客连连点头："对，所以人和妖怪都看不见我，只有你可以。"

难怪，不留客如果是器灵的话，应该可以被妖怪和一部分人类看见，但在总管局谁也看不见不留客。

尤星越若有所思："原来如此。"

线曾有躯体，重新形成灵智后，自然不甘愿当一个不能被看见、不能被听见的存在，所以要寻求一副新的躯体。如果刚才尤星越真的受到线的蛊惑，此刻大概已经被线吞噬殆尽。

想到这里，尤星越歉意道："怪我没有事先询问不留客。"

"线常年束缚在我的本体上，经年累月下吸取了我溢出的力量才会这样难缠。”话音落下，时无宴抬手轻轻一指本体。那皎洁玉轮腾飞在空中，两枚齿轮咬合转动，声音清脆悦耳，玉轮洒下一片冷光，笼住桌上的那根线。

红线在光芒下疯狂扭动，似乎忍受着极大的痛苦，晦暗的血气和煞气同时蒸发，血红的线逐渐褪色成温润的白色。时无宴指尖微动，玉轮在空中逆时针转动一周，随即消失。“我驱散了线内的煞气，现在吸收起来不会损伤人体。”

尤星越钩起白线。果然，白线不再散发森寒阴冷的气息，温顺地被尤星越绕在指尖。尤星越闭上眼睛，白线缓缓融入他的身体，白线的力量比尤星越以往获得的线强了数倍，尤星越彻底融合白线后，体内的灵力竟也随之增强了几分。

等等……这线里的灵力……是时无宴的！

尤星越睁开眼睛，面前的座椅上已经空无一人。他一怔，歪头看向不留客：“他走了吗？”

“嗯，刚刚才走的。”不留客举起玉盒，“盒子留下了，应该是送给我们了吧？”

尤星越接过玉盒，里头还残存着寒意，还有一股几乎消失的香气，清淡得似有若无。尤星越低头闻了闻袖口，果然沾了那股香气。

灵神往复，居然是香的。

尤星越忍不住弯起唇角。

一个帖子在颖江科技大学的论坛里引发热议，帖子的标题是“惊了，顾珉真的是富二代”。

颖江科大是省内最好的重点大学，每年总有那么几个风云人物。今年大三的顾珉就是其中之一，他长得帅，脾气好，年年都拿奖学金，参加过多个世界级赛事，是颖江科技大学的招牌之一。

这样的人物，在校内的讨论度当然很高：

1楼：哪个顾家啊？我怎么一头雾水的？搁这儿写玛丽苏小说呢？

2楼：回楼上，华唐科技董事长姓顾……你用的电子元件有很多就是他家的。标题如果是真的，那还真是玛丽苏小说男主。

3楼：不会吧？看不出来啊。不是说顾学长自己开了公司，是白手起家吗？无图无真相，楼主搁这儿传播谣言呢？告诉你啊，传播谣言违法。

5楼：这有视频，自己看。

好奇的学生吃着晚饭点开视频。视频镜头轻微晃动，但清晰度不错，又因为挨得近光线好，拍到的画面清清楚楚。镜头正对一扇大窗，两个格外显眼的青年分别坐在桌子两边，桌上摆着一件拳头大小的玉器和几份合同，正是顾珉在古玩店与尤星越交易的那天。

视频中，顾珉接了个电话，然后神色惊讶地回答："公司的一个大项目谈下来了……"

那青年托着脸，眉眼一弯，笑意就透过镜片不疾不徐地漫出来，说："顾先生，你是非富即贵的命格……顾氏每年都会帮扶颖江市的福利院……"

视频到这里戛然而止，但重点太多了！

42楼：三分钟，我要那个老板的全部信息！是心动的感觉！

43楼：我的神啊，标题居然是真的！华唐科技每年都大力资助福利院，真的是小说男主级别的存在！

44楼：听说有钱人都比较迷信，没想到顾珉也这样。买了个小怪兽，马上就说自己项目签成功了？太假了。不会是顾珉和那个老板合作，一起卖货吧？

45楼：楼上视频都没看完就瞎叫唤。那叫貔貅，是我国传统的招财辟邪的神兽，不是小怪兽。隔壁文学院要打死你们这帮连自己国家的神话体系都搞不懂的理科生。不过确实有点假。我家貔貅还是开光的，完全没有用。

46楼：楼上不要歧视理科生，好吧？我也是理科生。视频看得不太清楚，但是摆件是新料，还有皮有沁，优点是比较大，五十万花得太亏了。

……

54楼：有皮有沁没什么，但是新料质地松，还有脏棉，不值。

帖子越来越多，终于有懂行的出来辩解——

370楼：行行好，半懂不懂的不要瞎说了。是古董，是古董，摆件还是黄檀的，有历史价值！而且你没听到吗？人家刚买到手，生意就谈成了。

371楼：笑死，我才不信。绝对是合作炒作，顾珉那小子是做游戏的，网络宣传得心应手，这个店叫什么不留客，是吧？

……

392楼：重新去看了，店名确实是不留客，地址是南北街137号。等着，我有时间了就去看看。

晚上九点十五分，已经沉下去的帖子突然被顶上来：

599楼：顾珉公司的游戏公布内测时间了！官宣几个月一直在拖延，今天突然确定内测消息了！

……

609 楼：所以说顾珉视频里接到的电话就是这个？真的这么灵？我收回我楼上说的话。

与此同时，颖江市的某个角落。

一台破旧的电脑亮着屏幕，分辨率不高的屏幕播放着论坛上的视频。

“不留客，是我知道的那个不留客吗？”

电脑旁，一支落满灰尘的簪子激动地喊道：“快快快，超薄，再看一遍视频。”

电脑屏幕“咔”的一声黑了，过了几秒钟，只见鼠标突然自己动起来，音箱里传出声音：“我知道我知道，你别着急。”

鼠标点击视频，当视频播放到两分十六秒时，簪子高声道：“看见了！有个器灵从男的口袋里冒出来！超薄，我们找到了！”

电脑跟着发出抽泣声：“太难了，这破小区明天就断电了，我还以为咱俩要死在这儿了。没电没网，我真的会死。”说着，电脑打开网页，在搜索框中敲出一行字：怎么将一台电脑送到南北街 137 号？搜索框下很快跳出一堆选项，鼠标啪啪啪点开查看，不一会儿，破烂音箱传出恍然大悟的声音：“哦，原来是这样。让我来下个单。”

一小时后，飞鸟快递的快递员站在摇摇欲坠的小区楼前，楼体上写着鲜红的“拆”字。空无一人的小区，亮着一排倔强的路灯。快递员在夏日的热风里瑟瑟发抖：灵异事件吧？真的是灵异事件吧？

不久后尤星越接到一个快递电话。

“我的快递？可是我最近没有买东西。”

快递员的声音有些为难：“您要不要出来看一下？我就在您店门口。”

尤星越轻轻皱眉，第一反应是诈骗，正要拒绝，不留客拽拽尤星越的袖子：“星越，外面有器灵。”

尤星越一怔：“好，我现在出来。”

穿着蓝色工作服的快递员一头热汗，脚边放着巨大的纸箱。

不留客：“在箱子里！”

既然是器灵，尤星越肯定要签收。

这时候，快递员羞涩地笑了下：“到付，费用是六十二元。”

尤星越：这是哪家缺德孩子啊？还寄个到付给我。

见尤星越一时没有说话，快递员连忙解释："到付比预付贵一些，而且这个还选了三十元的保价。"

会主动来找不留客的必然是古董，保价很正常。尤星越叹了口气，付款后弯腰抱起纸箱，箱子里不知道装了什么，居然沉甸甸地压手。

尤星越回到店内放下箱子，撕开胶带。不留客呆呆地坐在椅子上，纠结极了："我好像……不能感应到里面是什么器灵。"

在曹家的时候，不留客还没有亲眼看见，就知道了器灵的本体是貔貅，现在居然看不出箱子里是什么器灵。

尤星越笑道："难道是连你都不认识的古董？"

不留客爬到桌子上，好奇极了。

尤星越说话间打开纸箱。入目是一本厚重的……笔记本电脑。还是老式的，砖头厚，被泡沫固定在箱子里，旁边放着充电器和两个掉色的小音箱。

不留客吃惊道："这是什么新的法器吗？我竟没有见过！"

"……是老式笔记本电脑。"

不留客恍然大悟："原来是老式的。"

尤星越闲暇时，会教不留客用电脑，他的笔记本电脑是为写毕业论文买的商务型的，外形轻薄。

"老板！我在这里！"老式电脑下面传来男声。

尤星越拿起电脑，在泡沫下看见一支灰扑扑的棍形物体，只听见："是我啊老板！好多古董，这里就是那个专收古董的不留客吧？"

尤星越仔细辨别才发现这是一根木簪，簪头是羽毛造型，因为落了太多灰，看上去老旧暗沉。

"这是不留客，你怎么过来的？"

木簪连忙道："我们打快递车来的。老板，你快给超薄充个电吧。"

"你不会要告诉我，超薄是指这台电脑，它修炼出了灵智，然后你们一起快递到了我这里？"

木簪高兴极了："老板你也太聪明了！这都猜得到！"

尤星越感觉被笨蛋夸奖了，不是很高兴。

不留客伸手摸摸电脑外壳，惊叹："电脑也可以修炼成精吗？！我从来没有听说过。”

木簪念叨：“我叫紫檀，本体是紫檀木簪。我和超薄都是一家的，一直在找不留客。两个月前那户人家因为拆迁搬走了，小区过两天要断电断水，我倒是无所谓，超薄没电就惨了。”

趁着紫檀说话，尤星越给电脑超薄充上电。

刚刚连接充电器，超薄便自动开机了，虽是旧款，但开机速度比尤星越的笔记本还快。尤星越接着连上音箱，电脑迫不及待地开口：“老板！”

尤星越从木匣中取出一块丝绸手帕慢慢擦拭紫檀，询问：“你们直接跑过来，不担心家里人找你们？”

紫檀提到这个就委屈：“我以前是曾祖母的陪嫁，后来居然被当成烂木头扔在储物间！”

超薄吐苦水：“嗐！全搬走了，我和紫檀因为太旧被抛弃了。等楼一推，我俩都要完蛋。老板你是不知道，我成精后黑进非人类规划总局的论坛，好不容易知道不留客的存在，结果一直找不到具体信息，还是前天在一个论坛上找到的。”

尤星越好奇道：“什么论坛？你又是怎么找到我的电话的？”

紫檀在手帕的擦拭下，逐渐显露出细腻温润、堪比软玉的本相。紫檀木这样的木料，在适当的盘玩下，色泽品相会更上一层楼。

超薄屏幕一闪，跳到颖江科技大学的校内论坛，搜出关于顾珉的帖子：“是这个！电话也不难，感谢各种缺德网站，感谢大学的校内论坛。”

尤星越清了清嗓子：“聪明。所以你们来不留客，是想有个栖身之处，还是需要找一个有缘之人？”

超薄惆怅道：“我一个过时笔记本，虽然我给自己起名叫超薄，但估计倒贴都没人要。紫檀估计还行，他长得还挺漂亮，我就算了吧。”

尤星越安慰：“说不定有人突然脑子抽了呢？”

超薄：“唉，我还是留在老板身边吧。我原先那个家里有个男孩，拿我打游戏就不说了，还看一些奇奇怪怪的网站……”

尤星越突然用力咳了一声。超薄赶紧打住，换了话题：“老板，我很好养的，都不用你给网费，我能直接连信号塔的信号，只要充点电。”

“你喜欢待多久都可以。”尤星越隐晦地瞥一眼自己的手机，若有所思：幸好他不看一些奇怪的网站，只看看小说。这年头电子产品都能成精，死后恐怕就没有什么清白可言了。

紫檀被擦拭得一尘不染，在尤星越手里舒服得声音都打战：“我还想找个人陪着，最好是姑娘。我第一任主人就是个美人，我做梦都怀念女孩子头发里的香气。没有女孩子，我会死的。”

紫檀一把清越动听的男性嗓音，说出这话也太奇怪了。

尤星越委婉道：“听起来还挺浪荡的。”

不留客赶紧解释：“器物没有性别的概念，就连一些修为绝顶到可以化形的器物，也不像人类那样在意性别。”

尤星越忍不住想到往复，轻轻挑了一下眉。

紫檀哼哼唧唧地回答：“这年头也没几个男的会留长头发吧。”

“这倒也是。你先待在不留客里，前段时间刚刚走了一只小貔貅，短时间内未必能找到你喜欢的人。”尤星越将紫檀横在木架上，手机急促地响起来，居然是顾珉的电话。

那头传来顾珉焦躁的声音：“老板，你现在有空来我家里一趟吗？”

尤星越一怔：“是貔貅出事了？”

顾珉声音低沉，压着一股火气：“我……我今天带着貔貅一起出来上课，刚下课，器灵突然消失了。现在我也感应不到他——”

尤星越皱眉：“你现在在什么地方？”

“我还有三分钟到南北街。”

“那我到南北街的南入口等你。”

顾珉急促道：“好。”

尤星越挂断电话，扯过一边的单肩背包：“不留客，你看家好吗？”

不留客忧心忡忡地点头：“好。出门注意，不要逞强，你这几天受了好几次伤。”

尤星越莞尔，弯腰揉揉不留客的发顶：“放心。”

尤星越走到南北街南入口，一辆黑色的商务车快速停在尤星越跟前，车窗摇下，露出顾珉的脸。尤星越直接拉开门坐上副驾：“别紧张，貔貅肯定在你家，别高看貔貅的修为。”

器灵一般不能离本体太远，顾珉身边放着貔貅的本体，顾家则有一尊开光的貔貅摆件，所以貔貅器灵才能在顾珉身边和顾家之间窜来窜去。

顾珉轻轻吐出一口气，他握着方向盘的手在微微颤抖：“我——”

尤星越皱眉：“别这么着急。你和貔貅签下了契约，如果他出了什么事，你会有感觉的，既然你现在什么都好，就证明没有大问题。”

顾珉哑声道：“好。”

商务车驶入车流，压着限速开往颖江市的富人区，最后停在一栋别墅前。

顾珉脚步匆匆地走进别墅，没几步几乎要小跑起来，因为靠得越近，他越能感觉到貔貅愤怒的情绪。别墅附近弥漫着强烈的寒气，还掺杂着湿漉漉的水汽。尤星越走下车，抬头看了眼太阳。此时已经是傍晚，但是日头还没有完全落下，什么样的灵煞之物竟然能在这个时间点现身在室外？

尤星越快步走向别墅，顾珉没有进门，而是脸色古怪地站在门口，尤星越逐渐靠近别墅，听到了猫科动物发出威胁的“呜呜”声。

尤星越走到顾珉身边，只见别墅外的阴影里站着一只灵煞，手里捏着一根水草，浑身湿淋淋地滴着水，皮肤发青，身上的破衣服是和水苔一样的深绿色。

好厉害的灵煞，完全是凶煞级别了。

而在别墅内，蹲着一只拳头大小的貔貅器灵，浑身奓毛，发出“呜呜”的低吼声，像是个捍卫自己领地的小猫崽。但和浮肿的灵煞相比，貔貅还没人家鞋子大。

灵煞甩动水草，他不能随意进门，只能阴冷地命令：“小猫滚到一边去。”

被激怒的貔貅放话道：“我咬死你！”话音刚落，忽然感觉后颈一紧，被人直接拎起来揣进怀里。

尤星越无视灵煞，一步跨进门内，弯腰捏着貔貅的后颈，拎起来丢进顾珉怀里：“老实点吧。”

灵煞停止舞动手里的水草，瞪大眼珠子：这是什么人？连貔貅都能拎？

门口的动静引起了客厅中两个中年男人的注意力。两人满脸疑惑地走出来，其中一人脖子上拴着一根滴着水的绿线，另一端牵在灵煞手中。

尤星越挑眉——索命。

脖颈上系着绿线的中年男子身材发福，面相和善，在距离灵煞不到两步的位置，完全没有看见灵煞。灵煞捏着水草，在看见中年男子后，身上的阴气越发浓重，“水滴”下落的速度加快，滴答落在地上，却没有留下痕迹。

因为那根本不是水滴，而是灵煞的阴冷灵气。

尤星越手指间隐隐有红线游动，他融合了往复本体上的线，体内线的力量和灵力都有了质的飞跃。

尤其是灵力，往复的灵力哪怕只有一丝，都能胜过妖怪们修炼数十年，其威压更是不同寻常。

因此尤星越调动灵力的瞬间，灵煞便察觉到了威胁，他捏着水草，警惕地看了眼尤星越，忽然消失了。

但中年男子脖子上的绿线并没有随之消失，凶煞索命，不达目的誓不罢休，只要中年男子离开尤星越的视线，灵煞就会动手。

中年男子胳膊上冒出一层鸡皮疙瘩，搓着手臂，嘀咕道："怎么这么冷？"

貔貅炸毛，他被顾珉抱在怀里，四个爪子朝天，喉咙里还发出呜噜噜的威胁声。

尤星越隐晦地瞥了眼貔貅：这么小的东西，简直为这个家操碎了心。

"带同学回来玩？怎么都在门口站着不进来？"

另一个面容与顾珉有几分相似的男子开口。

尤星越小时候在福利院时见过这位男子，是顾珉的父亲顾轩。

顾珉迟疑地看了眼尤星越。

顾珉看了二十年的精怪恶煞，还真没碰见过这么凶悍的，绿得发光，日近黄昏就敢现身，可以想象怨气有多深。

不过顾珉看不到线，他不清楚这灵煞到底是冲着谁来的。

尤星越对顾珉微微点头。

顾珉心领神会："爸，吴叔叔。这位是尤星越，我的一个朋友。"

顾轩笑呵呵道："快进来，外面热。"说着，顾轩领着尤星越进门，一边隐晦地打量尤星越，眼神里充满好奇——所谓知子莫若父，顾轩很了解自己这个儿子，顾珉外表平易好相处，实际上是个很难交心的人，平常谈得来的朋友只有一个发小，什么时候又处了一个这么好的朋友？

大概是同学？看着这么年轻，长得跟明星似的。

"爸。"顾珉咳了一声，示意父亲不要紧紧盯着尤星越。

顾轩收回视线，笑呵呵道："你们玩，我跟你吴叔叔聊会儿天。"

尤星越与顾珉并行，低声询问："你父亲旁边那个吴叔叔是……？"

顾珉轻声道："吴兴方。是我父亲生意上的朋友，十几年的老交情，是个很精明的企业家。门外那个灵煞难道是跟着他来的？"

尤星越："是。没猜错的话，灵煞是想要他的命。不过他在日头没落的时候就离开溺毙的地方，一路跟到这里，已经耗费了不少力气，加上你家有貔貅镇宅，他不敢进来。”

貔貅挣扎出顾珉的怀抱，爬到顾珉的头顶，哼哼道：“我的地盘他也敢放肆！胆敢踏进一步，我就咬死他。”

顾珉由着貔貅爬上爬下，神色自然地顶着貔貅器灵。

尤星越摇摇头：“顾珉惯得你上房揭瓦。那凶煞修炼了近百年，相当难缠。你跟他打，不要命了？”

都是灵体，貔貅自诞生以来就被金蟾欺负，孱弱得很，当然不是凶煞的对手。

貔貅晃晃脑袋，哼唧两声。

顾珉有点不好意思地抿唇一笑：“我以后会劝着他的。”

顾珉低声道：“吴叔叔为人抠门精明，不过大是大非上从没有出过错。老板，您能不能帮帮吴叔叔，当然，我会劝吴叔叔照市价给。”

尤星越沉吟：“我想想办法。”

顾珉感激一笑：“吴叔叔是信灵怪的，年年都去道观上香祈福，肯定会信老板的。”

尤星越心说那可不一定。

两人低声说话的时候，吴兴方感慨道：“老顾，你这房子最近翻修过吗？新换了空调？”

顾轩纳闷：“没有。怎么会这么问？”

吴兴方说：“我一进门就感觉全身都舒服。我最近几天总感觉嗓子疼想咳嗽，浑身发冷，骨头都疼，刚开始以为是重感冒，吃了药也没见好，打算明天去道观拜拜。”

说着，吴兴方搓了搓手臂，心慌地看了眼窗子：“怎么感觉又冷了点？最近总觉得有人盯着我看，但是周围又没人，瘆得慌。”

尤星越偏过头，在别墅的小窗外，一双浑浊的眼睛死死盯着吴兴方——灵煞再次回来了，守在别墅周围。

凶煞执念颇深，一旦盯准了某个人，轻易不会放弃。吴兴方打算明天去道观，灵煞今晚必定会下手。

灵煞察觉到尤星越的视线，咧开嘴，齿缝中塞着河底湿泥，甚至还有小鱼小虾的尸体。

尤星越在灵煞的注视下，拧开饮料，当着灵煞的面，泰然自若地喝了一口。

那头，顾轩接话："我昨天还觉得房子太旧了要重新装修。天天晚上听到楼上咚咚的，我都怀疑房子里是不是闹妖怪。"

貔貅专心致志地盯着顾珉的发顶，装作什么都没听到。

尤星越心想：您这房子不闹妖怪，闹猫。

几个人说话时，天色完全暗下来。

吴兴方又一次搓了搓手臂，他披上外套，恋恋不舍地起身："我觉得你这房子好得很。都七点多了，我得回家了，我老婆在等我吃饭呢。"

顾轩："行吧，我就不跟你客套了。"

眼看吴兴方要走，尤星越放下饮料瓶子，笑着站起来："吴叔叔。"

吴兴方疑惑地看向尤星越："怎么了？"

"我看您最近跟水打了交道，恐怕是跟水有些犯冲。"

被水里的灵煞盯着索命，当然是跟水犯冲。

吴兴方乐了，笑眯眯道："你还懂这个？不过你说错了，我不会游泳，连游泳池都不敢下，怎么会跟水打交道呢？"

顾珉余光能瞥见灵煞阴森的面容，他生怕吴兴方不信，帮着开口："是真的。吴叔叔，我看你最近可能撞了不干净的东西。"

吴兴方惊奇道："你不是一直不信这些吗？叫你上香你都不去，现在怎么信了？不过叔叔也觉得是碰了不干净的东西，明天就去道观上香。"

尤星越直接道："明天再去上香就来不及了。他现在就在外面，你一出去，他就会跟上你。"

事关性命，顾珉心里忍不住着急："叔叔，你今晚就留在这里吧。我这个朋友精通玄学道术，能帮到叔叔。"

吴兴方盯着尤星越过于温柔漂亮的脸，摇头："道观里像你这么大的小道士连经都念不好呢！再说了，颖江市的大师我都拜见过，没有你这么年轻的。"有句话吴兴方没有说，这小年轻也太漂亮了，说起话来又温温柔柔的，个子挺高，还戴着一副眼镜，像个明星，看着就不太靠得住。

顾珉和貔貅同时扭头，两双亮晶晶的眼睛里充满希望，顾珉道："老板，你给吴叔叔算算命，他就信了。"

尤星越心想：你这是帮我吗？你这是坑我。之后冷静道："我不会。"

按照常理来说，这种事是个正经的玄学人士都会一点，但是尤星越只算半个玄学人士。

吴兴方无奈，觉得顾珉和他同学大概是迟来的叛逆期到了，捣鼓这些东西。

吴兴方语重心长地教导：“孩子，你有道士证吗？”

“……没有。”

吴兴方宛如面对一个失足青年：“我们现代社会讲究一个持证上岗，你没有证，怎么能驱妖呢？你这是无证上岗，涉嫌诈骗的。而且我都打电话跟道馆那边的法师说了，他算过了，说我没有大事，最近只要小心就好。”

多谢两个笨蛋助攻，吴兴方现在完全将尤星越当成了新时代小骗子。

尤星越沉吟片刻，突然上前两步：“得罪了。”然后握住了吴兴方的手。

吴兴方使劲挣了一下，没想到对方看着瘦，手劲很惊人，他竟完全无法挣脱。下一秒，一股热流涌上来，吴兴方多日来的窒息感大大减轻。他捂着脖子，瞪大眼睛，上下打量着尤星越，这才明白眼前的年轻人是个内行人。

尤星越弄断了吴兴方脖子上的绿线，将一根红绳拴在吴兴方手腕上。

吴兴方想起自己刚才的话，脸红了起来：“那、那个……”

“没关系，我确实不是正规的道士，只是个古董店的老板，所以略懂一些而已。刚刚帮吴叔叔清除了一些阴气，您应该舒服很多了。”

吴兴方感激地笑笑，但是内心依然想去道观找熟悉的大师看一看：“真的舒服不少，谢谢你。刚才是我眼拙，没有看出老板的真本事……那我明天去道观吧。”

这一次，尤星越没有阻止对方，而是后退一步，礼貌地保持了正常的社交距离。他垂手交叠在身前，看上去平静温和，微笑道：“好的。”

顾轩在一旁目瞪口呆，直到吴兴方拍着他的肩膀告辞，才如梦初醒般送吴兴方出门，临走前忍不住看了尤星越好几眼。

顾珉迟疑道：“老板？”

灵煞根本没有走，还在窗外虎视眈眈。

尤星越笑了下：“就算你让他待在这里，也只能保证他今晚是安全的，我们总不能贴身保护他，还是要从根源上解决。”

顾珉了然：“老板是让吴叔叔做诱饵。”

尤星越走到门口，目送吴兴方上了车，那绿油油的灵煞从车窗爬进车里，透过玻璃向别墅投来得意的笑容。

尤星越道："灵煞能一念之间回到自己肉身所在地，我要是动手，他眨眼就会消失，我们只能找一个合适的时机。"

黑色轿车滑入夜幕，吴兴方坐在后排闭目养神，被那个古董店老板握了一下后，他身上的不适减轻许多，可以稍作休息了。这时一个扭曲的黑影缓缓浮现，腥臭发绿的水顺着靠枕缓缓滑至椅面上，黑影手里拿着一根绿色的水草，他抬起了手……

与此同时，站在别墅门口的尤星越，身上落着走廊灯的暖光，他轻轻接了一句话："我想，他会选择勒死他。"

顾珉和顾轩同时打了个寒战。

司机闻到奇怪的味道，他看向后视镜，眼睛猛地瞪大，反应过来前惨叫已经挣破喉咙——

浮肿的绿色灵煞手持一根水草，正勒在吴兴方的脖子上！

睡梦中的吴兴方在窒息中惊醒，他脸庞充血发胀，手腕上的红绳啪地断裂，十几根红线反向勒住水草，让吴兴方有了喘息的机会！强烈的求生欲让他手脚瘫软着拉开车门翻下车，然后连滚带爬地跑向别墅。

车内的灵煞尖啸，化成绿影扑出车外！那些红线立刻追出来，紧紧咬在绿影之后。

车子根本没有开远，吴兴方已经许久没有跑得这么快过，他胸膛剧烈起伏，就在感觉肺要爆炸的时候，终于跑进了别墅内。

"大师！大师救我！"吴兴方一边跑一边高声求救。

顾轩什么都看不见，他不明所以地问怎么了，同时上前搀扶吴兴方，却被儿子一把拉住。

顾珉呼吸急促，他深知凶煞的可怕："别过去！等老板处理完！"

尤星越打了个响指。此刻，追捕凶煞的线得到了更多的力量，猛然发力追上绿影，在凶煞的尖叫中将其五花大绑，然后拖拽在地。

尤星越面色平静，看上去根本不像刚刚降伏了凶煞。他低头注视着灵煞，难得感到了头痛："老实说，我不仅不会算命，也不会超度。放你出去，你大概还会害人，该拿你怎么办比较好？"

凶煞和寻常灵煞不同，他们会找替身，放出去一定会害人。

吴兴方赶紧道："大师！这是凶煞，你还是赶紧打死它吧！"

尤星越："唔……好像不太合适。"

生物有灵，怨气深重的灵叫作煞，煞都归于灵界，轻易不能抹杀。即便是凶煞，也只能超度。

灵煞见识了尤星越的本事，生怕自己真的被尤星越抹杀，赶紧开口："冤有头债有主！姓吴的，你欠我的就算这辈子不还，下辈子也要还！"

灵煞的嗓子里像塞满了泥沙，声音说不出的粗粝。

吴兴方急道："我欠你什么了？"

灵煞大怒："你推了我的家，当然跟我有仇！我有肉身时被湖里的灵煞拉下去当替身，我一直都想找别的替身，但我成了灵煞没多久，湖边就装了围栏！我等啊等，等了六七十年！好不容易围栏坏了，你把湖推平了要盖什么商场！"说到动情处，灵煞呜呜地哭起来，"我这么多年容易吗？小的我不舍得拉他们下去，年轻的女孩腿那么漂亮，我看得入神了忘了拉她们下去。十几年前拉了一个年轻男人，结果他是个警察，阳气那么足，不仅没被我淹死，还打了我一顿。我等了快一百年，你还把那么多土推倒在我的尸体上！呜呜呜……"

"别哭了……你害人不成反挨揍，还好意思告状，没见过你这么丢人的凶煞。"尤星越道。

吴兴方讷讷道："我请的风水大师说湖不好，淹死过不少人，要赶紧推平，我……大师，接下来该怎么办？"

尤星越揉了揉眉心："就事论事，你推平了湖是好事，但是压住了他的尸骨确实对不起他。"

灵煞生怕对方真的弄死自己，连忙道："大师，我有害人之心，但是从来没有成功过啊！我知错了，求求大师放我一条生路吧。"

"灵煞找替身是执念，放你出去你也改不了。何况湖都推平了，你能去哪儿？我送你……送你去轮回司吧。"

尤星越抿唇，那三个字绕在唇齿间，他沉默片刻，慢慢吐出一个名字："时无宴。"

冥雾之中，灵神睁开了眼睛。

时无宴曾经说过，如果尤星越有需要，可以叫他的名字，他会回应尤星越。

这是尤星越第一次叫出这个名字。尤星越甚至不确定，对方是不是真的会回应他。

话音落下，夜色里升起蒙蒙雾气。尤星越闻到淡淡的木香，冰凉的衣袖拂过他的手腕，尤星越侧脸看过去——

一身黑衣的时无宴走出雾气，衣袖间还沾着忘川河水湿漉漉的寒意。

俊美的黑衣灵神眉目平和，他是深冬的夜晚，是湖面落满的大雪，沉重而皎洁。

顾轩看着突然出现的时无宴，一阵头晕，紧紧抓住儿子的手臂，试图挽救自己濒临破碎的三观。

人……应该不能突然出现、突然消失吧？

又不是变魔术。

顾轩想要向儿子求证，一扭头，发现儿子头上不知何时多了一个小小的影子，有角有鳞，长得活像个神兽，正揣着爪子，歪着头盯着自己。

儿子顾珉浑然不觉，正好奇地看着吴兴方。

灵煞和时无宴加重了周围的阴气和灵气，于是在这种环境下，顾轩的肉眼可以看到貔貅器灵。

顾轩眼前一黑，差点厥过去：完了，我家有妖怪。

貔貅还以为自己隐藏得很好，瞅了一眼顾轩就收回视线，慢吞吞伸个懒腰，顺着顾珉的头发溜到肩膀。

顾轩捂住胸口，一口气差点上不来。

顾珉完全没察觉到老父亲的异常，他还是第一次亲眼看到降伏凶煞的过程，看得津津有味。

吴兴方拘谨地站在一边，垂着脑袋，眼神很敬畏。他被灵煞索命，此刻运势微弱，能感觉到来人身上深厚的灵气。

是一种人类绝不会有的，隐而不发的浩瀚。

灵煞趴在地上，半透明的身体还缠着红线，他伸长脖子看过去，在看清楚之后，面色更绿了。

来人脸色苍白但有血色，手里没有哭丧棒，没有锁魂链，衣着整洁，俨然是有肉身的灵神。

灵煞忍不住打了个寒战。

他知道，灵神的身体越接近实体，官职往往越高。

这……这难道是个王级的灵神？！

灵煞越想越觉得是，艰难咽下了抽泣声：这个天师，居然还是个关系户啊！我怎么能如此倒霉？

时无宴刚从沉睡中苏醒，眼神里却没有半点睡意："怎么了？"

尤星越看着时无宴绣着金线的衣裳，他后知后觉地意识到一点——请往复来解决一个灵煞，是不是太大材小用了？

尤星越歉意道："是这只灵煞。我不会超度，不知道怎么才能送他到灵界，所以只好麻烦你。"

跟着吴兴方的灵煞在人世徘徊近百年，戾气深重。

时无宴视线落在灵煞身上。

灵煞被红线捆成了长条状，当时无宴看向他的时候，灵煞死去多年的灵体战栗了起来，猛地在地上挪动几下，涕泗横流："尊驾！我死了几十年都没杀过人，我还是个无辜的煞啊……"

时无宴微微颔首："我知道。"

"你生前死后的所有作为都由轮回司审判，不必向我申诉。"时无宴声音浅浅的，甚至是温和的。

灵煞下意识闭上嘴，一长串说辞全都堵在了嘴里。

不知道该怎么形容这样的眼神，平静无波，不带一丝一毫情绪。

是这世间绝对的公正，不会为外物所动摇。

无论灵煞说什么，都不会再勾起对方的同情。

不，他应该不懂什么叫同情吧。

灵煞躺在地上，目露崇拜：果然是王级，已经修炼到了无情无欲的地步了呢。

尤星越道："我知道这是一点小事，本来想请郁荼帮忙，可是我不知道怎么联系他，只好麻烦你。"

其实能见到郁荼更好，尤星越还准备向他推销一下店里的金蟾。

他说话时，时无宴垂着眼睛，眼神柔软平和："并不麻烦。本体已经回去，我没有什么事。"

时无宴转向灵煞："你徘徊俗世已久，也该去往灵界。"

灵煞犹豫片刻，嗫嚅道："我、我有个心愿……"

尤星越点头："你说。"

解决了执念，也省得这些过于执着的凶煞把线缠在往复身上。

时无宴睫毛微颤，飞快瞥了尤星越一眼。

灵煞哼哼唧唧的："我的尸骨还埋在土里。都是吴兴方的错，他盖商场却压在我的尸骨上。他要把我的尸体请出来，妥善安置下葬，不然他的楼盖在我尸骨上，我岂不是日日夜夜地被压着？"

尤星越："要求倒也很合理。"

他歪头看向吴兴方："吴叔叔，你答应吗？"

吴兴方忙不迭点头："应该的应该的，我明天一早就让施工队把您的尸骨找出来安葬。"

灵煞内心的贪欲蠢蠢欲动："还有每年清明的祭祀……"

时无宴漆黑的眼眸转动，看向灵煞。

灵煞早就没了肉身，此刻却感受到了久违的窒息，他心里打了个突：真是得意忘形了！居然敢在灵神面前得寸进尺！

尤星越皱起眉，随着他眉心微蹙，红线收紧束缚，灵煞身上的绿光都淡了几分："祭什么？"

灵煞吓得灵体模糊，立刻道："没、没什么！"

时无宴道："既然如此，等到明日他心愿了结，我再送他上路。"

尤星越挥手解开红线："你先跟我在古玩店待一晚，明日一早我们起出你的尸骨下葬，到时候不许再有拖延，立刻离开。"

灵煞嗫嚅着点点头。时无宴抬手，灵煞被团成一颗绿色水球，落入时无宴手中。

吴兴方腿一软，跪坐在地上咳嗽好几声。他刚才差点被灵煞勒死，现在灵煞消失，他缓过劲，一阵后怕。

幸好车子开得慢，幸好碰见了大师……

尤星越上前搀扶他："吴叔叔，找个地方坐一会儿吧。"

吴兴方哪儿敢让他扶，连忙自己爬起来，苍白的脸上扯出笑容，强行乐观："没事儿，我好得很！我现在打电话给施工队，联系一下殡仪馆……"

他手忙脚乱地摸出手机："大师，我先付大师酬劳……"

尤星越温和地安抚他："吴叔叔，你先好好休息，酬劳的事情不着急。等明早起出尸骨，按流程下葬再说。你放心，我明早会和您一起到场，直到送走灵煞。"

吴兴方老眼含泪："我早听大师的话，在别墅里待一晚上就好了。"

尤星越一笑："不重要，反正事情已经解决了。"

他笑得眉眼微弯，如春风般和煦，好像那个让吴兴方引出灵煞的想法跟他完全没有关系一样。

顾珉默默转过头，看来老板比他想象中狡黠腹黑得多。

他得多谢老板卖他貔貅的时候没有坑他。

吴兴方忧心忡忡道："唉……我不安心，趁现在还早，我去联系施工队。大师，我先走了，明早七点我来接您可以吗？"

"可以，"尤星越道，"我住在南北街 137 号，不留客。"

吴兴方："我记下了。"

他又感谢了好几句，才一瘸一拐地往自己车子的方向走。

走到一半，吴兴方忽然转了回来："大师，我记得您之前说，您是开古董店的？您看看，我能不能从您这里请个什么东西，来镇一镇我那商场？"

尤星越陷入沉吟。

吴兴方满脸期待。

片刻后，尤星越道："我那里确实有一样还算合适的，只是具体情况还需要去吴叔叔的商场看一看。"

金蟾其实是个很不错的选择。一来受过供奉修为不错，压得住煞气；二来金蟾有招财的作用，造型相当富贵霸气，适合商场。

问题在于，金蟾本身已经走了歪路子，商场坐落在淹死不少人的湖上，会不会助长金蟾的邪气？

吴兴方没有得到肯定回答，有点失望。

尤星越放缓声音解释："还要和吴叔叔请的风水大师商量，总不能请一尊不合风水的古董回去。"

一句话说得有理有据，吴兴方连连点头："对，对，是这个道理。"

吴兴方一瘸一拐地走向自己的车，直到他上车，司机才清醒过来，咽了好几口唾沫，抖着腿爬上车。

尤星越和吴兴方说话时，时无宴就安静地站在一旁。

尤星越内心充满歉意，抿了下唇："要麻烦您明早再来一次。嗯……毕竟，我觉得他们少一些执念，也许你能少一些束缚。"

尤星越小的时候，时常觉得线太沉太紧，压着他勒着他，使他难以喘息。后来随着年纪增长，尤星越不再逃避，终于能心平气和地与线共处，那种窒息感才逐渐减轻。

说完，尤星越歪头望着时无宴一笑："是我一点私心。"

也许只有自己这样的凡人才会有逃避之心，往复身为灵神，或许内心强大坚韧，不过那也不妨碍尤星越这么做。

尤星越是常常笑的人，和温柔的表象不同，他从不回避旁人的视线，笑起来只是眼眸微弯，目光湛湛。时无宴却不敢看他，垂下眼睫，低缓地应了一声："嗯。我先回去了，明日再来。"衣袖簌簌的声音过后，时无宴的身影消失在夜色中。

灵煞的事情定下了处理方案，尤星越准备向顾轩告辞。

"大师！"顾轩一把拽住尤星越，扯得尤星越一个踉跄。

顾珉看不下去了，上前拉住顾轩："爸，你稳重点。"

顾轩牙齿打战，语速极快："大师，自四天前开始，家里就不干净，冰箱里的海鲜经常无故消失，桌子上的东西突然掉在地上。而且我儿子那个游戏拖了那么久，突然就公测了。大师，你看我儿子是不是在外面养什么东西了？"

顾轩一指顾珉头顶："大师，你能看见这个猫妖吗？"

貔貅不高兴："我，貔貅！"

顾珉："……"

他捂住脸。

所谓白天不熬猫，晚上猫熬你。小顾总被摧残了几个晚上之后，也试图白天熬猫，无奈貔貅精力充沛，顾珉是真的熬不过他。

尤星越叹了口气："那是貔貅。顾叔叔应该听过，有些器物能成精，我们称之为器灵。顾珉头上的是貔貅器灵，是前几天从我这里请走的和田玉貔貅摆件。"

尤星越语重心长："顾叔叔，您可以对自己的儿子有点信心。"

顾轩双眼发直地盯着貔貅："是这样吗？我看他一天到晚不着四六，家业不去管，非要去开发游戏。那个什么端游卡了快半年了，我很担心他在家里养妖怪。"

在顾轩眼中，搞游戏始终算不上正业。

顾珉无语。

尤星越好笑："貔貅性格活泼，白天跟着顾珉一起出去，晚上回来撒欢难免闹出动静来，并不是妖怪作祟。"

见顾轩表情奇怪，尤星越正色道："顾叔叔，貔貅是祥瑞神兽，能辟邪生财，生性厌恶蝇营狗苟之辈，小顾总玉洁松贞多有善行，所以请了貔貅后才能见效神速。而且，对于普通人而言，躯体可以去的地方太少，灵魂却能上到九重天，游戏是精神世界的畅想。”

尤星越确实没有看走眼，顾珉的游戏宣发过后好评如潮，一度登上热搜，顾珉的公司同时很低调地向公益组织捐赠了一笔资金。

貔貅在顾珉身边待了几天，灵体上已经养出了一层灵光。也许过个几十年，貔貅的灵体就可以和肉身一样了。

顾轩常年忙于事业，加上老一辈的偏见，从来没有关注过儿子的事业，今天才知道在旁人眼中，自己的儿子竟然能得到“玉洁松贞”这样的评价。

顾轩眼神复杂，此时此刻，终于意识到在父子相处的过程中，他因为偏见忽视了儿子的闪光点。

这样的错误，居然是和儿子同龄的年轻人点醒了他。

果然是玄门大师。

顾轩感慨道：“我明白了，谢谢老板点醒我。”

尤星越不知道顾轩给他加了什么人设，他急着回去，不留客还在店里等他。

“顾叔叔作为父亲，只是不习惯从外人的角度欣赏小顾总而已。顾叔叔，我还要准备明天的事，先回去了。”

顾珉主动提出送尤星越，尤星越看了看时间已经晚上八点多了，这边确实不好打车，便同意了。回去的路上貔貅就没有消停的时候。

尤星越身心俱疲：“你就应该叫皮貅，顽皮的皮。”

顾珉笑道：“我觉得很可爱啊。”

尤星越看了眼顾珉：顾珉其实是个猫奴吧？换个人肯定受不了貔貅的闹腾劲头。

好不容易回到店里，尤星越远远就看见不留客趴在窗边，皱着眉，满脸担忧。尤星越心里一松，唇边不自觉露出笑意，快步上前打开 137 号，不留客一咕噜翻起身，扑到尤星越怀里。

“星越！你没受伤吧？”不留客刚到尤星越的腰际，仰着头才能看清尤星越的脸。

“没有，我很好，”尤星越摸摸不留客的头顶，“有乖乖在家吗？”

不留客用力点头：“嗯！我刚刚和超薄玩了一会儿游戏！”

尤星越搂着不留客侧过身，示意顾珉："小顾总进来坐一会儿？"

顾珉摇摇头："我就回去了，明天还要上班。"

貔貅站起来抖抖毛，伸头看向金蟾，冲金蟾吐了下舌头。

金蟾直愣愣地盯着貔貅，它差点认不出貔貅器灵。这才几天就养得胖了一圈，这不得财气和功德吃到撑？

金蟾自从被红线镇压后就一直被尤星越晾在一旁，说没有怨气是假的，可是它打不过尤星越，而且尤星越的修为日渐深厚，背后还有往复做靠山，它只能把怨气憋在心里。

但此刻见了貔貅，金蟾悟了——多想不开才要怨恨尤星越？讨好老板，给自己找个好人家才是正道！看看貔貅，都从营养不良、发育不全的小猫长成这样了。

顾珉得知了貔貅和金蟾的恩怨，无奈地将貔貅摘下来放进口袋："老板，我先回去了。"

尤星越关上门，他安抚了不留客，和紫檀、超薄打了招呼，路过金蟾时，金蟾谄媚道："老板……"

尤星越警惕："你干什么？"

"人家就是想问问，刚才那个顾老板还缺小可爱吗？"

"醒醒，你哪有貔貅可爱。"

金蟾本体其实也十分精致——浑身灿金，口中叼一枚铜钱，颇有憨态。但是金蟾摆件本身比貔貅大得多，而且全身镀金，看上去过于富贵了。

越想越觉得适合放在商场。

金蟾急了："老板！我以后改邪归正，再不敢有歪心思！求你也给我找个好人家吧，我从良了！"它也想金蟾变成猪，每天都待在财运和功德里吃到撑！

"真的吗？"尤星越后退两步，双手撑膝，笑吟吟地弯下腰，"你真的洗心革面，愿意找个终身归宿？"

金蟾不知为何打了个寒战，总觉得老板和善的笑容下藏着坏心眼，金蟾赶紧把声音拉得千回百转，企图打动尤星越："真的！"

尤星越失去笑容："为什么要用这种声音说话？"

金蟾羞涩道："超薄说这叫'夹子音'，人类都可喜欢了。"

"……"

桌子上的超薄"啪"地黑屏——关机了。

吴兴方的商场地理位置优越，旁边就是颖江大学。商场早就完工了，正门口的广场还剩几个栽树的窟窿。

施工队等在广场旁，正等着吴兴方的指令。

吴兴方满头是汗："大师，道长还有一刻钟才能到，要不我们先动工？"

尤星越摇了摇头，眼镜挂链发出细微清脆的撞击声："不急，等一等。"

尤星越今天戴的这副挂链眼镜，金色镜框，细细的金链子上镶着宝石。这副眼镜是库房里的老东西，有开阴阳眼的效果。

时无宴就站在尤星越身后，他一身打扮和尤星越完全一致。只是颜色不同。

吴兴方连连摇头："不是，是那位道长的同门，道长前几天出差去了。"

尤星越环视一圈，目光落在广场的窟窿上，青天白日下，煞气正不断溢出。

三人等了片刻，一名道士打扮的男子大步走来。

吴兴方迎上去，道："徐淙道长，您怎么来了？"

他请的明明是徐淙道长的师弟。

徐道长微微颔首："是。凶煞出世，我必须亲自查看才能放心。"

吴兴方连忙给尤星越介绍："尤大师，这位是徐道长，博云观的监院。"

博云观是颖江市内最著名的道馆。

徐淙一眼就看到了尤星越和时无宴，无他，这两人相貌实在太出挑了，而且这位尤姓青年身有灵光，是修行之人。

尤星越道："徐道长早。"

徐淙板正地回应："道友早。"

徐淙肃容，问："吴总，凶煞何在？"

吴兴方迟疑了一下，"凶煞已经被尤大师收服了。"

徐淙准备拿包的动作一顿，难以置信地问："已经收服了？"

那可是凶煞！近百年修为，他来之前已经做好了以死相拼的准备。

吴兴方道："是的，现在就差找出凶煞的尸骨。"

尤星越简单解释了昨日发生的事情，末了说："昨日实在是情况紧急，故而出手镇压了。"

徐淙摸不着头脑："既然如此，为何又寻我的师弟？"

吴兴方赶紧跟着解释："请您的师弟来是为了看看风水，我想从尤老板的店里请一尊古董压制煞气。"

徐淙深深看了尤星越一眼，拱手道：“多谢道友仗义出手。”

“举手之劳。”尤星越示意吴兴方可以开工了，“吴叔叔，趁早将尸骨起出来吧。”

徐淙掐算出方位后，吴兴方上前两步，和施工队沟通。

施工队很快起出十几块人骨。

找齐尸骨已经是十点之后，吴兴方先是报了警，然后联系殡仪馆，忙了整整一个上午，才把棺椁送出去。

吴兴方请尤星越三个人进入商场：“徐道长，尤大师，您看我这里适合放什么古董？”

商场上下一共六层，分为 A、B 两座，楼顶不透光，无处不在的灯光将封闭的室内照得如同室外，夜晚也能亮如白昼。

徐淙一眼就看到了商场中心的喷泉，他有点无奈：“吴总，商场旧址是景观湖，不适合再修室内水池。”

吴兴方有些心虚：“不……不是说水聚财吗？”

徐淙一听就知道修水池是吴兴方自己的主意。

徐淙道：“吴总，还是把这个水池敲掉吧。”

吴兴方坚持道：“可……可是水能聚财呀！”

徐淙糟心极了，苦口婆心地劝说：“吴总，水虽然能生财，却也要看具体情况……”

吴兴方一个劲儿地用眼神瞟尤星越，希望这个年轻有本事的大师能帮他把水池保留下来。

眼见吴兴方与徐淙争执不下，尤星越咳了一声：“徐道长，其实我觉得可以保留水池。”

徐淙道：“不可！若是保留水池，必然滋生不干净的秽物！”

尤星越温和地笑了下，解释道：“我有一尊灵性十足的金蟾，可以压得住此处的凶煞。”

徐淙目露怀疑：“道友，你既然能降伏灵煞，便该看出此处恐怕要开光神像才能镇得住。”

尤星越拉开随身的包，从里面拎出金蟾：“此物应该镇得住。”

金蟾通体灿金，口衔铜钱。

一尊受人香火供奉，修炼出灵智，甚至胆敢欺压貔貅的邪神金蟾。

徐淙先是疑惑，随即露出几分惊愕：“这是？”

金蟾大眼圆肚，纯铜镀金，外形十分讨人喜欢。整个摆件算上底座，直径大约三十厘米，高十数厘米。

最重要的是灵性十足，隐有神光。

徐淙神色严肃：“道友，我可否拿来一观？”

尤星越放下金蟾：“请。”

徐淙双手捧起金蟾，定眼望去——只见摆件中蹲着一道虚影，眼珠轻轻转动。

竟是生出了器灵！难怪尤道友说此物可以镇压商场内的煞气。

徐淙郑重地将金蟾还给尤星越：“果然是非同凡响的灵物。”

吴兴方小心道：“我的水池是不是可以保留了？”

徐淙赞赏道：“有此等灵物镇压，水池不必损坏。而且金蟾属金，金生水，聚财且聚生气。”

可以说，有了金蟾，原本是败笔的水池反而成了画龙点睛之笔。

吴兴方高兴起来：“这就好！等我剪彩那天就亲自去大师店里请金蟾……”

“不行。”

尤星越不顾礼貌，直接打断吴兴方。

尤星越盯着水池，他透过镜片可以看到水池中缓缓游动的阴气，路过水池的人都忍不住打个哆嗦。

水池内已经聚集煞气，夜晚没有日光，秽气便能作祟。

尤星越平静道：“金蟾今夜便要坐镇商场，否则商场一定出事。”

吴兴方听尤星越说得这么严重，疑惑着点点头：“好，好的。”

吴兴方见识过尤星越的本事，本着一定要和大师交好的原则，他给出了三百万的价格，又另封了两个红包给徐淙和尤星越。

尤星越对价格不太在意。

吴兴方是大老板，还有别的事，处理好商场的问题就忙着开会去了。

尤星越和徐淙各自告辞。

临走前，尤星越回头看了眼金蟾，眼镜挂链轻轻响了一声。

尤星越近视，但他的眼睛格外有神，盯住什么东西的时候，像锁定某个猎物一样专注。

“乖一点。”

尤星越做了个口型。

金蟾在本体里点头如捣蒜：明白明白！

几个小时后。

金蟾蹲坐在水池中间，无聊地抠着眼珠子。

没一会儿，一个小姑娘跑到水池前，就着灯光写家庭作业。

女孩想了想，笑着冲金蟾挥挥手：“你好呀，我借地方写作业。”

在她低头研究题目的时候，水池里的怨气悄悄聚集起来，很快凝聚成一个模糊的人形。

原本的景观湖死了太多人，很多都是背着大人来游泳的小孩。

这些怨气保留了拉人下水的执念，悄悄靠近了水池边缘。

头顶的灯闪了一下。

金蟾和小姑娘同时抬头看了一眼。

下一刻，怨气拽住女孩的手腕，将她拖进了水池！

水池里的水在尤星越的要求下，已经抽得只剩下很浅一层，刚刚没过人的鞋面，可这么浅的水，女孩竟然不能站起！

金蟾迟疑几秒，最终口吐铜钱，投入水池中，裹着金光的铜钱瞬时震开阴气。

金蟾出手救助小女孩的瞬间，镇压金蟾的红线层层脱落，像是老板无声的肯定。金蟾挣脱束缚，跳出本体将她叼出水池。

女孩呛了几口水，恍惚间好像在水池边看到了一只金色蟾蜍，睁着圆鼓鼓的眼睛看着自己。

女孩获救，一道功德金光没入金蟾体内，洗刷金蟾残余的邪气。

金蟾感受着体内增长的灵力，难掩内心的震惊——是功德！它吃了那么多香火，都不曾获得过功德。

金蟾心情有些复杂，它余光瞥见那些红线缓缓消失，轻轻吐出一口气——幸好它出手救了这个女孩。

但行好事，利人利己。

尤星越在黑暗中睁开眼睛，伸出手。

那些落在商场内的红线缓缓出现在他手上，殷红鲜艳，亲昵地在他指间游动。

金蟾是邪神，就在不久前还生出夺舍胎儿的想法，尤星越不可能放心金蟾独自待在商场，所以他将金蟾留在商场之后，并没有解除金蟾的封印。

商场晚上会出事，但很难出大事。尤星越临走前特意叮嘱抽空水池，没有媒介凭依，怨气不可能凭空淹死人。

尤星越唯一担心的，是金蟾会借助阴气再次修炼。

但是金蟾不仅抵挡住了邪气的诱惑，还救了人。

尤星越回到不留客后，心里依然记挂着金蟾。如果金蟾有异常举动，他会第一时间控制金蟾，并使用红线救人。

尤星越最希望的结果是金蟾主动救人。

金蟾确实这么做了，也算是没有辜负尤星越的期待。

尤星越摸出眼镜戴上，缠在指间的红线已经没入体内，尤星越闭上眼睛，重新整合体内的线，不过片刻时间，他就觉得体内线的力量增长了不少。

尤星越睁开眼睛，一根红线出现在他手中，原先的红线细如蛛丝，接手不留客才几天的时间，红线的直径就有了增长。

……

几天后，尤星越回了一趟福利院。

他每个月都会回来一次，还会带一些东西，如果打工的钱除去生活费后还有剩余，尤星越会攒上几个月，然后打给院长阿姨。

尤星越这次打过去不少钱，院长阿姨吓了一跳，还以为他做了什么非法生意，尤星越解释了好半天，院长阿姨才相信。

临走的时候，院长阿姨还叮嘱："不要偷税漏税，做个遵纪守法的好公民。"

尤星越笑着点头："我知道。"

商场开业已经是二十多天后的事。作为一个大型商超，还在施工时，商场就已经吸引了不少人的视线，开业当天的剪彩仪式更是有许多人围观。

剪彩是早上七点半，天气很好，因为时间较早，温度也很适宜。

吴兴方在商场门口搭了台子，请了主持人和几个表演团队，主持人一边活跃气氛，一边发礼物。

为了给商场造势，吴兴方还请了当地媒体来拍摄剪彩。

尤星越还是戴着那副挂链眼镜，他今天打扮得稍微正式一点，一身衬衫长裤，站在一帮中年人中，显眼得不行。

商场靠近几个大学，围观剪彩的大多是学生，都举着手机拍摄舞台，但是慢慢地，手机镜头全都不自觉偏向了尤星越。

他的气质太出众，戴着一副挂链眼镜，在大夏天里一身清爽的青蓝色衬衫长裤。旁边的人转头和他说话，尤星越稍稍偏头，细金链晃了晃，好像要晃到围观者的心上。

不知旁边的人说了什么，他弯起唇角，笑意涟涟。

……

剪彩仪式完成，尤星越松了口气，取出合同和吴兴方一起签订，吴兴方高高兴兴地转了钱给尤星越，然后被其他人拉着看商场去了。

尤星越收好合同。

不留客闭上眼睛，深深吸了一口气，他摸摸自己的脸，惊叹道："我恢复了好多。"

接连卖出金蟾和貔貅，不留客的灵力也逐渐恢复。

他都做好卖不出古董，然后悄悄死掉的准备了。

不留客道："星越，你真的好强。"

他发现星越签下的合同，效力比之前几任老板都要强许多，所以他能获得的力量也更多。

尤星越莞尔，他拨了拨不留客的头发，道："我带你逛商场吧。"

不留客用力点头："我们去回访金蟾。"

商场离南北街很远，尤星越头几天还关注金蟾，后来确定金蟾已经痛改前非，就懒得再管。

尤星越带着不留客走进商场，走了几步就看见了水池。

水池重修过了，中间砌了台子，做成一个人造瀑布，金蟾蹲在台子上，水池里游动着几条锦鲤，底下竟然还铺着不少硬币。

尤星越亲眼看见一个小姑娘站在水池前，很虔诚地闭上眼睛，许愿："希望我明天考一百分。"

许过愿，女孩将手里的硬币丢到台子上。

第一次进来逛商场的顾客不明所以，但那不重要，人的本质是从众，有女孩带头，水池边很快就围了一圈人，扔硬币向金蟾许愿。

硬币入水的声音接连响起。

自从金蟾救了女孩，商场里便开始流传金蟾的传说，后来越传越离谱，变成许愿灵验，因此水池里的硬币也越来越多。

一人一金蟾四目相对，金蟾终于忍不住哽咽出声：“老板，说好的好人家呢？为什么貔貅有梳毛摸头服务，而我只能被硬币砸？”

虽然镇压邪祟有功，金蟾修了不少功德，但是被硬币砸什么的，也太丢脸了吧？

好歹以前是个邪神来着。

尤星越匮乏的良心痛了一下，心虚下带着不留客飞快逛了商场，从商场B座偷偷溜了出去。

而同一时间，国内一个名叫飞鼠的视频网站上，一个带着认证的新闻账号发布了视频，标题写着：商场开业现场惊现小鲜肉，惊鸿一瞥，偶像剧男主都有了脸！

漂亮男人？！

让我看看！

劲爆标题很吸睛，而且视频还打上了“娱乐圈”等关注度高的标签，不到一个小时就冲上了网站热搜，达到了百万播放量，大家都在问视频里的男人到底是谁。

运营账号的打工人受宠若惊，赶紧发了条置顶评论：尤大师是颖江市古董店不留客的老板，和商场吴老板有生意上的来往，据说尤大师店里的古董都特别灵哦。

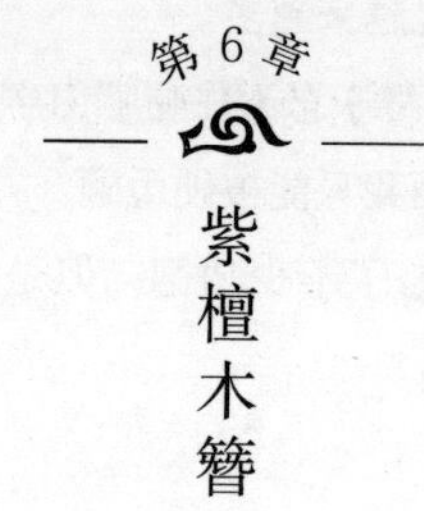

第6章 紫檀木簪

出乎尤星越的预料，被传到飞鼠平台上的视频小小地红了一把，几天的播放量又增长了二十多万。

超薄高强度上网时偶尔刷到了视频，还转给尤星越看了。

而且因为是颖江市当地小媒体发出的视频，所以刷到视频的有不少都是颖江市本地人。

尤星越明显感觉最近不留客的人流量增加了。

尤星越八点多打开店门，挂上“营业中”的牌子，看见门口好几个女孩子眼睛亮晶晶地盯着他。

尤星越好笑，侧身让开门：“要进来吗？”

几个女孩笑着点头，牵着手走进古玩店。

短裙女孩一进门，看网红店拍照的心情立刻淡下来了——她一眼扫过去，就意识到这间古玩店里恐怕有大量真品。

她没有注意到的是，从她进门开始，就有一道视线紧紧盯着她，眼睛里充满了渴望。

尤星越走到紫檀身边，轻轻咳了一声。

紫檀收回视线，超级大声：“老板！我馋她！把我推销给她，快！”

漂亮妹妹！

尤星越端起杯子，借着杯子的遮掩轻声说：“小点声，万一她能听见呢？而且这是你看上的第几个漂亮姑娘了？能不能专一点？”

短裙女孩拍了几张照片，低头给人发信息，没几分钟，店外又来了一高一矮两个男生。

矮的那个戴着帽子和口罩，露出的皮肤惨白毫无血色。

高的男生比尤星越还高一些，一身运动打扮，透过衣服都能看出常年锻炼的好身材，有些反差的是，高个男生居然留了长头发，扎成了一个“丸子”。

高个男生小心扶着戴帽子的男生进门，被对方哭笑不得地捶了一下。

戴帽子的男生很无奈道：“我又不是纸折的。”

两个男生手腕上各有一圈线，将两人紧紧相连。

尤星越收回视线，迎上去：“欢迎光临。”

听到尤星越说话，矮一些的男生抬起头，他看到尤星越后先是一怔，随即蹙起眉，一双极漂亮的眼睛露出明显的惊讶。

尤星越歪头，不明白对方惊讶什么。

总不至于是他长得不好看，让人家觉得失望吧？

而且今天三十五度，尤星越都觉得热，这个男生却捂得严严实实，戴着帽子口罩不说，身上竟然还穿着外套。

“老板。”

男生摘下口罩，他叹了口气，然后漾起一个清浅的笑容：“我叫季歌，久闻不留客大名。”

这是一张令人见之难忘的脸，如果非要形容，尤星越一时除了“国色”，竟然想不出什么词可以套在对方身上。

季歌提到“不留客”三个字时微微停顿，语气听上去像是以前知道不留客，这种知道不是网络上的偶然听闻，而是意味更深的了解。

尤星越推了下眼镜，决定以后每天都戴那副能开阴阳眼的挂链眼镜。

季歌长眉凤眼，五官明丽，性格却十分温柔：“老板比我想象中年轻许多。”

高个丸子头男生默默看向尤星越。

季歌不好意思地拽一把丸子头男生：“这是我朋友，魏鸣思。”

魏鸣思：“你好。”

季歌：“老板，借一步说话可以吗？”

魏鸣思握紧季歌的手腕：“我陪你吧？”

季歌态度坚定：“我有些话想单独和老板说。”

尤星越轻轻挑眉，“请。”

季歌身体状态很差，尤星越请他往里间走，恰好路过紫檀。

紫檀仗着普通人听不见他的声音，对着季歌大声道：“美人亲一下！”

紫檀果然是个花心簪子，他本来还在对别人抛媚眼，现在看到容貌姣好的季歌，立刻转移目标。

尤星越：“……”

紫檀，一个对美貌死心塌地的“颜狗”。

季歌被吓了一跳，随即轻轻笑道：“不留客还是一如往常地热闹。”

尤星越脚步一顿，温和道：“季先生知道不留客？”

居然还能听到紫檀的声音。

紫檀和超薄修为低微，这种器灵就算开了天眼或者阴阳眼，也很容易因为太弱小而被忽略。

季歌：“是，以前听前辈们说过。不过等到我能化成人形时，不留客已经闭门许多年。”

季歌深深舒出一口气，展开笑容：“前几天学校论坛上突然有了关于不留客的帖子，我才知道不留客又一次现世了。”

他有难言之隐。

尤星越从小善于揣测旁人的情绪，不动声色道：“既然您一直在找不留客，肯定有想要的东西。可以说来听听吗？”

紫檀毛遂自荐：“我！一定是想要我！”

紫檀快要兴奋疯了。

能看见他、听见他的同类是最好的选择，何况季歌长得花容月貌。

紫檀可怜巴巴的：“要我吧美人，你看我这么小，很久没有缘人的话，会慢慢死掉的。”

季歌为难地摇摇头：“抱歉。我不适合请一个器灵回去。”

紫檀惨遭美人拒绝：“为什么？是不是因为我不够漂亮？”

季歌沉默几秒，慢慢掀开帽子。

尤星越看着帽子下的头皮，一怔。

季歌是妖，照理说既然可以化出绝美的容貌，自然也能化出浓黑的头发。

紫檀大吃一惊：难道是掉头发？

季歌很不好意思地笑了下："是不是吓到你们了？我没有头发，用不了簪子。"

紫檀自信满满道："没事美人！你只要养起一层很薄的头发，我就能让你把头发长回来。"

尤星越缓缓皱起眉，仔细端详季歌。

能维持人形的妖怪，修为已经十分精深。但季歌肤色苍白，看上去不像健康状态。

季歌戴好帽子，静默片刻，笑道："谢谢你的好意。但我在枯萎，叶子都掉光了，戴着簪子也不会长。"

紫檀愣住。

季歌反而洒脱道："我快死了。"

紫檀陷入惊慌：我刚才热情地自我推销，是不是伤到了美人的心？

尤星越抬手，安抚地摩挲两下紫檀。

他随即看向季歌，笃定道："不留客内有你需要的东西，是什么？"

季歌道："一个山水青花的花盆。烧制花盆的陶土很特殊，听说有治好植物根系的功效。"

没有器灵的器物倘或材质特殊，也会有特殊的本事。

尤星越道："我们去库房找一找。"

季歌轻声道："听说最后一个花盆被不留客保存，我抱着最后一丝希望来看看而已。"

尤星越没说话，只是领着季歌进了库房。

不留客正在库房里登记古董。超薄看不见他，但不留客可以在纸上写下古董的信息，超薄就可以记录在表格上。

听到脚步声，不留客回头："星越要什么东西吗？"

尤星越蹲下来："库房里有没有一个能温养植物根系的青花花盆？"

不留客想了想："原先有的，后来做花盆的工匠犯了皇帝的忌讳，皇帝就下令销毁了工匠制作的所有东西。家里那个花盆也……我们没来得及挽救。"

不留客的声音逐渐减弱，他很歉意地看向季歌。

他只是心性维持在孩童年纪，并不意味他什么都不懂，他看得出来，这株堪称国色的牡丹，快要死了。

尤星越和不留客都陷入沉默，库房里的气氛突然压抑起来，连超薄敲键盘的声音都消失了。

过了一会儿，尤星越几乎是有些艰难地转述了不留客的话。

“别这样，”季歌反而笑起来，“我已经做好准备了，只是有一点……有一点舍不得。”

听说不留客的老板是一株有着千年修为的芍药花，他才抱着一丝希望来询问，没想到新开业的不留客换了老板。

至于花盆，他早先就知道世上已经没有了。

尤星越歉意道：“抱歉。”

季歌很认真道：“又不是您的错。请老板和不留客不要自责，生死有命，理所当然之事。”

尤星越摇头，心情沉重。

反倒是季歌安慰了他几句：“没关系，我会好好珍惜剩下的时间。如果因为我，让老板和不留客都很难过的话，我会很愧疚的。”

说着话，两人走到外间。

尤星越看着蹲在门口的魏鸣思，轻声说：“那是你很好的朋友吧？怎么和他说呢？”

季歌：“我告诉他我得了癌症，化疗才会掉头发。其实医院里有我认识的妖怪，她帮我打了掩护，鸣思什么都不知道。”

季歌眼睛泛红，他把眼泪忍回去：“他还说要替我留长发，然后给我做一套假发，可惜我用不上了。”

魏鸣思正在和短裙女孩吵架：“魏一缘！不要摸我头发！会油！”

短裙女孩魏一缘道：“告诉你要多用护发素，看看你一头糙毛。”

门口人来人往，有些人对魏鸣思的丸子头投去异样的目光，而魏鸣思视若无睹，还给自己扎了个粉红色的皮筋。

魏鸣思扎好头发，突然心神一动，扭头果然看见季歌安静地站在一边。

季歌对上魏鸣思的眼神，不自觉地微微笑起来。

尤星越偏头看着季歌：“冒昧问一句，你的本体是……？”

季歌轻声回答：“牡丹，白牡丹。”

季歌是一株白牡丹，长在王府庭院中，当年盛放时也曾名动一城。

尤星越：“我可以去看看你的本体吗？”

不留客见多识广，也许有别的办法。

季歌以为尤星越只是好奇，道："我已经很久没有开过花了，不过如果老板想看的话，我带老板过去，那边风景不错。"

尤星越心里有些别的想法，他走神了片刻，微笑道："就当散步了。"

季歌没有注意到尤星越的失神，他看见魏鸣思冲自己挥挥手。

季歌走过去，魏鸣思三步并作两步走到季歌身边，伸手扶着他："怎么把口罩摘了，外面有病菌，你现在免疫力低，要多注意。"

尤星越注视着季歌的身影。

濒死的牡丹根系腐烂，枝叶枯萎，连带着人形也苍白清瘦，裹在宽大的外套里。

季歌的右手腕上系着一根白线，线的另一头几乎断了，飘荡在半空中。

尤星越皱起眉。

活着的生灵与尘世有线相连，灵体的归宿在灵界，肉身属于尘世。正常情况下，生死线处于尘世与灵界之间的境界中，轻易看不见。

能被看见的生死线，要么是刚刚形成，要么是即将断裂。

季歌确实快要死了，就在一周之内。

季歌与尘世相连的线淡得快要消失，反倒是连着魏鸣思的线鲜艳夺目。

季歌垂下眼睛，他的神情总是很温柔："没事，店里人不多。"

魏鸣思四处张望一圈："这家店好像真挺像那回事的，你找到想要的东西了吗？"

季歌两手空空，什么都没拿。

魏鸣思记得季歌第一次在网上看到古董店老板的视频时，出奇地激动，一定要来一趟不留客。

魏鸣思担心季歌身体受不了，所以让妹妹魏一缘先来看看，如果只是普通的网红店，那就算了。

季歌想到自己的身体状况，同意了魏鸣思的建议。

魏鸣思本来以为是网红店，没想到妹妹拍了几张照片，季歌看了之后，确定这就是他一直在找的古董店。

季歌摇头："没有。只是一样东西而已，我们回去吧，别打扰老板做生意。"

"没什么好打扰的，"尤星越笑吟吟走到两人身前，"请再坐一会儿吧。"

魏鸣思看着季歌额头上细密的汗，心疼道："歇会儿吧，你都走了好长一段路了。”

魏一缘岔开话题：“季歌，你看有没有喜欢的东西，让魏鸣思买，反正他有钱。”

季歌飞快看了眼尤星越，很不好意思地说：“店里都是历史悠久的东西，未必买得起。”

魏一缘和魏鸣思不懂，但季歌清楚不留客店里都是如假包换的珍宝。

魏鸣思有点不服气：“……不至于一样都买不起吧。”

尤星越十指交叉，笑着道：“我们店里不乏有灵性的物件，价格嘛，有缘可以打折。”

悄悄跑出来的不留客仰起头，总觉得星越又在打什么坏主意了。

魏鸣思：“……”

好好一个古董店，搞得神神秘秘的。

魏鸣思牵着季歌：“看看吧，也许有你喜欢的。”

几个人在古董店里转了一圈，魏鸣思在留长发，对簪子发钗之类的尤其感兴趣，在紫檀所在的博古架前停留了许久。

魏鸣思两人说话的时间，尤星越一直皱眉盯着季歌。

不留客拽拽尤星越的衣袖：“星越有办法吗？”

尤星越回过神：“可能有吧，但是不确定。”

两人说话时，一道高亢的惨叫响在尤星越耳边。

尤星越走到季歌身边，发现魏鸣思一手摸上了紫檀，正好奇地拿在手里端详，他留了长发后，会不自觉地留意发饰。

不留客里禁止触摸的古董都特意标注了出来，像紫檀这样有灵智，不易损坏的，可以随人拿取。

魏鸣思：“这是什么簪子？还挺好看的。”

紫檀的样子不算出彩，他是一根簪头是羽毛造型的单棍长簪，小叶紫檀材质，没有任何镶嵌物。

因为造型简单，所以在博古架争奇斗艳的金钗玉簪中非常……不起眼。

但简单自然有简单的好处，紫檀颜色厚重，样式沉稳，更容易被男士接受。

紫檀在魏鸣思手里惨叫：“放开我！非礼——”

魏一缘和魏鸣思听不到紫檀的声音，魏鸣思还拿着紫檀比画几下：“我觉得我戴着也挺好看的，下次换一套汉服，等季歌你身体好了，给我画一张画吧。”

季歌艰难道：“鸣思，店里的东西还是不要随便碰吧。”

魏鸣思茫然，但他很听朋友的话，乖乖放下紫檀。

紫檀抽噎：“我脏了。”

“这是小叶紫檀的发簪，”尤星越温和道，“高油高密，簪身可以看见金星，材质上乘。”

紫檀嘤嘤道：“老板你不要说了，人家不想被这款帅哥看上啦。”

尤星越心里却有个别的念头，他需要紫檀帮他一个忙。

尤星越取下紫檀，指节安抚地蹭一蹭紫檀，道：“我们家的紫檀，能把头发养得柔顺黑亮，要试试看吗？”

紫檀哼唧两声，闭上嘴。

他很清楚老板的性格，不会做让器灵们为难的事，既然现在老板向魏鸣思推销自己，说不定背后有什么深意。

魏鸣思乐了。卖洗发水、护发素的吹嘘养头发就算了，簪子也养头发吗？

“比发膜还有效吗？老板你是卖古董还是卖仙术？”

尤星越一笑，看得出魏鸣思很听季歌的话，于是他望向季歌，晃晃手里的紫檀：“要不要暂借？”

季歌不明所以，但在尤星越的注视下，他想了想，笑道：“好啊。”

尤星越轻笑，借着转身包装紫檀的工夫，他轻声叮嘱紫檀几句：“好紫檀，帮我一个忙。”

紫檀别扭道：“你都这么求我了，我肯定要答应你。”

而且只是暂借，紫檀可以接受。

魏鸣思一头雾水，接过紫檀，甚至没有押金，对方就让他借走了。

季歌看看时间，他需要回到本体中静养：“老板，你不是说你一会儿也要去医院看一个朋友吗？正好我们同路，一起去吧。”

季歌需要从医院借道回到本体。

尤星越微笑着点头。

尤星越闭店，带着不留客打车往医院去。

季歌所在的医院是颍江市相当出名的三甲医院，肿瘤科和脑科非常出名。

尤星越当然没有哪个朋友在医院，只是他既然撒了谎，便打算进了医院和季歌两人分开后，溜达两圈再上去。

季歌将自己的病房号发给了尤星越，尤星越绕着楼逛了一圈就进了住院部。

季歌和尤星越分开后，差点摔在地上，被魏鸣思一把抱住。

魏鸣思眼睛微红，季歌已经这么难受了，他舍不得季歌费精力安慰他，于是强撑着笑道："是不是有点中暑？"

季歌脸上没有一丝血色，他有些费力地笑笑："嗯，好热，等我好了我们一起去吃冰激凌。"

魏鸣思忍着眼泪，几乎抱着季歌进了病房。

医院的床位紧缺，季歌所住的三人间是唯一还有空位的病房。

刚到病房，季歌忍着疼痛躺下，还没想好怎么哄走魏鸣思，病房外就闹哄哄挤进好几个中年人。

其中一个中年男人厉声道："魏鸣思！我看你是脑子里进水了，连家都不要了！"

他径直走到魏鸣思身边，高高扬起手，眼看要将一个耳光甩在魏鸣思脸上。

病床上的季歌强行撑起身体，声色俱厉："魏先生！你放尊重一些，这里是病房，你想闹事吗？！"

季歌单薄的胸膛剧烈起伏，他性格温暾，但是再好脾气的人，也无法忍受自己的朋友受委屈。

魏父冷冷道："我的家事用不着你来管！他不继承家里的产业，跑去上动漫专业，这也是对父母的尊重吗？"

魏母哽咽道："他去学动漫，也有你在其中作梗！"

魏鸣思冷冷道："我本来就喜欢动漫，遇到他才下定决心为自己的梦想努力而已。他从来没有劝说什么。"

魏父道："魏鸣思，动画片能有什么出息？你不去学金融，家里怎么办？"

魏鸣思莫名其妙："家里还有魏一缘，我废了你找她呗，搞得好像就养了我一个一样。"

魏父快气晕了："她学美术的！你们两个的专业有什么区别吗？她还是个姑娘，我当然想她轻松点！"

魏鸣思嘲笑道："你是舍不得她辛苦，还是因为她是女生？"

啪！魏父盛怒下抽了魏鸣思一个耳光。

魏鸣思抿了抿微微有血腥味的嘴，满不在乎道：“闹够没有，闹够就……”

两道敲门声打断了魏鸣思，尤星越站在门口，迟疑片刻，温和地问：“请问，现在是在会诊吗？”

季歌勉强平复心绪：“没有，老板请进。”

“不好意思，我来探病，”尤星越走进门，指了下耳朵，“我听力比较好，进来的时候听了几句。”

一刻多钟不见，季歌的气色更差了。尤星越眉心微皱，季歌现在需要尽快回到本体静养。

魏父面色难看，在尤星越这个陌生人面前，勉强保持风度：“都是家丑，让你见笑了。”

尤星越浅浅笑道：“这里是医院，还请先生保持安静，别为了专业这点小事伤了亲情。”

魏母厉声道：“专业是小事？他念错专业浪费时间，以后得多后悔？”

魏鸣思立刻炸了：“怎么就是浪费时间？”

尤星越只希望这对夫妻赶紧离开：“这里是病房，还请两位不要大声喧闹，给病人们……”

尤星越话说到一半有人惊呼：“尤大师！”

尤星越一怔，转过头，只见顾珉和周樊站在门口。

顾珉走进来：“尤老板。”

他轻轻挑眉，看向魏父：“魏先生，我听说贵公司前几天才因为毁约赔付乙方三千万，现在资金还周转得过来吗？”

魏父愣住，他慌乱地看了眼尤星越：他认识顾家的儿子？

魏家在顾家面前只能算是暴发户，魏父压根不想得罪顾家，何况听说顾家最近请到了真正的高人，事业上简直顺风顺水。

等等，高人……

魏父下意识看了眼尤星越，心里一寒。

尤星越不在意魏父脑子里想什么，问顾珉：“这么巧，你们怎么在医院？”

周樊喜气洋洋：“哎呀，是有好事！”

尤星越疑惑：“什么好事？”

医院里有什么好事？总不能是张阿姨生了吧？还没到月份呢。

周樊人逢喜事精神爽："大师，我姨夫瘫了。就是曹铎，他喝酒喝过头，脑溢血！"

自从上次在古董店听到古董开口说话，周樊就明白他需要重塑世界观了。果然，在他的慧眼下，他……还是什么都看不见。

但是周樊明显感觉到，母亲的身体比以前好了很多。

张雪梅因为八字轻，更易受惊，导致睡眠质量差，直到戴上尤大师送的红绳，常年心悸的毛病才消失了，由不得周樊不信。

周樊现在对尤星越是五体投地的信服。

周樊愉快道："昨天白天出去喝大酒，睡一觉就脑溢血了。"

顾珉不紧不慢道："我家那个小混蛋知道这个消息，非闹着要知道具体情况，我来看热……嗯，了解情况。"

貔貅看不惯曹铎，这种事情当然要围观一下。

尤星越嗯了一声："也算是恶有恶报了。"

不留客赞同地点头。

几人说话间，病房门被推开，一张病床被护士推到季歌旁边，后面还进来一男一女。

女的穿着白大褂，她看上去三十岁上下，精致的眉目透着冷淡。她进门后，先是向季歌投去一个眼神，随即转开视线。

病床上赫然是陷入昏迷的曹铎。

女医生道："既然选了保守治疗，那就先观察一段时间吧。"

她头都不抬地说："135 号床出来做检查。无关人员不要在病房里吵闹，否则我就要找保安请你们出去了。"

季歌坐起身，魏鸣思连忙搀扶他起来。

季歌轻轻吐出一口气，他刚才情绪激动差点维持不住人形，手肘下忽然伸出一只手，稳稳托住季歌。

同时，一丝精纯的灵力传到季歌体内。

季歌惨白的脸色微微红润，他有些吃惊，刚才传来的灵力虽然不多，但是精纯至极。

季歌感激地对尤星越笑笑。

魏鸣思问道："沈医生，还要做什么检查？"

沈医生冷淡道："过几天要准备手术，今天做一些检查，还要请几个医生来看看，可能要很长时间。"

沈医生握着笔在表格单上点了点，深深看了季歌一眼。

季歌了然，挣脱开魏鸣思的手："鸣思，你先陪着魏先生和魏太太说会儿话吧，我去做检查。"

魏鸣思放不下心，季歌的状态太差了，他怎么能放心季歌自己去做检查："不行，我要陪着你去，我去底下借个轮椅……"

季歌拍拍魏鸣思的手背："我好多了，刚才在下面是晒的。"

魏鸣思犹豫，可是如果不把父母劝走，一会儿季歌回来还是不能好好休息。魏鸣思端详季歌的脸色，一向苍白的下唇有了些微血色，魏鸣思略放下心："好，那你去。"

尤星越道："既然这样，我也就告辞了。对了，魏同学。"

他指了指自己的头发，意味深长道："别忘了这个。"

魏鸣思下意识摸了摸自己的小发揪，点头。

他还要养头发给季歌做假发呢。

沈医生领着季歌走出门，尤星越不急不缓地跟上。

尤星越眼神不好，听力确实不错，他虚掩上病房门，还能听见里面的声音。

"啧啧，所以男人还是要老实点做个好丈夫好父亲，跟自己儿子、老婆结仇有什么好的？你看看，一出事拔管了吧。"

曹铎养子："……那叫保守治疗，医生已经尽全力了。"

病房里，魏父斥责儿子的话突然哽在喉咙里，一时不知道该不该说。

尤星越弯起唇角，随后加快脚步跟上季歌。

季歌在走廊里等着尤星越。

沈医生："怎么了？"

季歌："等尤老板出来，他是不留客的新老板，说想去看看我的本体。沈情，之后几天要麻烦你给我打掩护。"

按照原本的计划，如果季歌找不到治根的方法，魏鸣思会得到手术失败的通知。

沈情有个缱绻多情的名字，是个天生的冷美人，她淡淡道："你是我母亲的至交，我当然会帮你。"

沈情的母亲同样是牡丹花妖，不过是一株红牡丹。可惜红牡丹比沈情凋谢得更早，沈情出生后，母亲就离世了。

所以这是一家半妖开的医院。

“你要的东西……没找到吗？”沈情问。

季歌遗憾地笑笑：“没找到。我活得够久了，还交了知心的朋友，也该知足。”

片刻后，尤星越快步走到两人跟前。

沈情话少，对着尤星越点了一下头，便带着尤星越和季歌坐电梯下楼，一路走到一处废弃的配药房。

沈情打开锁，推开房门。

季歌解释：“这里有我早年摘下的花，可以直接带我们去本体在的地方。”

医院里人来人往，监控太多，所以季歌将花放在已经废弃的配药房里，借着做检查的名义回到自己的本体。

沈情收好钥匙，转身出去了。

季歌在配药房里的柜子里取出一朵白牡丹花，碗口大的花朵，花瓣层层叠叠，花蕊呈嫩黄色，摘下多年依然是怒放的模样。

季歌递出牡丹花，示意尤星越握住他的手。

配药房里，一朵巨型牡丹花包住两人，花朵消失后，站在原地的两个身影一并消失。

颍江市只有一座静王府，是历经了几个朝代的老建筑，不过现在已经是旅游景点，颍江市本地人都知道。

王府的花园被锁着，从来不对外开放。

尤星越来到花园，立刻明白这里为什么禁止入内了——时隔多年，此处依然有怨气弥漫。

泥土似乎是湿润的，空气里弥漫着古怪的铁锈味。

不留客蹲在花田里，盯着土壤看了一会儿，脸色逐渐凝重，摇头：“不是中毒，他的根被怨气腐蚀了，修为还会往下掉。”

季歌听不见不留客的声音，对尤星越道：“这里本来是一片牡丹花田。后来异姓王造反，被皇帝下令屠杀满门，尸体埋进了花田里。那些死去的奴仆与造反无关，所以死得怨气滔天。那时候我刚被移植到王府，修为也浅薄，什么都做不了。”

花田里只剩最后一株牡丹，植株极高，枝条舒展。可是这样一株存在多年的牡丹，现在仅剩几片枯黄的叶子。

尤星越看着庭院里的牡丹植株，眼神柔软了一些：“是你一直在化解此处的怨气吧？否则王府作为景点开放这么多年，怎么从没有出过事呢？那些怨气侵蚀你的根系，导致你无法汲取灵气，才会一日日地衰败下来。”

季歌腼腆地笑了下：“枉死者无辜，参观的游客更无辜，我也只是略尽绵薄之力。”

尤星越下定决心，展颜笑道：“既然如此，我实在是找不到一个，不为你拼一次的理由。”

季歌目露惊愕：“您是说……”

尤星越偏过头，笑得眉眼弯弯：“等你再开放的时候，邀请我来看一看吧。”

季歌一手捂住下半张脸，哽咽着点头：“我……我一定请您来看。”

他当年被移植到王府，盛放之时也曾引来万众瞩目。

牡丹花，自然不怕看的。

魏鸣思疲惫地靠在椅子上，他刚洗完澡，头发用紫檀挽着，脑子里全都是沈情白天交代的话。

沈情说：“三天后开颅手术，我是主刀医生。情况不乐观，你提前做好准备。”

魏鸣思一手挡住眼睛，眼泪没入袖子。

他没有注意到的是，发间的紫檀闪过一丝很微弱的灵光。

几天的时间，魏鸣思的头发长了很多，发丝柔顺坚韧，一根格外纤长的发丝落地，被一根红线裹起来飘向远在城市另一边的南北街。

远在古玩店的尤星越收回红线，发丝落在他手心，被小心放进了一张手帕里包着。

三天后季歌被推进手术室，魏鸣思坐在长廊上等待，双手合拢抵在唇边。

求告八方，恳请神医妙手，施恩救生。

生死面前，大约是人一生中最虔诚的时候。

在牡丹花田中，季歌腰以下的部分化作根茎，上身艰难维持着人形，他的修为快要散尽了。

忽然，季歌手腕一热，仿佛有某种绳索拴着他，渴望他留在人世间。

季歌眼睛艰难聚焦，他看向不留客的新老板。

他不知道这位老板要怎么做。

年轻的人类老板戴着一副挂链眼镜，他看着季歌茫然的眼神，向季歌伸出手，浅浅笑道："你应该求一求我。"

季歌困惑，但还是竭尽全力向对方伸出手，他冰凉的手指搭在人类老板的手心，睫毛颤动："求……求求你……"

季歌细瘦的手指落在尤星越的手心，刹那间，白线从季歌指腹蔓延，紧紧缠住尤星越的手腕。

人与妖，人与人，人与器物……天底下的线不会凭空产生，但只要主动产生交集，产生一次联系，就会诞生浅浅的线。

"对，就这样，"尤星越用力握住季歌的双手，他语气温柔，眉眼染着笑意，"向我求救吧。"

向我求救，向我伸出渴望救赎的牵绊。

而我和你挚爱的友人会牵住你。

季歌微微地喘着气，眼神逐渐涣散："救救我……"

尤星越应答了他的求救："好。"

话音落下，殷红的线接住了伸向尤星越的白线。

季歌左、右手的手腕上有两条线。左手腕上的白线连着人世，这是生死线，肉身一旦死去，生死线转而连接灵界。

右手腕系着亮黄色的线，线的另一头牵着医院里闭目祈祷的魏鸣思。

白线淡得快要看不见，黄线却越发明亮。

只要续上那根白线，便能重建季歌肉身与阳世的联系，重获新生，但是此举等同于续命，需要季歌与尤星越拼尽全力。

尤星越不确定自己能不能做到，他也不知道季歌能不能撑住。留住一个濒死之人，需要季歌有强烈的求生欲。

好在尘世里有一个魏鸣思。

尤星越闭上眼睛，指尖下千万根红线，汇聚交织成巨大的茧，将他与季歌包裹在内。

不远处的不留客手中紧紧攥着一根发丝，巨型红茧出现的时候，不留客的心顿时提起来——怎么会动用这么多的线？

然而不留客的震惊并没有持续很久，一阵锁链碰撞的声音传来，虚空中竟然出现了两个半透明身影，一个手持哭丧棒，另一个握着锁魂链。

是押送亡灵去往灵界的使者。

季歌还没有死，怎么会有灵界使者现身呢?

两个灵界使者看不见不留客，只是目瞪口呆地盯着花田里的巨型红茧。

手持哭丧棒的灵界使者道："这是什么东西? 季歌的灵体好像被困在了里面，该怎么办?"

手握锁魂链的使者试探道："我们毁了这个茧，将季歌的灵体带出来?"

另一个使者用"哭丧棒"比画了两下，手里的哭丧棒在红茧上弹了两下，无法打破红茧，他咂咂嘴："奇怪，这东西坚韧得很。"

手握锁魂链的使者满心忧虑："上面点名要季歌去当差，我们要是没把人带回去，肯定要挨骂，说不定还要罚俸。"

"哭丧棒"自信满满："你怕什么? 俗话说，阎王要你三更死，谁敢留你到五更? 季歌今晚必定会死，等茧破了，我们就带走季歌的灵体。到灵界当差可是美事，他不会拒绝的。"

"锁魂链"一想，赞同："也是。"

不留客见两个灵界使者没有别的动作，悄悄松了口气。他现在的力量全都用来维持自己的存活，根本不是灵界使者的对手。

茧内，季歌像一个堵不住的筛子，灵力四溢，白牡丹植株上最后一片枯黄叶子落下，季歌浑身发冷，体温急速流失的同时，人形随之崩溃。

在季歌完全化为牡丹的瞬间，尤星越睁开眼睛，铺天盖地的红线映在他漆黑的眼中。

因为抽离了太多线，尤星越唇上血色浅淡。

茧上红线垂落，连接纠缠，其中的力量不断注入季歌躯体，层层维系着季歌灵体与躯体的联系。

季歌意识模糊，他仿佛陷入混沌的境地，想不起自己姓甚名谁，记不得身在何地。

他想就这么睡过去，可又被人拉扯着，他在昏沉中都吊着一颗心，总觉得有个放心不下的人，让他无法安心沉睡。

"不能睡！"

呼唤穿透心魂，季歌竭力睁开眼睛，在红线的灌溉下，他现在能勉强维持人形。

尤星越与季歌对视："醒过来。"

对……他不能睡。

季歌仰起头，意识突然清醒。

魏鸣思在等他！

季歌低头咬在手腕上，竭力用肉身的痛苦保持神志清醒。

尘世与他的缘分这样浅，魏鸣思给他的爱意如此深。

远在医院的魏鸣思忽然感觉一阵心慌，他弯下脊背，用力按住胸口，心脏重重砸在胸腔内，魏鸣思不得不加重喘息，以此平息难言的恐慌。

而季歌手腕上的黄线蓦然收紧。

仿佛有个人用尽全力地拽着季歌。

确实有那样一个人，此刻等在远远的医院里，墙砖壁瓦聆听着他最虔诚的祈祷。

季歌手腕一阵滚烫，艰难地睁开眼睛，只是眼神依然是涣散无焦距的。

尤星越脸色苍白，季歌与阳世间的联系快要断开，他几乎是用线强行吊住季歌，这样的行为无疑是与天争命。尤星越稍稍用力，一根红线在指尖割出伤口，鲜血顺着红线涌入季歌体内。

尤星越心神略微一松，果然魏鸣思与季歌之间的联系足以吊住季歌最后一口气。

红线顺着季歌手腕，找到季歌与人世牵连的白线，融进白线之中，一根红线用完，红茧便再垂下一根。

白线的颜色依然那么淡，吸收了数百根红线后，白线细微地延长了几分，末端依旧飘荡在空中。

垂落的红线越来越多，不断延长白线。

尤星越已经松开季歌的手，跪坐在花田上，他闭着眼睛，身后红线千丝万缕，试图挽回这一株绝世白牡丹。

不留客攥着发丝，猛地站起身，脸色一瞬间变得十分凝重——花田里线织成的茧散开了！

短短一个小时，季歌濒临消散的人形居然保住了，只是还不稳定，不时化出牡丹的原形。

最后数百根红线盘旋片刻，义无反顾地涌入白线。

尤星越缓缓睁开眼睛，他捂住嘴唇咳了几声，花田里的森森怨气透过衣料钻进尤星越体内，冷得尤星越在夏夜里打了个寒战。

不留客急得咬住手指，红茧中的线已经耗尽，白线的另一头却始终没有连上阳世。

还差一点！只差一点！

不留客想把体内的线借给尤星越，但是又不知道贸然出手会不会给尤星越帮倒忙。

尤星越忍着头晕，一手撑着自己的膝盖站起身。

尤星越体内可以自由使用的线清空了，剩余的线早就与他融为一体，除非剜下血肉，否则再无力抽出一根线。

好在他提前做了准备。

尤星越视线模糊，他摇摇头，试图清醒一些，随即向不留客伸出手。

不留客茫然：星越是要帮忙吗？

他手中的发丝越来越红，脱离他的手心，一种不留客熟悉的力量从发丝上散发出来——是线！这根发丝上居然有线的力量！

发丝是魏鸣思的，在紫檀接连几日的养护下，已经黑亮坚韧，隐隐沾染了紫檀微弱的灵力。

不留客惊喜——

对啊。

发丝作为线形实物，又来自季歌的挚友魏鸣思，可以增加线的韧性。

尤星越变得虚弱，控制不住地咳嗽出声，他浑身没有一处不冷，疼痛快要耗尽他的体力，尤星越定了定神，伸出手点了点季歌的右手腕，在季歌皮肤上留下鲜红的血迹——

尤星越指腹上的伤口还在流血。

同时，紧紧拴住季歌的红线颤巍巍地向外伸出一截。

尤星越强撑着站起身，随着他起身，魏鸣思的头发浮到半空中，发丝已经完全被线附着，成了一根奇怪的线。

尤星越十指交叉，微微合上眼睛。

发丝化成的线越来越红，两端开始向外蔓延，一端已经接上季歌手腕的红线，而另一端……

不留客突然听到很清晰的一声“啪——”

发丝忽然绷紧，一条贯穿大半个城市，从医院延伸而来的线突然出现，扯住季歌左手腕上的白线，向其灌注了最后一丝力量！

一直飘忽不定的白线骤然绷紧，线的一头定定连在虚空中，眨眼间消失了。

连上了！

季歌虚幻的人形终于凝实，膝盖以下的部分从根茎化成双腿，生死之际被拉回来，整个人蜷缩在地上用力咳嗽。

灵界使者的哭丧棒“啪”一下掉在地上，他完全不能从冲击中回过神，目瞪口呆：这年头，还有从轮回司手里抢人的？

“锁魂链”一脸苦相：“完了完了，季歌上了名单，我们两个一起来，还没办法带他回去，这可怎么办？！”

“哭丧棒”一咬牙：“威胁这个人，把季歌带走！”

“锁魂链”犹豫：“这能行吗？”

“哭丧棒”咬牙：“能行！”不能行也得行啊！他们可是奉命办差的。

“哭丧棒”主动现身，盯着尤星越：“灵界使者办事，奉命带走季歌。你是哪家的修道者，竟敢与灵界使者作对？”

他是灵界使者，一脸纸白，手持白色哭丧棒，双脚不着地，大晚上能吓死一个心脏不太坚强的普通人。

“锁魂链”跟着现身，沉着脸瞪尤星越，附和道：“不错！你怎么敢与灵界使者作对？”

尤星越按了按太阳穴：“我不是修道者，一个古董店的老板而已。”

头太疼了。因为失血而浑身发冷，尤星越需要借着不留客的力量才能撑住不往下倒：“两位使者，季歌倘若是死而复生，确实算我与轮回司抢人，但是季歌从头到尾只是濒死，怎么能算我妨碍公务呢？”

“如果这样是违背生死伦理，那天底下行医者岂不都妨碍了公务？”

尤星越没有起死回生的本事，季歌要是真的死了，他也是回天乏术。但季歌没有死，尤星越不过是用一根线，吊住了一颗不舍红尘的心。

别说是对灵界使者，就是对轮回司中掌管一殿的灵王亲至，他也是这句话。

两个灵界使者面面相觑。

此人说得……倒是很在理。

可是他救了季歌，他两个如何向上司交代？

“哭丧棒”想了想，一个闪身到了季歌身边：“阎王要你三更死，谁敢——”

啪的一声脆响。

话音戛然而止，灵界使者手中的哭丧棒被拦腰截断。

“我敢。”

尤星越指尖淅沥沥地往下滴着血，方才抽断哭丧棒的是尤星越鲜血凝成的线。

“哭丧棒”：有没有搞错？这哭丧棒附着了灵神之力，是正经的法器，竟被一个凡人打断了？！

尤星越冷着脸。

季歌耗尽了他体内可以自由活动的线，但这么多年来，大多数线已经融入他的血肉。别说两个灵界使者，就是拘灵总使亲至，尤星越也不怕。

半个天师也是天师，没有看家的底牌，怎么敢称半个天师呢？

更何况，拘灵总使下设拘灵使，拘灵使下才是灵界使者，前来索要季歌灵体的，不过是两个垫底的轮回司部下。

“季歌是我救下来的，今天不论谁来，都不能带走他。难道因为你们是轮回司部下，就能不讲情理吗？还是说，周转阴阳的轮回司，反而是世上最没有道理伦常的地方？”

不留客也很不高兴，抿着唇，紧紧护在季歌身前。

尤星越占了理，最重要的是，两个灵界使者打不过他。

“哭丧棒”阴沉着脸，收回手：“跟灵界使者作对，你给我等着。”说完一阵阴风刮过，两个灵界使者原地消失。

尤星越这才慢慢坐下，他低头看看季歌。

季歌闭着眼睛，陷入了昏睡。

他被尤星越从濒死的状态拉回来，不可能立刻就活蹦乱跳，会虚弱很久。

尤星越弯腰揽起季歌，白牡丹生得单薄清瘦，尤星越将季歌安置在干净地方，自己随便找了个位置坐下。

安顿好季歌，尤星越疲惫地抱住膝盖，脸埋进怀里，声音含糊地传出来：“不留客，我歇一会儿。如果灵界使者来了，记得叫我……”

不留客着急：“可是会着凉呀。”

然而尤星越听不见，他闭上眼睛的时候就睡着了。

轮回司。

灵界使者拎着断了一截的哭丧棒，找到了拘灵使，添油加醋地将事情描述一番，拿出哭丧棒给拘灵使看。

拘灵使勃然大怒，立刻带着灵界使者前往拘灵总使的大殿。

“大人。”拘灵使叩响殿门，恭敬地在殿门外行礼。

拘灵总使正往嘴里倒零食，听到殿外的声音，忙不迭把零食塞进桌子里，清清嗓子：“进来。”

“总使，小人有要事禀告。”

“我今日换班，怎么不去找当值的总使？”拘灵总使挠挠脸，视线情不自禁地飘向桌子里的零食，他还没吃完呢。

“事发突然，一时找不到当值总使。”

“你们有什么事？”

拘灵使脸上露出怒容：“回大人，有人阻碍灵界使者执行公务，还与灵界使者动了手！”

拘灵总使坐直身体，好奇道：“当真？他妨碍拘灵？”

拘灵使道：“是这样的，颖江地界上有一株六百年修为的白牡丹妖，灵王念他功德深厚，点了他入轮回司当差，谁想那人竟然救回了牡丹花妖，这岂不是与轮回司抢人？灵界使者与他理论，他不仅不知错，竟然还动手打了灵界使者！”

“牡丹花妖被治好了？”

总使脸色沉下来，冷冷道：“所以你是想把人家救回去的牡丹强行拖入灵界？我看是你想跟人家抢人！你们私底下索要祭祀也就算了，如今连道理都不讲了？医院里那么多医生，哪个不是与天争命，你要不要挨个拖入灵界？！”

总使不是不知道灵界使者多有借着职务之便索要好处的作为，平常只要不过分，他都睁只眼闭只眼。

毕竟灵界使者事多福利少，问人间要点供奉无伤大雅。

拘灵使瞠目结舌，没想到总使竟然为这种事情生了气，他连忙辩解道：“可……可是他冒犯轮回司威严！打断了哭丧棒不说，更是大放厥词，说出不论谁来都不怕这种话。”

说着拘灵使拿出断了一截的哭丧棒。

总使接过，看着哭丧棒上整齐的切口，惊奇道：“他叫什么？”

打断了哭丧棒？嚯，有点能耐啊。

总使猜到灵界使者大概得罪了那个凡人，但是殴打灵界使者十分不合适，毕竟轮回司的威严很重要，若谁都能冒犯，日后轮回司怎么运行？

拘灵使看向灵界使者。

灵界使者听到这个话头，知道总使可能要出手，于是高兴道：“回大人，他说他不是修道者，是一个开古董店的。属下不知道他的姓名，但是生死簿上一定查得到。”

总使还在端详哭丧棒，闻言随口道：“哦，开古董店的。这年头的老板真是多才多艺，还挺有本事，连哭丧棒都……”

总使豁然扭过头：“你再说一遍，开什么的？”

灵界使者不明白上司怎么忽然变了脸色，小心翼翼道：“古董店。”

总使脸色逐渐变绿，他注意到了几个关键词：颖江市、古董店老板。

该不会是……不留客的老板吧？

在人世，不留客老板只是个普通店主，但对于轮回司而言，不留客老板地位超然。

因为轮回司的核心往复，需要靠不留客老板解线。

因此，不留客每一次重新开业，轮回司算得上号的灵神都会主动探听情况，毕竟往复的状态决定轮回司的工作效率。

拘灵总使已经是中上层的灵神，他当然知道不留客的新老板是什么情况。

一个十分俊美的年轻男人，比历代的老板都要强，甚至引得往复大人从沉睡中醒来，亲自去见了对方。

不留客老板本来就不是可以得罪的存在，这一任就更不能招惹了。

总使抱着最后一丝希望，毕竟颖江市地灵人杰，古董店非常多，也许……也许有大隐隐于市的古董店老板呢？

总使不动声色地询问：“是个什么样的人？”

灵界使者仔细回忆：“是个戴着眼镜的年轻男人，高个子，会用一种很奇怪的线。属下的哭丧棒便是被一根线……大人！大人你怎么了？”

年轻、俊美、戴眼镜，会用一种奇怪的线……总使眼前一黑。

尤星越很冷，可是又控制不住困意。

他潜意识知道再这么睡下去一定会生病，但是困意拖着他沉向更深的睡梦之中，还是噩梦。

尤星越梦到自己小时候春游，他们班级路过花田时遇上了怪事，怎么也出不去，是一个漂亮的男人拉着领头的导游走出了鬼打墙。

那个漂亮男人发现了小尤星越的视线，回过头，很羞涩地笑了笑。

是季歌的脸。

尤星越冷得微微发颤，可他实在太累了，醒不过来。

尤星越昏沉间忽然闻到浅浅香气，围绕他的寒意消失，他坠入更深的梦乡。

不留客担心尤星越生病，叫了尤星越好几声他都没有醒过来。不留客急得挂在尤星越肩上，抬头的时候看见一片柔软的衣袖。

不留客愣住，仰起头看过去——

是往复，他垂下衣袖，替尤星越挡住了扑面而来的冷风。

不留客下意识缩回手，站在地上啃着手，满心困惑：往复怎么来了？

在星越接手古董店前，不留客从未见过往复本人，星越接手古董店后，不留客已经见了往复好几次。

与往复一起来的，还有两个灵神。拿着哭丧棒威胁要带走季歌的灵界使者也在其中，垂头缩腰，没有一点耀武扬威的意思。

剩下一个不留客不认识，看上去等级比灵界使者高得多，大约是颖江本地的拘灵使。

总使两手抄在袖子里，一样低着头，满心都是：为什么往复会亲自来啊？明明只是禀报给了灵王，怎么眨眼间五方帝君和郁荼大人都知道了？这也就算了，往复居然亲自来了。我一定会再死一次的。

尤星越睡梦中感觉手指被人握住，对方轻轻抚摸过伤口，刺痛惊醒了尤星越，他一抬头撞进了时无宴乌沉沉的眼里。

看到尤星越清醒，时无宴轻柔地松开臂膀，右手依然稳稳搀扶着尤星越。

尤星越怔了怔，他一是没想到时无宴会突然出现，二是不清楚时无宴的来意。

灵界使者回去叫人，难道还能把最上头这个叫出来？

这个他还真打不过，有点欺负人。

尤星越心里有些不高兴，垂着眼睛无精打采。

时无宴看着尤星越指尖上的伤口，十指连心，尤星越却总是受伤，他似乎从来不爱惜自己的身体。

时无宴道："生死是理所当然之事，何必执着？"

"我偏执着，"尤星越抬起眼睛，定定地看着时无宴，"往复要治我的罪吗？"

他生气了。为什么生气？

时无宴有一瞬间的困惑，他摇头："季歌一直是濒死状态，轮回司强行拿人，是灵界使者的错。"

完蛋，好像误会了。

尤星越转开视线，不好意思看时无宴："……我以为你是来帮灵界使者找场子的。"

时无宴不明白尤星越为什么会这么想："我是听郁荼说你受了伤。"

尤星越心情好了一些，他撑着膝盖站起来，十指上的伤口已经结痂。他轻捻指腹，忍不住偷偷翘起唇角。

堂堂往复，活得跟他的血包一样，帮他治过好多次伤了。

他直起身，眼镜挂链晃了晃，看向拘灵总使和灵界使者："那么你们呢？我很奇怪，灵煞那么多，大部分都是自己往灵界去，怎么这一次灵界使者来得这么快？"

总使被他看得后退一步，差点踩到身后的灵界使者："老板别误会，我们是来道歉的！"

总使细细解释："老板莫生气。您有所不知，这牡丹以身镇压王府中的怨气，没有让这些阴邪气残害生灵，修有功德。我们灵王怜爱，亲自点他在轮回司领差事，所以灵界使者才来得快，怕接不到牡丹的灵体。"

尤星越脸色好了一些："原来是这样。"

总使踢一脚灵界使者："快点和老板道歉，看你办的差事！"

灵界使者抖得跟筛糠一样，整个灵体都孱弱许多，连忙道："小的有眼无珠有眼不识泰山，不知道……"

尤星越打断他："你错在得罪我吗？分明是错在仗势欺人。如果今天不是我拦着，你是不是就要把活人带到轮回司去？"

灵界使者此刻认错，并不是真的意识到了错误，而是迫于权势，不敢得罪往复。

总使毛骨悚然，赶紧解释："这些灵界使者当差多年，有一些旧时候的毛病，所以会不择手段地办差。我已经训斥过他。老板放心，我回去以后必定撤销他灵界使者的职位，罚他面壁五年不得受香火供奉。"

说完，总使悄悄观察尤星越的脸色。

他着实是不清楚新老板的性格，先前听说性子温柔很好相处，但是温柔能一下打断哭丧棒吗?！

那显然是不会的。

尤星越冷冷道："烦请这位——"

总使抱拳，恭敬道："在下颖江市总使，半舟。"

尤星越按按眉心："烦请总使告知其他灵界使者，望诸位引以为戒，若下一次犯我跟前来……"

尤星越盯着半舟："就不是打断一根哭丧棒的事了。"

从尤星越手里截活人，十分犯他的忌讳。

半舟垂头："是！"

灵界使者腿一软，啪嗒跪在地上，转着圈磕头："多谢往复大人！多谢总使！多谢老板！"

灵界使者此刻对不留客的老板是发自内心地感激，他还以为自己得罪了对方，要再死一次呢。

半舟松了口气，新老板比预想中好说话，他偷偷瞥了眼往复，灵神眉眼低垂，看不出喜怒。

半舟欠身鞠了一躬："日后老板若有需要，将写有我名字的黄纸烧掉便可。如果老板没有别的吩咐，我便带他回去惩治。"

尤星越点点头："总使请便。"

半舟拎起灵界使者揉成一个球塞进袖子里，冲着往复欠身，一溜烟儿跑了。

尤星越深深吸了口气，挺拔的肩背微微垮下，失血和耗尽力量导致虚弱一瞬漫上来，但这件事还不算完，季歌还在昏迷，魏鸣思依然等在手术室外。

尤星越拿出手机，指尖血迹斑斑，在屏幕上点击几下，找到沈情的电话拨过去："沈医生。"

沈情并不在手术室，她静坐在自己的办公室里，在电话响起第一声的时候便接通电话："季歌他……"

"一切平安。"

沈情一手挡住眼睛："谢谢。"

"剩下的事，要麻烦沈医生帮忙掩盖。我和季歌还在王府的花田，麻烦你来接……”

尤星越的声音越来越小，耳边夜风的声响变得模糊，尤星越昏沉沉栽下去。

手机那头传来沈情的声音：“尤先生？尤先生？我马上过来！”

“星越！”不留客迈着小短腿，张开双臂想接住尤星越。

但有人比他更快——

往复伸出手，稳稳揽住尤星越。

尤星越闻到淡淡香气，阴风不再刺骨，尤星越心神放松，坠入梦乡。

这一次，尤星越没有再做噩梦。

时无宴一手扶着尤星越，另一手给季歌输去一丝灵力。

片刻后，季歌慢慢睁开了眼睛。

时无宴看了眼昏睡过去的尤星越，道：“你既醒了，便在此等候家人。我送不留客老板回去。”

季歌神志模糊，茫然地点点头。

一个小时后，医院内。

沈情搀扶季歌躺上病床，她戴上口罩，绕路从手术室出来。

魏鸣思猛地站起身。

沈情一向冰冷的表情柔软下来，她说：“手术顺利，病床走电梯下去了，你去病房等着吧。”

魏鸣思单膝跪在地上，将哽咽全都咽进喉咙，很模糊地开口：“谢谢。”

尤星越再次醒过来的时候，躺在 137 号的卧室里。

他坐起身，茫然地抱起枕头。

和沈情打完电话后的一切他一点都记不清了。可能是昏过去了？

尤星越在床头摸到眼镜戴上，低头看了看，手指上的血迹都擦干了，衣服倒是没换。

尤星越下床，刚走了一步，浑身就针扎似的疼，尤星越叹了口气：我年纪轻轻的，怎么好像不太行的样子？

尤星越推开卧室门，外面竟然坐着两个意料之外的人。

沈情和往复。

不留客窝在库房里，听到尤星越推门出来，他飞快冒了个脑袋出来，冲尤星越一笑，指了指往复：“他带你回来的，还给了季歌一点灵力。”

尤星越心情很好，虽然懒得做表情，眼神里还是忍不住染上笑意，他对不留客点点头。

不留客缩回库房，继续做他没有做完的表格。

沈情坐在离往复最远的椅子上，看到尤星越出来，她道：“你睡了十四个小时，失血比较严重，我给你打了点滴。”

尤星越点点头：“季歌怎么样？”

沈情道：“我出来的时候他已经清醒了，状态不错。他的修为散完了，以后大概和人类一样。”

尤星越并不意外，他笑了笑，语气很俏皮：“有得有失。要是强行续命还不需要付出代价，依我这种爱管闲事的性格，天底下肯定都是活人。”

沈情和尤星越对视片刻，迟钝地意识到尤星越在开玩笑，她想了想，觉得此刻需要她笑一下，于是沈情扯起唇角，冷冰冰地笑了一下。

尤星越还是第一次见到笑起来像面无表情的人。

沈医生的笑容昙花一现，达到气氛后立刻收敛：“其实这对他而言是好事，他所交的好友都是凡人，尤其是挚友魏鸣思。”说完，沈情站起身，“我下午和晚上都有一台手术，现在就先回去了。桌上的药是我拿来的，药盒上写了服用方法，尤先生记得吃药。”

尤星越送沈情出门，回来的时候，时无宴依然安静坐在椅子上，双手交叠放在膝上，正偏头看着桌上的药盒。听到尤星越的脚步声，时无宴抬头，很生疏地推了一下药盒：“现在吃药吗？”

“现在不吃，我想先吃饭。”

尤星越捻了捻指腹，痂脱落后露出的嫩肉格外敏感，他背过手：“你怎么没有回去？”

上次请时无宴帮忙捉了灵煞，不留客告诉尤星越，往复常年是沉睡状态，所以尤星越醒来后以为时无宴早就回去了。

时无宴想了想，神情认真：“不回去，我想留下来。”

尤星越给自己倒了一杯水，惊讶：“为什么？”

时无宴望着尤星越：“生死轮回，天地之伦理。那一株牡丹快死了，你给他一线生机，他竟然就能顺着线活下来，为什么？”

尤星越纠正：“他的生机虽然只有一线，却耗费了我千万线。不过确实，最后拉住他的是魏鸣思与他的牵绊。”

时无宴疑惑地摇头：“千万根线，尚不能与那一根线相比？”

尤星越微微笑了下：“差不多重要吧。”

“我不懂，”时无宴轻声说，“你可以教我吗？”

魏鸣思与季歌之间不过一线，如何能与千万红线相比？

尤星越无意识咬了咬杯子，陷入纠结。

时无宴就这么端坐在椅子上，专注地盯着尤星越。

因为不染尘世，时无宴的眼神很纯粹，所以看上去很无辜。

这种恳求的眼神，透着纯然的信任。正常人都……不能拒绝这个眼神。

尤星越心平气和地想：不能怪我，没有人可以对着这双眼睛说“不”。

“好，不过店面小，没有客房，只能麻烦你晚上回轮回司。”

尤星越浅浅一笑。

时无宴点头：“这是自然。”

尤星越休息了两天，手机上收到了魏鸣思发来的消息。

帅哥的朋友也是帅哥：在吗老板？季歌出院了，今晚想请你出来吃一顿饭。我也要好好谢谢你，你租给我的发簪真的很有用，我头发养长了很多！

魏鸣思这昵称……用的头像也相当优秀——他一个二十多岁、一米八几的男人顶着一朵白色大花做头像。

尤星越无语片刻，先把魏鸣思的昵称改成了名字。

有星月：可以带一个朋友一起去吗？

魏鸣思：你带。晚上六点二十五，我去接你可以吗？

有星月：不用，我带他坐地铁过去。

魏鸣思：没问题，地址是闻歌路花香小区四栋502，别带礼物，带礼物就是看不起我。

尤星越关掉手机，抬头：“晚上去吃饭吗？”他正带着时无宴买衣服，时无宴身为灵神，外形上自然是没有可挑剔的地方。

时无宴穿着长袖卫衣，头上扣着帽子，压得头发温顺地垂下：“嗯，我听你的。”

时无宴这个人常给人很乖的错觉。

尤星越回去放好衣服，他心里有个坏主意，没有叫车，而是带着往复一路挤进地铁，花二十分钟才到花香小区。

出地铁的时候，时无宴的帽子居然歪了一点。

尤星越忍不住笑起来，一边在前面带路，一边说："我刚才还在想，往复挤地铁是不是跟凡人一样狼狈？"

时无宴歪头："这样算狼狈吗？"

当然不算，歪着帽子多可爱。

尤星越笑着说："还行。我记得有一次我和朋友坐地铁，他出来的时候鞋子都少了一个。"

时无宴没明白，疑惑道："丢了东西还会开心吗？"

尤星越摆弄着手机导航，漫不经心地回一句："因为丢东西的不是我。"

时无宴一怔，随即低头弯起唇角。

尤星越走了两步，随手帮时无宴正好帽子："走吧，这里拐弯就到了。"

开门的是魏鸣思，他看到尤星越和时无宴后，忍不住啧了一下：好家伙，帅哥都和帅哥一起玩，是吧？

魏鸣思和尤星越在同龄男生中已经算比较高的一拨了，尤星越的朋友居然比他俩都还高不少。

"明天大扫除，别换鞋直接进。"

尤星越完全不见外，和时无宴一起进门："怎么就出院了？"

常理上说不通，一个刚做完手术不到一周的人怎么能出院？魏鸣思就不会觉得奇怪吗？

魏鸣思一边系围裙，一边往厨房走："沈医生说没什么问题，季歌也想出院，他觉得住院费太高了。"

尤星越觉得有点奇怪，他扫了眼魏鸣思的背影，突然问了一句："你年纪轻轻的，头像怎么是一朵月季花？"

魏鸣思炸了："那是牡丹！牡丹！月季能有那么漂亮吗？"

季歌原形是白牡丹。

有点意思。

尤星越慢悠悠道："请不要贬低月季——我去看看季歌。"

"他在里面那间卧室，应该在画画。"

尤星越领着时无宴找到卧室，他敲敲卧室门。

季歌抱着数位板，被敲门声吓了一跳："请……请进。"

他在家里没有戴帽子，头皮上长了一层很浅的发茬，估计不用多久就能长出头发。

时无宴那一丝灵力让季歌虚弱的身体得到了温养，所以才能好得这么快。

紫檀躺在季歌手边，近距离享受牡丹的国色天香，随口打了个招呼："老板晚上好。"

尤星越捏捏紫檀："身体才好就开始画画了吗？"

季歌温声细语地解释："住院费花了很多，毕竟占了一个床位。我和鸣思现在都还在上学，要多赚点钱。"

魏鸣思和家里基本断了联系，资金肯定比以前紧张得多。

尤星越看着数位板上的草稿："你是学绘画的？人体画得真好。"

季歌羞涩地笑了下："嗯，这是我接的稿子。"

尤星越想了想："其实人体画得好，应该不缺钱吧？"

季歌困惑："为什么？"

看出季歌没懂自己的意思，尤星越一笑，正要糊弄过去，紫檀语出惊人："老板叫美人你画人体图啦。"

尤星越：真谢谢你，紫檀。

季歌是朵单纯的白牡丹，闻言深深埋下头，耳朵尖都红透了，温柔地解释："这张稿子是一个角色的全身像，我觉得缺钱，一缘想办法介绍给我的。"

尤星越性格外向，交际多，表情管理早就臻于化境，他淡然道："嗯，画得真好看。"

紫檀又说："美人，其实画人体真的很赚钱……"

尤星越："紫檀，闭嘴。"

紫檀："哦。"

尤星越拿起紫檀："你在外面待了一个多星期了，跟我回去吗？"

紫檀修为浅薄，但是养头发的功效十分突出，养得魏鸣思的头发黑亮柔顺，短短几天，魏鸣思的头发长了一截。

一开始，尤星越非要将紫檀借给魏鸣思，为的是借助紫檀的灵力滋养魏鸣思的头发，好给两人之前的线做媒介。

现在季歌救回来了，紫檀也可以功成身退。尤星越知道紫檀喜欢美人，最好还是女性，魏鸣思哪都不符合条件。

紫檀犹豫，抱着最后一丝希望："美人，你真的没有姐妹吗？"

季歌摇头："我没有姐妹。原本有一位好友是一株极少见的红牡丹，不过她从小就长在庭院内，不像我野在外头皮糙肉厚，到底没有熬过怨气，生下沈情后就去世了。"

尤星越："难怪沈医生愿意帮忙。"

沈情竟然是半妖，想来也对，沈情面若寒霜却又风情绝艳，大约是继承了母亲红牡丹的气韵。

紫檀嘟囔道："魏鸣思长得挺英俊，但是他实在太不美人了！"

紫檀作为器灵，没有性别概念，开口闭口都是美人，叫得很顺口。幸好魏鸣思听不见，不然一定冲进来和紫檀打一架。

季歌为难："可是我每年长叶子落叶子都是自然规律，不会受到外界影响，紫檀如果待在我身边会觉得很无聊吧。"

季歌虽然修为尽废，但毕竟是修出人形的花妖，紫檀微弱的灵力无法影响季歌。

偏偏紫檀是一根特别有上进心的簪子，希望自己在结缘人身边有所用处。

果然，紫檀大受打击，蔫蔫道："怎会如此？"

"所以你要不要跟我回去？"尤星越问。

紫檀长叹一声："明天吧老板，魏鸣思明天要去把头发剪了做假发，我帮他养最后一天的头发。做簪子也要讲究个有始有终。"

季歌摸了摸自己的头顶，他觉得自己真的不需要假发。

夏天了，他会长出很多新叶子。

尤星越无所谓："好吧。"

几个人在屋子里聊了一会儿，魏鸣思在外面叫他们出来吃饭。

晚饭是火锅，魏鸣思还炒了两个菜，为季歌炖了一锅肉丝粥。

魏鸣思手艺果然很不错，火锅底料似乎是自己做的，味道格外鲜香。

时无宴坐在椅子上，很生疏地握住筷子。

尤星越神色自然地用公筷涮好食材，放进时无宴的碗里："魏鸣思，你明天有什么事吗？"

魏鸣思跟尤星越一样是自来熟的性格："有事，我明天一天都不在家。"

尤星越随口问："你不在家照顾季歌吗？"

说是这么说，其实季歌作为花妖，不需要照顾，躲回本体休息就好。

魏鸣思小心晃着手里的热饮，确定温度适宜，才放在季歌手边："季歌说他一个人在家也行，我明天和一缘，就是我妹妹，去医院做一天义工，大概会回来得比较晚。"

尤星越瞥一眼季歌。

季歌专心地喝粥，完全没有发觉到魏鸣思的奇怪点。

白牡丹真是清纯的白牡丹，大概都不知道魏鸣思已经把他的"马甲"扒完了。魏鸣思不留下照顾季歌，明明是为季歌留出自由时间。

尤星越心平气和地喝了口可乐："我下午去医院找你吧。听季歌说你明天去剪头发，剪完就用不到紫檀了，我明天带他回去。"

魏鸣思放下筷子，脸上严肃，诚恳道："我戴了紫檀后，发质确实更好了。您看您能开个价格吗？我想留下紫檀。"

卧室的方向，远远飘来紫檀撕心裂肺的声音："不要——"

季歌吓了一跳。

尤星越装作听不见紫檀的哀号："凡事讲究眼缘，紫檀可能有更中意的人。"

魏鸣思深深看了尤星越："好吧，我明白了。"

普通的发簪，绝不会有如此神奇的功效，世界上既然有妖，那么发簪有自己的思想也不奇怪。

这位老板，一定是相当了不起的人物。

"我给老板你送过去吧，省得你往医院跑。"

尤星越点头："你方便就好。"

次日尤星越照常开业，依然迎来不少逛街的顾客。这里毕竟是南北街，不会缺少客流量，其中除了学生，也有不少有钱人。

一个满身名牌的女人停在瓷器博古架前，对着一只红色瓷瓶流连忘返，忍不住询问："老板！这个瓷瓶怎么卖？"

这只瓷瓶实在太漂亮，灯光下流光溢彩。

尤星越走过去。

不留客赶紧提醒："这是一尊有七百多年历史的钧瓷瓶。"

尤星越轻轻"嗯"了一声。他的手机一振，超薄给他发来了瓷瓶的详细信息。尤星越扫了一眼就收起手机，哪有看着手机解说的？显得很不专业。

“这个呀，价格可能会很高。”

女人一眼看到尤星越，忍不住打趣道：“老板比瓷瓶还好看呢！我真的很喜欢这个瓶子，您报个价。”

尤星越解释：“这尊海棠红钧瓷瓶有七百多年历史，釉色均匀艳丽如云如霞，存于世的较为稀少，所以价格惊人。这尊是官窑钧瓷，女士如果很喜欢……”他想了想，“五百万。”

女人听到尤星越解释的时候，就已经有些犹豫。

七百年前差不多是黎朝，那个朝代瓷器书画有极高的艺术价值，而且如尤星越所说，黎朝钧瓷存世稀少，所以往往以拍卖的形式转手，而且价格逐年走高，曾经有一只莲花盏拍出了千万高价。但是这种小古玩店能有官窑钧瓷吗？

等等，开在南北街也不能算小古玩店，这条街不乏奢侈品店。

女人忍不住又看了眼瓷瓶，问：“您有证书吗？”五百万对她来说不是拿不出来，但要买个假瓶子回去，可就气死了。

哪怕这个瓶子非常漂亮，一眼夺魂的瑰丽惊艳。

尤星越气定神闲，冲她笑了一下：“没有，店里所有的古董都没有证书，只看您想不想要。”

这些东西都是不留客一代一代老板攒下来的，绝不会有假。

说起来，不留客本人都是活古董。

女人忍不住笑道：“我买回去了要是发现这是假的，那老板你是不是算诈骗？”

尤星越挑眉：“假一赔十。要是假的，我当然服法了。”

女人起了点好胜心：“那我就要这个了！我回去就叫人鉴定，您可别跑。”

尤星越莞尔：“家就在这儿，我能跑去哪儿呢？”

他起身要去取合同，没走两步，时无宴从后面撩开帘子走过来：“是要这个？方才不留客拿给我的。”

时无宴走到尤星越身边，他今天穿着尤星越给他买的衣服，假两件的白色衬衣和黑色长裤，恰好和尤星越一个配色。

尤星越：“是这个，谢谢。”

尤星越从库房里找出一个酸枝木的盒子，装好钧瓷瓶。

女人挥手：“我走了，老板你等我找你哦！”

尤星越托着脸：“好啊，我等您来谢我。”

尤星越将合同随手压在超薄的鼠标下："这下好几年都不用努力了。"

不留客揪揪尤星越的衣角，仰着头可怜巴巴地看着尤星越："那我呢？"

尤星越垂手捏捏不留客的脸："好好好，我会为了不留客好好努力的。"

时无宴安静地走过来："魏鸣思来了。"

话音刚落，魏鸣思满头是汗地冲进来，一天不见他的长发已经剪了，直接推成了平头。

好在魏鸣思长相俊朗阳光，颜值和平头发型非常搭。

魏鸣思随手擦擦汗："老板！我来归还发簪。"

说着，他从口袋里取出一个礼品盒，打开后露出其中的紫檀。

魏鸣思郑重地将礼品盒推到尤星越面前："老板验收一下。"

他这一系列动作做完，话痨紫檀都没说一句话。

尤星越取出紫檀，在手里转了一圈，紫檀完好无损，甚至因为盘了几天而变得更加油亮莹润。

不知道是不是尤星越的错觉，他觉得紫檀的灵力似乎强了一些。

没办法，紫檀太菜了，菜到哪怕涨了一丝的灵力，都能感觉得出来。

但是尤星越的灵力跟紫檀半斤八两，只好举起簪子送到时无宴面前："你看是不是有点变化？"

魏鸣思紧张："我磕到它了吗？"

尤星越摇头，随口糊弄："没有，感觉好看一些，不过我眼神不好，也可能是看错了。"

时无宴听懂他的意思："是好一些。"

尤星越若有所思地看向魏鸣思——短短一天，紫檀怎么就有了如此明显的变化？强了一点没什么，怎么好像还自闭了？

这时候，"自闭"紫檀语气复杂地开口："老板，我愿意留在魏鸣思身边。"

尤星越很吃惊，下意识问出来："为什么？"

紫檀可是个货真价实的"颜控"，只喜欢精致款美人，无力欣赏魏鸣思这种款式的帅哥。

魏鸣思疑惑："老板你说什么？"

尤星越不知道紫檀受了什么刺激，他看向魏鸣思："不好意思，我突然有点急事要去处理，你先坐一会儿可以吗？"

魏鸣思纳闷地点头：“好。”

尤星越拿着紫檀走到里间，一边走，一边问：“怎么突然改主意？谁跟你说什么了？”

紫檀声音颤抖，努力控制情绪：“魏鸣思和他妹妹今天去了医院一个叫化疗科的地方做义工，那里很多孩子都没有头发，有些是剃掉的，有些是因为治疗脱落的。

“下午魏鸣思出来的时候，美人说不要魏鸣思的头发做假发，他很快就会长出来。我以为魏鸣思会去把头发剪了，因为他有时候会抱怨长头发难打理，很麻烦。

“但是魏鸣思没有，他把头发捐给了和医院合作的机构，由机构做成假发免费送给患者。魏鸣思还跟人家说，他以后都会留长发每年来剪一次。”

紫檀响亮地抽泣一声，坚定道：“我太感动了！魏鸣思这种钢筋直男都愿意为了孩子们做一点牺牲，我这样一根传世古董，也愿意为了孩子们，牺牲自己的身体！”

不知道为什么，尤星越明明很感动，但是也真的很想笑。

可能紫檀自带喜剧氛围吧，都是紫檀的错。

“你养出来的头发送给别人，也算你一份功德，对你好，对那些受赠假发的孩子也好，双赢的事。”

尤星越取出合同，将紫檀放在盒子里。

紫檀解决了一桩心事，忍不住唠叨超薄：“老板说得对，魏鸣思勉强算个好归宿，现在店里就剩你一个器灵了，超薄你要努力啊！”

“……谢谢，我在老板这里挺好的。”有电充，有网上，还能靠着打字和不留客唠嗑，圆满实现了超薄的“咸鱼”梦。

尤星越啪地盖上盒子，捂住紫檀。

超薄长长舒出一口气：“谢谢老板，我早就跟他过不下去了。”

紫檀太话痨，还是个有网瘾的簪子，天天追动漫，妨碍超薄追更婆媳大战和虐恋情深的电视剧。

“……少看点狗血剧。”尤星越起身带着合同和紫檀走到外间，笑着看向魏鸣思，“恭喜。”

魏鸣思一头雾水：“啊？”

尤星越递过合同和紫檀："听说魏同学把剪下来的头发捐给做化疗的患者，紫檀愿意帮你。"

魏鸣思吃惊。他今天去捐头发的时候，没告诉季歌啊，所以老板是怎么知道的？

魏鸣思略作思索，伸出拇指："老板料事如神，厉害。"

作为一个可以轻松接受挚友是花妖的男人，魏鸣思本人脑回路确实不太正常。

尤星越含蓄提醒："这支簪子就叫紫檀，有百年历史。这样的老物件都是有灵的。你在家里要多多爱护，白天的时候可以放在手里把玩，洗澡的时候另放在其他地方，不要沾水。"

魏鸣思低头看看盒子，后知后觉地意识到：有灵？老板这是暗示我，紫檀真的有意识？

尤星越："三百，签合同吧。"

魏鸣思迟疑："这么便宜？"

他想了想，认真道："老板，我现在确实离开家里没什么钱，但是做生意也不能让老板亏本。"

魏鸣思不懂行，但是一些网店所谓的紫檀木簪都敢卖好几百，紫檀这样有年代的木簪竟然只卖三百？

尤星越点点桌上的付款码："一来紫檀作为古玩年份短，二来他是木簪，而且用料较少，材质上不会太贵。最后最重要的一点，是紫檀选中你，我没有跟你开玩笑，你今天的作为，让紫檀很感动。"

古玩店因为不留客才存在，不留客需要的是线，老板才需要钱。

尤星越今天刚赚了一笔大的，他现在的想法是正常价格卖一些普通古董，对于有器灵的则是意思意思收点钱。

魏鸣思难得不好意思："我只是做点力所能及的事，季歌没有头发的时候，都不是很愿意出来见人。我想那些患者在经历过病痛的折磨后，可以像普通人一样融入这个社会。"

尤星越浅浅一笑："所以紫檀才很中意你。"

魏鸣思挠挠脸，他签好合同付了款，走到门口的时候，突然向尤星越鞠了一躬，然后跑走了。

等魏鸣思走了，时无宴才很认真地问："为什么要捐头发？"

尤星越偏头看他，眼镜上的挂链轻轻响了一声。尤星越思考几秒，回答："有一些得病的人，会被剃掉头发，或者在吃药治疗的过程中脱发，行走在路上，或许会受到异样的目光。戴上假发，心理上也会获得安慰吧，好像过往的苦痛能被掩盖。获得头发的患者应该会很开心吧。"

时无宴若有所思："有所得便有所乐。所以免费得到物质，就能得到快乐？"

"可是魏鸣思有所失，依然有所乐，可见人不是得到东西才开心，"尤星越眨眨眼，"不论获得付出，只求问心无愧。对于魏鸣思，或许某日与戴着自己头发的某人擦身而过，两人都不相识，但一想到对方会这么奔向每一个普通的日子，一定会觉得很欣慰。"

尤星越摊开手，细细红线绕上指间："而他们看不见的联系，看不见的爱，都会落在我这样的人眼中。"

时无宴望向尤星越："我能学会吗？"

尤星越眉眼弯弯："当然，你可以先试着爱一个人或者一样东西。"

尤星越在第二天晚上，收到了季歌的短信。

季歌问他能不能把他画进小动漫，尤星越完全无所谓，回了一句"请随意"，就专心教不留客和时无宴用手机了。

但没想到，十来天之后，尤星越突然在网上红了——和之前靠脸红起来，一浇就灭的零星热度不同，他这次上了热搜。

尤星越教时无宴用手机的时候，超薄的两个音箱发出了惊天动地的惊呼："老板，出大事了！"

不留客吓了一跳："怎么了？"

超薄："老板！你上热搜了，位置超级靠前！"

尤星越困惑："热搜？我最近没干什么。"

他虽然长得好看些，但也没好看到上热搜吧？

超薄叮地转给他两个链接，尤星越点进去。

热搜 1：那个长发男生。

热搜 2：不留客古玩店是真实存在的，老板神仙美貌，漫画照进现实？

尤星越一头雾水，先点进第一个，热度最高的是一个视频，标题就是"那个长发男生"，是帧数较低的黑白动画。开头是一株盛开的牡丹花，占了大半个屏幕，紧接着画面啪地变白，一个 Q 版小男孩站在牡丹花本来的位置上。他懵懵懂懂地走进了人群。

弹幕：

“好可爱啊哈哈哈哈，是小牡丹花成精的动漫吗？”

“哇，开头的牡丹花画得好绝！”

“二刷已经开始飙眼泪了。”

“三刷泪目。”

画面一闪，Q 版小男孩已经长成了成年人，依然是可爱的三头身，却没有了头发，而这次，他身边多了一个长发男生。一个 Q 版的长发男生对着镜子梳起长头发，Q 版的光头男孩给长发男生递上一根皮筋，长发男生在脑后扎起一个发髻。发髻很小，看着发量不多的样子。光头小人抿着唇笑起来，眉眼弯弯，他找出一个帽子戴上，和长发男生一起出门。

简笔画的街道上，来往的简易版行人不时向长发男生投去眼神，偶尔有人停下脚步，指着长发男生说悄悄话：

“好好的男孩子留这么长的头发。”

“学外国人的做派！”

“不像好男孩。”

“怎么像个女孩一样爱臭美。”

光头小人的情绪渐渐低落下来。

“开始生气了！留长发用你家护发素了？”

“脑子落在几百年前啦？古板。”

“治愈了我多年的低血压，现在已经想打人了！”

长发男生雄赳赳地揽住光头小人，两个 Q 版小人一起走进了超市，买了新的护发素。

下一幕，是光头小人和长发男生一起走进了一家名叫“不留客”的店面，Q 版老板戴着一副挂链眼镜，他递给长发男生一根发簪。

“呀，这个 Q 版小人有种很文雅的感觉。”

“不留客这个名字也很好听，是卖发簪的？”

画面再一闪，光头小人躺在病床上，打着点滴，长发男生握着他的手，眼泪在眼眶里打转。

长发男生头发上戴着发簪，头发比之前长了很多。光头小人被医生推出病房，长发男生拿起手机，接通了一个标注为“父亲”的电话。电话那头传来呵斥声：“养你这个白眼狼，我怎么有脸见你爷爷奶奶？留一头不三不四的长头发，像什么样子……”

长发男生挂断了电话，Q 版小脸上露出茫然的神情。

“怎么这么惨呀，小牡丹这是怎么了？”

“两个人都好难过呀，话说另一个男生留长发是不是想给小牡丹做假发呀？”

……

画面再一闪，光头小人被推进了手术室。长发男生蜷缩在长椅边，小小一团。而这个时候，那株在开头出现过的牡丹再次出现，这一次，牡丹不再盛放，簌簌掉着叶子。

画面外进来一个戴着挂链眼镜的小人，是古董店的老板。他走到牡丹花前，仰起头看了看，取出一根红线在牡丹枝干上绕了一圈，随即他伸出手，右半边画面突然切进长发男生的场景，一根线从长发男生身上伸出，跨越两个画面，和牡丹上的红线紧紧相连！老板一笑，不知道为什么，一个 Q 版三头身的小人隔着屏幕都透出悠然从容的气质，他不慌不忙地握住线，慢慢牵出一个光头小人。

“老板！我的超人！！”

“老板好温柔好可靠，我对这种游刃有余的男人无法抗拒！”

“老板像那种大隐隐于市的高人，然后善心大发地救了小牡丹！”

光头小人很惊喜地看看自己的手，冲老板鞠了一躬，迈着步子跑向另一个画面里的长发男生。光头小人越跑越快，扑过去紧紧抱住了长发男生，两个小人在手术室外的长廊上紧紧相拥。

画面缓缓清空，纯白的背景里出现了一把黑色长发。长发慢慢消失，一个穿着病号服的孩童拿到了一顶假发，他惊喜地给自己戴上，大声喊：“妈妈，我现在也有头发了！”

视频到此结束，最后现出一个光头小人向屏幕外的观众鞠躬。

尤星越没想到季歌居然把这段经历画成了动画。不过这样一来，季歌难道不怕魏鸣思疑惑为什么他把自己画成牡丹吗？毕竟季歌应该还不知道魏鸣思已经扒了他花妖的“马甲”，还是说季歌准备坦白？

时无宴见他迟迟不动，疑惑道：“星越？”

不留客每天都星越长星越短地叫，时无宴也跟着一起这么叫。

尤星越回过神，点开评论：“刚刚走神了。”

底下评论——

愚人节告白失败：看得我眼泪直流，小牡丹花妖要和长发男生好好的呀！作为医学生，我简单解释一下，有些癌症和脑部疾病在治疗的过程中会脱发，如果做开颅手术，也会提前剃发。国内有捐赠真发，给这些患者免费发假发的机构。

西瓜皮炒蛋：标题原来是这个意思，那个长发男生，我以后再也不觉得男生留长发奇怪了。

口红沾杯：这个不留客真的存在！真的有这个古董店！老板的特征和动画里一模一样！

这条评论很快被顶到热评第一，很快神通广大的网友又扒出了其他视频。

西米露：吃瓜吃到熟人！这位老板之前上过我们学校的论坛，也有视频，超美的！

尤星越心里有了不好的预感，他依次点开两个视频，一个是吴兴方商场大楼剪彩仪式上的视频，另一个是他卖貔貅给顾珉的那段视频。

尤星越点开关于自己的热搜。热搜最火的是一张动图，他戴着眼镜坐在窗前，撑着下颌望向对面，随后眼睛微弯，浅浅一笑。

中式圆拱窗前的他，像一幅裱在框里的画。

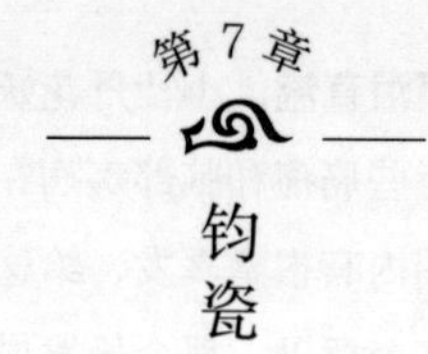

第7章 钧瓷

古玩店的热搜在热搜榜上挂了一夜，甚至还往上冲了一个位置——因为神通广大的网友通过网络，扒来了更多与古玩店有关的奇妙帖子。

当事情挤在一块的时候，巧合就成了玄学。古玩店不留客成功披上了一层神秘的纱衣。

一部分网友都在想：太玄了，必须敬畏，啊不，先拜一拜！

大部分网友在想：营销！绝对是营销！坚信科学，一定是阴谋，我们绝不会上当。

一小撮“网友”躲在山洞、小区，甚至博物馆，默默思索：闭店几百年的不留客居然开业了，要不要把自己邮过去呢？算了算了，还是再观望观望，不是每一任老板都值得信任。可恶！视频里的貔貅和金蟾器灵为什么养得那么好？

尤星越作为网瘾青年，哪怕是吃自己的瓜都津津有味，他一边看，一边给时无宴解释网络名词。

超薄看着五花八门、褒贬不一的评论，问：“老板，要不要我改点数据，让热搜掉下来？”

尤星越倒看得开：“挺好的，我正好蹭热度开一个不留客的官方账号。”

超薄有些迟疑。开个账号，真的会变成网红店吧？而且不是坐实了营销吗？

尤星越放下手机：“亲爱的超薄，店里除了你还有第二个器灵吗？总不能指望都跟你似的，自己把自己寄过来。”

不留客很赞同地点头：“以前的老板不定时会外出，寻找一些有灵性的器物带回来。”说着，不留客很懊恼地捶捶脑袋，“都怪我。我以前力量强的时候可以影响器物，催生它们的灵智，但是现在我太弱了，不仅不能给星越帮忙，还拖累你……”

尤星越立刻拦住不留客的手，轻轻捏了几下：“不留客已经很努力了，如果没有遇见不留客，我现在肯定在头疼怎么上班。”

不留客安心许多，抓住衣摆，趴在尤星越怀里蹭了蹭。

“我想借着网络找器灵的踪迹。因为大部分器灵不能化形，也不会上网，更不会寄到付快递。许多新生的器灵连自我意识都不清楚，所以大概会闹出一些怪异现象，引起主人家的注意。到时候跟以前的老板一样，多去其他地方看看，应该也能有点收获。”

提到到付的黑历史，超薄扭捏道：“这不是没钱吗。”

尤星越心平气和道：“我是内涵你黑我账号查手机号码，再干违法乱纪的事情，我就把你上交给非人类总管局，叫你天天帮他们抄表格、写文件。”

尤星越后来才发现超薄是顺着他的学校论坛账号，翻出了他懒得换的学生卡手机号码。

超薄突然关机，音箱里传出声音：“网不好，先睡了老板。”

时无宴放下水杯：“星越。”

尤星越：“嗯？”

时无宴拿出药盒：“吃药。”

尤星越叹了口气，他捂住脸：“我要是也能一言不合就关机多好。”

沈情给他开了一包冲剂，又苦又涩，这对于爱吃甜食的尤星越来说，简直是煎熬。

时无宴已经冲好了药，捧到尤星越面前：“生病的人要乖。”

尤星越立刻投降：“好吧，我喝还不行吗？”

贝海市与颖江市相邻。戴璇结束了一天的时装展，把自己扔进沙发，躺了没一会儿，朋友打来了视频电话，问：“你的时装展上热搜了，评论反响还不错，你自己感觉呢？”

戴璇叹气：“还行，但有一些观众已经发现我灵感枯竭了。”

朋友跟着叹了口气：“你前几天不是说去采风找灵感了吗？有没有找到？”

戴璇提到这事，突然来了精神："有！这两天忙昏头了，忘了跟你说，我买了几个古玩回来，现在想出一个古风主题的系列成衣。"

戴璇拿着手机挨个向朋友展示自己买来的古玩："看这把缂丝团扇的配色，美绝了。还有这枚玉珏，万字纹居然这么霸气。"

朋友没想到戴璇逛了一天就找了不少物件："这些元素完全可以运用到设计上。"

"对了！"戴璇脸色神秘，"我花五百万买了个古董瓶。说了你可能不信，我第一眼见到它，灵感真的一下就来了！"

朋友下意识以为是在拍卖会上买的古董："快给我看看！"

戴璇郑重地移开手机，镜头对准一只瓷瓶："官窑钧瓷海棠玉壶春瓶。"

玉壶春瓶，瓶颈细长，腹部圆润鼓起，瓶口象牙白，瓶身在灯光下红得清透艳丽如同镜面，其光泽又温润柔和堪比美玉。

戴璇目露痴迷："我第一眼看到它，就幻想她是绝世舞姬，红衣如火，一舞倾城。"

"确实漂亮……但怎么看着那么眼熟呢？"朋友回想片刻，"好家伙，你上当了！我们贝海市博物馆有这个瓶子！跟这个一模一样。"

"不会吧，这只玉壶春瓶质感超级好，会不会是同一批瓷瓶？"

朋友无语片刻，找到博物馆官方网站，划拉几下发给戴璇："你看，黎朝钧瓷海棠红玉壶春瓶，贝海博物馆镇馆之宝。官窑钧瓷本来就稀少，传世而且保存完好的就更少了，所以十分珍贵。哪有那么容易是一个批次的？你在哪个拍卖行买的？"

朋友说的话有理有据，戴璇想起自己那五百万，想起老板那张漂亮脸蛋，哽了半天才回答："一个叫不留客的古董店。"

朋友："……哪个不留客？是不是老板长得很好看，戴眼镜，然后店开在一条商业街？"

戴璇纳闷："你怎么知道的？难道是知名骗子？"

"上热搜了，你去看看吧。好多人说不留客的东西特别灵，我差点就信了！"

戴璇有点生气，想了想说："我先打电话给老板，问问他怎么回事。"

朋友比她还气："我帮你！"

戴璇来不及阻止，朋友已经挂断了电话，她只好发信息告诉朋友先等等，随即翻出尤星越的号码，拨过去。

电话响了好一会儿都没有人接，戴璇心里咯噔一下，不会是跑路了吧？不可能，跑路怎么敢上热搜？

又过了好一会儿，电话才被接通，那头传来带一点困意的嗓音：“不好意思，刚才打了个瞌睡。”尤星越吃了沈情开的药，有些犯困，趴在桌子上睡着了。

戴璇看一眼时间，已经快零点了。

“喂？戴小姐吗？有什么事吗？”

戴璇一时没来得及说话，那头的声音清醒许多，甚至好像带了几分关切。

戴璇清清嗓子，心想自己不能被这个男人蛊惑：“是这样的老板，刚才我有个朋友看了我在你那边买的瓷瓶。”戴璇刻意顿了顿。

尤星越不急不缓：“瓷瓶怎么了？”

戴璇听着他的声音，莫名有些安心：“贝海博物馆里有一只和它完全一样的瓷瓶，听说是镇馆之宝，怎么我这只流落在外的瓷瓶没有一点消息？”

尤星越愣了愣，看向不留客。

不留客正试着喝茶叶，但他力量远远没有恢复，五感中只有触觉和视觉有用，品尝不出滋味。

不留客歪头：“应该是一批的吧？”

“戴小姐，那只玉壶春瓶确实是真品，如果你有疑虑的话，不如明天先请人鉴定吧，如果你需要，我也可以到场。”

戴璇想了想：“我不在颖江市，你明天应该过不来。我会联系到博物馆的工作人员，鉴定的时候给你打视频电话。”

“那按照您的时间来。”

戴璇挂断电话后连着打了几个电话，最终联系上了贝海博物馆的工作人员，对方一听说戴璇手中有一只和馆内完全一样的海棠红玉壶春瓶，连忙让戴璇拍几张照片过来。

看到照片后，对方激动地表示，很有可能是真品，如果方便的话，他们明天愿意来做个鉴定。

次日，距离约定时间还有一刻钟，博物馆的人就敲响了戴璇的门，除了鉴定专家，还来了两个拿着手机的工作人员。

工作人员一进门就对戴璇解释：“请问可以直播吗？如果您很反感，我们就不拍了。”

“可以的。”戴璇痛快答应。

戴璇不仅是一个优秀的设计师，也是一个精明的企业家——如果玉壶春瓶是真的，她干脆就捐给博物馆，既能博得网友们的好感，也为将要推出的国风系列的成衣造势，同时也是为自己家乡的博物馆做贡献。

工作人员连连道谢，博物馆虽然不以营利为目的，但是为了发扬传统文化，也学着借助网络吸引更多的游客。

贝海博物馆在国内是最早一批接触网络直播和视频的博物馆，积累了七十多万的粉丝。因此直播一开，十来分钟内就涌入了几万观众。

弹幕：

“今天是要介绍馆内的古董吗？”

“好家伙，旁边那个女的是不是戴璇？”

“好像是啊！我最喜欢的国人设计师和我最喜欢的博物馆，梦幻联动了！”

戴璇对摄像头笑了笑，领着专家走进书房，随后拨通了尤星越的视频通话。

戴璇清清嗓子：“老板早上好，现在专家到场，博物馆也在直播，您介意吗？”

尤星越怎么都没想到一个鉴定居然还开了直播，恰好他开账号没多久，正需要关注度，“请随意。”

“是这样的，我前几天在不留客用五百万买下了一尊海棠红玉壶春瓶，朋友告知我贝海博物馆珍藏了一尊完全一样的玉壶春瓶。我很吃惊，几经辗转找到了博物馆的人员来做一个鉴定。”

“是昨天上热搜那个不留客老板？”

“哇，真的是梦幻联动了。”

“居然敢找博物馆的专家做鉴定！我昨天以为是网红店炒作，观望观望。”

“只有我在关注那个瓶子吗？好惊艳的红色！”

专家已经在弯腰仔细观察这只玉壶春瓶，戴着手套的双手小心捧起它：“钧瓷追求釉色，红釉更是一绝。这是一只海棠红的玉壶春瓶，以肉眼看，与馆藏的玉壶春瓶完全一样，观釉色明丽而不轻浮，厚重但不灰暗……”

专家手持瓶子，向戴璇展示瓶子的各个位置并做解说，最后道：“从年份、器型来看，这只玉壶春瓶与馆内珍藏的大概率是同一批。”

戴璇虽然早有心理准备，但是当专家给出准信的时候，她心头还是跳了跳，随即看向尤星越。

尤星越丝毫不意外地弯起眼睛，笑意浅浅：“果然是一批的，在乱流中分离，如今跨越百年的时间与地域变迁，又在同一片时空相遇了。”

“哇！他好会说！”

“我国瓷器几千年的底蕴文化，我们要好好保护！”

……

专家小心放下玉壶春瓶，依依不舍地从瓶子上挪开视线：“官窑钧瓷传世稀少，戴女士可要好好珍惜。”

戴璇深吸一口气，微笑道：“我决定将这只玉壶春瓶捐赠给贝海博物馆。作为一个贝海人，我希望有更多人能看见我们国家璀璨的文化。”

这简直是意外之喜！别说博物馆的人，就连网友都疯了，一排一排地用弹幕刷着感谢。几百万说送就送了，以后他们再去博物馆就能看到一对娉婷绝丽的玉壶春瓶了。

专家激动得说不出话：“谢谢，谢谢！”

尤星越笑吟吟地鼓了两次掌：“欢迎大家去贝海博物馆欣赏这对海棠红玉壶春瓶，其实我们不留客也有相当多瑰丽的宝物，朋友们没事的时候可以来不留客逛一逛，我们也不收门票。喜欢的，还可以带走。”

“带走？我也买不起。”

“颖江市本地人表示一定要打卡！”

“同样买不起。”

“呜呜呜，去不了怎么办呀？离得太远了，还是学生，真的好想了解这些古董啊。”

“我们不留客新建了官方账号，在博览 APP 上搜索‘不留客’就能加关注了。我们会不定时放出一些古董的照片和简介，让来不了的同学们一睹为快。”尤星越抛出自己真正的目的，“如果大家家里有不好保存或者有一点奇怪的古董也可以联系我。”

“关注！这就关注！”

“本来以为是野鸡古玩店，没想到居然是传世宝藏，太爱了。”

“也就是说，不留客收购家里的古董是吗？”

尤星越看了眼不留客账号的粉丝数，新开十几个小时的账号，借着先前的热搜和这次直播已经有了四万多的粉丝。

尤星越抬头，和戴璇相视一笑，专家还对着玉壶春瓶如痴如醉。

尤星越得到了关注，戴璇得到了宣传，贝海博物馆白得一只玉壶春瓶，网友们一饱眼福。

四赢的局面达成了。

第8章 直刀

玉壶春瓶作为单纯的器物，短时间内虽然没有为不留客带来线，但从长远来看，能为古玩店增加热度。

尤星越挂掉视频通话后，轻轻揉了揉太阳穴。

时无宴：“头疼？”

尤星越摘下眼镜：“看屏幕看的。”

他突然靠近时无宴，盯着时无宴的眼睛：“你也看了一天，眼睛不疼吗？”

尤星越从昨天到现在都在整理古董信息顺便运营古玩店的账号，用眼过度。

时无宴就陪着他看了一上午的屏幕，结果尤星越头疼眼睛疼，时无宴一切正常。时无宴的眼睛里映着尤星越的笑颜，他摇头：“不疼。”

尤星越：“好羡慕，我看久了就偏头疼。”

凑近这么细看，时无宴的睫毛真的长，简直让人羡慕。

尤星越叹气。

时无宴以为他是头痛，于是伸手轻轻蒙住尤星越的眼睛：“这样就不疼了。”

尤星越眼前骤然失去光线，眨眨眼：“啊？”

可能是本体常年悬在冰冷的雾气里，时无宴的体温比人类更低，触碰皮肤的时候温凉细腻，没一会儿，微热的灵气舒缓了尤星越干涩酸痛的眼睛。

时无宴感觉尤星越的睫毛扫过手心，想了想，说：“你的睫毛也很长。”

尤星越：“……”

哇哦，他平常哄不留客好像就是这个语气，所以说时无宴是连这个都学吗？

两人没有悠闲太久，下午的时候，尤星越重新投入工作，顺带回答客人们的问题。

自从上了热搜，不留客彻底成了颖江市著名打卡景点，每天客如流水，参观的是多数，少部分人会买走看上的古玩。

尤星越借着账号的传播力，从周围收到了一些普通古董，这些年份短制作工艺较为普通的古玩价格不高，经常会被游客当作纪念品买走。

尤星越偶尔也会闭门几天，出去收一些古玩填充库存。

店里的游客多，超薄正在调试新装的监控。

时无宴坐在一边，生疏地探索手机。

尤星越则在后台查看一些私信，手机没多久就振动起来，他低头看了眼，是一个从没见过的号码，尤星越接通电话前自语一句："我真的有必要雇一个店员了。"

他接通电话："您好，不留客古玩店……"

"是我，程明浅。"

尤星越没想到是程明浅那个缺德猫："程局长？您有什么事吗？"

"前几天不是说给你联系了一个器灵吗？现在在路上了，估计还有半小时就能到你店里。"

尤星越瞥一眼超薄："到付吗？"

超薄："……"

"嗯？不是，他自己来的，路费的话总局会报销的。"

尤星越意识到不对的地方，警惕道："什么样的古董？怎么还自己来？"

"好像是一把刀，睡了很多年，近期才苏醒。我想着不如把他交付给你，如果能找到有缘人的话更好。对了，刀是凶器，万一有不好管束的地方可以直接揍他，如果打不过，找我揍他。"

您是田园犬吗？还找你揍他。尤星越在心里吐槽一句，开口的时候语气很正经："你确定不需要我去接他？"

听描述太像个刚出土的古董，万一在外面闯祸怎么办？

"不用，"程明浅躺在办公桌上，右前爪拿着手机，左后爪翘起来抖着，"我朋友说给刀灵做了基本科普，而且古代刀灵嘛，按理说受到文化熏陶，应该比较懂礼貌。他有你的电话和地址，有意外会打电话叫你的。"

“放宽心，挂了。”

程明浅大概上赶着去给人摸，“啪”地挂断电话了。

尤星越拿着手机，一手无意识地钩住帽子，在手上转了两圈，缓缓道：“我有种不祥的预感。”

时无宴下意识望向他钩着帽子的手指，那么苍白的一截皮肤。

颖江市，一个清秀少年从人群里钻出来，他看上去只有十五六岁，穿着洗得变形发白的T恤牛仔裤，展开手里皱巴巴的纸条。

清秀少年照着纸条念：“出了车站打出租车，直接告诉司机要去南北街古玩店。”

少年挠挠头：“打车我会。”

颖江市作为一线城市，市区内车水马龙，少年所在的地方更是闹市区，路上行人摩肩接踵。

少年专注于手里的纸条，走到靠近路边的位置试图拦车，拘束地拦到一辆，少年正要上车，忽然听见一声尖叫：“抓小偷！”

少年倏然回头。

就在他身后，一个瘦小的男人拎着浅粉色小包在跑，长裙飘飘的姑娘正在后面追。朗朗乾坤下，竟然有人行如此苟且之事！而且周围没有一个出手相助之人，甚至还有人用手机拍来拍去，真是世风日下世态炎凉人心不古。

司机只觉得眼前一花，刚才半个身子都钻进车里的乘客消失不见了，满是疑惑地挠头：“人咧？”

少年助跑两步追上小偷，凌空一个飞踢，直接将小偷踹倒。一套动作行云流水，围观的观众目瞪口呆，导演缓缓从摄像机后冒出头：“找碴儿是吧？”

半个小时后，尤星越不祥的预感实现了，他没有等到刀灵，但是等到了电话——派出所打来的。

“您好，我是汤华街派出所的，请问是尤星越尤先生吗？”

尤星越对向他提问的女孩歉意一笑，走到一边接电话：“是的。请问有什么事吗？”

“是这样的。我们这边接到一个失学少年，刚刚在车站那边不小心打人了，呃……是一场误会，不是故意伤人。然后现在对方要求赔偿……他报了你的电话号码，说你是他的远房亲戚，能过来领一下他吗？”

警察的语调还算平静，尤星越估计情况没有太严重。

尤星越："……好的，我现在就去。"

他拿着手机，顺手抄起时无宴的帽子扣在头上，顺便压低帽檐："我出去一会儿，你看家好吗？"

时无宴从帽子上收回视线："我在家等你。"

尤星越一笑。

请店员的事要抓紧提上日程了，不然一旦要出门就要打烊谢客。

尤星越坐地铁去了派出所，在调解室看到了坐立不安的少年。

尤星越看到少年的第一眼就确定了对方器灵的身份，说起来这还是尤星越见到的第一个能化成人形的器灵。

这少年一头细软的黑发，身高一米七上下，他面容清秀，身形单薄，看上去像个初中生。他抬头看见尤星越，敏锐地发现了尤星越身上微弱的灵光，虽然没见过面，但少年一眼就辨认出尤星越是古玩店老板。

他低下头，缩起肩膀站起来，因为不太会撒谎，所以一个称呼在嘴里还打了个磕绊："表……表哥。"

少年用手指抓着自己的衣服，他长得白，手上却全都是老茧，过于宽大的领口还露出疤痕。

尤星越很无奈地摇摇头。

调解室里除了警察和少年，还有一个瘦小的男人，正歪在椅子上连连叫痛："哎哟——好疼，踢得我骨头都断了。"

"我没有踢得太——"

少年赶紧解释，被尤星越看了一眼，下意识闭上嘴。

尤星越笑着说："这位老哥，我家小孩不懂事，我们先去医院做个检查，万一伤到什么地方，也及时救治，医疗费我们也会赔偿。"

虽然是误会，但也是刀灵先伤了人，赔偿是应该的。好在看这小刀灵也不像没轻重的样子，应该没有大事。

警察附和道："是的咯，我也是这么讲的嘛，他不肯去，说要等家长来。"

尤星越进门后，警察才发现少年的监护人居然在网上很有名，一开始还担心尤星越年轻不着调，到时候不好调解，没想到对方居然很稳重。

尤星越走到少年身边，按着他的肩膀让他坐下，自己则拿起桌上的身份证看。

姓名戚知雨，身份证上的年纪刚好十七。

难怪说是失学少年。

戚知雨拘谨地坐下。

警察简单交代情况：“人家拍抓小偷的戏，他误会是真小偷，踢了这个演员一下，所以现在有一个赔偿方面的问题。你们好好协商一下？”

瘦小男人：“什么误会？摄像机导演都在，围观群众那么多，怎么就他误会了？我看他是故意的！”

“看着瘦瘦小小的，怎么这么大劲！我背上青了一大块，现在这个样子接下来好几天都没办法拍戏，你说怎么办吧？”

戚知雨双手握拳放在膝盖上，羞愧的同时也有些生气，犯了错要赔钱是应该的，可是这个人明显就是要赖！想撒泼要钱！

尤星越温和道：“我们家小孩确实不是故意的，在这里给您道个歉。您别着急，我的意思是还得先去医院做个检查，万一有什么问题，也能及时发现，赔偿我们好好商量。”

瘦小男人眼珠一转，一拍桌子：“不行！我下午还要拍戏呢！整个剧组因为我受伤耽误进度，都是你表弟的错。我告诉你，不赔钱我就告你故意伤害！”

“我都三十六岁了还没老婆没孩子，一个人在大城市里打工不容易，你还要害我，天理不容啊！”

警察皱眉：“好好说话，别在派出所里拍桌子放赖。”

尤星越十指交叉，轻轻摇头，叹气道：“大哥你有所不知。我这个远房表弟是偏远山区里出来的，小的时候父母就不在了，书也没念完，实在过不下去了才凑了几百块钱来投奔我。”

尤星越握住戚知雨的手，摊开给瘦小男人看：“你看看，满手的老茧，都是小时候做重活留下的，以前住在亲戚家还被打，身上都是伤。”

尤星越轻轻拉下戚知雨的领口，果然一片伤疤。

他轻轻皱起眉：这应该都是当年在外征战留下的伤疤，一片叠着一片。

尤星越沉痛道：“他这样的孩子，饱饭都吃不了几顿，像样的电视也没看过，怎么知道大哥你在拍戏呢？”

警察看向戚知雨的眼神顿时变了：这孩子，太可怜了啊！

警察再次看向瘦小男人的时候，眼神变成了谴责：就知道是想讹钱，也不看看这孩子多可怜！

尤星越叹息：“警察叔……不，警察同志，我说这些不是想逃避责任，实在是我担心这位大哥的措辞伤害到我表弟未成年的脆弱心灵，毕竟这件事本质是个误会。我表弟本意是好的，我怕给他留下心理阴影。”

戚知雨懵懵懂懂地看向尤星越：我……我好惨呀。原来我有这么惨吗？

刚出土的小刀灵被忽悠得晕晕乎乎，完全忘了自己是一把刀。

在警察的坐镇下，调解最终顺利进行。

瘦小男人原本只是打算讹一笔钱，他确实受了皮外伤，但是头晕恶心都是装的，心虚不敢去医院。

尤星越看出这种人狡猾贪婪，不愿意留下后患，温和但强硬地劝说男人到医院做了全方位检查。

不留客在网上很有名气，如果不能处理好这件事，日后在网上闹起来，被有心人添两把火，真的就要“辟谣跑断腿”了。

医院里，尤星越漫不经心地等着医生给男人做检查。

瘦小男人尽管心虚，还是尽全力装作脑震荡，一直喊着晕。

医生问询过后，说：“可能有轻微脑震荡，平时要注意休息，我再开点药给你。”

瘦小男人装病成功，立刻得意起来，装模作样地扶住头：“医生，再给我开点补品吧，我胸闷头晕，可能是摔倒的时候在地上中暑了。”

戚知雨焦急地拽两下尤星越的衣袖：“表哥……”

他自己的错害得老板赔了这么多钱！

尤星越不甚在意：“没事，应该的。”

尤星越任由医生开了药，甚至还特意和群头交换了联系方式：“医生说有脑震荡，要好好休息，不能劳累，可能近几天都不能工作了，给您添麻烦了。他要是在片场上出了什么问题，那真是我的错了。”

群头是负责给剧组找群演的，瘦小男人在拍摄过程中意外受伤，群头全程陪同，此刻他盯着瘦小男人看了一会儿，冷笑道：“好，谢谢小哥提醒。”

瘦小男人搓搓手：“没事没事，张哥你久等了，我一会儿过去继续上工。”

群头指指那一大袋的药品补品以及长长的检查单子，阴阳怪气道：“这样吧，你就回去好好休息几天，那几个群演的工作放一放，身体要紧。万一在片场晕倒，我可承担不起这责任。”

本来看他条件符合，群头才找他演戏，但是没想到居然是这种人，做群演有危险，万一哪天磕着碰着，该有的赔偿不会少，但群头不想被讹诈一笔。

瘦小男人慌了：“张哥，我……我没事啊，就是……”

尤星越了然：“哦——那刚才你是装的？所以说你是想碰瓷讹钱？”

警察锐利的眼神扫射过来。

瘦小男人欲哭无泪：“我不是……”

尤星越笑了下，将戚知雨揽到自己身前，推着他往前走，路过瘦小男人的时候，尤星越笑意盈盈道：“希望你引以为戒。”

瘦小男人攥紧手里的药，眼前一黑，他这几十年凭借耍心眼占了许多便宜，一直不以为耻反以为荣。没想到今天踢到铁板，不仅丢了几个到手的工作，还得罪了群头，以后再找群演的活就难了。

想到之后的处境，瘦小男人此刻真的觉得胸闷气短，头晕恶心。

……

戚知雨被尤星越塞进出租车的时候，还没有从震撼中清醒过来，做梦一样问：“解决了？这样就解决了？”

尤星越发信息给时无宴，说自己正带着刀灵回去。

“是啊，解决了。现在家里不缺那两个钱，让他长个记性，免得以后又讹上别的人。”

尤星越拍拍戚知雨的肩膀。

刀灵化成的人形瘦削单薄，像个没长成的小孩。

戚知雨飞快擦了把眼睛：“对不起老板，我闯了祸给你惹了麻烦，还让你花了那么多钱。我会好好报答你的，你一定要把我卖一个好价钱。”

前面司机忍不住回头，睁大眼睛，极快地在尤星越和戚知雨之间来回扫两下：妈呀，现在的有钱人都玩得这么花哨了吗？

司机握着方向盘的手蠢蠢欲动，打算下个路口直接拐进派出所：我的良心不允许我任由这样违法乱纪的事情发生。

尤星越咳了一声：“出来的时候警察同志说了，要让你继续上学，不急着找领养的人家。”

司机即将打弯的手正了回来：哦，我忘了自己是从警察局接到的这两个客人。

戚知雨点头，他眼眶微红。

在来颖江市的路上碰见了一些其他器灵，戚知雨从他们口中听到了不留客新老板的名字和事迹——

“超级厉害哦，听说能让线在普通人面前显形。不留客开了几千年，来来回回六、七任老板，神魔仙妖都有，从来没出过这种人物。”

“听说不留客卖出去的小貔貅修炼神速，前几天都能从颖江市跑到贝海市去撒欢了，跟贝海市的孔雀打了一架，因为差点闯祸，都被总局长揍了。”

……

戚知雨眼神里满是敬仰和崇拜：“老板，我都听你的，你给我找什么人家，我就去什么人家。”

咦，怎么感觉老板的笑容有点勉强？

尤星越默默戴上口罩，摘下自己的帽子扣在戚知雨头上：“睡会儿吧。”

戚知雨乖乖闭上眼睛：“嗯。”

他一点都不累，但老板身上长兄如父的气场太强，让他面对翻天覆地的世界也能安下心。

尤星越打开手机，连着发了十几条信息给程明浅。

“他的身份证上还没成年。

“不是说学过一些人类社会的常识吗？我看他的常识也没多少。

“为什么教他的人放心他一个人出来？

“程明浅？！”

过了一会儿，程明浅发来一条语音。

尤星越点开，里头传来猫猫叫声：“喵？”

翻译过来是：你说什么？猫听不懂。

尤星越：“……”

尤星越路上带着戚知雨买了两套合身的衣服，回到不留客的时候，时无宴正站在门口等着他。

见到尤星越的身影，时无宴往门外走了几步，远远就向尤星越伸出手，手腕上还系着红绳。

尤星越下意识加快脚步，唇边带了点笑意：“怎么了？”

时无宴定定地看着尤星越：“看你许久未归，所以出来等。”

对于时无宴，焦急是少见的情绪，他一边好奇这种情绪，一边更迫切地想见到情绪的源头。

尤星越莞尔：“还好我不是几天几夜不着家的人。”

他侧身露出身后的小刀灵：“这是戚知雨，我们进去说吧。”

时无宴“嗯”了一声。

尤星越在医院耽误得太久，回来的时候古玩店已经打烊了。

超薄第一时间和戚知雨打招呼：“晚上好，我是笔记本电脑，你是什么？”

戚知雨在垃圾场里见过这种老式笔记本，他吃惊于电子设备也能修炼出器灵，忍住触摸对方的冲动：“我是一把刀，不过我的刀鞘丢了，不像你都是齐全的。”

超薄：“你居然是刀？太酷了！”

戚知雨有点羞涩：“我……我给老板看看我的原形。”

尤星越饶有兴致：“好啊。”

不留客也围过来，爬到桌子上。

库房里留存着多种武器，其中不乏大名鼎鼎的刀剑匕首，但是能修炼成人的很少，连不留客也没见过几个。

戚知雨闭上眼睛，片刻后桌子上出现一把寒光湛湛的直刀。

刀柄环首镶金，刀身修长，百年的尘封，锋刃依然闪着摄人的冷意和杀气。

器灵会反哺器物本身，所以产生器灵的器物不会轻易被时间摧毁，何况戚知雨修为精深能化出人形，因此本体还是当年的模样。

戚知雨的人类身体是照着刀身所化，看起来颀长秀美，因为刀本身不足人类的身高，加上戚知雨化形的时候身边都是半大少年，所以个子矮了些。

尤星越握住刀柄，略微掂掂分量：很沉。

戚知雨担忧道：“老板小心，我很重。”

“没事，我拿得动。”

尤星越是常锻炼的人，毕竟出身福利院，从小就会帮忙干各种活。

超薄有些担心：“老板，他开刃了，而且这么长，这……”

恐怕卖不出去吧？

戚知雨的原形是管制刀具，如果以藏品的名义售出，就要被常年封在玻璃展柜里。

他们这些本体不能动的器物就算了，毕竟本来就只有灵体可以蹦跶，修炼成人不知道要几百年，能熬死好几辈人了。但是戚知雨都化成人形了，关进展览柜是不是太可怜了？

超薄忧心忡忡："知雨啊，你有什么特长吗？"

戚知雨认认真真："我很会杀人。"

超薄大惊失色："这个可不兴擅长！我国有一套完整的刑法！"

尤星越沉吟："结缘不急，我回头先想办法给你配个刀鞘吧。"

戚知雨小心翼翼道："我是不好卖吗？"

不留客小声："我们留下他吧。我知道他的，一千多年前的定安侯府宝刀，听说定安侯府的人很疼爱他，当作亲儿子供养着，如今定安侯府没了，他一把刀一定很寂寞。"

戚知雨沉默了片刻。

不愧是不留客，一眼看出了他的来历。

他出身武将世家，打造出来的时候便是名刀宝器，是第一任定安侯所用，后来一直供奉在定安侯府中，化形前只传历任定安侯，化形后便与侯府的少爷小姐们养在一块。

所以戚知雨虽然是器灵，却从开灵智起便在人堆里待着。

尤星越回想起戚知雨身上的疤痕："很多器灵找有缘人，是因为需要与人产生联系以免灵体消亡，你修炼到这个地步，又不用担心会消散。我打算让你去上学，然后看能不能给你找一个领养的人家。"尤星越微笑，"你很喜欢人，很喜欢家对不对？"

戚知雨腼腆道："喜欢。可是，如果我不卖身，怎么报答老板呢？"

尤星越一手捂住脸："知雨，不要提'卖身'两个字了，听起来我像个人贩子。"

"好好上学，"尤星越加重语气，"期末考及格就是报答我了。"

戚知雨想了想，认真道："我以前功课还不错，我会努力拿状元报答老板。"

尤星越微笑："是吗？那可真是太好了。"傻孩子，知道现在除了语文算数，还有外语和生化物吗？九门课，能让一千年修为的刀灵哭出来。

戚知雨在不留客待了三天，尤星越的头疼程度翻了三倍——戚知雨对社会的认知似乎停留在许多年前，对许多新东西半懂不懂。

尤星越百思不得其解，连着打了十几个电话给程明浅，最后把大白猫堵在非人类规划总局门口，才从程明浅嘴里听到实话：教授戚知雨人类社会常识的妖怪是程明浅的旧友，一直是非人类规划总局的高层大妖，然而大妖是个中度社恐患者，自请驻扎深山老林，已经多年没有出过山。

社恐妖对人类社会的认知停留在二十年前，她教给戚知雨的常识早就过时了。

所谓物以类聚人以群分，猫的朋友跟猫一样不靠谱。

尤星越回到不留客，摘下眼镜，头疼地点点太阳穴。

时无宴："怎么了？"

"我想给知雨找个学校，他身份证上是十七岁，总局给他做了个初中毕业的学历，可以直接上高中。"

在二三十年前，初中学历足够混了。那位社恐大妖真是不靠谱中又透着靠谱。不过尤星越从来没有解决过学籍问题，尤其是戚知雨身份特殊，他一时拿不出主意。

时无宴："让程明浅找。"

尤星越一怔："这样可以？我看程局长似乎对总局的事不怎么上心。"

刀灵上学这种小事她会插手吗？

时无宴："她会管，我去跟她说。不要担心。"

尤星越一个激灵，他发现时无宴很喜欢对他上手。

时无宴疑惑："你也是这样摸我的。"

尤星越试图跟他解释："不一样。我肉体凡胎，先前抚摸你的本体是为了解开线……"

他为往复清理线时各种上手，现在都是报应。

时无宴抽出手放在膝上，垂着头："嗯，我知道了。"

尤星越觉得时无宴的情绪似乎有些低落，但尤星越的注意力很快被程明浅的秘书转移——秘书以最快的速度为戚知雨联系了合适的学校。

不过现在是八月，学生们还在放暑假，开学后戚知雨可以直接上高一。鉴于戚知雨的实际文化水平，秘书小姐贴心地给戚知雨安排了颖江市颇为有名的私人高中——含大量成绩不怎么样的富二代。

秘书小姐："景明高中的上层有总局安排的人手，学校里会接收年轻的小妖怪小神兽。戚小少爷上学之后，学杂费全免，只需要交伙食费和住宿费。"

尤星越和总局的人通电话的时候，顾珉和貔貅也在。

貔貅前阵子跑到隔壁市打架，刚被程明浅亲自教训过，蔫蔫地在桌子上打滚，从顾珉的手背滚到尤星越的手背。

顾珉听了两句，大概知道点情况，随口说："景明高中？我也是那个学校毕业的，景明每年高一开学前半个月都会有个集中补习，老板要不要让家里小孩参加？我可以跟那边的补习班打个招呼。"

尤星越看了眼戚知雨，小刀灵正站在柜台后兢兢业业地看店："会不会太麻烦了？现在已经八月中旬，补习已经开始了吧？"

顾珉："不麻烦，打个电话的事。"

尤星越欣然同意，他最近在家辅导戚知雨恶补小学和初中的知识，简直是互相折磨，不知道戚知雨和他谁更痛苦。

戚知雨的文科非常好，他会排兵布阵，能背四书五经，各种古籍都懂一些，但是一到理科就不行了。

顾珉打了个电话过去，不到十分钟就确定了戚知雨可以明天去补习班报到。

景明高中的副校长挂断电话，愁眉苦脸，唉声叹气："这是要来什么小祖宗？"上午的时候总局局长秘书亲自打电话，下午作为校董的顾家又来了电话。难道要送个混世魔王来上学吗？

副校长欲哭无泪：下个学期热闹了，总局送来一堆小神兽，今年高一补习班怕不是要打成一团。

戚知雨报名比较迟，景明高中的补习班已经开课了，尤星越第二天就把戚知雨"打包"塞进了补习班。

戚知雨来上个补习班，先后两个大佬打了电话，所以当天报到的时候，副校长亲自接待了戚知雨。

副校长是个中年男性，微胖，看上去和蔼可亲，大夏天热得一直用手帕擦汗。

尤星越拍拍戚知雨的肩膀："我们知雨还挺懂事的，不过基础比较薄弱，成绩上可能……不太理想。"

戚知雨埋下脑袋，脸颊通红。

他当时可是拍着胸脯说自己一定能学好，结果在老板的辅导下，他越学越困惑，那些科目像天书一样。

"我会好好学习的。"

戚知雨羞愧极了。

副校长见到戚知雨白净羞涩的样子，内心简直要流下感动的泪水：天呐，竟然是这么乖巧文静的孩子！

天知道自从他接受总局的任命，来景明高中当了这个破校长，已经被作天作地的小崽子们折磨得掉了几层毛！

副校长已经记不得多久没见过这么懂礼貌的好孩子了。

“没关系没关系，努力学习，对得起自己就行了，咱们时间多，什么事都慢慢来。”副校长乐呵呵地安慰几句。

尤星越一笑：“那我们先去补习班了，校长您快回去吧，今天温度太高了。”

副校长立刻被尤星越挥洒的温柔感动：居然有人体贴他这个妖怪怕热。

副校长转向补习班的班主任：“赵老师，麻烦你照顾一下新学生。”

班主任同时带着最好和最差的班，业务能力相当强：“好的校长，你放心吧。”

副校长摸摸肚子，放下一颗心，乐呵呵地走了。

班主任领着戚知雨和尤星越往班级走。

尤星越送戚知雨到补习班，叮嘱他：“尽量和同学好好相处，不会的题目问老师。碰到什么事别怕，有我在呢。”

戚知雨点头：“嗯。”

尤星越放下心，转身走了。他今天收到一份很不错的简历，对方是历史系的学生，电话里口齿伶俐，尤星越赶着回去做个面试。

尤星越一走，戚知雨深吸一口气。

班主任对戚知雨第一印象不错。戚知雨身形单薄清瘦，人又干净懂礼貌，比班级里一群逃课打架的问题学生好太多。至于成绩差，这完全不是问题。毕竟这个补习班本来就是年级里的特长班，班主任对班里学生的最大要求就是不惹事。

班主任温和道：“不要紧张，其实同学们还算好相处。”

才怪。

说完，班主任率先推开教室门，空调的冷气慢慢吹了出来。

景明高中财大气粗，每间教室都安装了空调，入夏就通电开空调，不是摆设。

门一推开，教室内闹哄哄的声音戛然而止。

班里三十七名学生，齐刷刷将视线转移到戚知雨身上。

转学生？哇，看上去像个初中生。

戚知雨扫过去一眼，班里有比较重的灵气，交融遍布整个班级，一时分不清来自哪一个学生。

这班级也算卧虎藏龙，除了妖怪还有神兽，还有……外国人？

最后排坐着三个金发碧眼的异族人，身上还散发着若有若无的血腥气。

戚知雨当年化形后随着侯府戍守边疆，打了无数场仗，因此对血腥气十分敏感。他对后桌的三个外国人提高了警惕。

班主任清清嗓子："本学期我们迎来了一个新同学，大家好好相处。新同学上来做个自我介绍吧。"

戚知雨走上讲台："我叫戚知雨，初次相见，希望能和诸位好好相处。"

班主任看了看戚知雨的身高，指向前排的一个空位："你坐这儿吧。"

戚知雨点点头，拎着书包坐下。

中前排女生居多，戚知雨的同桌也是女生，她转过头看向戚知雨，明媚一笑，露出两颗尖尖的虎牙："你好！我叫陶桃，因为我喜欢吃桃子，我可以一顿吃一百个桃子。"说着，陶桃从桌子里掏出一大包零食还有几个桃子，热情道，"尝尝！"

戚知雨脸色通红，他结结巴巴："谢……谢谢。"

在侯府的教育下，戚知雨从来没有和女子这么亲近过。现在时代不同了，女孩们也能走出家门，戚知雨在古玩店的三天，见到了好几个才华横溢的女士。

她们有的鲜艳活泼，有的矜持克制……

让戚知雨更深刻地意识到，这个时代到底有多好。

他羞涩地伸出手，小心拿了一袋最小的零食："我吃这个。"

陶桃圆溜溜的大眼睛眯起来，她笑着往戚知雨跟前凑了凑："你……"

"喂，小鸡仔！"

戚知雨的桌子被人重重踹了一脚，戚知雨反应极快，一手按住桌子，防止桌面上的东西掉落。

他抬起头，是那三个金发的外国人。

站在中间的金发男子又一次踹了桌子："起来，小鸡仔！跟你说话没听见吗？"

他满嘴怪异的口音，但戚知雨还是听懂了。

戚知雨站起来："你想干什么？"

这种找碴儿他不陌生，当年他化成人形第一次带兵的时候，那些人高马大的士兵也是这样来挑衅他的。

被他一个一个地打了回去。

陶桃："欸——"

戚知雨化形后是半大少年，身量很有他本体秀美的风范，身量不高，刚到金发男子的肩膀。

金发男子嘲笑道："瘦猴子，你是穷得吃不起饭了吗？你们用筷子，所以人长得也像筷子吗？"

陶桃脸色沉下来，她眼睛飞快闪过一抹金色。

同时，班级里有几个学生停止了打闹，面无表情地转过头，看向金发男子。

金发男子身后两个跟班同时大笑起来，用外语聊天，不时用轻蔑的眼神打量戚知雨。

戚知雨听不懂外语，但是他已经生气了，握紧拳头："这位同学，希望你礼貌一点，不要攻击……"

金发男子："他还敢跟我讲道理。你也配吗？你这种垃圾，毛都没有长齐。在你们这种落后的地方，你们的女人太可怜了……"

啪——

一个耳光抽在金发男子脸上，打得他整个人趔趄一步。

陶桃眨眨眼，捧起脸：哇，动手了，好帅！

戚知雨不知道什么时候站在了凳子上，居高临下地俯视金发男子："想打架吗？孬种？"

他决不能容忍有人侮辱他的国家，他所保护的人。

戚知雨在动手前就想好了，如果这次因为动手而被开除，他就去外面卖艺睡桥洞，怎么都不能让老板赔钱。

一看戚知雨真的要动手，陶桃一把拉住戚知雨："还是算了吧。"

费列斯很能打，但最重要的是，他是一头大蝙蝠！而且费列斯的父亲来中国做生意，万一刁难戚知雨家里就麻烦了。

戚知雨安抚陶桃："没事，他不行。"

一个站在这片土地上依然敢侮辱这片土地的人，要么滚出去，要么就老实趴在地上。当然，是被揍得趴在地上。

费列斯舔舔嘴角，他没想到这小个子手劲这么大。

费列斯扯出笑容："你完了。"他一脚踹向凳子腿——这臭小子低头看人的样子可真是讨厌极了！

戚知雨绷着脸，用力踩了一下费列斯的小腿，抬手揪住费列斯的领口向下摔！

砰——费列斯的头重重磕上课桌。

戚知雨单手一撑，跳下凳子，抬腿踢上费列斯的膝窝，硬是让他膝盖一软，跪了下来。

从戚知雨踩费列斯的腿到将他踹倒，总共不到一分钟的时间，就让费列斯完成了磕头到跪地谢罪两件事。

陶桃睁大圆溜溜的杏眼：有……有点厉害。

原本站起来的几个学生下意识摸摸膝盖：看上去比被爹妈混合双打还疼。

因为知道费列斯不是人类，所以戚知雨下手颇重，最后揪住费列斯的头发，强迫他抬起头看着自己。

戚知雨问："服不服？"

费列斯碧绿的眼睛盯着戚知雨，开口说："不服！"

他一开口，露出两颗鲜明的尖牙。

戚知雨眉心一皱，正要再动手，教室外传来呵斥声："干什么，干什么？"

戚知雨收回手，回头，这才发现教室的窗子外围了一群人。

景明高中教室不装监控，但是窗户又大又干净，戚知雨和费列斯打架的动静吸引了走廊上的学生围观，进而引起了老师们的注意。

班主任踏进班级，看见戚知雨一手将费列斯死死摁在地上，眼前顿时一黑：说好的乖巧懂事呢？

班主任的手隐隐发抖："先放开他！"

陶桃勇敢举起手："老师！费列斯骚扰我！"

这里面怎么还有陶桃的事？

想起这三个学生的背景，班主任感觉血压飙升，下一刻呼吸就要停止："都给我叫家长！"

陶桃，国内知名酒楼创始人的独苗孙女，年纪小小就拿过各种厨艺金杯，货真价实的特长生。

费列斯·肯特，交换生，父亲是投资商人，不好得罪。至于戚知雨……副校长亲自送过来，想也知道不是什么简单人物了。

尤星越此刻对小刀灵的行为一无所知，他正坐在椅子上，听着面试对象的简述。来面试的是个中等身高的男生，戴着圆眼镜，文质彬彬："我是历史系的学生，偶然在网上看到了和您相关的信息，非常喜欢不留客深邃悠远、宁静平和的古典气息……"

尤星越的手机突然响起来，打断了面试人的简述。

尤星越看了眼来电人——赵老师。

尤星越心里咯噔一下，将手里的提问纸条塞给时无宴，十分歉意道："抱歉，我先接个电话。"

时无宴拿着写满问题的 A4 纸，抬起深黑的眼睛："为什么选择来不留客求职？"

面试者不小心对上时无宴的眼睛，他脑子一昏，思绪掉进无边无尽的夜幕，好像连自己的手脚都找不到了。

时无宴及时垂下眼睛。

直视轮回的生灵，意识极有可能被拉入灵界。

面试者如梦初醒，感觉背后出了一层冷汗。

尤星越完全没注意到。他接完电话，听完班主任隐隐崩溃的控诉，内心想的是……果然如此。

班主任语重心长："尤先生，现在情况比较复杂。不过对于戚知雨来说，他报到第一天就和同学起了肢体冲突，虽然有不可抗因素，但很不利于他融入新班级。所以你一定要过来，和平解决这个问题。"

班主任不愧是景明高中的王牌班主任，尽管一场打架牵扯了骚扰、校园暴力，以及反校园暴力，但班主任还是尽全力把事情和平解决。

尤星越拿着手机，神情出奇地平和："好的赵老师，我现在就过去一趟。"

尤星越和时无宴打了招呼，戴上帽子、口罩出门。

超薄目送尤星越出门，在心里喃喃道：感觉老板的表情充满了超脱。

尤星越到达班主任所在的办公室时，其他孩子的家长已经到了。

和戚知雨站在一起的是个女孩。

两人对面是金发碧眼的男生，头上有明显的伤痕，眼睛直勾勾盯着戚知雨。

至于两个家长，高鼻深目的明显是金发男生的父亲，一身西装，手指上戴着红宝石戒指，连发型都一丝不苟。

另一个中年男人略微发福，长相倒是很和气，能看出年轻时的长相必定英俊。

戚知雨在尤星越进门的时候抬头飞快看了一眼，然后深深埋下头，看上去真是可怜无辜——如果忽略金发男生头上被他打出来的伤痕的话。

戚知雨知道自己给老板惹了麻烦，但是他更清楚自己今天没有做错，错的是他在这个完全不同的世界里没有立身之本，所以才会劳烦老板跑这一趟。

戚知雨握住拳头：我会好好学习！

“尤先生请坐，”班主任喝了一口菊花茶降火，“费列斯是学校的交换生，但他今日的行为涉及种族歧视以及骚扰女同学。”

费列斯的父亲一口流畅优雅的普通话：“赵老师措辞过于严厉了，我的孩子年少不懂事，所以认知上存在一些错误，我会严加管教。”

尤星越彬彬有礼，他对费列斯父亲颔首，慢条斯理道：“先生，我来得迟，请先让班主任解释一下来龙去脉吧。”

班主任内心赞赏，他也不想骚扰事件被随便跳过，继续说：“费列斯对戚知雨同学进行了语言攻击，还侮辱陶桃同学，戚知雨同学一气之下动手殴打了费列斯。”

其实听到班级内其他同学转述费列斯所说的话后，班主任自己都一头火，甚至心里暗暗称赞戚知雨打得好。

班主任又喝了一口茶：“当然，这些不当发言有班级内其他同学作证，不止一个，班里大部分学生都能证明费列斯同学的言辞涉及国籍以及性别侮辱。”

费列斯的发言已经涉及了不该提及的层面，真的追究起来，对费列斯父亲在国内的发展相当不利。

费列斯父亲脸色微沉：“言语冒犯仅限于口头，戚知雨却对我的孩子动了手，情节更加严重。”

尤星越微笑：“您说得对，知雨确实脾气太急。不过俗话说冤有头债有主，如果费列斯没有语言侮辱，也不会有斗殴发生，果然我们的教育方式都不科学，您的孩子首先有必要学习最起码的尊重，另外……可能有必要增强体质。”

费列斯摸着额头上的伤口，阴着脸没说话。

费列斯父亲眼神略带阴沉，眼睛飞快闪过一抹红色，随后薄薄的嘴唇一扯：“您说的是。”

陶桃父亲左右看看：“好像跟我闺女没啥关系？”

陶桃撇嘴：“他骚扰了我。我觉得费列斯就是暗恋我，发现我对新同桌更好，所以他心生嫉妒！”

陶桃父亲：“哇，可以这么说吗？会不会太自恋了？”

班主任额角的青筋跳了跳：“既然这样，大家就各退一步，以后好好相处。费列斯和戚知雨各写一份八百字的检查，明天在全班面前朗读，希望两个同学回去之后，在家长的教育下好好反思自己的错误。”

“陶桃爸，”班主任加重语气，“回去之后要关注女儿的心理状态，别给青春期的女孩留下心理阴影。”

陶桃爸低头看看女儿，心想：可得了吧，还心理阴影呢？今晚上不把班上那三个金毛男打出花，我女儿就不姓陶。

班主任强行要求费列斯和戚知雨互相道歉，随后把他们一起送出门。

其间费列斯的父亲一直阴沉地盯着尤星越。

出了门，费列斯用力撞了一下尤星越。

费列斯力气奇大，尤星越竟然被他撞得踉跄一步。

戚知雨：“你——”

尤星越扶着门框站稳，一手按住戚知雨，他回头看看费列斯的父亲，笑道：“您的孩子确实很没有教养。”

费列斯父亲冰冷的眼神顿时落在费列斯身上：“还不到后面来？”

费列斯心不甘情不愿地走到父亲身后。

尤星越双手扶住戚知雨的肩膀，俯身道：“你好好回去上课，晚上放学我来接你。不要有压力，你今天做了该做的事。”

得到老板的肯定，戚知雨心中又酸又软，他想起千年前的戚家人也是如此支持爱护自己。

戚知雨用力点头：“嗯！”

尤星越送戚知雨回了班级，自己坐地铁回南北街，回去的路上，他开始在网上看车——还是有个车更方便，有时候需要出市区收集古董，坐长途太累，高铁和地铁则需要过安检。

这会儿是下午三点多，地铁上人不多。尤星越感觉被撞到的肩膀越来越疼。他放下手机，轻轻揉了揉肩膀。

是被费列斯撞的地方。奇怪，撞一下这么疼？

尤星越以前半工半读的时候也做过重活，经常受伤，他活动两下后觉得不对：

没伤到骨头，但肯定青了，不然不会这么疼。

费列斯不是普通人。

尤星越若有所思，也是，先前总局那边就说过景明多的是小妖怪，可能顺手把外国来的妖怪也塞进了景明。

傍晚六点半，景明高中结束了最后一堂兴趣课。

戚知雨精神恍惚地走出校门。

交……交际舞实在太可怕了，他要回家找老板。

人群中，陶桃飞快拍了两个学生的肩膀，他们都是戚知雨打架后出来作证的人。

“陶桃，套麻袋吗？”

“套！我要活煮了他！”

“不要吃蝙蝠！”

三个人悄悄溜出人群，跟上了两个在人群中十分显眼的金发男生。

等三个人掏出麻袋套住两个人的时候，陶桃迅速打晕他们，这才发现一个问题：“怎么少一个？费列斯呢？”

两个同学面面相觑，一个男生脸色忽然变了：“坏了！他肯定跟踪戚知雨去了！”

夏季的夜晚，天空中总会飞舞一些活泼的昆虫和夜行鸟以及……可能不那么友好的蝙蝠。

不留客哼哧哼哧关上门，他还不到门的一半高，门缝上半边飞快闪过一道黑影，钻进了 137 号内。

费列斯在室内不断搜寻血液的味道，他今晚要将那个人变成他的血仆。

正当他锁定血液味道的方向飞过去的时候，身后忽然传来一道风声，紧接着一样东西重重拍上自己，伴随着噼里啪啦的响声。

不留客挥着电蚊拍，看着地上的蝙蝠吃了一惊：“哎呀！我以为是外面进来的蟑螂！”

网上说现在的蟑螂能有手那么大呢。不留客对蟑螂的认知主要来自网络，他还不能清楚分辨网上信息的真假，以为新时代的蟑螂真的可以比老鼠大。

费列斯作为未成年血族，外表是只青黑色的小型蝙蝠。

费列斯趴在地上，仰脸看见浮在空中的电蚊拍，内心屈辱至极——他一个高等血族，子爵继承人，竟然被电蚊拍打在地上！虽然微弱的电流无法对费列斯造成伤害，但羞辱性极高。更可怕的是，费列斯根本找不到攻击自己的人。

到底是谁？这家古玩店究竟藏着什么秘密？

不留客没见过血族，也无法从费列斯身上感受到灵力，以为这只是普通的蝙蝠，他疑惑极了："蝙蝠怎么会飞进来？"

颍江市地处北方，来往的客人虽多，但是不留客历任老板要么是大妖，要么是神兽，室内在灵力维持下纤尘不染，寻常兽类会选择远远避开不留客。

费列斯恼怒之下开启了血族状态，他肤色苍白眼珠猩红，两颗吸血的尖牙抵住下唇，身后缓缓延展出一对蝠翼。

费列斯鼻子耸动，迟疑地在屋子里慢慢扫视，电蚊拍悬浮在空中，靠近电蚊拍的位置却没有血液的气味。仿佛那个拿着电蚊拍的，是个没有血液的生物一样。

费列斯闹出的动静惊动了戚知雨，他从库房里走出来，手里还捏着一支笔——他在写八百字检查。

戚知雨一看见费列斯，便扔掉了手里的笔，厉声喝问："你来这儿干什么？"

费列斯果然不是人类，长得奇形怪状，难道是蝙蝠成精？

费列斯冷笑，略微张开翅膀，一踩地面滑向戚知雨："来给你这个黄皮瘦猴子一点教训。"

血族状态的费列斯堪称铜皮铁骨，尖爪扣住戚知雨的手腕，要将他整个压在地上！

戚知雨脸色瞬间沉了下来。虽然可以把对方暴打一顿，但……这是在店里！

这是不留客，是古玩店。戚知雨当然知道店里的东西有多么贵重，他戒备地盯着费列斯的蝠翼，担心这对翅膀破坏店里的装修和陈设。

眼看戚知雨和费列斯打起来，不留客丢开电蚊拍，一溜烟抄起超薄，蹲在一边观战。

超薄悄悄开机，忧心忡忡地问："我怎么有种很不好的预感？"

老板是睡得太沉了吗？到现在都没有醒过来。

戚知雨担心破坏店里的东西，反击起来束手束脚。

反倒是费列斯无所顾忌，血族尖锐的爪子在戚知雨皮肤上划出一道道伤痕，血腥气更激发血族的食欲。

费列斯自从离开希国，已经一个月没有尝过新鲜的血液，闻到血腥气的同时，理智完全被食欲占据。

费列斯张开嘴，吐出一口怪异浓郁的香气，向戚知雨的脖子咬过去！

血族能分泌致人麻痹的毒素，被吸血者在中毒的情况下会产生幻觉。

戚知雨在战场上什么都见过，及时闭住呼吸，一拳揍在费列斯下巴上，打得费列斯整个头部向左一偏，脸上立时红肿。

这一拳击打在脆弱的下巴位置，费列斯踉跄两步，强烈的眩晕感使他眼前发黑，他被戚知雨抓住手腕摔在地上。

费列斯背部触地，疼痛让他清醒了一瞬间。

戚知雨卸掉费列斯的手臂，踩住费列斯的后颈，甩了甩发麻的手："你到底是什么东西？"

费列斯呜呜两声，奋力抬起头："你才是什么东西！你不是人类吗？"

戚知雨照着后颈踩了一脚："问你就回答，谁教你在审讯时反问问题？"

费列斯一米八出头，被戚知雨牢牢踩在地上，蝠翼无力地在地上扑腾两下，根本飞不起来。

他双目通红，盯着戚知雨："放开我，不然我就弄死今天来陪你的那个男人。"

老板？

戚知雨蓦然意识到不对——他今天回来的时候，超薄告诉他老板身体不舒服已经休息了。难道是费列斯对老板下过手？

费列斯缩回尖牙，眼珠的猩红也褪下去："我给他做了印记，如果印记不消除，他会慢慢失血死亡，因为是我的印记，只有我能解开！放我离开，不然我现在就让他死！"

话音落下，费列斯感觉身上的重量突然消失了，他心跳骤然加快：威胁起作用了？

就在费列斯猛地翻身，试图冲破房顶跑出去的时候——

戚知雨原地消失，同时一柄雪亮的钢刀凭空出现在店内，刀锋直指费列斯眉心，灯光在刀尖上聚成一点寒芒，杀气针一样扎向费列斯的眉心。

费列斯几乎是惊惧地看着面前的刀尖。刚才他如果没有及时停下来，肯定会被这把刀一分为二！

费列斯想逃却动不了，他感觉全身都被锁定了，那把刀仿佛下一秒就要将他剁成几块扔到门外，他全身的细胞都在尖叫着逃跑。

费列斯虽然在族内只是小小的子爵继承人，但他习惯了高高在上地玩弄人类，从没有体会过这种被钉在砧板上，等待屠刀落下的恐惧。

“你不能杀我，我是国际友人！”

戚知雨恨极，他生平最憎恶有人危害他的家人。

杀了他……真想现在就宰了他……

超薄意识到不对，一边飞快爬进尤星越的手机给时无宴和程局长发信息，一边劝说：“小戚，可不兴杀人啊！”

“杀人一时爽，藏尸火葬场。”

“鲜血飞溅古玩店，老板打扫一整天。”

……

超薄的声音唤回了戚知雨的神志，戚知雨杀气微收，费列斯立刻伸展蝠翼想要撞破房顶飞出去。

戚知雨刀身上的光芒隐隐发红，他不是十六七岁的小孩，不会上当：“你要是有伤害老板的本事，不必等到现在才跑。去解开老板的印记，不然我就在你身上剐三万六千刀，片成……”

话音还未落下，一阵丝线穿破空气的尖锐声响起，店内突然上下发出数百根红线，将费列斯重重压在地上。

整个房间都被线映出一片氤氲的红光。

戚知雨一惊：是线！

不留客猛然回过头，尤星越已经醒了，他扶着博古架，从幽深的暗处望过来。

上午被费列斯撞过的地方针扎似的疼，越是疼，尤星越的神志越是清醒。

尤星越睡了三个多小时，状态非但没有好转反而更差了，他脸色苍白，道：“你用我威胁他？”

红线闪着烧灼似的红光，收缩勒紧费列斯。

尤星越指尖微动，两根红线吊起蝠翼，费列斯张开嘴，惨叫还没出口，就被层层红线封住了嘴。

尤星越语调轻柔，询问道：“我撕了你这对翅膀好不好？”

费列斯用力摇头：“唔唔——”

不要！

戚知雨变回人形，小跑着搀住尤星越的手臂：“老板，他给你做了印记！”

"我听到了，"尤星越神情淡淡的，"知雨你记住，我不需要你保护。"

尤星越指尖轻轻一勾，费列斯扑通摔在他面前。尤星越甚至笑了笑："让我想想，要不要一颗一颗地锯下你的牙？看看是你的嘴硬，还是我的线硬。"

一根线强行撬开费列斯的嘴唇，逼出两颗用于吸血的尖牙。

对于费列斯这种等级的血族而言，尖牙不可再生，一旦失去牙齿，力量大减，基本也失去求偶资格了。

费列斯顾不上锋利的线，赶紧解释："印记只是印记，不会危害你的生命！我留下的印记在体内停留三天的时间会自动清除。真的，我只是一个子爵继承人，族中只有血族亲王的印记可以长时间存在，"

尤星越唇色浅浅，他右肩的痛感强烈，连带着心情也不大好："那你就要在这里等上三天了。"

费列斯压根不想待在古玩店。

"我还要上学！你难道要剥夺我的自由吗？这是绑架囚禁！你们这群未开化的野蛮人，连基本的尊重都学不……"

啪——

费列斯的话戛然而止，他张开的嘴里，舌头被割出一道伤痕，鲜血沿着嘴角流到下巴。

尤星越皱眉忍着眩晕感："你的嘴确实很硬。"

戚知雨呆呆看了半天，敬仰地看着尤星越，他一直以为老板是军师宰相那样的人，现在看来，居然还很能打。

尤星越用力摇摇头，眩晕的症状并没有减轻："我先回去休息一会儿，知雨把他捆进库房……"尤星越声音越来越小，身体跟着晃了晃。

戚知雨原本已经走到费列斯身边，尤星越站不稳的时候，他吓得脸都白了，在他反应过来前，一道身影先接住了尤星越。

尤星越的意识还算清醒，他茫然了一瞬，嗅觉先于大脑意识到了抱住他的人是谁。

是往复。

时无宴来得匆忙，连衣裳都没有换，长发都散着，袖摆垂落在尤星越肩上。

他在轮回司里，手机当然收不到信号，还是程明浅隔空传信给他，他才知道古玩店出了事。

时无宴扫了眼费列斯，俯身扶起尤星越：“我看看印记。”

尤星越眼前一阵阵发黑：“好，麻烦你了。”

戚知雨停下脚步，轻轻挠了挠头。

尤星越冲戚知雨点点头，在时无宴的半扶下回到卧室。

卧室里点着一盏光线柔和的小夜灯，刚好照亮一个床铺的范围，床榻铺得很柔软，床头的小桌几下压着地毯，毛茸茸地延伸到床位。

尤星越是个很恋家的人，他从小长在孤儿院，读书的时候一直住校，137 号是第一个真正属于他的家。

尤星越坐在床上，他用力摁住眉心，将眉宇间掐出一片红色：“他白天撞了我一下，我以为只是挑衅发泄，应该是那个时候留下了印记。”

时无宴：“在哪里？”

尤星越抿了下唇：“右肩。”

时无宴挑起尤星越的衣领，尤星越顺着低下头，发尾柔软地搭在后颈上。

时无宴伸手解开尤星越的扣子，露出右肩。尤星越骨架长得好，肩背线条清晰，肩胛的皮肤下积着大片瘀血，血色几乎沁出皮肤，看上去触目惊心。

时无宴用指腹在瘀血周围轻轻按压，尤星越情不自禁绷紧身体。

尤星越垂着眼睛，心里有点不好意思，解释：“我没看出他是妖怪，所以没提防他。”

没想到这次大意，就给自己惹来了麻烦。

时无宴：“是他的错。”时无宴指尖微凉，在尤星越红肿的肩胛处轻轻揉按，指尖碰过的地方，胀痛消失。

时无宴在红肿的地方揉按片刻，随即微微用力，将那片红色引了出来——竟然是一摊血！暗红浓稠，散发着令人不愉快的味道。

这是罪证。

时无宴将血封存在玻璃瓶中，聚了小半瓶。

他将玻璃瓶放在一边：“这种血很像一种蛊虫，会逐渐侵蚀正常血液。怪我没有提前看出来。”

尤星越低头看了眼玻璃瓶，那里面的血足足有二百多毫升：“你问了我是不是哪里不舒服，是我没有告诉你。”

尤星越不是爱逞强的人，但凡是自己能处理的情况，轻易不会选择求助。

血被抽出后，尤星越头晕的症状并没有缓解，反而加重了。他拉上衣服，强撑着想起身去外间处理费列斯，一起身，眩晕感再次袭来。

尤星越踉跄一步，勉强站稳，眼前居然有些发黑，他原地站了一会儿，冷静地想：这我熟，失血过多就是这种感觉。

缓一会儿就好了。

身后传来衣料摩挲时发出的簌簌声，时无宴搀住尤星越的手臂。

尤星越语气轻松："没事，一会儿就好了。"

时无宴没有松开他。

尤星越略微疑惑，望过去。

时无宴贴得很近，顿了顿，轻轻抱了下尤星越。

他轻轻地说："我很担心你。"

诸世生灵，也如他此刻一般畏惧着生老病死吗？

"白天的时候费列斯和小戚打起来了，费列斯记仇，晚上趁着关门飞进来……"超薄叭叭概述完具体情况，声音逐渐变小，"大概就是这样。"

戚知雨和不留客站得笔直，大气都不敢喘。

时无宴坐在窗前，神色不动，一边听着，一边慢慢将长发束起来。

郁荼站在一边，死死低着头：即便是他也很难理解往复的想法。

店里一时没有人说话。

时无宴束好长发，理好衣袖，确定自己端正整齐，这才转过身看向他们："谢谢，我知道了。程明浅在什么地方？"

郁荼飞快回答："局长在鹤城。那边两个大妖争地盘，打得厉害，已经影响到凡人们的正常生活，局长劝架去了。"

"辛苦她了，"时无宴微微颔首，"替我送个礼物给她。"

郁荼微微躬身："是。"

时无宴抬手一指费列斯，金发的血族扭曲几下，先是变回蝙蝠，随即团成一只球，咕噜噜滚到郁荼脚边。

郁荼呆呆抬起头：送这玩意儿？

时无宴从袖中取出装着蝙蝠血液的玻璃瓶："还有这个，一并带过去吧。"

阳世是程明浅的地界，他轻易不会多加干涉。

郁荼愣愣地接过两样东西，化成夜风前去程明浅的住处。

等了几个小时，程局长踩着猫步慢悠悠地走来，在门口看见郁荼，她打开门：“有什么事吗？”

郁荼恭敬道：“奉往复的意思，给您送礼物。”

他从袖子里拿出蝙蝠球和一玻璃瓶的蝙蝠血。

程明浅澄蓝的眼睛一动，视线落在蝙蝠球上：“可以玩死吧？”

郁荼：局长真的好可怕！

凌晨两点十五分，道格尔依然没有等到儿子费列斯回来。

管家戴着白手套站在道格尔的身后：“老爷，少爷还是没有回来。”

少爷一定是去找那个普通人类的麻烦了，这一点管家和道格尔都很清楚。

在国外，血族偶尔会在夜晚向可口的猎物们摄取一些新鲜血液，然后糜烂地过上一整夜。

但来到瓷国的地盘后，道格尔一家不得不安分下来——血族与这个国家的某位人物达成了约定，禁止血族在外猎食。但是这么多年过去了，从未见那位大人物现过身，待在瓷国的血族已经对条约很不耐烦了。

道格尔一家定居一个月，没有出去狩猎，喝的都是冰库的血。

道格尔慢慢饮下最后一口血液，拿起帕子擦了擦唇角：“费列斯是蠢材，可惜我的孩子中只有他完美继承了我的血统，没想到白天的时候竟然输给了一个小瘦猴子。”

管家尽力安抚道格尔：“少爷还没有成年，不会控制自己的力量，为了掩藏贵族的身份才会输。而且这个国家潜伏着许多能人异士，他们会很奇特的功夫。有一位伯爵不就是被这个国家的普通人用银器扎入了心脏吗？”

道格尔嘴边露出冷笑：“费列斯的愚蠢不止这一点，他即便喜欢那个叫陶桃的女孩，也应该引诱她变成血仆，而不是像个毛头小子一样去挑衅小猴子。”

管家弯腰：“少爷还年轻，绅士们总是喜欢活泼点的女孩。只需要好好地教导，一定能成为老爷这样优秀的高等血族。”

道格尔微微笑了一下，对管家的恭维很满意，他站起身：“既然在家忍了一个月，就让他出去玩一个晚上吧。”

虽然早有约定，但是只要不被发现，就不存在任何问题。

道格尔回到卧室，短暂地休息了一个夜晚。

但是直到第二天，费列斯依然没有回来，景明高中的班主任也打来电话，询问费列斯今天为什么没有来补习班报到。

道格尔手背上青筋暴起，语气还伪装得十分惊讶："真是太奇怪了，他昨晚没有回家。我们以为他为白天的事情生气，已经找了一夜，本来希望他气消了会回去上课，他竟然没有去学校吗？"

班主任的声音严肃起来："您报警了吗？"

道格尔今早才意识到不对，还没来得及报警："还没有。"

班主任严肃道："请您立刻报警，我们学校会协助寻找。"

道格尔挂断电话，冷冷看了眼窗外。他知道是谁扣住了费列斯。

不知道对方到底是什么东西，竟然能扣押一个高等血族。

看来需要动用一些手段，让对方明白希国血族不是谁都可以招惹的。

尤星越醒过来的时候已经上午九点半，他眨眨眼，摸起眼镜戴上。床头的桌子上放着温水和药剂。尤星越伸手摸过去，竟然还是温热的。

药剂是上次沈情开的，味道又酸又苦，尤星越没喝完一个疗程就偷偷停掉了。尤星越皱皱眉，他睡了一觉感觉身体好了很好，体内多了熟悉的灵力。不过药都冲好了……

尤星越拿起杯子，一口闷掉一整杯的冲剂，又喝了半杯温水，随即起床洗漱。卧室内置的卫生间比较小，尤星越简单洗漱，换一身衣服出了卧室。

戚知雨早就去上学了，古玩店也按时营业。

时无宴手边还放着早餐，他恢复了在人间常用的姿态，将纸包递给尤星越："早餐。"

尤星越见到他，清了清嗓子，接过纸包："谢谢。"

他坐下吃早餐，店里的人渐渐多起来，他只是多看了一眼，不在意地收回眼神。

过了不到一刻钟，店门外传来嘈杂的声音。

道格尔在两个警察的陪同下走进来，警察左右看看，询问："请问谁是尤星越？"

两个警察吸引了不少视线，店内外不少人停下脚步，将目光投向警察，眼神中充满好奇。

尤星越慢慢咽下最后一口温水，擦了下唇角，站起身："我是。请问有什么事吗？”

警察的到来出乎尤星越的预料，毕竟古玩店与费列斯一家的冲突属于非人类的范畴，应该由瓷国的非人类规划总局介入。

在警察说话之前，尤星越将纸包扔进垃圾桶，比了个“请坐”的姿势：“请先坐吧。”

费列斯的父亲来了，看来是为了费列斯。

两个警察对视一眼，他们是附近派出所的民警，不仅听过不留客的名声，还在网上看过各种与不留客相关的玄学事件。

两个警察并不相信这些，中年警察严肃道：“这位道格尔先生的儿子费列斯昨晚失踪了，到现在已经有十多个小时。我们去过学校，老师说费列斯和你的弟弟发生过肢体冲突，所以道格尔先生怀疑他的儿子昨晚一时冲动，来找您弟弟的麻烦。”

尤星越视线一动，在道格尔身上掠过。

道格尔沉痛道：“我很清楚我孩子的性格，他暴躁又爱面子，昨天当着班级孩子的面挨了一个耳光，可能自尊心受损，我现在非常担心他的安全。”

他装得很像一个心痛担忧儿子的父亲，看着还挺可怜。

尤星越点头：“我理解您的担忧。一个侮辱他国、种族歧视，并且骚扰女性的青春期少年，确实是很不稳定的因素。谁也不知道他失踪一晚去干了什么，我现在也非常担心我弟弟的人身安全。”

原本只是好奇的围观者心态微妙起来，打量道格尔的眼神带上了不善。比起一个突然出现的外国人，客人们显然更信任常相见的尤星越。

中年警察问：“可以调一下您店里的监控吗？”

尤星同意：“当然可以。但是店内的监控今早刚刚清除，因为存储时间超过三十天了。”

两位警察皱起眉，用怀疑的目光打量尤星越。

不怪他们怀疑，青春期少年冲动的后果是可怕的，失手打死人，家人帮忙掩盖罪行的案例也不在少数。何况他们在学校的调查中得知，戚知雨虽然比费列斯瘦小，但是上学第一天就打赢了费列斯，说明戚知雨有能力伤害费列斯。

尤星越适时道：“店外的监控是早就有的，应该还在，我调出来给你们看。”

说着，他点开另一个监控。

警察快进看完了整晚的监控，自从晚上打烊后，古玩店前后门就没有人进出过，直到早上，那个站在柜台后的高个青年才从店里离开，买了一份早餐回来。

看上去没有任何可疑的地方。

警察脸色好了些，点头道："确实没有看到费列斯，谢谢尤先生配合我们的工作。"

尤星越微笑："配合人民警察的工作是公民责任。"

道格尔的眼睛死死盯住屏幕，只有他知道，七点四十七分飞进店里的蝙蝠，分明就是费列斯。但是他该怎么说？难道他要向人类派出所证明蝙蝠是他的儿子吗？

道格尔强忍着怒气："打扰了。"

尤星越彬彬有礼："没关系，希望您早日找到自己的儿子，我很担心他会对社会造成危害。"

道格尔在古玩店毫无收获，还被尤星越讽刺了一顿。

他回到家中，拨通了一个电话："瑞克，请你帮我一个忙。你知道南北街上那个叫不留客的古董店吗……"

"是的，找个理由查封它吧。古董店，想必有很多来路不正的东西。如果你喜欢，可以带走一些填充希国的博物馆。"

另一头，瑞克挂断电话后，在网络上搜寻不留客的信息。得知这间小小的店铺竟然售出了价值五百万的钧瓷时，瑞克深深吃了一惊。

在他印象中，往往只有拍卖会才有这样的精品出现。

等看到钧瓷花瓶的照片后，他忍不住惊叹："如此精美的艺术品，竟然埋没在这家小店里。道格尔说得对，这样的艺术品只有希国才能好好保存。"

瑞克立刻联系自己认识的朋友陈序然。瑞克虽然是希国人，但在瓷国内定居超过三十年，交友广泛，平常凭借吹捧瓷国收获了不少粉丝和朋友。

陈序然是其中之一，他是文物局的处长，和瑞克私交极好，虽然两人国籍不同，但陈序然一直把瑞克当作交心的朋友。

瑞克义正词严，举报不留客的古董来路不正，有盗墓的嫌疑。

陈序然和瑞克相交二十年，对老朋友深信不疑。他粗略做了一些调查，恰好查到贝海市那一对钧瓷的新闻，对瑞克的说法立刻信了几分。

陈序然有些恼火，这么多年来盗墓依然猖獗，有些偏远地区的墓葬刚被发现时保护不及时，一夜之间就被盗墓贼糟蹋了。

陈序然通知以古董来路不明的名义，要求古玩店暂时停止营业。

通知下得快，执行得更快。

几天后，工作人员带着合法手续敲响了古玩店的门。

他环视一圈后找到尤星越，先出示了自己的证件：“我们接到举报，你这里的很多古玩来路不明，我们要求您的店铺暂时停止营业，直到调查结束为止。”

古玩店的手续是非人类规划总局和人类相关部门一起办的，手续没有问题，但人家说的是古董。

店里的一部分古董确实没有票据——不留客是妖怪古董店，年代久远不说，老板也换过几任，总有些古董的手续不够齐全。

而这些手续存疑的古董，大多价值惊人。

尤星越不紧不慢地请走顾客，有个客人十分担心，压低声音说：“老板，我想办法帮你问一问是得罪了谁吧？”

几个一直留着没走的客人连连点头：“是该问问，老板你可得一直开下去，我们平常工作压力大，就想在这里待一段时间。”

尤星越笑了笑：“没关系，我知道是什么原因，过几天就好了。”

费列斯父亲走的时候摆明了不会放过古玩店，大概是走人类那边的关系刁难古玩店吧。

可古玩店是个妖怪店啊。

几个客人见他神情镇定，放下心，又安慰了几句才走。

工作人员表情古怪地看向尤星越：这个老板是不是太镇定了？

他清清嗓子，打算坐下来说话：“我们的专家正在调查，可能……”

一个蓄着胡子的专家路过，呵斥：“别乱坐，这是老黄花梨的！”

工作人员：“……对不起。”

专家过来查看的时候，简直被博古架上的古董吓了一跳，他小心拿起一幅《月夜秋江图》，仔细辨别半晌：“是真迹啊……保存得比市博物馆要好得多。”

不止这幅画，专家们在店里转了一圈，越看越吃惊——这家网红古玩店真材实料，古董保存得相当完好。

简直像有独家的保存方式一样。

不像是来路不明，倒像是祖传的古董。

过了一会儿，时无宴从卧室里出来，手里拿着一沓票据，递给尤星越："刚刚程明浅的秘书打了电话，说一会儿解决。"

尤星越接过票据，走向工作人员："您看，这是一部分古董的票据。"

这些票据的纸张材质不同，甚至还有绢帛，加盖了以往不留客主人的私章。有些器物在当时便非常贵重，买卖都立了字据，被不留客收在箱子里。

工作人员正要接过，路过的专家一迭声道："慢点慢点，这也是古董。"

一把年纪的专家好声好气地对尤星越道："老板，能先给我看看吗？"

尤星越比了个请的手势："当然。"

工作人员彻底没脾气了，疲惫道："……请问您这儿有什么不是古董吗？"

尤星越忍笑："我吧，我不是。"

从不留客到时无宴，都是古董。

……

不留客暂时停业的消息很快传到了网上，顾珉上课前刷到了消息，他一目十行地看完，拍拍同学："帮我跟班长请个假，随便编个借口就行。"

同学比了个手势："行。"

顾珉出了教室，打给自己亲爹顾轩："爸，托你帮个忙。"

他打个电话的工夫，貔貅已经跑了。大概率是去恶作剧了，也不知道谁背地里给老板捣乱，今晚恐怕不能睡了。挺好的，顾珉心想，由衷地感谢那个人——貔貅今晚有了新的捉弄对象，不会在家蹦迪。

顾家一家三口对那位"英雄"感激不尽，至于英雄本人今晚睡不睡……顾家人不在乎。

另一头，沈情消完毒，看到了手机上季歌的未接来电，她拨回去："怎么了？"

"嗯……我知道了，他们副局长上个月在我这儿做过手术，我晚上去个电话。"

陈序然的上司张副局长一晚上没睡觉，公用手机和私用手机响了一夜。

压倒张副局长的最后一根稻草，是来自局长的深夜咆哮："你是不是不想接我的班了？过得好好地，别作死！你知道上头有特殊部门亲自打电话来过问这件事吗？"

张副局长欲哭无泪："局长，咱们手续是合法透明的。不留客的转让手续和很多古董确实有些可疑，正常调查结束，没问题的话我们肯定不会诬陷人家的。

我也不知道上面会有特殊部门垂问。”

局长说了十几分钟，终于口干舌燥，开始解释：“哼，你不理解的多了去了。都坐到这个位置上，还不明白有些地方有些人，根本就不是常理可以约束衡量的吗？调查就调查，态度为什么不好一点？”

第二天，张副局长早上顶着两个黑眼圈坐进办公室，告诉秘书：“你上午什么都不用干，就看着门口。陈序然一上班，就叫他到我这里来。”

秘书点点头，转身出去了。

陈序然一出现在门口，秘书就赶紧上前叫住他：“陈处长，张局叫你去他办公室。”

陈序然做了一夜噩梦，早上神思恍惚地踩点上班，闻言摸了把脸往副局长办公室走去。

“张局，你找我？”

张副局长放下搪瓷缸子，慈眉善目道：“昨晚睡得好吗？”

陈序然有点困惑，不明白领导怎么找自己唠家常：“不是太好，晚上做了一夜噩梦。”

“那就好。”

张副局长乐呵呵的，在陈序然茫然的时候突然变脸：“谁让你去查南北街那个古玩店的？你活该！”

陈序然一头雾水：“有人举报古玩店涉嫌盗墓，我们专家去了之后说确实有很多非常珍贵的文物，大部分都有票据。专家说剩下的古董祖传的可能性更大，我们正要去鉴定……”

张副局长：“谁举报的？”

陈序然：“我一个朋友，您也见过，上次和隔壁博物馆做联动企划的瑞克，他是希国……”

张副局长咆哮：“你也知道他是希国人！”

“他举报我们国家的古玩店，他有什么好心思？”

“他平常在网上吹吹咱们国家，你就真拿他当同志了？陈序然，你可真是个大聪明！”

路过办公室的人纷纷放慢脚步，惊叹：张副局长常年喝的菊花茶果然清热解毒养嗓子，狮吼功不逊当年啊。

与此同时，颖江市临近城市的机场，航班上走下一群西装革履的俊男美女，一律的苍白皮肤，殷红唇色。

领头的是一个女人，身高直逼一米八。

前来接机的男子上前两步，递上一个盒子，眼神畏惧："伯爵，这是今早突然出现在属下卧室中的。"

女人神色复杂，打开盒子。

里面是一条项链，主石是一块高净度无烤色的红宝石，周围镶嵌一圈火彩绝佳的钻石，下坠圆润饱满的螺珠。

红宝石中睁开一双暗夜一般的眼睛，女人轻吸一口气："确实是亲王的项链，能闻到亲王殿下血液的香气。"

伯爵身后的随从疑惑道："伯爵，这是？"

伯爵盖上盒子："哼——你们这些新生的孩子都不知道，当年亲王殿下来到瓷国，向这里的神乞求一个人的灵体。神同意了殿下的请求，条件是希国血族不得在瓷国狩猎，不得在瓷国制造血仆。

"正是因为得到了那个人，亲王灵魂的伤口才得以痊愈，在亲王的带领下，我们最终取得了战争的胜利。

"这是亲王交给那位神的信物。三百年了，希国血族与瓷国一直有生意往来，这条项链从未现世，连我这个伯爵都差点忘了那个约定。"

女伯爵想到自己收到的命令，冷冷道："带路，去找道格尔。亲王有令，撤销他的子爵爵位。还有驱逐瑞克，那个连爵位都没有，靠着卑鄙手段两头讨好的蠢货。"

道格尔还在家中等待瑞克的消息，但是很快，他和瑞克等来了噩耗。

伯爵将取代道格尔的位置，代理希国血族在瓷国的生意，不仅如此，还要撤销道格尔爵位，禁止瑞克回归希国血族。

当日下午，非人类规划总局局长秘书施施然带着一系列赔偿条款，来到了希国血族的公司。

瓷国非人类规划总局将驱逐道格尔父子以及瑞克，至于他们会去哪里，没有人在乎。

不过这间办公室里，本来就没有人。

不留客闭店五天后再次营业，不过这次第一批客人不是慕名打卡的网友，而是先前来调查古玩店各种古董的专家。

尤星越打开门，看到门口三个上了年纪的专家，正殷切地盯着他，眼睛闪烁着期待的光。

尤星越侧身："欢迎光临。"

专家争先恐后挤进门。

尤星越叹了口气，回头给专家泡茶。

不留客小孩心性，也是小孩口味，一大一小在吃东西的偏好上完全一致——希望搞点甜的。

好在店里准备了茶包，尤星越泡好茶，端着三个杯子出去，正好碰上时无宴从外面回来。

尤星越见到时无宴，忍不住笑了一声："这是什么造型？"

时无宴戴着帽子，帽檐的阴影下面若冠玉，他穿了淡色的卫衣和长裤，乍看上去像个大学生。

今天他手里拎了个保险箱，箱子上还坐着……一只猫。

白猫腓腓，程大局长。

时无宴："希国血族送来的补偿，希望你原谅他们之前的冒犯。"

程明浅跳下来，蹲在尤星越面前。

尤星越耳边响起程明浅的声音："我特别喜欢你前几天送来的球，可以变成蝙蝠，再变成血族欸。"

尤星越一下没转过弯："……什么球会变蝙蝠？"

程明浅扭身，一双澄蓝色的眼睛充满了嘲讽："哇，我以为是你出的损主意，把那个血族拿来给我玩呢。不是你的主意，是谁的主意呢？"

尤星越反应过来了，是时无宴！

时无宴睫毛颤动几下，视线细微地偏移几厘米。

尤星越是真想不到时无宴会这么做。

灵神往复，似乎生性自持端方，鲜少玩笑。

诚如程局长所说，把费列斯团成球送给猫玩这种事，很符合尤老板的行事风格——尤星越确实喜欢干这种事。

所以，程明浅根本就没往往复身上想。

发现时无宴避开他的视线，尤星越很好笑：心虚什么呢？难道这里还有人敢指责你吗？

程明浅一边卷着尾巴往店里走，一边感慨：“近朱者赤，近墨者黑。”

往复要是学了尤星越的行事风格，轮回司上下大概要叫苦不迭了。幸好她跟往复是同事关系，不是上下属。

往复千万年如一日，谁能想到在尤星越身边待了不到一个月，就已经学了尤星越的坏心眼。

时无宴垂着眼睛：“他伤了你。”

尤星越的动作停住了。

时无宴：“我不喜欢他。”

尤星越心里微暖：“嗯。”

古玩店暂停营业的几天时间里，戚知雨照常上补习班。

古玩店正常营业了那么久，他惹了费列斯之后，店铺突然被问查整改，戚知雨很清楚是自己带来的问题。

他本来想跟老板申请退学，打算去外面打工挣钱还给老板，却被老板沉着脸看了一会儿。

戚知雨明明比老板大上千百岁，却在老板的注视下坐立难安，低着头拼命反思自己最近又犯了什么错，最后想不出来，可怜巴巴地叫了一声：“哥、哥……”

尤星越的表情微微变了，最后无奈似的笑了下，拍拍他的肩膀：“我让你上学，是希望你在每一次沉睡后，都能学会重新认识这个世界。”

戚知雨倏然抬头望向尤星越。

尤星越莞尔：“所以别说这种话了。”

戚知雨感觉到尤星越的一只手在自己的肩上轻轻一压，那力道分明轻柔，却让戚知雨觉得如山岳一样稳重。

戚知雨眼睛微红，用力点头。

闹剧过后，戚知雨正常回到补习班，闷头研究他始终搞不懂的物理。

陶桃趴在桌子上，探究地看着戚知雨——她刚刚收到老爸的信息，说总局已经按照合约，驱逐费列斯一家了。

陶桃虽然性格跳脱，却也知道事关重大，赶紧打通了非人类规划总局的电话。

谁知道那头接线的成年妖意味不明地笑了下，安抚她："由着那蝙蝠作死去，不要管他。"

那天起，陶桃就知道自己这个白白净净的同桌大概率不是人类。

陶桃想着想着，视线情不自禁落在戚知雨拿着笔的手上。

修长白皙，指腹有茧，看上去口感很不错。

陶桃啃啃自己的手，她又饿了。

没办法，饕餮的口腹之欲总是格外强烈。

为了转移注意力，陶桃说："下午要上跆拳道课。"

景明高中的补习班从上午十点，补到下午三点多，然后有一节兴趣课。因为是补习班，学生们的兴趣课不固定，等正式开学后才确定。

现在已经是最后一节文化课。

戚知雨疑惑："跆拳道？"

陶桃对人类研究出来的花拳绣腿没什么兴趣："外国的防身术吧，肯定没你厉害。"

戚知雨抿抿唇："为什么要学外国的呢？"

这就很为难满脑子都是菜谱的陶桃："呃……不知道。"

下午最后一节课过得很快，戚知雨带着好奇和不理解上了一节跆拳道课。

戚知雨所在的班级平均成绩最差，是景明高中出了名的特长班——除了个别学生真的有特长，大部分学生都是懒得学习的富二代。

因此上课的教练小心翼翼，生怕伤到这群娇气的少爷小姐。戚知雨来得迟，班级已经上过两节课。

教练带着学生们热身，教了两个基础动作，然后将学生们两两分组，让他们互相监督着练习。

分到戚知雨的时候，教练看着他全班男生中最矮的身高："……"

现在的孩子营养好，十六七岁的高中生身高惊人。戚知雨看上去白净秀气，还清瘦，一副营养不是很好的样子。

教练迟疑一下，将戚知雨分给了陶桃，教练为了照顾戚知雨的自尊心，说："我听班主任说你是新来的学生，之前的课没上，可能还有点不适应景明高中的教学方式，就让你同桌先陪你练一堂……"

"教练，教练！"一个腰间扎着红带的高个男生道，"我陪他练练！"

教练责备地瞪了对方一眼："罗健，人家是新同学。"

罗健净身高一米八二，跆拳道红带，还拿过省冠军，从段位到排名都没什么水分，教练以前觉得罗健是个很有武德的少年人，没想到今天会提出这种要求。

罗健急得抓心挠肝："教练！他可能打了，他也是学武术的，我想跟他比比。"

教练看看戚知雨清瘦白净的样子，不太相信。

科学来说——武术比赛按照重量分级，这孩子再厉害，在身高体重上也与罗健差得太多了。

戚知雨也有点好奇，他主动举起手："教练，我想试试。"

教练不肯同意："太胡闹了！你没有跆拳道的基础，罗健是红带。他可是正经的省冠军！"

戚知雨解释："我是学传统武术的，以前没有和练跆拳道的同学切磋过，这次想试一试。教练，你让我试一试吧。"

罗健也跟着央求："您还记得那个费列斯吗？他打不过戚知雨！"

传统武术几个字动摇了教练，罗健的一句话，加上戚知雨的坚持，让教练点了点头："点到即止。"

班级里其他上课的同学也围过来，有人甚至忍不住掏出手机拍摄。上次戚知雨揍费列斯的时候就有人想拍了，可惜结束得太快，费列斯被摁在地上后，有些人才刚刚举起手机。

这次总算有机会了。

有人问陶桃："欸，都说你同桌是武术世家的亲传弟子，真的假的？"

陶桃："我怎么知道。"

传言开始离谱了。不过真相好像更离谱。毕竟戚知雨是妖怪，但是不知道是什么品种的妖怪。

"我觉得打不过，"一个男生说，"上次赢了费列斯应该是因为他出其不意。罗健毕竟是红带，打了那么多场比赛，经验更足。"

旁边人说着话，教练让两个人站在厚垫子上，叮嘱几句后，吹了下哨子。

教练紧张地盯着两人，生怕发生意外。

只见罗健摆好架势，主动出拳。

这一拳冲着面门去，戚知雨抬手拨开这一拳，他动手前就看出来，罗健的下盘不够稳。

戚知雨钳制住罗健的右臂，伸腿踢开罗健的右腿！

罗健果然下盘虚浮，右腿受击后发生位移，一瞬间失去平衡，被戚知雨拎住领口一个过肩摔摔到垫子上。

罗健只觉得一阵天旋地转，而后整个人躺在了地上，他眨眨眼，缓缓道："牛啊——"

这比他自己翻跟斗都快！而且他明明被摔下来，居然也没有受到太大的冲击，人像轻飘飘地在棉花上摔了一下。

罗健常年不及格的语文突然在此刻达到了巅峰，他脑子里冒出一个词语：举重若轻。

他净重有近八十公斤，居然就这么被摔了。

戚知雨这两下动作极快，连教练都没反应过来。

戚知雨从小学的就是杀人的功夫，行云流水没有一个多余动作，精准简洁直接达到目的——他要摔倒罗健，那么出手时就绝无丝毫停滞。

然而这样精炼到极致的搏斗，却出乎意料地有观赏性——丝滑，太丝滑了，没有拖泥带水。拆招出招精简，观感非常流畅。

陶桃率先鼓掌，她甚至吹了两声口哨，在她的带领下掌声和欢呼声同时响起来。罗健躺在垫子上，竖起拇指："佩服！"

一时间，宽阔的训练室充斥着各种欢呼声。

教练艰难道："戚知雨胜。"

戚知雨抿唇，站在垫子上，白皙的脸微红，很不好意思地对陶桃笑了一下。

不过戚知雨的好心情在放学前结束了——昨天的数学和物理试卷发了下来，他果然考得很不好。

陶桃拿着自己刚及格的卷子往书包里塞，转头发现失落的同桌。

她想了想，拍拍同桌的肩膀："哎呀，不要难过呀，我们都是特长生，成绩没那么重要啦。"

妖怪嘛，那么在乎成绩干什么？

戚知雨还是很难过，低着头慢慢整理作业。

陶桃赶着回去吃东西，拖着书包往外跑，跑到门口的时候，她突然一个回头，她的小同桌果然还是一副小白菜的可怜模样。

她叹了口气，秉着爱护同胞的想法，喊了一声："戚知雨！"

戚知雨抬起头。

陶桃竖起拇指："你的武术真的很棒，谢谢你上次从费列斯手里保护我。"

不然我当场就咬死那只破蝙蝠。

戚知雨眼睛一亮："真的吗？"

陶桃一笑："当然是真的啦。"

她挥挥手，转身回家，马尾辫在身后一摇一晃。

戚知雨看着她的背影，握了握拳。他没有选择坐地铁，而是走路回到古玩店。一路上他格外留意路上各种教辅机构，果然有不少教跆拳道的。

戚知雨站在大玻璃窗外，有点失落：这个时代里，我好像确实没什么用。

一千多年的刀灵想起自己四十分的数学、个位数的物理，发自内心地嫌弃自己——我真是太没用了。

尤星越正在看希国血族送来的赔罪礼物，一抬头看见戚知雨正低着头走来。

"怎么了？"

尤星越推开手边的珍珠匣子，程明浅正要掏两颗出来玩，时无宴扣上了匣子。

程明浅：往复待在尤星越身边真的好吗？

戚知雨赶紧摇头："没什么。"

尤星越站在戚知雨面前，他比戚知雨高不少，一眼就能看到小刀灵微红的眼眶。

"我听班主任说你们今天做了两张试卷，"尤星越斟酌道，"这是被题目难哭了？"

小刀灵真的能做题做到哭？

戚知雨连忙道："不是！"

尤星越莞尔，他只是开个玩笑，并不觉得戚知雨会因为做不出题目哭鼻子，他双手撑着膝盖半蹲下来："你不告诉我，是觉得我没办法帮到你？"

戚知雨无措地捏着书包带子，挠挠头："我……我觉得自己……挺没用的，考试考砸了，没有及格。"

"但是老板！"他鼓足勇气，"我想我能重新醒过来，就证明我在这个世界上一定有其他用处。我想尽我的能力，发扬传统武术。"

小刀灵的眼睛里充满了期望和向往："也许有一天他们会记起来，尘封在历史书中的武术并不是传说，它真切地守护过文明。"

戚知雨两手交握在一起，忐忑道：“等我完成了学业，可以开间武馆传授武术吗？”

尤星越歪头听着，半晌，他慢慢弯起唇角：“知雨，时代不一样了，我们现在可不一定要开武馆才能发扬传统。”

他拍拍手：“超薄。”

超薄原地开机：“遵命老板，正在检索全网视频网站。”

“少年，想成为武术界闪闪升起的一颗网红新星吗？！”

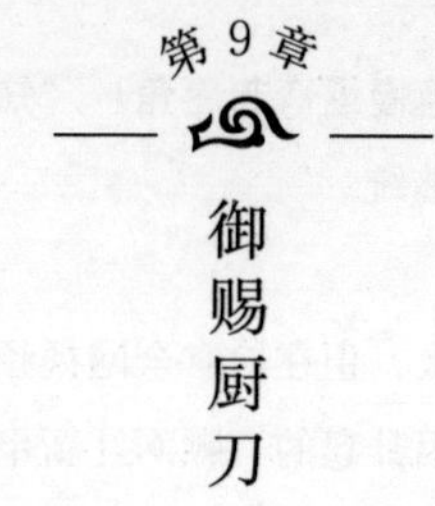

第9章 御赐厨刀

不留客推开库房，在里面翻出一柄直刀塞进戚知雨手里。

这柄直刀是后来仿造的，算不上什么很好的东西，故而连刃都没开，整体重量也不达标，是一柄没有杀伤力的工艺品。

当然，这是不留客概念中的工艺品，因为这柄仿造直刀也有六百多年的历史。

尤星越拿着摄像机："走，我们去外面拍个视频。"

戚知雨一脸茫然："现……现在吗？"

都已经六点半了。

颖江市，国内一线城市，傍晚六点多正是热闹非凡的时候。

尤星越看一眼南北街，一笑："你来颖江市这么久还没有出去玩过，等我们拍完视频，正好在外面逛一逛。"

超薄自觉爬进尤星越的手机，不留客挂在戚知雨袖子上，尤星越锁上古玩店的大门，推着戚知雨出了南北街。

靠近南北街有一个大型广场，路灯和装饰灯将广场照得恍如白日。

戚知雨白皙清俊，他抱着刀站在广场上，手足无措："老板？"

尤星越稳稳拿着手机："我准备好了，你可以开始了。"

戚知雨看着渐渐聚集起来的围观人群，脸上飞起红色："我要做什么？"

广场靠近大型商超，来往的行人极多，男女老少都有。

戚知雨抱着一把直刀，少年和冷兵器的组合格外显眼，尤其是直刀，作为一个没有实用价值的观赏品，刀鞘镶金，在灯光下流光溢彩。

围观的人越来越多：

“这是在拍什么片子吗？”

“这小孩好漂亮，就是有点瘦了。”

“拿的什么东西，是刀吗？”

……

戚知雨也是雷厉风行的性子，但是像老板这样说一不二即刻就将想法付诸行动的人还是挺少见的，以至于戚知雨都差点跟不上老板的节奏。

超薄在尤星越口袋里啪啪操作手机，他要给戚知雨注册一个账号，然后连夜剪完视频发到网上，再用古玩店的账号转发视频“引流”。

超薄，一台电脑能抵一个运营公司。

尤星越：“我们不懂武术，演一套你喜欢的吧，只要是你选的，一定是最好最合适的。”

尤星越揍过妖怪凶煞，但是他给自己的定位一直是法师——没办法，作为一个天生眼神不好需要戴眼镜的人，近身搏斗实在太难为他了。

戚知雨局促片刻，深吸一口气，缓缓抽出直刀，扬手一掷——只听破空声后，刀鞘正好插在树枝上。

这一手太漂亮。围观人群中有人忍不住高声叫好。

直刀未开刃，刀身雪亮。

戚知雨单手持刀转了个刀花：“那就来一套基础的十二式。”

戚知雨在沙场中待得久了，和人对招时稳准狠，但他也不是只会杀人——传统武术中，有些刀法只用来强身健体或者观赏。

当年身在军营大漠，将军们谁不会舞刀耍剑，就着羌笛琵琶饮一杯烧刀子呢？

戚知雨人长得清秀文静，刀势却大开大合，他踩在地上整个人侧身腾空，借着翻身的惯性向下抡刀。

这一刀有破敌万千、崩山裂地的架势，就在围观人屏住呼吸，等待刀刃落地的金戈声时，那去势雷霆万钧的直刀稳稳停在距离地面二十厘米的位置上！

握着刀的手清瘦白皙，手背青筋微突。

一个穿着襦裙、梳着飞仙髻的女孩忍不住喃喃道：“来如雷霆收震怒，罢如江海凝清光。大诗人诚不我欺。”

文雅诗词伴随着女孩男朋友响亮的惊叹：“厉害啊！兄弟！”

尤星越听到周围传来的喝彩，微微一笑：爱看的人不少，剪辑成视频反响应该会不错。

次日傍晚。

张骅上完一整天的课，吃过外卖后往吊床上一躺，正要开游戏，女朋友突然转给他一个链接。

张骅只好退出游戏，点开聊天软件。

女朋友顶着一个二次元男性头像，张骅照例看头像不顺眼——这是个情侣头像，头像的另一半却是他女朋友的闺蜜在用。

没等他看清楚内容，对面突然一条条往回撤消息，剩下最上面那个链接——超时了，无法撤回。

女朋友：发错了发错了。其实是个武术视频，挺帅的，你要不要看看？

张骅：你还看武术视频？不对，你竟然觉得三次元的男人好帅？！

张骅女友二次元“浓度”超标，三次元极度社恐，张骅从来没见她关注过三次元的人。

女朋友：是我关注的一个古玩店老板转发的，真的帅！你不是学泰拳嘛，这个视频是关于传统武术的，看着好厉害。

他看看链接标题：传统武术表演，听说我这一套刀法里有一整个江湖？

张骅打开视频前，以为会是个身高一米八的健美青少年在明亮的武术馆里表演刀法，没想到一打开视频，背景居然是嘈杂的广场。一片霓虹灯下，镜头有些模糊，还能听见广场舞的背景音乐……视频镜头逐渐清晰，身高中等的清秀男生站在广场上，怀里抱着一柄长刀。

张骅：“好家伙，人比刀高不了多少啊。”这当然是夸张话，不过拿刀的小孩成年了吗？

张骅练泰拳，标准的猛男，他充满怀疑地打量视频中的小男生：刀具很重的，真的能挥起来吗？

只见视频中少年一扬手，刀身出鞘，刀鞘精准插在树枝上，张骅猛地坐直身体：有真本事！

视频正式开始，少年步伐如游龙惊蛇，那么重的刀在手上轻若无物。向上撩刀时，刀光亮成一片。少年目视镜头，目如点漆，寒芒隐隐，眼神里的千军万马透过镜头奔腾到观众的脑海中。

张骅脑子一片空白，只剩下两个字：杀气。

看到视频末尾，少年一个侧身翻，整把刀带着人往下抡。随即，张骅眼睁睁看着那刀的落势止住了。

这种一往无前的气势就这么收住了？为什么可以收住？

外行人看热闹，内行人看门道，视频里少年刀法如何不清楚，但下盘极稳，身法惊人。虽然看着瘦，但是从最后的收刀来看，力气绝对是足的！

过了一会儿，女朋友发来信息：怎么样？我觉得挺厉害的。

张骅激情敲键盘：牛！我国武术太牛了！

张骅将视频分享在自己的泰拳爱好群里，内心依然激情澎湃热血沸腾。

超薄在发布视频的时候，特意挑选了用户活跃度、年轻人比例较高的观望视频软件，他剪好视频发布到网站的时候，并没有指望这个视频会火。但超薄低估了观望视频用户对瓷国传统武术的热情，在古玩店账号的“引流”下，戚知雨的视频播放量迅速增长。很快又有两个账号转发了戚知雨的视频，是两个粉丝量极高的画手。

超薄很快辨认出来，一个是季歌，另一个好像是魏一缘，两个人画风完全不同。季歌是治愈系爱好者，魏一缘……魏一缘是画人体图的。

相同点在于，两个账号都拥有超过五十万的粉丝量。

两个画风完全相反的画手同时转发了一个视频，粉丝们好奇心爆炸，大量涌入戚知雨的视频。

转发过一个小时后，舞刀视频的播放量超过了四十万，因为涨幅太快，冲上了观望视频的当日热播榜单。

超薄喜滋滋地记录数据，正当他准备截个图向老板邀功时，视频下国家武术协会官方账号的评论被艰难地顶起来：好漂亮的刀法！当真是英雄出少年，不知道小兄弟师承哪位大师？有没有兴趣来武术协会发展？我们一起为发扬传承传统武术努力！

尤星越看到这条信息时，第一时间转告了戚知雨，还笑着送他前往本地的武术协会交流，自己则在店里带新店员熟悉古玩店。

新店员就是先前面试的青年，姓名任一帆，本科学历，人和气又很会说话，尤星越很中意。而古玩店开的工资也不低，工作相对轻闲，大小是个网红店，有一定的发展前景。

任一帆对古玩店的工作更满意，收到尤星越的电话后，立刻表示今天就能上班。

上班第一天，任一帆特意穿了衬衫长裤，打扮得很正式，拘谨地站在尤星越面前。

尤星越其实对店员着装没有要求，只要站在古玩店里不那么突兀就好了。

看出任一帆的紧张，尤星越展颜一笑："别紧张，只是有些话想叮嘱你。"

任一帆赶紧点头。

"店里没什么事，平时回答一下客人们的问题就好。你手边的都是一些古玩店的资料和工具书，没事可以看一看，以免有客人的问题答不出来。"

任一帆下意识看向手边的一摞：工具书和资料？可是……怎么看上去那么像古籍？

"监督客人不要乱扔垃圾，触摸禁止接触的古董。不过店里的卫生不需要你打扫，走前把柜台前的垃圾袋拎走就好。"

到目前为止都是很普通的工作要求，任一帆松口气，他真的太怕碰到一些表面轻松、背地里琐事一堆的工作。

尤星越语速渐渐放慢："但是有一些格外需要注意的地方——首先，店里虽然有电脑，但是请不要碰他，也不需要用他做任何工作。"

在后面偷听的超薄：谢谢老板！我在店里自由狂奔惯了，已经不能习惯被人操控。

任一帆不知道为什么开始紧张："好。"

"你的工作范围只有五个博古架和待客场所，珠帘隔开的休息室是我的私人区域。"而且时无宴会从靠近库房的地方突然出现，需要防着点外人。尤星越接着道，"古玩店每天八点半开业，晚上七点半结束，中间吃饭休息有一个小时。不在营业时间的时候，请不要进入古玩店。如果不小心落下什么东西，可以第二天来取，非常要紧的话一定要提前通知我。"

店里一关门，超薄和不留客就会一起看动画片。现在不留客能吃东西了，一个隐形人坐在电脑前，零食饮料不断被消耗的场景会吓死人。

"店里偶尔会来一只很大的蓝眼睛的白猫，不可以摸，也不可以驱赶，用不着管她。”

程局长虽然负责镇守人世，每天都有正事要做，但她也不是忙得脚不沾地，不时会以原形溜达到不留客来，转悠两圈再走。

“最后，这是我的朋友时无宴，如果我不在店里，有什么事情询问他就好。”

其实还是不留客做主，把答复通过超薄转达给时无宴。

尤星越说完轻轻一拍手，他自己都有些心累，但依然保持着笑容：“就这么多，可以接受吗？”

时无宴安静地站在尤星越身边，他的身高带来很强烈的压迫感。任一帆不敢看时无宴，他对时无宴有种莫名的畏惧。其实听到尤星越后半段的叮嘱，任一帆心里就生出了一丝莫名的恐惧，他磕巴了一下：“好……好的，我明白。”现在后悔是不是来不及了？

尤星越很满意，微笑：“那就好，今天就可以上班了，每个月十五号发工资，五险一金齐全，节假日照国家安排放假。”

任一帆感动极了，顿时将刚才的恐惧抛在脑后：“明白！”

有了新的店员，尤星越总算能腾出手看后台信息。自从开始经营古玩店的账号，每天都有大量私信涌入后台，有些是广告，有些则是转手古董的信息。超薄作为电脑器灵，虽然长相不现代，但是处理数据的能力超凡，十几分钟就能筛选出与古董有关的信息，然后拿给尤星越和不留客辨别古董的真假。借助这些私信，尤星越确实淘到不少真东西，有些隐隐泛着灵光，照不留客的说法，养上个几十上百年就能开启灵智。

见尤星越交代完工作，超薄给尤星越发信息：老板，咱们小戚这次是真的火了。拍的舞刀视频播放量已经破五百万，小戚账号粉丝已经有九万多了。

古玩店在博览上的粉丝也才二十多万，还是先前借着热搜涨的。

超薄：老板，小戚去哪儿了？等他回家，准备拍第二个视频吧？

尤星越戴上耳机，装作打电话：“他今天接到武术协会的邀请，去交流了，晚上让他直播一个小时，巩固一下人气吧。”

传统武术并没有完全没落，只是作为一个投入成本高的行业，关注度和流行程度较低。戚知雨想发扬传统武术，需要的不只是传授更多的武术技艺，还需要让更多人了解传统武术。一个行业想要进入大众视野，有时候只需要一个人给这个行业带来惊人的关注度，标杆似的让无数人仰慕，为行业带来新鲜血液。

但是这个人必须足够强、足够漂亮，可以满足大部分人的追求和幻想。

尤星越想把戚知雨推上这个位置。一千多年的刀灵，除了常识上有所欠缺，其实心性上没有什么值得挑剔的地方了——对于戚知雨来说，这是个完全陌生的世界，但从戚知雨闯祸后的反应来看，他确实也有独立生存的能力。

和人比起来，器灵更纯粹，难以被言论动摇，也难以被大环境改变。即便被推到万众瞩目的位置上，戚知雨也撑得住。

超薄疑惑："这么快就直播了？不再发两个视频巩固一下人气吗？"

尤星越解释："视频弹幕和评论里有不少质疑的言论，让知雨做个直播，和粉丝互动的同时，破除网络上说视频是造假的谣言。他的本意是发扬传统武术，不是做个网红。"

超薄了然："我懂了。"

尤星越发了信息给戚知雨，和他商量了直播的事情。晚上戚知雨回来的时候，脸上全都是兴奋。他第一时间扑向尤星越，又怕撞伤人，猛地在尤星越面前刹住："老板！原来现在还有很多武校和武术比赛，我想去武……"

尤星越道："不行。"

他晃着手里的冲剂，他不想喝，可是时无宴就坐在他对面，直勾勾地盯着他。大有尤星越不喝完，时无宴就盯着他看到天荒地老的架势。尤星越只好借着说话的工夫拖延喝药："人家武校的孩子都有常识，你连九年义务制教育都没完成，就别想去武校了，给我老实上完高中，考不上大学就复读。"

戚知雨冷静下来，乖乖点头："我知道了。"

尤星越终于做好心理建设，仰头一口喝完了药："快七点了，出去直播吗？"

戚知雨正襟危坐："我都准备好了。"

尤星越起身，时无宴已经先一步拿起了手机："我陪你一起。"

超薄准备远程维护直播间。

三个人和不留客则拿上直刀一起往广场走，尤星越在路上就用戚知雨的账号开了直播。戚知雨第一个视频的热度还没有过去，直播间一开就引来不少观众。尤星越拿着手机，对准戚知雨："知雨，和粉丝们打个招呼。"

时无宴站在他身后，试着帮尤星越拿手机，被尤星越果断拒绝——时无宴比戚知雨高太多，拍起来很不方便。

戚知雨腼腆一笑，他知道手机后面会有很多双眼睛注视他，一时有些羞涩：

“晚……晚上好。今天给大家表演一套新的刀法。”

弹幕上发来各种问题，尤星越不时开口帮戚知雨回答一些刁钻的问题。

戚知雨今天换了一套新的刀法，少年用刀的姿态鹤影松姿赏心悦目，直播间的人数越来越多，随着礼物和弹幕增加，直播间人气突破了五十万。

直播表演刀法，有力地回应了视频中质疑替身的弹幕和评论，但观众们转而开始好奇刀法的实战威力。

戚知雨想了想：“除了强身健体，刀法对战的能力当然是有的……”

他有些为难，左右看了看：“得有人陪我一起演练。”

戚知雨一眼看过去，围观人群齐齐往后退了一步。

看到直播间的弹幕里喊着“老板上！”时，尤星越也挺为难的，只好装作没看见。

这时候时无宴开口：“我来可以吗？”

尤星越吃了一惊：“你会？”

时无宴微微颔首，补充道：“只会一点。”

戚知雨眼睛顿时一亮，他先前看时无宴站立行走的姿势，就猜出时无宴除了修为精深，武艺同样超群。

戚知雨跃跃欲试：“时……先生，我们来试试。”

时无宴向围观人群借了一把太极剑，表演所用的剑身铁片一张，在霸气的直刀面前更显单薄。时无宴正要上前，忽然停住了脚步。

不留客飞快挂到尤星越肩上：“星越！有器灵在靠近！”

尤星越一怔。

不留客：“在你后面！”

尤星越下意识转身，在看见器灵前，先看见一个年轻男人握着一把菜刀径直向他冲过来。

同时，直播间也看到了这一幕！

戚知雨却迟迟没有动，刀灵的视力非常好，远远就能将年轻男人手中的菜刀看得清清楚楚，他脑子有点蒙——这不是屠龙吗？

那菜刀的刀柄上，赫然刻着“屠龙”两个字。

那年轻男人速度极快，但尤星越细看下发现，与其说是他向自己冲过来，倒不如说是被手里的刀拖过来的。

广场上有人拿着菜刀举止癫狂，引起围观群众的恐慌。

年轻男人叫苦不迭，他想松开手，可是右手如同被粘在刀柄上，他内心比四散奔逃的人群更加崩溃！

眼看着年轻男人距离尤星越不到两米依然没有停止的趋势，时无宴扬手，太极剑的剑柄正中对方的手腕，一瞬间解开了菜刀的法术，也撞麻了年轻男人的手腕，菜刀"哐当"掉在地上。

只听见屠龙发出只有特殊体质才能听到的声音："嗨，老板，我是戚知雨的朋友，你叫我屠龙就好。在下感觉到戚知雨的灵力，千里迢迢地来了。老板，您要好好对人家哦。"

尤星越：你们刀灵，都很野啊。

年轻男人坐在地上揉着手腕，他现在整条胳膊都是麻的，爬起来后惊恐又恼怒地道："呸！真晦气！"

他停下来不久，几个民警气喘吁吁地跑过来，隔着很远就开始喊："不许动！"

人流如潮的广场上出现一个持刀年轻男人，早有围观路人报了警。尤星越正要去捡屠龙，听到警察的声音示意戚知雨不要动。民警跑到近前的时候才发现菜刀躺在地上，刚要松一口气，突然看见戚知雨手里雪亮的直刀："那小孩！手里什么东西？"这么长的刀很明显是管制刀具，怎么敢带出来的？

戚知雨吓得赶紧还刀入鞘。

尤星越解释："警察同志，是武术表演用的道具刀。"

民警喘了很久的气才缓过来："那就好，那就好。"附近广场除了有跳广场舞的，还有一群大爷大妈练太极剑，那耍刀也挺正常……吧。

民警看看四个都挺年轻的男人："刚才我们接到报警电话，说有个持刀狂奔的年轻人，是哪个？"

尤星越示意地上的青年："是他。"

他很糟心地瞥了眼屠龙：这是要闹哪样？要这小伙子怎么解释？说我在家里做菜，然后我的刀突然疯了，拽着我出门了？更加糟心的是，接下来屠龙和小伙子势必要去一趟派出所，他怎么才能把屠龙买走？

尤星越越想越头疼，他拿起手机，和直播间的观众道了个歉，结束了直播。

民警捡起屠龙，发现地上还有一柄太极剑，也捡起来问道："到底是怎么回事？”

尤星越扶额，戚知雨也默默低下头。

不留客一把捂住脸：这小孩好可怜，纯粹是被屠龙连累了。

古玩店的几个人都清楚，根本不存在什么持刀男人，而是一把成精后开始发疯的刀灵拽着一个什么都不明白的普通人。

一个勇敢的路人挺身而出：“警察同志！这三个小哥在直播耍刀的时候，他突然拿着菜刀冲进人群里，直接对准戴眼镜的兄弟。要不是有人制服了他，说不定会发生命案！”

戚知雨的头埋得更低了。

倒也没有那么严重。眼看要产生误解，屠龙赶紧解释：“老板，我可不是戚知雨那种在土里埋了大几百年的笨蛋刀灵。我真不是坑他。”

尤星越起了一点兴趣：“怎么，还有隐情？”

屠龙似乎有点难受：“怎么说呢？这小孩挺叛逆的，拿着我就要砍人，我看不过去才把他拖出来教训一顿。等这桩事解决了，我就跟老板你走。”

民警一听围观群众的回答，顿时觉得年轻男人持刀上街有寻仇的嫌疑：“走！跟我们一起去派出所！”

周围乱糟糟一团，时无宴对闹剧的来龙去脉毫无兴趣，扫了一眼便收回心神，径自将太极剑还给原主人。

尤星越三个人作为“受害者”跟着民警一起去了派出所，途中屠龙交代实情：“这小子姓姜，祖上是御厨。我原本是御膳房的厨具，时间久了生出灵智，后来被赐给姜家老祖宗，做了他家的传家宝。可惜啊，后辈人不争气。老姜本来有个重孙女很有天赋，毁在了传男不传女的规矩上，到这一辈小姜父子俩都是普通厨子。”屠龙冷哼一声，“这小子不学无术就算了，还偷家里的钱。他爸教他做菜，好歹学一门手艺，结果两个人在厨房吵起来，这小子居然拿着我对他爸挥来挥去！”

屠龙越说越来气，刀柄上镶嵌的金饰微光频闪：“我在皇宫杀了几百年的鸡鸭鱼鹅，我能受得了这个气吗？我当时就憋不住了，起来撵着他一顿削！我在他家装了几百年的老实刀，憋得太久了！”

屠龙的年纪比戚知雨小一些，修为也弱几分，远不到能化形的地步。但比上不足比下有余，屠龙比寻常小器灵强得多——他能使唤自己的本体自由移动。

到派出所的一路上，年轻男人都在喊：

“我没有持刀！

“是刀绑架了我！

“是刀啊！

“我是替身！”

民警很头疼：“这男人是不是精神不正常？”

在车上折腾一路后，几人终于到了派出所。持有管制刀具上街，还引起了一定范围的恐慌是大事，因此在路上的时候民警就已经联系了年轻男人的父亲。尤星越几人到达派出所的时候，年轻男人的父亲正等在派出所。年轻男人二十出头，父亲年近五十，头发花白，双手虽然干净，但干裂有疤痕，全是老茧，正不安地搓着手在派出所里打转。

屠龙感慨：“这是小姜他爸，没什么天分，大酒店里当了十年的墩子才熬到厨师。年轻时候心高气傲要创业，家底赔干净了也没干出个名堂来。老婆受不了跟他离婚了，儿子叫爷奶惯得不成样子。”

不留客揪着尤星越的袖子，忧心地看了眼尤星越：星越心很软，听了这种事会难过吧？

尤星越借着低头调整眼镜的动作笑了笑，没说什么。

几人被民警叫进调解室，民警向小姜父亲简单解释了事情经过。

得知是尤星越一行人制止了菜刀发疯，小姜父亲敬畏地看了眼尤星越：“您……您好。”

尤星越礼貌地点了下头。

小姜一路上表情呆滞，看到自己亲爸，眼泪汪汪地握住他的手：“爸！真的是刀有问题！你在家也看到了，明明是刀突然起来砍我！”

父亲看着这个不争气的儿子轻轻叹了口气，最后还是安抚地拍拍儿子的肩膀：“好好好，我都知道。”

这父亲到底没有说出儿子拿着刀对着自己的事情。

“但是你拿着刀上街狂奔是所有人都看见的，监控上也看得到。这就是危害公共安全啊！只能说幸亏没出什么事！”警察严肃道。

尤星越知道实际情况，也知道犯事的男子对他们没有恶意，纯粹是屠龙引发的闹剧。

“没关系，”尤星越看了眼年轻男子，意有所指，“没酿成大祸就还有转圜的余地。”

“好吧。人家没有追究。不过你儿子似乎有点精神不正常，你要带他去看看医生，然后平时看管得严一点，今天如果不是他们三个都有本事，万一真的砍到人，你们一家子还要不要过了？”在警察眼里，只觉得小姜真的脑子有点问题。

尤星越表示谅解：“警察同志，反正我们也没有受到什么伤害。至于这位……小同志，要想人不知，除非己莫为，希望你回去之后改过自新，好好和父亲相处，以后不要做出一些出格的举动。”

尤星越坐直身体，点了点屠龙：“你要记得他。”

在这时愿意舍命关心自己，相信自己的，还是父亲。小姜坐在椅子上，抹抹眼泪，有点不好意思道歉，于是闷不吭声地点头。

警察看到这一幕也很欣慰：“姜先生，你一定要带孩子去看看医生，以后好好过日子。”

调解结束，尤星越三人从派出所出来，他叫住了男人的父亲：“姜先生。”

尤星越笑吟吟道：“可以和您谈一笔生意吗？”

姜父迟疑，他看了看自己手里的菜刀，过了一会儿，有些不舍地说：“我知道您，您是南北街那个古玩店的老板。您……您是想要这把菜刀吗？”

尤星越看了看屠龙。

这位御厨传人似乎没有卖出屠龙的打算，虽然亲眼见了屠龙追着人砍，但毕竟是传家宝，可能也有些不舍。

姜父抱着菜刀，内心挣扎许久：“其实这是我家祖传的宝刀，当年祖上做御厨，是皇帝赏赐下来的老东西，祖传的菜谱上说过这把刀很有灵，让我们代代都要好好保养。这把刀切出来的菜，口感都比其他刀切出来的好。”

屠龙吹嘘道：“想当年，老子是整个御厨房最好的刀。所谓功夫再高也怕菜刀，我还可以跟戚知雨对砍。”

尤星越没理屠龙：“我很理解。这确实是一把好刀，我们不留客愿意出一个合适的价格，您要不要考虑将他出给我？”

姜父又陷入了沉默，尤星越耐心等着。但是屠龙是个暴脾气，他快憋不住了，在姜父怀里晃了晃，有点想起来砍人。屠龙憋不住大喊一声：“别让他卖！老子今晚就收拾家当去不留客！”

还想卖老子？我让你小子一分钱都赚不到！

屠龙一晃，吓得姜父一蹦三尺高，生怕菜刀暴起砍他，姜父将屠龙往尤星越手里一塞："不卖！您和我们家传宝刀有缘，这刀送您了！"说着姜父一把拉住蒙了的儿子，往家的方向跑。

尤星越拿着屠龙，有点心累，他正要说话，突然心有所感，和不留客一同回头看过去——

在那一瞬间，姜家父子身上闪过线的力量。但是尤星越仔细感受时，那种力量又消失了。

奇怪，这不是他的线，这座城市……不，这个世上还有第二个会用线的人吗？

屠龙加入古玩店的第二天，古玩店就再次上了热搜——直播的时候，时无宴挥剑破了屠龙法术的那一幕被录屏了，还被截成了动图疯狂传播。

尤星越心想：谢谢屠龙送来的热搜。

戚知雨刚醒来时也曾想过联系屠龙，但完全陌生的世界和不得不学习的新知识让他自顾不暇。初来颍江市误伤演员，景明高中里和血族起冲突更是让戚知雨不敢乱来，一时只好将寻找屠龙的想法搁置。

直播那晚，屠龙感应到戚知雨的灵力，他对姜家父子多少有些不耐烦了，索性拖着姜家小孩一路追着戚知雨的灵力过去。

尤星越更在意的是姜家父子身上的线，便问屠龙："你在姜家的时候，他们父子有接触过特殊的人或者妖怪吗？"

屠龙想了想："没有吧。就算是能化成人形的妖怪，我也能察觉到，要说让我完全感受不到灵力，那得是当世大妖或者非凡的神兽了。怎么了，姜家有什么异常吗？"

尤星越若有所思，他无意引起屠龙的担忧："没什么，只是感觉有一点奇怪。"

一闪即逝的线没有恶意，力量温柔平和，似乎想加强姜家父子的亲情。

屠龙的到来，让古玩店的气氛更加快乐——作为资深话痨，屠龙到了古玩店，每天都和超薄讨论菜谱。

超薄不用音箱的时候，发出的声音普通人类是听不见的，两个器灵大白天聊得火热。

屠龙和在土里睡了大几百年的戚知雨不一样，在姜家的这些年，屠龙睡睡醒醒，没有长时间和外界隔绝，加上他修为精深、活动范围大，居然能接得上超薄的话。

屠龙完美融入古玩店，尤星越这几天却一直心不在焉。

世上能看到线的生灵数量稀少，在尤星越之前，不留客的老板大多是能看见线的大妖或者半仙。这些老板本身就有修为，并不像尤星越那样会使用线。

不留客也很困惑，可是那天线的感觉一闪即逝，他和尤星越都没来得及看清楚是什么样的线。

线的力量十分薄弱，消散后彻底无法感应。

尤星越对用线的同行很好奇，可惜接下来几天，他和不留客都没有感觉到线的气息，尤星越早上出门的时候还惦记着，以至于转身的时候一头撞在了时无宴身上。

尤星越撞了一下居然还没反应过来，而是愣了愣。

时无宴转过身，给尤星越戴好眼镜："怎么了？"

今天尤星越戴了那副挂链眼镜，链子冰凉凉地垂在时无宴手指上。

自从那天感应到了线的气息，尤星越现在只要出门，都会借用挂链眼镜开阴阳眼，免得错过一些异常情况。

时无宴不知道他在想什么，见他走神，喊他："星越。"

尤星越感觉时无宴的手指蹭过侧脸，他盯着时无宴看了片刻，笑着说："前几天在姜家那对父子身上感觉到了线的气息，我刚才在想，要是有了同行，下次郁荼就能货比两家了。"

时无宴："不会有别人。"

尤星越一愣。

时无宴给尤星越整理一下衣襟："走吧。"

今天任一帆放假，戚知雨在家看店，不留客也留在店里。

戚知雨虽然修为精深，能应付不少妖怪，但是戚知雨看不见线，而现在颖江市又多了一个用线的生灵，不留客比尤星越还紧张。

尤星越则照例去福利院，他现在每个月都会跑两趟福利院，帮阿姨们带带孩子。尤星越在附近商超买了一堆东西，两人到达福利院的时候，发现福利院格外地热闹，里头不时传来笑声。

尤星越以前所在的福利院是一家私人福利院，老院长心善，一开始是在垃圾堆捡到了被抛弃的婴儿，后来带回来的孩子越来越多，慢慢成了一家福利院。

因为是私人的，全靠老院长一个人支撑，早年福利院的日子很不好过，后来颍江市经济发展起来了，福利院得到各方捐助，孩子们的生活才好起来。

现在福利院没几个孩子，年纪最小的一个刚八岁，剩下的都是十五六岁不愿意离开老院长的青少年。

尤星越听着笑声，推开福利院的门。

院长惊喜地看着尤星越，走到门外来接他："回来啦！快进来。"

时无宴是第一次来福利院，下意识看向尤星越。

尤星越抛开脑子里关于线的事，眉眼弯弯地笑了下，他向时无宴靠近一步，用只有他们能听见的声音说："来，带你感受一下人间的温情。"

尤星越温热的呼吸在耳边擦过，时无宴无端觉得有些痒，轻轻抿了下唇："嗯。"

福利院的院门对于时无宴来说比较矮，他要低头弯腰才能走进福利院。

一进院门，一种说不出的快乐萦绕在心头，尽管福利院地方不大，环境普通。

院长是个六十多岁的老太太，精神矍铄，乐呵呵地上前牵住尤星越的手："快进来坐。每次来都带一堆东西，外面捐得够多了。"

尤星越笑笑，搀着院长往里面走。

他买的很多东西都是给中老年人用的，福利院的孩子们吃穿上有外界人士帮助，物质条件比以前好上太多，他担心院长舍不得吃喝。

院长偷偷看时无宴，小声问："这是你朋友？"

尤星越点头："嗯，他叫时无宴，想来福利院看看。"

尤星越有空就会回福利院，从来没带朋友来过，院长有心热情招待，端来茶水又抓上一把零食送到时无宴面前："来来，吃点……"

院长抬头对上时无宴的眼睛，剩下半截话卡在喉咙里。

时无宴及时垂下眼睫。

院长心生畏惧，放下杯子，转而对尤星越说："我都忘了跟你说，小燃前几天被一户姓钟的人家领养了，手续都办好了，今天周六放假，一家人带小燃回来看看。"

小燃就是福利院里年纪最小的孩子，上个月刚满八岁，因为有哮喘，十个月大的时候被遗弃在福利院门口。

院长牵着尤星越走到福利院里，大堂里果然坐了一家不认识的人。

院长低声说：“夫妻两个是开纺织厂的，家境不错。他们还有个大女儿，已经十五岁了，话不多，脾气看上去还好。”

这是一家三口，从衣着到气质都能看出家境不错，也很有教养。

夫妻两个感情不错，年过四十依然挽着手，笑着看福利院的孩子打闹。

尤星越点点头，视线忽然落在夫妻两人的手腕上，瞳孔很轻地缩了一下——是红线！

夫妻两人的手腕上分别拴着红线，另一头连着小燃。

自然产生的亲缘线是白色的，这根红线显然是刻意拴上的，和姜家父子间的线同出一源，也是为了拉近钟家人和小燃的关系。

极细的一根红线，几乎看不见，而且时有时无，显然十分不稳定。线上附着一层灵力，灵力的强度都比线高一些。

时无宴显然也注意到了线的存在，他和三百多度近视还对灵力极为迟钝的尤星越不同。

往复是天生的灵神，在福利院院门外的时候就清楚感应到了这一丝灵力，时无宴靠近看才确定这是一根线。

钟家夫妻看到院长进来，视线忍不住落在尤星越和时无宴身上，实在是两个人长得太出挑：“院长，这两位是爱心人士？”

院长笑呵呵地摇头。

尤星越收回目光，微笑道：“不，我本来是福利院的，现在出去工作了，今天回来看看院长。”

钟家夫妻愣了愣，有点不好意思地笑了下。

正坐在地上玩拼图的小燃扭头看见尤星越，高兴道：“星越哥哥！”

尤星越弯腰抱起他：“好像比之前重了不少。”

他半个月没来，小燃居然胖了一圈，看起来在钟家过得很好，而且钟家夫妻连着小燃的线虽然是外力形成的，但是如此脆弱的线能存在，说明小燃和钟家都在维护这一段亲缘。

钟家夫妻笑着说：“小燃可能吃了，也不挑食，我们都说这孩子有福相。”

小燃有点害羞，他趴在尤星越怀里：“哥哥，你能帮我一个忙吗？”

在小燃眼里，尤星越是比院长，比养父母都要厉害得多的人。

尤星越笑了下：“好啊。小燃有什么需要哥哥做的？”

小燃比画了一下："有一匹红色的小马是小燃新交的朋友，小燃想带它回新家，可是小燃在家里找了很久，到处都没有小红马。"

尤星越疑惑："红色小马？是福利院里的玩具吗？"

钟母道："是个布偶，看着挺漂亮，可惜破了几个洞。我们第一次来的时候，小燃还抱着呢。那天接小燃去体检走得太急了，忘了给小燃带上。"

院长跟着道："我有印象，好像捐赠的，后来不知道为什么不见了。"

这时候钟家大女儿疑惑道："什么小马？"

小燃很亲新姐姐，闻言介绍道："是小燃的新朋友，布偶小马！"

钟家大女儿沉默片刻，在父母惊讶的目光下，问："是不是一个大概十几厘米高的布艺小马，上面还绣着很多花，然后耳朵破了洞，里面填的是棉花？"

钟家父母疑惑："是那个样子。你怎么知道？"

钟父钟母清楚地记得，来接小燃的当天，女儿明明在打比赛，按理说不应该见过那个布偶才对呀，怎么连小马的细节都能记住呢？

钟家大女儿慢慢道："可是，那匹小马不是在我家里吗？"

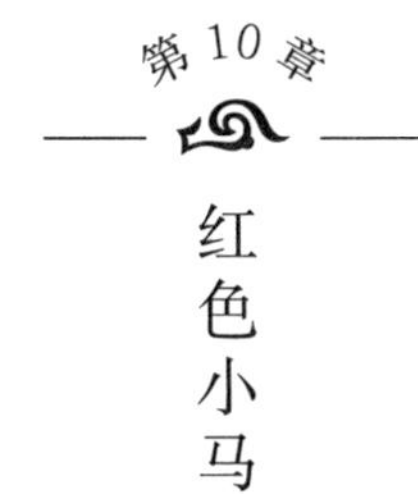

第10章 红色小马

钟母吓得一个激灵："卿卿你别吓我！"

钟家的大女儿叫钟卿。

钟卿搂住自己亲妈，她个子比钟母还要高一点："没吓你，真的在家。那天晚上在我屋子里，我白天起来的时候把它放在客厅沙发上了。"

十五岁的钟卿是个货真价实的天才，钟父钟母对自己这个女儿不仅百分百宠爱，同时也百分百尊重信任。

钟母背后冒起一阵凉气，勉强笑道："可是，我跟你爸接小燃走的时候，根本没有拿小马呀。"

钟父表情也有些僵硬："是这样的。"

夫妻两人对视一眼，忍不住握紧手，瑟瑟发抖。

尤星越托起怀里的小燃："小燃和小马是怎么认识的？"

小燃咬了口饼干，仔细想了想："奶奶给的。"

院长解释："上个星期有爱心人士捐了一批衣服，里面有个红色的布偶小马，虽然破了，但是外面是绸缎，一层苏绣漂亮得很。我拿给小燃玩，想着过几天补起来，结果忙忘了。"

小孩拿玩具当朋友很正常，尤其是福利院只有小燃一个小孩子，和大孩子们玩不到一块去。所以一开始小燃说和小马交朋友的时候，从院长到阿姨没有人在意。

小燃认真道："小马晚上会唱歌给我听。"

一句话落下，院长和钟家夫妻的表情同时僵硬起来。

虽说童言无忌，但是小马唱歌什么的，也太……太惊悚了，大白天跟讲恐怖故事似的。

尤星越笑着问："小马唱什么呢？"

小燃回想了片刻，哼出来："石榴裙，桃花马，我的小红马一日千里啊，去到那白梁州带她回家。"

小燃大概听了很多遍，这一句学得像模像样，调子柔软平缓，听着倒是很像哄孩子睡觉的摇篮曲。

小燃唱完，歪头问："哥哥，白梁州是哪里？"

非要说小红马唱歌是小孩的臆想也能强行说得通，但小燃是一个很普通的孩子，不可能自己编出一支摇篮曲，连词曲都作好。而且刚才钟卿也说了，那只小红马在家里。

钟父钟母很清楚钟卿绝不会拿这种事开玩笑。

钟母胆子小，大白天瑟瑟发抖，缩在女儿怀里。

钟父强忍着背后爬上来的凉意："院长，我趁着白天回去看看吧。我老婆还有孩子就先在这儿，没事了我再来接。"

尤星越适时出声："钟叔叔，我陪你一起去吧。"

钟父面带疑惑，他其实很想有个人陪着，但是他和这个年轻人无亲无故的，怎么好意思让人家帮忙："这种事……还是算了吧。"

钟卿却开口："尤老板，我跟你一起去吧。"

尤星越惊讶："你认识我？"

钟卿点头："我是戚知雨的同学。"

尤星越闻言一笑，却有些疑惑——他去过戚知雨的班级，如果见过钟卿应该会有印象才对，毕竟尤星越对人脸的辨识度很高，何况钟卿格外漂亮。

钟卿补充一句："同校同学，我在A班。"

景明高中1班到16班之外，还有A班少年班，以及B班特快班。

尤星越：哦，原来是我学渣弟弟的学神同学。

想到戚知雨的成绩，尤星越有些糟心——小刀灵大概是天生理科不太行，他的漂亮同桌陶桃成绩也不怎么样，两个笨蛋一个练武一个烧菜，非常快乐。

快乐但不及格。

钟父舍不得女儿去，赶紧道：“我去吧。万一真有妖怪……”

他深吸一口气，挺胸：“爸爸还是能扛得住的！”

钟父个子高但是很瘦，这话说起来没多少说服力。

时无宴道：“她命里带将星，能镇凶神恶煞。反倒是你八字较轻，素日里要多加小心。”

钟父大为震撼：“是……是这样吗？”

听起来还挺专业的。说起来他女儿就是很厉害啊，从小到大就跟别的小孩不一样。

时无宴微微颔首。

钟父高兴到一半，又说：“那不行啊，还是我去吧，我不放心我女儿。”

最主要的是，他根本不放心这两个人。萍水相逢，让他女儿领着两个成年男人回家去看，他怎么能放心？

而且家里万一真的有妖怪，这两个人能应付得来吗？

刚才这高个男生说得头头是道，可他们又不懂，谁知道真的假的。

钟父能开个小纺织厂，当然不是纯粹的“傻白甜”。

钟母性情温柔，但对女儿的保护欲只会比钟父更强，紧紧搂着钟卿。

尤星越略作沉吟，伸手点了点钟父的手腕。

钟父下意识往后缩手，忽然感觉手腕一紧，一根红线不知道什么时候出现在他的手腕上，刚才阻止他往后收手的就是这根线。

线的另一头连着小燃，小燃什么都不懂，茫然地看着尤星越。

钟母吃惊极了：“这是什么东西？”

钟父以为是自己眼花了，上手抓了好几下，然而线虽然在他眼皮子底下，手指伸过去却抓了个空，径直从线上穿了过去！

这可太邪门了。

明明感觉自己被线拽住了，却又摸不到。

尤星越习惯性伸手点了点线，试探线的强度。

时无宴看向那一根红线。

不留客说得不错，尤星越确实很强，不留客从古至今有六、七任老板，只有尤星越能让别人留下的线都在普通人面前显形。

尤星越担心吓到小燃，挥手撤下线：“刚才担心吓到你们，一直没有说。这根线拴在你们和小燃身上，没有什么恶意，只是希望你们能和小燃好好相处。”

能感觉到这家人心地善良明事理，否则尤星越不会将线引出来，毕竟他也担心钟家人迁怒小燃。

如尤星越所想，钟家人果然没生气，钟父惊奇地摸着手腕，小声说：“那个小马是好妖怪？”

尤星越只是笑笑：“不确定是不是小马留下的，只是说可能，所以还是得去家里看看。”

钟卿直接开口：“走吧，我家离得不远。”

钟父下意识点头：“哦哦，好。”

他转身去外面取车，然后叹了口气：我这个女儿在家里的话语权早就超过我这个当爹的了。

钟母则留下来看着小燃。

钟父开车出来，载着三人往家里去。

钟卿说不远，开车也要四十多分钟，钟父不时透过后视镜观察尤星越和时无宴，看了一路什么都没看出来。

“那匹小马其实挺漂亮的。”

钟卿说到小马的时候，唇角微微翘了下：“四个蹄子都绣了花，不过耳朵是破的，里面棉花都漏出来了，我把它放在椅子上，回来的时候没找到它，以为是我妈拿去补了。”

尤星越注意她的神情：“你很喜欢它？”

钟家父母手腕上都拴着连接小燃的线，唯独钟卿手腕上没有。

钟卿很明显地笑了下：“感觉……很可爱。”

尤星越：“你第一次是在哪里看见它的？”

钟卿：“卧室。我睡到凌晨三点多钟，起来倒水喝，发现椅子上有一个小马。”

尤星越敏锐地发现一个问题：“睡到一半发现的？那你进屋前没看见吗？”

钟卿知道他想问什么：“你觉得是小马自己跑进去的？嗯……不是没有这个可能。但是那天我打完比赛非常累，洗完澡就直接睡了，完全没有注意过椅子。我当时以为是小燃来我房间玩，把小马忘在我椅子上了。”

钟父插嘴：“你别诬赖你弟弟啊，小燃可乖了。你臭毛病多，我跟你妈叮嘱过小燃不要进去，小燃回家可一次没进过你房间……”

钟父的声音逐渐变小，脸色开始发绿。

显然，没有人把小马带进去，那只能是……马自己跑进去了。

尤星越了然：“如果线是小马系的，那说明它偷偷进你房间是想系线，结果被你发现了，所以你家里只有你手腕上没有线。”

钟卿揉了揉手腕。

钟父保持着翠绿的脸色一路飞奔到自己家，颤巍巍下了车。

走到一半，尤星越发现来往的好几个路人手腕上都拴着纤细的红线。

有的线已经断了，有的线还连着。

无一例外的是，这些线都拴在父母与子女身上。

钟卿见尤星越盯着一对亲亲热热的母女，她说：“那是我同学，最近跟她妈妈的关系好了不少。”

尤星越偏过头：“怎么说？”

钟卿道：“她妈非常严厉，母女两个经常吵架，这几天居然一起逛了好几次街。”

尤星越点点头。

这匹小马是不是有什么执念，总爱给父母和子女拴线。

说话间，一行人上了电梯。

这座小区靠近景明高中，算是学区房，房龄不小，因此不是电梯入户。

电梯上升过程中，尤星越闭上眼睛感应整栋楼中线的气息。在世人所不能看到的地方，这栋单元楼从下至上二十六层依次亮起了一线红光。和姜家父子身上的线不同，这些线都是刚拴上不到三天的，所以还能被感应到。

尤星越不是不留客，没办法远远就感应到器灵，只好利用线一层层找。

第五层，一对父女，线还连着，亲热地坐在一起看电视。

第九层，一对母女，线已经断了，母亲正在呵斥女儿。

第十二层，两家人都有线，全部断裂。

第十七层……

尤星越缓缓睁开眼睛，十七层有一把断裂的线。同时，时无宴道：“1702，有器灵的灵力。”

1702 外，浑身酒气的男人打开门，随着开关门的声音，儿童房里的孩子浑身一抖，抱紧了怀里的红色小马。

小马缓缓抬起头，盯着卧室门的方向：不要怕，小马保护你。

上午九点四十七分。八月底的天气依然炎热，1702号内拉着窗帘，屋内昏暗没有阳光，地上横七竖八躺着几个空酒瓶。

卫高福喝得脚步虚浮，哐当关上门，扯着嗓子喊：“卫澜！”

屋子里没有人应声，儿童房紧紧闭着门。

过了一会儿，儿童房的门被打开，卫澜露出头：“爸、爸爸。”

卫高福喘着粗气，他盯着卫澜，突然露出笑容：“卫澜乖，过来。”

卫澜原地站了两秒，颤颤走过去，小手紧紧揪着衣服。

卫高福问：“你作业写完了吗？”

卫澜点点头。

卫高福脸上泛着红晕，呼吸间全是酒气，大手慢慢抚摸卫澜的头发：“乖孩子。”

卫澜没有放松，反而抖得越来越厉害。

卫高福蹲下来，从口袋里掏出一张纸币，塞给卫澜，笑眯眯道：“你上次不是说想买作业本吗？现在爸爸把钱给你，你把小红马给爸爸好不好？”

卫澜眼睛一红，他摇摇头，心里对父亲的那点期望又一次熄灭，他推开卫高福的手：“不、不要了，我不买了！”

卫高福一张脸变得扭曲，再也装不下去，一把攥住卫澜的头发：“小崽子！把它给我……”

卫澜痛呼出声，被卫高福一把摔在地上，卫高福抓着卫澜的头发，正要拎起卫澜，忽然手腕一痛——卫高福手腕上出现一根细细的红线，眨眼的时间就勒入卫高福白胖的手腕，血珠直冒，卫高福吃痛，松开卫澜的头发。

红色小马耳朵上开线的地方伸出一根丝线拴在卫高福手上，小马低着头使劲往后退了几步，卫高福砰一声摔倒在地。

卫澜一把抓住地上的纸币，爬起来钻进儿童房，他关上门抖着手反锁，然后紧紧将小马抱在怀里。

卫高福走向儿童房，不到两步被地上的酒瓶绊了一跤，他坐在地上呼哧呼哧喘气，撑着膝盖爬起来，用力捶打儿童房门：“卫澜！死了吗？老子辛辛苦苦养着你，你在家里养妖怪！”

房间里，卫澜抱紧小马，闭着眼睛蜷缩在床上，房门每颤动一下，他小小的身体也跟着战栗一下。小马警惕地站着，两只黑曜石钉成的眼睛里全是戒备。她比钟卿形容的更破了——两只耳朵都露出棉花，四蹄上沾了酒渍，尾巴打结，像个在泥水滚过的小马。

卫高福脸上泛着不正常的红晕，他砸了几下门后有些累了，嘟哝道："没良心的玩意儿。"

砸门声终于消停，小马仰起头蹭蹭卫澜。卫澜脸上全是泪水，眼神却很呆滞，他手里死死攥着钱，下一次能拿到钱不知道是什么时候，他明天上学的时候一定要给小马买针线盒。

卫澜把脸埋在小马身上，小声说："小马，你明天就走吧。"

小马摇摇头，担心地贴着卫澜：小马不走，小马陪着小卫澜。

小马的主人早就长大了，现在不需要小马，小马以后陪着你。

电梯缓缓停在了十二楼，电梯里却没人出去。

钟父被时无宴一句话说得不寒而栗，见尤星越和时无宴都不说话，只好干巴巴地问女儿："1702 怎么了？有妖怪吗？"

"可能？"钟卿略作思考，"不过我暂时还是唯物主义者。"

她说出这句话的时候，时无宴多看了她一眼。

钟父声音发抖："我们这栋楼真的有妖怪啊？"

器灵也能算妖怪，时无宴点头："有。"

钟父腿一软："那你们可要赶紧来我家看看！说不定它偷偷在我家干了什么，等晚上的时候又回我家害人。"

尤星越这才回过神，重新按了下开门键，走了出去："它没有恶意。我们先……先看看钟叔叔家吧，也好让钟叔叔安心。"

钟父苦笑，家里有个不确定因素肯定担惊受怕。

尤星越搜整个单元楼的速度比电梯上升的速度快得多，电梯上到二楼的时候，他已经将整栋单元楼都搜了一遍。

留在整栋楼的线和姜家父子身上的完全一致，而那个留下线的生灵现在就在1702。

时无宴看着尤星越微蹙的眉心，宽慰他："别担心。器灵灵力较强，虽然还不到能化形的地步，好在这一栋都是普通人，奈何不了它。”

尤星越揉揉眉心，对时无宴一笑：“嗯。”

两人在钟家找了一遍，尤星越在钟家找到了几根丝线。

“这是小燃的卧室，”钟父小声说，“是不是衣服上的线头？”

时无宴却道：“不是，这是蚕丝线，线上还残余着灵力，和1702的器灵灵力一样。”

尤星越将红色的丝线放在手心：“那只小红马是不是这个颜色？”

钟卿过来看了一眼：“好像是，那匹小马比较偏向枣红色。”

尤星越点点头：“先前钟小姐说，那是一只绸缎小马？”

钟卿点头：“看料子应该是蚕丝的。”

尤星越心里大概有了猜测，那匹小马确实是在颖江市到处拴线的器灵，他将这几根线用纸巾包好，放进口袋里。

“钟叔叔，您知道1702的住户吗？”尤星越问的时候其实没抱什么希望，这种高档小区里邻居少有感情，而且钟家住12楼，与17楼的住户相距甚远。

钟父竟然知道：“听说过，他家那个小孩在小区可出名了。”

钟父确定自家没有妖怪后心态放松，乐呵呵道：“他家那个卫澜在景明的附属小学上学，成绩中上吧，但是特别爱打架！在家里也不听话，他爸爸说过很多次了。”

尤星越不置可否，只是问道：“怎么不听话？”

钟父：“皮！可皮了！天天在家里蹦来蹦去，我们这儿是旧小区，隔音没有那么好，吵得楼下不安宁。还在学校里打架，身上都青青紫紫的。”

尤星越一手撑着脸，指尖慢慢点着镜框，突然问道：“您怎么知道这么清楚？”

钟父愣了下：“业主群里知道的。他爸有时候会抱怨小孩太能惹事，又阴沉沉的，不爱说话。可能是父母离异受了影响吧，一个单身男人不会带孩子。”

“单身男人为什么不会带孩子？难道单身影响他当父亲吗？”

钟父挠头：“说的也是。”

尤星越又问：“所以这孩子顽皮的事情，主要是他的父亲在外面说的？”

钟父没意识到问题：“差不多，我们都是从他爸那边听到的。而且那孩子不怎么说话，看着确实挺阴沉的。”

尤星越起身：“钟叔叔家里没有别的问题，这些线应该是小马留下的，我会带走，您请安心吧。”

尤星越想去1702看看。小红马他一定要带走，一来因为店里现在没几个器灵，二来小红马拴的线都有实体，极有可能出自本体。

线是极其难使用的东西，否则不留客不至于开了几千年的店才能找到一个尤星越。小红马应该是误打误撞学会了用线，可是它能力不足，只能借助真实存在的作为“线”的媒介。再让对方这么拴下去，岂不是把自己薅完了？本体受损，会伤及灵体，真要是伤到了根本，器灵会直接死亡。尤星越不想再拖下去，告辞后上了电梯。

电梯上行的过程中，时无宴双手轻轻搭在尤星越肩上：“不要担心，有我在。”

尤星越仰头看时无宴，链子随着动作细微地响了一声，他有点苦恼：“这也太胡来了。你看这些线，肯定是从自己本体上抽出来的，它就不怕把自己拆散架吗？”

时无宴很认真：“它不怕。”

尤星越：“……我知道它不怕，但是它应该要怕，拆散了会死的。”

时无宴总是很顺着尤星越：“嗯，让它怕。”

尤星越心里的沉闷消减许多：“1702的情况比较复杂，现在就算去了也未必能问出什么。”

尤星越表情严肃地想了一会儿：“我可以让程局长晚上来把小马偷走吗？”

猫会犯罪吗？猫不会。

时无宴还认真地思索了可能性：“她是非人类规划总局局长，总管世间所有的非人类，照理说，可以行使总局局长的权力，带走器灵问话。”

尤星越严肃地盯着楼层往上升：“你说得对，我觉得这是个好主意。”

远在遥城忙着“劝架”的白猫打了个喷嚏，坐在白虎身上，很困惑地揍了白虎一爪子。

白虎敢怒不敢言。

电梯“叮”的一声停在了十七楼。尤星越出电梯敲响了1702的门，过了好一会儿，1702内才传来沉闷的脚步声。

尤星越听力非常好，对方靠近防盗门的时候，他甚至能听到对方粗重的呼吸声，尤星越下意识揉揉耳垂。

卫高福打开了门，他正当壮年，身材发福，因为喝了酒，鼻子和脸皮都是红的，他耷拉着眼，但面对尤星越和时无宴的时候，还是迟钝地挂上了笑容：“你们好，有什么事吗？”语气很客套，甚至是温和的。

眼前这两个年轻人全身上下没有名牌，但是气质出众，而且这小区虽然年代比较久，但是地理位置好，住户大多是中产阶层。卫高福想到这一点，表情更客气了几分。

尤星越似乎有些为难，很不好意思地一笑：“请问您是卫澜的家长吧？您家小孩从我家拿了个玩具，我家弟弟闹得厉害。”

说着，尤星越垂下眼睛。他年纪轻，明明自己占理，脸还是有些红，说到一半又解释：“其实只是个玩具，但是您做父亲的肯定知道小孩有时候不讲理，我弟弟非要那个玩具，闹得不行。我想跟你家卫澜商量商量，能不能给他买一个别的玩具，换回那个？”

卫高福脸上的笑容挂不住，满是歉意：“不好意思不好意思，我家卫澜太皮了，我平常忙，管不了他。”接着扭头高喊，“卫澜！卫澜！出来，有人找你！”

尤星越推了下眼镜，如果卫高福回头看一眼，就会发现文雅不好意思的年轻人表情冷淡，完全没有刚才的腼腆样子。

卫高福喊了好几声，儿童房的门才打开。卫澜慢慢探出头，见外面的门开着，门口还站着陌生人，他绷紧的身体放松下来，小步走出门。卫澜怀里还抱着小红马，卫高福情不自禁后退几步，摸着手腕上的伤痕——线划出来的伤口实在太疼了。

卫澜站在门口，冷冷抬起头：“你是谁啊？”

尤星越屈膝，伸出手：“你好，我是不留客的老板。你上次从我家拿了一个玩具，我可以跟你换吗？”

卫澜戒备地盯着他，完全不记得自己什么时候从尤星越家里拿过东西。

尤星越温柔地解释：“就是这匹小马呀，哥哥给你买十几个玩具跟你换好不好？”

卫澜闻言更加抱紧了怀里的小红马，却感觉怀里的小马挣扎了几下，卫澜连忙低头，只见小红马从他怀里仰起了头。漂亮的小红马，四蹄都绣着花，可惜两只耳朵都破了，破口挂着线头。它坏的地方更多了，放着不管的话，真的会把自己拆得只剩一团棉花吧。

尤星越蹲下来：“哥哥和小马认识哦。”

小马好像真的和尤星越认识，卫澜面露犹豫。

尤星越微笑：“哥哥带你下去买别的玩具好不好？”

卫澜瘦瘦小小的，皮肤是闷出来的苍白，一副营养不良的模样。尤星越轻轻眯了下眼睛，他总觉得小卫澜衣领下好像有瘀青，不过挂链眼镜是平光的，尤星越也不确定自己这双天生不大好用的眼睛是不是看错了。

卫澜抱着小马：“……好。”小马不能再待在他身边了，他会害死小马的。

卫高福连忙阻止：“算了算了，又不是什么新奇东西，还是卫澜自己拿出来的，哪有让你买东西跟他换的道理？卫澜，给哥哥道歉！”

他刚才听了一耳朵，这小年轻说自己是什么客的老板，家里开店的，果然有两个钱。卫高福最在意体面，他轻易不肯得罪外人，更别说这个外人只是想带卫澜出去。而且这个小马……

卫高福掩饰眼里的厌恶：是个妖怪！其实卫高福巴不得送走它。捡它回来的卫澜也是个祸害！都丢在外面才好。

尤星越扯谎眼都不眨：“叔叔，我来的时候父母都叮嘱了，叫我们不能欺负小孩，不然让人家觉得我们家小气。”

“我昨天跟他弟弟打架了，”卫澜低着头，“我去给他们道歉，不然小马会不开心的。”

提到小马，卫高福袖子下的手腕一阵剧痛，他艰难维持住脸色：“是……是吗？那你去吧。”

卫高福居高临下盯着卫澜，眼睛里闪动着恶意和警告：“去就去吧，好好跟人家道歉。”

卫澜低着头走了出去。

尤星越自然地牵起卫澜的手：“我弟弟就在楼下，你们打个招呼和好吧，以后不要吵架了，我给你们都买个玩具。”

卫高福酒后的困劲上来，他看着卫澜进了电梯，充满恶意地想：干脆卖了，省得我花钱养着。

尤星越把卫澜带出来的时候，自己都有些不相信——这么简单就能带出来？

但凡是个正常点的父母，都不可能将自己的孩子交给一个素未谋面的陌生人，这年头人贩子还没死绝呢。

只能说卫高福根本不在意卫澜。

下楼时卫澜一直低着头，缩在电梯角落里："我会把小马还给你。"

小马着急地在他怀里挣了挣。

尤星越一笑："先不急。我先自我介绍一下。我姓尤，叫尤星越，是一家古玩店的老板，店里有好几个和小马一样的古董。"

卫澜："我不懂什么古董，我只要知道你能好好对待小马就行了。"

电梯下行，在十二楼的时候停住，电梯门一开，就看到钟卿站在电梯外，正无聊地转着手里的魔方。

见到尤星越，钟卿道："我在这儿等了一会儿，看电梯从十七楼下来，猜到可能是你们。要是方便的话，可以来我家说。"

说着，钟卿目光掠过卫澜怀里的小红马。

嗯……好像比之前更脏了。

时无宴轻声说："在钟家吧，外面晒。"

尤星越想了想，笑着道："好。"

钟卿请他们进了钟家，拿了几杯饮料招待："我爸回去接我妈他们了，这是我房间，随便坐吧。"说着钟卿主动关门出去。

小马两三步跑到尤星越面前，尤星越摸摸小马的脑袋，摊开手："这些是你的线吧？太胡闹了，怎么能伤到自己的本体呢？"

小马是绸缎缝的布偶，针脚细密，里面填着上好的棉花，四蹄都绣着桃花，马尾是一簇簇编织好的黑线。

这确实是一个相当漂亮的枣红小布马。

小马信赖地拱一拱尤星越的手："老板，我找你好久了。"

尤星越惊讶："你是来找我的？"

小马神气活现地在地上踩踩："我在大电视上看到不留客，一路和妖怪们打听，从飞雨市跑来了颖江市！"

尤星越难以置信："……你从飞雨市跑过来？"

飞雨市和颖江市隔了两座山，都出省了，小马长不过二十厘米，能跨省？

小马有点得意地晃晃脑袋，两只漏棉花的耳朵还抖两下："我可是小马呀！"

卫澜这时候也吃惊道："你能听到小马说话吗？"

尤星越："嗯，可以听见。"

小马一路跑一路抽线拴人，本体受损，力量大幅度减弱，现在小马能发出的声音和超薄、紫檀差不多，只有体质特殊的人才可以听见。

卫澜小声："能让我也听到吗？"

尤星越一笑："当然可以，让我想想办法，嗯……"

看出尤星越有点为难，时无宴指尖一点卫澜的耳垂，尤星越唇角微微翘起来。

时无宴是做多于说的性子，如果他能帮得上忙，一定在说话前就动手了。

卫澜只觉得脑子一清，紧接着听到了小马的声音："小卫澜。"很软的声音，卫澜眼睛一红，差点哭出来。

尤星越索性将卫澜抱在怀里，把小马放在卫澜手上。

这匹小马以前是富贵人家的闺房玩具，做得精致柔软，手感绝佳，卫澜搂在怀里爱不释手。

尤星越问："你到了颖江市，怎么不来找我？"

小马有点不好意思："我走在路上的时候，看见很多家庭的父母和孩子之间有误会，我就忍不住想帮帮他们。因为抽出很多线，耳朵坏得厉害，就想缝补。我先去了一家福利院，那里的婆婆以为我是玩具，没有赶我走，但是也没有帮我缝一缝耳朵。"小马低头刨着蹄子，"我想漂漂亮亮地来见老板，所以准备自己去找针线，但那个叫小燃的孩子被领养到钟家，我忍不住偷偷跟过来，因为怕他和新家人处得不好，所以我给他的养父母都拴了线，晚上跑到姐姐房间的时候被抓住啦。我有点怕她，所以没有继续拴。"

小马这样操心的性格，一路上看到有不和的父母与子女，就勤勤恳恳地拴上线，希望对方可以圆满和谐。

尤星越双手往后一撑，歪头看着小马："钟家对小燃很好。"

小马细声细气的："嗯。我想去找老板的时候碰见了卫澜。卫高福人前对卫澜很好，人后却打骂卫澜。我拴了一条又一条的线，可是一点用都没有。我并不想强行将他们父子绑在一起，只是希望卫澜不要挨打。"小马不能懂人的复杂，小马只希望孩子们可以快乐地度过童年。

尤星越腾出一只手，虚扶在卫澜单薄的肩膀上："能看看你的伤吗？"

卫澜面露犹豫，抱紧怀里的小马，过了一会儿，他温顺地垂下头："嗯。"其实他不喜欢露出身上的伤口，他知道如果被人看见了，会招来第二顿毒打，但是这个人是小马的朋友，他可以信任对方。

尤星越轻轻拉开卫澜的领口——小孩苍白的皮肤上有几道深色的伤痕，看起来似乎是用条状物抽打出来的，像这样的伤痕遍布卫澜的后背，而手臂、脖子和脸颊上都没有。

尤星越皱了皱眉，捏着卫澜衣服的手指用力到发白，他隐忍地呼吸几下，轻轻放开手："报过警吗？"

尤星越不责问卫澜为什么不报警，只是问"报过警吗"。

卫澜沉默片刻："我没办法去报警。上下学都是他接送，我去不了派出所，我也没有手机，没有钱。老师不喜欢我，他每次见到老师都告诉老师我很不乖。而且他每次只有放假的时候才这么打我，有一次小区里的爷爷奶奶发现我被他打，但他们反而觉得是我闯祸，惹爸爸生气了。现在他已经不那么关着我了，反正这里没有人会相信我说的话，他打我，在他们眼里是管教，是他太累了。"

一个才十一岁的孩子……折磨他的身体，污蔑他的名誉，分割他和这个世界的联系，使他无路可逃，使他明明活在这个世界上，却像从来没有扎过根。

"后来小马来了。"卫澜唇角露出一丝笑意，"小马可厉害了！它会揍他！我已经有快两天没挨过打，我还骗到了一点钱，可以给小马买针线盒，等把小马的耳朵缝起来，它就可以漂亮地……"卫澜突然想起小马今天就要离开他了，便没有再说下去。

"老板，我现在不想走了，我要保护卫澜！"小马坚定地说。

尤星越看着怀里他们——卫澜瘦瘦小小，小马坏了两个耳朵，两个小东西豪言壮语，说要互相保护。

尤星越无奈道："我又不是死的。"

卫澜两只大大的眼睛先是一亮，随即又暗淡了："他是我爸爸，你跟我没有关系，没有用的，我这辈子都摆脱不了他。"

尤星越笑了笑，心想他有的是办法，只看能不能合法而已。屠龙那样疾恶如仇的性格，要是知道有人这么折磨孩子，他能半夜冲进1702追着卫澜的父亲砍，那场面一定很惊悚。不动用器灵也很简单，寻常人看不见线，随便制造一场小意外……说起来，酒喝多了容易突发心脑血管疾病，金蟾的原主人曹铎不就喝成了植物人？

察觉到异常，时无宴轻轻触碰尤星越的手指。

尤星越睫毛微垂，同时掩盖住方才冒出来的想法，他对时无宴一笑，随即低头道："当然会有办法。"

“我们先去报警，”尤星越语气轻柔，“当着所有人，撕下他的假面，好不好？”

卫澜表情微动，过了会儿，道：“好，我、我可以跟你去试试。”

尤星越知道卫澜会有这样的勇气，他摸摸卫澜的头发，笑着转移话题：“你就这么不管不顾地跑出来，就没想到回去之后会怎么样吗？”

卫澜小小的脸上表情没动一下，一字一顿道：“我不怕。”

只要送走了小马，他也没什么好害怕的了。

“他不会再打你了，”尤星越笑意盈盈，“哥哥向你保证。”

卫澜性格孤僻，当然，他身在这样的处境之中，也没有开朗的选项。

他有时候忍不住想，活着到底有什么意义？

“没有人在乎我。”

尤星越揉一下卫澜的发顶：“你还有妈妈，你妈妈回来找不到你怎么办？”

卫澜手腕上拴着白线，那是母子亲缘线。

长时间不产生联系，母子线也是会断的，可是卫澜和母亲的亲缘线还连着，这说明他的母亲从来没有放弃过他。不仅从没有放弃过，恐怕还产生过实际的来往，只是卫澜自己不知道，不用猜也知道是被卫高福瞒下了。对于一个正当壮年的男人来说，完全掌控十一岁的孩子并不是件难事。

卫澜愣住了，他摇头，眼睛里噙满泪水：“不可能，妈妈离婚之后从来没有回来看过我。”

他的父母三年前离了婚，后来他再也没见过母亲。

尤星越：“我倒觉得，不是她不想来看你，也许是她没办法来看你。”

卫澜心脏怦怦跳起来，眼睛一点一点地亮了：“真、真的吗？”

妈妈真的没有抛弃他？

父母离婚的时候，卫澜还小，他那时候没挨过打，是个什么都不懂的普通小孩，所以不知道父母离婚的具体原因，也不懂为什么母亲不愿意带自己走。

卫澜不是天生早熟的孩子，他在卫高福的手底下讨了三年的生活，才比同龄人显得成熟一些，但依然搞不懂成年人之间刻意隐瞒的曲折困苦。

他被卫高福关在家里，不像其他孩子那样有机会接触外界，时隔几年，卫澜更无从得知妈妈为什么不回来。

卫澜有时候会想，是不是像卫高福说的那样，妈妈有了别的小孩，所以不要他这样的小孩了。

卫澜结巴道：“我这样成绩不好，还打架的小孩，妈妈不会嫌弃我吗？”

小马着急，用力蹭蹭卫澜的下巴，结果棉花都漏出来了，被尤星越眼疾手快地塞回去。

小马道：“卫澜是好孩子。”

在卫高福几年的打压和精神洗脑下，卫澜渐渐觉得自己确实是个不讨喜的小孩。但小马说自己是好孩子，这个哥哥也说妈妈还爱他。

小马高兴道：“太好了，卫澜有家回，小马就能放心了。”

说话间，外面传来开门的声音——是钟家父母和小燃回来了。

这里是钟家，还是钟卿的房间，不方便久留。

尤星越问：“先去我家里好不好？吃过午饭，我们再去派出所报案。对了，你记得妈妈的手机号码吗？”

“拐带”小卫澜不是件难事。

仅仅几天的时间，小马几乎成了卫澜的精神支撑。因为小马信任尤星越，所以卫澜愿意相信尤星越。

卫澜抱着小马，沉默了一会儿，低声说：“我跟你去。但是我不记得我妈妈的手机号码了。”

他以前就是个爱疯玩傻乐，还嫌弃亲妈管太多的小孩。

说到底，他一个十一岁的孩子，远近没有能依靠的人，除了抓紧尤星越这根送上门来的救命稻草还能有什么指望呢？

尤星越没有责怪卫澜的意思，只是笑了笑，温和道：“没关系，我有别的办法。”

只是这个办法，需要时无宴帮他一个忙。

尤星越推开门，钟父钟母果然都在家。

钟母在厨房做菜，钟父则陪着小燃玩耍，钟卿膝上架着笔记本电脑，不知在忙些什么。

听到他们出来，客厅里两大一小同时抬起头。

钟卿：“马上十一点半了，留下来吃饭吧。”

尤星越领着卫澜：“不了，我先带卫澜回去。”

钟卿下意识看了看卫澜怀里的小马，伸手轻轻挠了下它：“好吧。”

小马上次偷偷跑进钟卿的房间拴线还被抓到了，嘴上说怕钟卿，又似乎没有那么恐惧，乖乖让钟卿揉了好几下。

一回到古玩店，被尤星越牵着手的卫澜就吸引了几个人的视线。

尤星越半天不在，店里多了个人——陶桃过来了，正和戚知雨坐在一块做题目，不过很显然两个学渣凑一块也没什么用。

陶桃扔开笔，大吃一惊："你养孩子了？"

尤星越没好气地看了陶桃一眼，什么脑洞："别人家的小孩，你们带他玩一会儿，我和时先生有话说。"

卫澜乖乖坐在椅子上，虽然信任小马和尤星越，但陌生空间还是让他很紧张。更令他紧张的是，从他被带进来的时候，耳朵里就听到了两个好奇的声音，他身上还残存着时无宴留下的灵力，故而十分清晰地听到了屠龙和超薄的对话。

屠龙："喂，那个小红马，你也是来不留客的吗？"

超薄："肯定是啊。以后就留在店里不走了吗？哎呀，你是什么古董呀？怎么还破了？"

屠龙："是个小布马嘿！长得还挺可爱。"

卫澜左右看看，他身边没有人说话，声音是从后面传过来的，这么大的声音，店里的其他人好像听不见一样。

他想起带他来的哥哥说，店里有很多和小马一样的古董。

真好，他的小马有家可以回了。

卫澜放松下来，听着那两个声音和小马一言一语地聊天，渐渐趴在桌子上睡着了。

卧室里，尤星越轻轻关上门："无宴。"

时无宴和尤星越对视："嗯。"

尤星越有事想请时无宴帮忙，这件事还只能是时无宴去，他不好意思直接说，先抿了抿唇，浅浅笑了下，带着点讨好的意味："帮我一个忙吧。"

他想请时无宴顺着线去找卫澜的母亲，卫澜父母离婚后，卫澜和母亲就失去了联系，很有可能是卫高福从中作梗。

卫澜实在太小了，又在卫高福的掌控之下，所以尤星越原本就不寄希望于卫澜有联系亲生母亲的办法。

报警固然重要，但给卫澜找到安身之所同样重要。

尤星越要的治本的方法——剥夺卫高福的抚养权，并且在万事落定之前，有一个能让卫澜安心依赖的亲人。

所以最好在这几天就找到卫澜的母亲，派出所找人可能还要好几天，倒不如让时无宴顺着线找过去，只要离得不远，说不定一两天就能带卫澜的母亲回来。

尤星越心里的想法转了一圈，忙不迭倒了一杯热茶，捧在手心递到时无宴跟前，满怀期冀地看着时无宴。

他挨得近，时无宴看见他密密的睫毛下，眼睛清透，闪着一点柔软的、讨好的笑意。

时无宴避开尤星越的视线，他总是不敢长时间地看尤星越："你说。"

尤星越简单提了自己的想法："我想请你顺着线找到卫澜的母亲，然后告诉她卫澜的近况，让她回颖江市来争卫澜的监护权。"

尤星越可以让线在普通人面前显形，但是要顾及别人的眼光，只能让线保持正常的情况，这时候就需要一个能看见线的人。

古玩店里只有尤星越、不留客和时无宴能看见线，想来想去，尤星越也只能拜托时无宴。

时无宴只是轻声道："我会去的，你安心。"

他顿了顿，伸手摘下了尤星越的挂链眼镜。

尤星越疑惑："怎么了？"

时无宴看着尤星越茫然失焦的眼睛："别总戴着这副，你看不见。"

尤星越是天生的眼神不好，养好眼病没多久又添了近视的毛病，看人看物的时候视线总是蒙蒙的，他又爱笑，眉眼一弯，眼神就情意绵绵起来。

情意绵绵是有代价的——尤星越虽然只有三百多度，但是戴平光镜的时候瞎得比同度数的人更厉害一点。

尤星越这时候哪有不应的？时无宴说什么他都点头："嗯嗯。"

时无宴替他戴好眼镜，这才起身出去。

时无宴身为灵神，他要找什么人，自然没必要借用人类的交通工具，走前在卫澜的手腕上扫了一眼，顺着线追过去。

时无宴走后，尤星越带家里几个小孩吃过饭，带上小马一起去了派出所。

到了派出所，尤星越报案说孩子遭受了家暴，派出所的警察先是愣了一下，随即尤星越轻轻拉开了卫澜的衣领。

这是小马来之前被打留下的伤痕，已经隔了几天，瘀血没有化开，青紫发肿，横在小孩白皙的皮肤上，可谓是触目惊心。

这样的伤痕已经达到虐待的程度。

警察看了眼派出所里来来往往的人，秉着照顾孩子隐私和自尊的原则，道："我们到里面说。"

卫高福喝多了酒，应付完尤星越就头重脚轻地回去躺着睡觉了。睡得好好的，手机震天响起来，卫高福接通电话，没好气地道："谁啊？"

手机那头传来声音："你好，请问是卫高福吗？请到榕树街派出所一趟。"

卫高福早将卫澜丢在脑后，闻言一头雾水地问："派出所？我没干什么，你是不是骗子？"

那头的声音加重："让你来你就来！你涉嫌家暴虐待儿童，你自己干了什么心里还不清楚吗？"

卫高福沉着脸挂掉电话，他没想到卫澜居然借着出去的时间报警了。

"还是没打服气，"卫高福一边换衣服一边嘟囔，"这回小红马没了，看我不打死你。"

他倒要看看，那个小崽子自己跑去派出所能说出什么花样来。

与此同时，时无宴顺着线找到了卫澜的生母玉芝，他远远在人群中看到那根白线艰难地拴在她的手腕上。玉芝看上去比同龄人苍老一些，手里拎着各种蔬菜，身边还站着一个美妇人，两个人笑盈盈地说着话。

时无宴走过去，看向玉芝："你好。"

玉芝吓了一跳："你……你好，有什么事吗？"

一旁的美妇人也面露疑惑，玉芝还认识这么好看的年轻人？看这气质，像个相当了不得的人物啊。

时无宴开门见山："您是卫澜的生母，他的父亲虐待卫澜，我朋友希望你能回来争取卫澜的抚养权。"

玉芝手里的菜掉在地上，眼泪盈满眼眶："我的澜澜被打了？他现在怎么样？"

美妇人则警惕地拉住玉芝："你有什么证据吗？"

玉芝关心则乱，性格又单纯，她可不是那么容易上当的人。

时无宴拿出手机，点开一段视频。

视频中，卫澜坐在椅子上，一只修长的手轻轻拉开卫澜的衣领，露出皮肤上横七竖八的伤痕。

卫澜抱着小马，小心望向镜头，试探着问："妈……妈妈，你还要我吗？"

玉芝再也忍不住，扑过去抓住时无宴的手，仔细看着手机里的卫澜，眼泪大滴大滴地落在时无宴手上："是我的澜澜！我的孩子……"

看了视频，美妇人内心的警惕减弱，她看着孩子身上的疤痕，气得柳眉倒竖："丧心病狂！我就说他肯定对小卫澜不好！走，我给你订机票，我们马上去颖江市！"

时无宴没有说话，他感觉玉芝粗糙的手指像抓住救命稻草一样抓着自己，那双眼里爆发出的保护欲让他有些失神。

人世间里，原来有的母亲会这样爱自己的子女。

那些纠缠在他身上的线，那些恋恋不舍的执念……都是如此炽热吗？

美妇人雷厉风行，当即打电话订了三张时间最近的机票。因为她不能完全放心这个自称"时无宴"的年轻人，所以坚持亲力亲为。

玉芝感激道："白总，真是太麻烦你了。"

美妇人紧紧握着玉芝的手："有什么好谢的？要不是你在家看孩子，我也不能放心去上班。正好我这两天有空，当然陪你去。毕竟我也是做妈妈的，知道你现在心里有多难受多着急。"

玉芝又向时无宴道谢："谢谢您。我都不知道说什么好了，我离婚这三年来一直都没能见一见卫澜……"她太苦了，从听见卫澜被家暴开始，她的心就像被架在火上烤，一刻都不能平静下来。

她生下卫澜不到半年，卫高福就开始打她。桌子没擦干净、垃圾桶里有垃圾、菜咸了菜淡了……一百多平方米的屋子活像雷区，只要卫高福在家，哪一步都能踩到新的地雷，然后给她一顿毒打。那几年，玉芝浑浑噩噩，像活在一个漫长的噩梦里。

时无宴没有尤星越那样出众的共情能力，但玉芝痛苦的泪水还是让时无宴迟钝地感觉到了一个母亲对孩子的牵念和担忧。

白总叹气："当时离婚的时候要是能带小卫澜一起走就好了。"

玉芝惨然一笑："我从怀孕就开始在家当全职主妇，要不是实在受不了了，我也不敢跟他离婚。我好不容易壮着胆子离婚了，孩子又不能判给我，说我没有收入，我只能眼睁睁看着他把我的澜澜带走。”

白总心生不忍，叹气握住玉芝的手。

时无宴并不理解，他偏过头，略有些疑惑：“你有了工作，为什么不去接他呢？”

玉芝摸着手上厚厚的老茧：“哪有那么容易呢？我当了好几年的家庭主妇，没什么工作经验，没有学历，年纪也不小了，只能找刷盘子洗碗这样的工作。”

这种工作时间长工资低，她离婚时没有律师，手里也没有能请到律师的钱，糊里糊涂地净身出户，租不起好一点的房子，更交不起卫澜的学费。

卫高福是个人渣，可这个人渣比她会赚钱。她就算赚了钱，打官司也不一定能判得下来。

玉芝总想着卫澜是他的亲生孩子，就算卫高福打她，应该也不会打卫澜，当年没离婚之前，卫高福甚至不会当着卫澜的面打她。玉芝满心以为就算离了婚，她攒一点钱就能去探望儿子。

可是玉芝每个月咬牙挤出一点生活费打到卫高福账户上，卫高福却用各种理由拒绝她探视。

“我进不了小区和学校。后来我就想，我是没钱才不能带澜澜，那我只要挣得多，我就能跟他争抚养权。”

可是哪有那么容易？她刷过盘子，当过服务员，扫过大街，然后给人当保姆。玉芝做了两个月的保姆才知道，原来高级保姆是有文凭的，有了文凭，就能去更好点的主顾家里，拿更多的工资。

玉芝拼命考了成人大专，她一天打两份工，上十几个小时的班，累得脑子不转了都要往里面塞知识。有时候躺在狭小的出租房里，只要想到以后能把卫澜接到身边，她就充满干劲，能一天一天地爬起来，一天一天地生活下去。

好在她考上了，她凭着一口气考上了。她终于可以挤进高级保姆的行列，尽管她是其中垫底的。

玉芝把自己收拾得干净整洁，大约是上天终于垂爱了一次，她在两个月前碰到了白总。白总跟玉芝不一样，名牌学校的硕士，企业高管，没出月子就着手找保姆。

玉芝勤快干净，人又实在，最关键是有耐心，乐于学习，白总愣是从一堆学历更高的保姆里挑中了玉芝，还打算让玉芝长久地干下去。白总一直知道玉芝的婚姻不幸福，可是她第一次知道玉芝的前夫竟然还敢家暴。

幸而兰市与颖江市距离不远，即使坐动车也只需要两三个小时，乘飞机就更快了。

几十分钟后，卫高福坐在派出所里，一脸冤枉："警察同志，家暴这话就说得太重了。我一个人养着他，只是不小心打重了。"

警察想起那个孩子身上的伤痕就怒火中烧："也就是说，你现在承认卫澜身上的伤都是你打的？"

卫高福坐在椅子上，桌板冰凉地硌着手臂，他被一通电话叫到派出所的时候没想到事情这么严重，竟然还有街道居民委员会的工作人员在场。

和民警不一样，居民委员会和附近的住户们息息相关，被居民委员会知道了，那么离整个小区都知道就不远了。

卫高福坐不住，一不留神被警察套出话，但他已经承认了，只能硬着头皮辩解："警察同志，我平常工作压力太大，上面还有父母，下面又有孩子，房贷还没还完。"卫高福心里给自己打气，用平常向街坊邻居诉苦的口吻说，"卫澜太顽皮了！经常在外面打架，还偷东西，我只是管教他。小区里的邻居都知道，老师也清楚，不信您打电话问老师……"

卫高福正说着话，门被推开，自称尤星越的年轻人笑盈盈地走进来，在他旁边的是卫澜。

卫高福恨不得扑过去摔死卫澜。

卫澜下意识抖了一下，躲在尤星越身后。

小马死死盯着卫高福，它讨厌这个男人。

尤星越轻轻拍了拍卫澜，卫澜才红着眼睛转过脸："我……我没偷东西，我只是跟同桌打过一次架。是你，你去外面说我坏，说我不懂事。你还不给我上学用的钱，然后告诉老师是我买别的东西花掉了。"

尤星越不紧不慢道："我们可不敢污蔑你。这样，警察同志给卫澜的班主任打个电话，问一问不就知道了？"

卫高福自信满满，他知道班主任已经被他"洗脑"成功，于是说："可以，打个电话给班主任吧。"

警察拿出手机："电话号码。"

卫高福表情微僵。

尤星越“贴心”提醒：“不记得班主任电话？很正常，现在背电话号码的少了，您看看手机。”

卫高福拿出手机，在通信录上划了半天，一声不吭。

警察察觉到怪异：“你磨蹭什么呢？”

尤星越不急不缓地拱火：“嗯，可能是没存班主任的电话，所以现在找不到吧？”

卫高福一拍桌子：“这跟你有什么关——”

警察更重地拍了一下：“坐下！这是派出所！”

卫高福硬着头皮找到班级群，给老师打去了语音通话，警察接过卫高福手机时，看向卫高福的眼神充满了鄙夷。就刚才这一番举动，卫高福这个“心力交瘁的父亲”形象完全崩塌，警察下意识偏向了尤星越，而居民委员会的人则用怪异的眼神打量卫高福。

卫澜“名声在外”，景明小学五年级的小孩家长都知道卫澜自从成为单亲家庭的小孩后，顽劣不堪，经常提醒自家孩子不要和卫澜玩。在居民委员心中，卫高福是个疲于奔命的劳累父亲，而卫澜则是天生坏种。至于卫澜的母亲，早就被卫高福描述成水性杨花，勾搭富人跑了的拜金女。

可现在从卫高福的表现来看……他们先前以为的事实，根本就是屁话。哪有掏心掏肺的老父亲不存班主任电话的？钟家那个出了名的“二十四孝”好父亲，能跟报菜名似的把钟卿从小到大所有班主任的名字都报出来。

这时候，语音通话被接通。

警察忍着气，向班主任询问卫澜在学校里的表现。

“卫澜？他比较顽皮，经常打架。性格内向些，几乎不和班级里其他学生交流。可能是太小了，不能体谅父亲，以后长大会好一点吧。”

手机开的是免提，尤星越询问：“打过几次架？什么时候？为什么打架？怎么处理的？”

班主任“呃”了一声：“这个……是上个学期打的架。”她说了几句，猛然意识到一个问题：她脑海中一直存在着卫澜顽劣的印象，可是现在仔细一想，卫澜明明就只打过一次架，还是因为同桌骂卫澜是没娘养的野孩子。

班主任赶紧解释道：“卫澜的父亲每次开班会的时候都会抱怨卫澜不懂事，

而且卫澜身上偶尔会有一些伤痕，我询问的时候，卫澜的父亲只说是在小区里和别的小孩打架造成的，所以我才有这孩子会打架的印象。”

对啊，要是卫澜是那种好打架的孩子，在学校里怎么可能只打过一次架呢？

居民委员会里有个大妈说：“巧了，卫高福说是卫澜在学校里打架。”

卫高福两头骗的谎言被拆穿，脸色煞白。

尤星越适时补刀：“听说家暴可以判刑了。”虽然不能真的判刑，毕竟卫高福是卫澜的直系亲属，但争夺抚养权的时候，派出所这边的家暴证据是可以左右判决的。

所以，卫高福今天别想摆脱家暴这个罪名。

警察挂断了电话，忍住怒气道：“你还有什么要说的？我告诉你，家暴确实可以入刑，你刚才说的话都已经做了记录，你是家暴无疑！不仅有肢体暴力，还用更加恶毒的方式去污蔑一个孩子的名誉！”

谁能想到一个亲生父亲能恶毒到这个地步？平常看的离奇新闻再多，当丧心病狂的事情发生在身边的时候，绝大多数人还是会震惊到不能理解。

卫高福平常最在乎脸面，不然也不至于小区、学校两头骗，为的就是保住自己精英人士的外皮，现在这层皮不仅被揭下来，还被众人唾弃！

卫高福头晕目眩，感觉快要吐出来，他颤巍巍地解释：“张玉芝在外面出轨，我生气才忍不住迁怒卫澜……警察同志，我也后悔啊，我每次打完他都痛在我自己心上！因为我老婆给我戴绿帽子，我经常一醉一整天啊！”卫高福捶着胸口，“我有时候看着卫澜，很怕他不是我亲生的！他妈妈跟人跑了，这么多年来音信全无，我一见到卫澜就控制不住……”

两个年轻警察都被气蒙了，听到卫高福提到玉芝，赶紧准备联系孩子母亲，但是听到卫高福这番说辞，又有些迟疑。

“看看转账记录吧，我相信卫澜的母亲这些年来一直在给你打钱。对了……”尤星越听到身后传来脚步声，有个万分熟悉的声音在门后响起——“在这边。”

时无宴，来得正好。

尤星越微微翘起唇角：“怎么我听到的版本，是你酗酒家暴，利用孩子逼迫妻子自己选择净身出户，一边收着妻子打来的抚养费，一边又不肯让她见孩子呢？你们当年应该不是协议离婚吧？判决怎么说？”话音落下，身后的门开了，时无宴带着玉芝走进来。

玉芝一路上眼睛哭得通红，这么隐忍的母亲，连哭都不肯出声，生怕给别人添麻烦，却在见到儿子的一刻控制不住哭腔：“澜澜！”她一下扑过去，又想起儿子身上的伤，不敢摸他，只是虚搭在儿子身上，“妈妈来了，澜澜不要怕。”

卫澜想起三天前，卫高福喝得醉醺醺的那一晚，砸开了洗手间的门，拎着酒瓶看着他。小马从窗户跳下来，挡在他面前。在他因为伤痕疼痛难眠的时候，也是那么轻地靠着他。他像冻僵了很久，在拥抱下才暖和过来。卫澜的眼泪滚下来，他茫然了一瞬。

他现在又是有人爱的小孩了吗？

玉芝接过卫澜，贴着卫澜泪流满面。母子两个依偎在一起，直到此刻，卫澜才有了回家的实感——对于卫澜来说，一个怀抱已经足够。

母子相见的场面让旁观者都红了眼眶，唯独卫高福死死盯着玉芝，他宿醉后的眼睛爬满血丝，狰狞地外突出来。玉芝熟悉这样的眼神——卫高福每一次喝得颠三倒四时，都会用这种眼神看着她。玉芝在逃离后的日日夜夜里，依然会回想起这个眼神。

尤星越轻声问：“卫先生，你在看什么？”他语气不重，甚至是轻飘飘的，却无端让卫高福打了个寒战。

卫高福畏惧尤星越，他避开眼神：“没……没看什么！张玉芝，你别在这里假惺惺。你一走三年都没回来，是我一个人拉扯他到这么大，现在跑回来充好人。”

尤星越不理会他，只是道：“张阿姨，你每月转给他的抚养费有记录吗？”

“有的有的。”玉芝拿出手机，调出转账记录的截屏，“这是今年的，前两年从银行打钱，能查到转账。最开始几个月给了现金，可能查不到了。”

几个人都围过来，玉芝每个月都会往卫高福的账户上转钱，有多有少，最少的金额也略高于规定的标准。每逢卫澜开学的时间，玉芝甚至会额外多打一笔钱。

卫高福口口声声指责玉芝出轨，可出现在大家面前的玉芝干瘦蜡黄，她明明比卫高福小几年，看上去反而像比卫高福大上好几岁。

警察点头：“张女士，你如果想转移抚养权的话，我们这边可以出一个卫高福家暴的证明，至于这个量刑方面——”警察拉长声音，“我建议您找一个专业的律师跟您权衡利弊。”

一旁的白总道：“我来找，包管叫他把该吐的都吐出来！”

卫高福一听有可能坐牢，原本异常红的脸一下白了，他站起来，刚想绕过桌子抓住玉芝的手求饶，被警察呵斥道：“坐下！”

卫高福只能站在原地，觍着脸笑：“玉芝，我知道错了。是因为你走了，我才忍不住打他的，你知道我以前从来没碰过他一下，他是我亲生儿子！”

玉芝不想和他废话，抱着卫澜往外走：“你最好给自己请个好点的律师。”

卫高福呆呆站在原地，警察商议后说：“你先回去吧，一会儿我们会出个证明。”

卫高福愣了一下，他还以为自己会被拘留，没想到警察让他回去。他被酒精糊住的脑子突然清醒过来，对啊！家暴是亲告罪，他是卫澜的亲生父亲，为了卫澜，张玉芝也不敢让他坐牢。

卫高福心里一定，慢慢走出派出所，回去的路上，他迟疑着打开手机。

果然坏事传千里，已经有人把这件事公布到了社区群里，原本没什么人说话的大群瞬间炸了，都在讨论卫高福：

“什么东西？这年头我养个宠物都舍不得打呢！”

“是六号楼 1702？那不就是我楼上？怪不得，我说怎么在家老听见楼上跑来跑去的？”

“卫高福？我们小区的卫高福？在公司里看着挺老实的人，居然干这种事。”

“你们公司的？那可要小心了，他除了打孩子，还在外面散播孩子的谣言，表面一套背后一套，典型的小人。”

卫高福失魂落魄地回到家，坐下没多久，手机响了。一看是上司打来的电话，他赶紧接通，那头传来上司和蔼的声音：“老卫啊，你这几天是不是身体不太好？这个月请了好几个病假了，要不这样，公司给你放一个月的假，你好好休息，去医院做个检查吧。”

“经理，我……”卫高福怎么会听不出上司的意思？

“没事，别有负担。公司是很人性化的，你养好身体再回来。”说完，那头挂掉了电话。

卫高福拿着手机，坐在昏暗的室内，突然暴起将手机重重砸在地上。现在的卫高福根本不具有争夺抚养权的能力。

最后的结果当然也不意外，玉芝获得了卫澜的抚养权，又因为卫高福现在还有工作，每月他都要支付三千三百元的抚养费。

卫高福等到判决的时候，一口血憋在喉咙里，他呼哧呼哧喘着气，摁开电梯。

钟家那个女孩也在电梯里，她抬头看了眼卫高福，微微地挑起眉。卫高福完全没有察觉到异常，他满脑子都是自己要再婚，生个孩子给自己养老，决不能让自己的房子落在卫澜手里。他心事重重地回到家。他没注意到，一道黑影顺着门缝也爬了进来……

深夜，卫高福闭上眼睛躺在床上，忽然感觉脚趾冰凉潮湿，他掀开被子，看到被窝里有一张惨白的脸。

那惨白的小孩抱着他的脚踝，黑色的眼珠占了大半个眼眶，他突然咯咯笑了两声，拍着手："爸爸！"

12 楼。

钟卿拉上了窗帘，趴在房梁上的女妖万分无奈地抓抓自己的头发：这位明明昨晚还吩咐自己做事，为什么今天一整天都是见不到自己的样子？拿我的儿子去吓人，是不是有点损？

古玩店里，几个器灵听完了这几天发生的事，屠龙愤愤道："真是便宜他了。"

超薄阴森森道："等我去黑了他的电脑，让他开会放片子'社会性死亡'。"

小马站在桌子上，它心情不错，洗过澡后干干净净，晃来晃去地哼着摇篮曲："我的小红马一日千里啊，去到那白梁州带她回家，船儿摇摇，树影儿飒飒，你何时归来摘桃花……"

尤星越打开针线盒，浅浅笑了下。

时无宴没有说话，只是垂着眼睛看自己的手腕。他从回来后常常对着手腕失神。

尤星越放下针线，握住时无宴的手左右翻看："手怎么了？有新的线缠在本体上了吗？"

"我去接卫澜的母亲时，她看了视频哭得很厉害。"时无宴抬起眼睛，看着尤星越，"眼泪很烫。"

尤星越抬眼看向时无宴，过了一会儿，他眉眼微弯："是啊，眼泪很烫。"

时无宴望向尤星越，这个人的皮囊之下，有一颗滚烫的心。

确认时无宴无碍，尤星越穿好针线，将小马抱进怀里："我给你缝咯？"

小马晃晃脑袋："老板缝吧，我以前是漂亮小马。"

超薄也不急着吐槽卫高福了，和屠龙、戚知雨一起向尤星越投去见鬼一样的目光。

超薄："老板……你居然会做针线活？"

他家老板明明就是适合穿着刺绣长衫，端着咖啡或者红茶，坐在黄花梨椅子上谈笑风生，为什么会做针线活？

尤星越慢慢给小马缝补耳朵，为了找到和小马一样颜色的布料，他和时无宴跑了好几个地方。

尤星越反问："有什么好惊奇的？以前在福利院的时候，坏掉的衣服都是我自己补。"

尤星越不仅会做针线活，还会刺绣，虽然比不上老院长那样出神入化的手艺，但水平也相当高超。

老院长年轻时候做得一手好绣活，靠刺绣贴补福利院。尤星越跟着学了许多年，他有一双极灵活的手，但是近视散光的眼睛给他添了不少麻烦，后来为了保护视力，尤星越做的绣活就少了，他也不想把自己搞成高度近视。

屠龙没想到尤星越还有这么个出身，唏嘘道："生活所迫啊。"

尤星越一边缝一边赞同："生活不易，多才多艺。"

小红马修为不比屠龙低，可是一路跑过来抽了太多线，伤及了根本，简单地修复本体并不能补回损失的修为。

尤星越给小马缝补耳朵，除了修补器灵本体，更重要的是将一部分线的力量织进小马本体。

尤星越缝了几针，先包好了一只马耳朵，忽然听见有人叫："小马！我们出去！"尤星越一怔，他抬起头顺着声音看过去，只见一个十七八岁的少女掀开帘子，她一把将自己拽出去。

少女个头极高，一身骑射服，"尤星越"被对方抱在怀里。

少女说："我带你去骑真的红马。"

"尤星越"转移视线，没有找到自己的手，而是看到了两个红色的小马蹄，尤星越心平气和地想：完蛋，补线的时候不小心连通了小马的记忆，他现在被困在了小马的回忆里。

线是联系，是羁绊，尤星越替小马补线，自然会连接小马的心绪。尤星越补线的时候太放松，没有维持住思维，被拽入了小马正在回忆的过往。

现实中，超薄和屠龙只看到老板慢慢放下针线，眼睛合起来，刚要摔到桌上，被时无宴伸手轻轻揽住。

戚知雨着急："老板怎么了？"

时无宴道："不妨事，他只是陷入了小马的记忆。"

尤星越的神志被困在小红马的本体里，而小红马被少女抱在怀里。少女一路从正屋出去，外头是艳阳天，她出了院子，一手背在身后，路过的下人全都停下脚步，欠身："大小姐。"

少女摆摆手，快步往二门去。"尤星越"被她单手托着肚皮，生无可恋地看着摇晃的地砖。他不知道小马所在的具体年份，不过小马的用料是丝绸和上好的棉花，四蹄上是苏绣，主人家必然非富即贵。

不，应该是又富又贵。

走到一半，少女身后传来妇人着急的声音："飞眠！不许去！"

少女叹了口气，停下脚步。

"尤星越"伸着四蹄，竖起耳朵偷听：飞眠这个名字听起来好耳熟。小马是古董，难道它的主人是个很出名的历史人物吗？

可惜尤星越高中过了会考之后，便沉浸在数理化的世界里，除非是如雷贯耳的历史人物，否则他还真的难以一时想起来。

"尤星越"惭愧了不到一分钟，身后传来一阵脚步声，急促凌乱，少女无奈地抱着自己转了个身。

叫住少女的是一个美妇人，云鬓花颜，身着绣金撒花的华衣，她眼泪汪汪地拉住少女："不许去马场！"

少女好脾气道："只是去跑马。"

美妇人柳眉倒竖："哪家的贵女像你一样说出门就出门？你哪里是去马场，分明是要去郊外的城防大营！"

少女尴尬地清了下嗓子："去……转转。"

尤星越：带着小红布马去军营？行吧，很酷很有个性。

美妇人快要哭出来了："你去干什么？是，你打了一场大胜仗，那又怎么样？你是能加官晋爵还是封侯拜相？"

尤星越听了这一句，脑子里猛然想起了这个少女到底是谁——秦飞眠！历史上有名的女将之一。尤星越会记得秦飞眠，一是这个名字很有记忆点，二是这位女将确实相当有名，活着的时候只受过一次军功封赏，死后殊荣不断，以军礼下葬，追封侯爵爵位。

秦飞眠一手揉着小马耳朵，不甚在意："我不求这些。父亲不大中用，弟弟年纪还小，我不去谁去？"

美妇人又气又难过："满京城哪家的贵女像你这样？你还想不想成亲了？"因为在外打仗，秦飞眠本来就不好说亲事，美妇人已经放弃找一个门当户对的贵公子，打算寻一个寒门子弟。

偏偏秦飞眠在军营里还不收敛，每次比试的时候都不留情，把几个青年才俊全揍了个遍，搞得秦飞眠在京城里"威名远播"，寒门家的男子都怕。

秦飞眠很诚实："不太想吧，我觉得满京城的男人也不想和我成亲。"

美妇人大发雷霆："不行！你今年必须成婚！"

好惨。"尤星越"被秦飞眠拎在手上，满心都是对小将军的同情：太惨了，催婚文化真是渗透古今。

美妇人垂泪道："你但凡收敛点……"

"我但凡收敛点，玄风营五万铁甲就能把我当软柿子。"

秦家历代出武将，到了秦飞眠这一代，国家内忧外患，几个堂兄全都折在了战场上，仅剩的几个男丁都还是娃娃。所有人都觉得秦家这代爬不起来了，谁知道又出了个秦飞眠。诚如秦飞眠所说，要想在玄风营立得住，她当然得压得住那帮人的质疑。

秦飞眠第一次出战，用的是一把刀，回来的时候刀都卷了刃，被她随手扔给随行的下属拿去打磨。

秦飞眠有些无奈，她刚满十九岁，个子比母亲高很多，她弯下腰，扶了扶母亲发间摇摇欲坠的步摇。随即，她后退一步单膝跪下，一手撑着膝盖，行了一个武将的大礼："家国在前，请恕女儿不孝。"

秦飞眠起身，深深看了母亲一眼，转身走了。秦家的二门关不住她，秦家的大门也关不住。没有人能关得住一只振翅的鹰。

美妇人捂住脸，失声痛哭。她已经失去了大儿子，难道也留不住唯一的女儿吗？

尤星越待在小马的身体里，被秦飞眠带去了大营。

秦飞眠的坐骑是一只刚满三岁的枣红马，她将小马放在椅子上，飞身上马跑了几圈过过瘾。这匹枣红马湿漉漉的眼睛一点都不温和，停在椅子前的时候居高临下地打量小红马，很不屑地打了个响鼻。

小红马呀，你以前洗澡吗？

秦飞眠在京城的时间不多，她在自己的闺房里待了不到三天，随着大军开拔走了。

一年、两年、三年……秦飞眠回家的次数很少，每次回来的时候，模样都是不同的。她不再锋芒毕露，威势却越来越大，眼风扫过处压得人喘不过气。秦飞眠的肩上压着十万里河山社稷，更压着边关的万家灯火。

“尤星越”在秦将军的闺房里一睡就是好几年，小红马新生的意识模糊，每天清醒的时间很少。

他偶尔听丫头们整理床铺时闲聊，提到了小马的来历：

秦飞眠幼年时就想当将军，喜欢高头大马。她是侯夫人唯一的女儿，侯夫人爱若珍宝，哪有不依的？当即叫人寻了一等一的马驹来，养在侯府里。小秦飞眠吵得厉害，恨不得和自己的小马驹同吃同住，侯夫人对这个女儿百依百顺，眼见哄不住她，连忙用裁衣服的苏绣布料做了个红色小马。小秦飞眠果然很喜欢小红马，勉强同意不去马厩睡觉。秦飞眠是长情的人，一只幼年时的玩偶被爱惜地留到了现在。

第四年的时候，秦飞眠在冷夜归家，她次日要入宫述职，回京当晚翻墙进了侯府，没有惊动任何人，只是回了自己的房间。秦飞眠一身轻甲坐在床上，拿起了小红马。

“尤星越”的意识逐渐清醒。床铺是冷的，漏夜归家的将军也是冷的。

她低下头，轻轻抵住这只小马，许久，她轻轻叹了口气：“我的小红马啊。”

回京述职不到半月，战事催走了秦飞眠。

侯夫人常常坐在女儿的床铺上以泪洗面，她的儿子永远地留在了边关，她日日夜夜等着战报，唯恐再失去女儿。

“尤星越”被侯夫人抱在怀里，一个母亲的眼泪打湿了小马。

第五年。边疆告急，仗打了几年，朝廷内部出现分歧，送往边疆的棉衣薄如单衣，粮草都是最下等的。第五年的一个夏夜，边疆大关被攻破，秦飞眠的父亲战死。消息送来的时候，侯夫人踉跄几步，强撑着没有摔倒。因为是战败而死，侯府不但没有得到安抚，甚至受到了君主的斥责和百姓的谩骂，侯夫人护着侯府里几个孩子，硬是扛住了风言风语。

大关告破不到一个月，夷族连破三城，京城人人自危，边疆秦飞眠率军回防，鏖战两个月，将夷族挡在了大关之后。

战报抵京，皇帝送来了封赏。侯夫人结束了一天的人情往来，坐在女儿的闺房里，愣愣出神。然而捷报不过一旬的时间，夷族勾结诸多小国，竟然成决一死战之势。因为已是秋季，冬日临近，夷族再不反扑，就要被打回老家，几年之内都要苟延残喘。

这一战几乎掏空了国库，在冬日到来前，边疆终于送来了两封信——一封战报发往朝廷，是捷报；一封家信发往侯府，是讣闻。

秦飞眠的讣闻。

白梁州决一死战，玄风营三万将士全军覆没，秦飞眠的尸身都没有找到，送讣闻的人只带回了她的佩刀。

侯夫人接到讣闻的时候，再也撑不下去，她抱着一张宣布了女儿死讯的绢布，跪在正堂泣不成声。

大军终于凯旋了，朝廷换了新帝，新帝连下数道圣旨，追封秦飞眠为镇远侯，以军礼下葬。

侯夫人对一切都很麻木，她已经哭不出来，抱着小马，慢慢地哼着歌："我的小红马一日千里啊，去到那白梁州带她回家……"

"尤星越"感觉有一个意识要从小红马的躯壳里苏醒，在侯夫人的眼泪浇灌下，这具棉花填充的躯体有了完整的灵体。

眼泪真的很烫，烫得尤星越从这段记忆里惊醒。

外面天已经黑透了，尤星越十分茫然地望着屋顶，片刻后坐直身体。

身后有人靠过来，伸手撩开尤星越的额发："没有发热。"

"你睡了很久，"时无宴轻声说，"被器灵的情绪感染了吗？"

尤星越还没从那段记忆里彻底抽离，紧紧皱着眉，忍着心脏处阵阵收缩的疼痛："嗯……被拉进小马的记忆里了。"

记忆的后半段太揪心，尤星越一手摁住胸口，感觉自己急促的心跳："我……"一句话没说完，窗外忽然传来敲击声。

尤星越拉开窗帘，却见到了一个熟人——"钟卿？"

是钟卿，但面容上又有轻微的差别，她更高，眉眼间的气势更压人。

"能进来吗？"

尤星越视线微垂，落在钟卿悬在半空的身体上——显然，人是不能自己飞起来的。

“请进，”尤星越困惑，“这是什么情况？”

钟卿直接穿窗进来。

时无宴道：“她是秦飞眠，掌管刑罚司下六层的灵王。前些年说要休假，正巧她那一世的父母做了夫妻，所以她休了假来做他们的女儿。”

灵王已经是轮回司的最高层人员之一，时无宴自然是有一点印象的，灵王休假时跑来转世的也少见，故而时无宴能说出个一二三来。

秦飞眠慢悠悠行了个礼：“见过往复，尤老板。我后来在轮回司做了灵界使者，慢慢也就熬成灵王了。”

电光石火间，尤星越想起来：“难怪你当时说自己是无神论者的时候，他看了你好几眼！”

尤星越一觉睡得头发有些乱，他在记忆里压抑久了，此刻越想越觉得好笑：“为什么灵王会说自己是无神论者？你记得你白天说过这句话吗？”

这能怪她吗？她子夜前就是钟卿，又不记得自己是谁。

秦飞眠是灵王这一点也不难消化——如秦飞眠自己所说，古来多有能人在轮回司内任职灵神。

秦飞眠是历史上赫赫有名的将军，杀伐气极重，确实很适合做镇压灵煞的灵王。

尤星越刚刚看过小红马的记忆，猜到秦飞眠应该是冲着小红马来的，只是秦飞眠当了多年灵王，气势面容上有了相当大的变化，小红马可能没有认出来。

此时小红马在尤星越怀里睡得正香。

它损伤本体后精神高度紧张了好几天，现在卫澜的事情尘埃落定，它终于放松下来，睡得四蹄朝天。

尤星越神志还没完全清醒过来，顶着两根翘起来的头发，一边给小马缝另一只耳朵，一边好奇地问：“所以你现在的父母其实是上一世的父母？”

秦飞眠行过礼就自动站起来找地方坐下了：“对，好不容易等他们这一世凑成夫妻，我也就凑了个假期。”

尤星越感慨：“也很好。”他亲身经历一遭，才发现史书一笔下掩盖了多少爱恨，“来找小马吗？”尤星越正要打开主灯，这时候才发现自己正靠着时无宴。

看来他失去意识的时候时无宴扶了他一把。

尤星越对时无宴笑了下："谢谢。"

尤星越坐直身体，打开主灯，驱散了室内的昏暗："傍晚的时候帮小红马缝耳朵，没想到陷进了它的记忆，刚醒过来，不然早就缝好它的耳朵了。"

秦飞眠眼神柔和："多谢你救了它。第一次见小马的时候，我的躯体内只有一道意识，本体在轮回司处理突发情况，所以竟然不知道和它重逢了。"

秦飞眠当了几百年的灵王，和不留客的上一任老板打过交道，对不留客老板的新奇之处有所耳闻。不留客的老板总有超凡的共情能力，听说这一任老板又格外地敏感。

秦飞眠眼神柔软："其实前几日就想来看看了，只是太忙，脱不开身。"

尤星越将睡得四仰八叉的小红马递给秦飞眠，随口道："以后常来就是，反正你在休假。"

白天是钟卿，晚上是灵王，整夜都有时间到处溜达。

秦飞眠的表情充满了一言难尽，答非所问："郁荼是不是跟你说，以后可以在轮回司任职？"

尤星越不明所以："是啊。"

"别去，他跟每一任不留客老板都这么说，"秦飞眠心累，"我在轮回司快千年，才休这一次假。假还休得不全，我一年里有一半的晚上得赶回去处理公务，白天再回来。我前几天回去，听两个同事商量能不能提前弄死我。"

轮回司的十八层刑狱分为上六层、中六层以及下六层，越往下，灵煞作恶越多，等闲灵神震慑不住。

现在秦飞眠度假去了，下六层最烦的活分给了上面两个灵王，那两个缺德货天天想弄死钟卿。

尤星越：轮回司确实很坑的样子。

秦飞眠："轮回司，活多钱少没福利。"

尤星越二十多岁的年纪，忽然对几十年后的生活充满了忧虑。

秦飞眠感慨："全轮回司最闲的，就是这位了。"

尤星越回头，"闲人"时无宴睁着深夜一样的眼睛，眼神充满了无辜。

秦飞眠摸了摸小马，小红马的耳朵已经缝好了一半，尤星越的针线活还没落下，针脚细密，等花绣好，看上去就会像没破一样。

尤星越："它认出你了吗？"

秦飞眠摇摇头："没有。"

尤星越："你这趟来是要带它走？"

秦飞眠犹豫："我还没想好，问问小马的意思吧。"

在小红马的记忆里，秦飞眠极喜爱小红马，不然也不至于十好几岁还带着小马去军营，可惜小红马真正诞生出灵智的时候，秦飞眠已经死了。

秦飞眠举起小红马，睡迷糊的小马晃晃脑袋醒过来，疑惑地看着面前这个似乎有些熟悉的人。

小红马蹬蹬四蹄，软软地问："你是谁呀？这么抱着我，是喜欢我吗？"

灵王眉眼浮现笑意，昳丽容颜上神情近乎温柔："是啊，我喜欢你。"

她放低手，亲了亲小马耳朵："我是秦飞眠啊，我的小红马。"

小红马愣愣看着她，半晌终于回过神，神气活现地踢踢前蹄："飞眠眠，我可厉害了！"

秦飞眠笑着点点头："嗯嗯，多厉害？"

"我也能保护别人了！"小红马说起话和跑起来一样轻快，交代她从飞雨市跑来的路上拴了多少人，有几个家庭重归于好，又有几个家庭依然撕破了脸。

尤星越三人静静听着，谁都听得出，小马很愿意做这样的事，她愿意花时间去修补家庭之间的缝隙。她每拴一根线，就会偷偷留在那个家庭里观察一阵。有时候会得到满足，有时候则满心失望。

小马细细道来："我希望卫澜不要挨打，所以拴了很多线，可是卫高福的态度一点都没改变。为什么呢？"小马满心困惑。

尤星越伸手摸摸小马，眼里泛起笑意："因为线不能强迫人们相爱啊。"

小马似懂非懂。

尤星越莞尔，没有继续解释，而是问："你要和秦将军走吗？"他沿用了当年的称呼。

小马回头看向秦飞眠，有些苦恼地抖抖耳朵，它当然是很想的，它甚至能记起将军怀抱里铁器和夜风的味道。

反倒是秦飞眠摇了摇头："算了吧，我在这里待不了太久，可能不到二十年就要清除其他人的记忆，回轮回司去。"

秦飞眠眼神柔和："小马喜欢人间，喜欢爱。"

下六层刑狱关着最恶毒的灵煞，没有小马最想要的爱。

或许有，却又不够多。而且和她结缘，不利于小马修炼，还是找个更好的有缘人吧。

小马不舍地依偎在秦飞眠怀里，尤星越浅浅一笑："小马还没有名字，也许该由你来取。"

秦飞眠握着小马的前蹄："小名就叫灼灼吧。大名等你自己取。"

桃之夭夭，灼灼其华。

秦飞眠喜欢桃树。

尤星越了然，摸摸灼灼："希望我们灼灼，马到功成。"

在所有努力后，都有最合适的结果。

灼灼正式归入不留客，它在一众古董中格外显眼——古玩店的五个博古架上，金银器皿都有，可灼灼是个布偶小马，苏绣的布偶小马。

修补好的灼灼漂亮极了——尤星越在灼灼的耳朵上绣了一圈桃花，虽然水平和其他地方的刺绣相比差一些，但胜在俏皮可爱，而且莫名有灵性，和四蹄上的桃花遥遥呼应，简直是神来之笔。

真正是摇篮曲里所唱的"桃花马"，和灼灼这个名字极相称。据秦飞眠那天晚上的补充，灼灼外头那层丝绸是上等的，是宫里传出来的东西，原本是皇后的赏赐，是裁衣的好料子。因侯夫人将秦飞眠看得比自己的命都重要，当时做玩偶的时候毫不犹豫地选了最好的料子，最上等的绣工。所以当灼灼被摆在博古架上的时候，吸引了相当多的视线。

当然，能这么吸引视线，也是因为灼灼旁边摆着屠龙。

屠龙和灼灼作为古董，确实冷门——毕竟是菜刀和布偶小马。别说尤星越，就是见多识广的不留客，一时都不清楚要怎么安排这两位，最后只好专门腾出一个架子，放一些少见的古董。

宫里养猫用的猫碗、纯银鎏金的狗链子、剔牙的非纯银签子……可真有生活气息。

但屠龙和灼灼还是太突出了。有灵的古董保养得更好，寒光闪闪的菜刀以及神气活现的灼灼实在太醒目，所以古玩店早上一开业，这个冷门古董的博古架前就围了一堆人。

店员任一帆被围在中间，听着周围的疑问和好奇，苦不堪言地回答："这是昨天新上的，我还没来得及做功课……”

尤星越刚刚出现在店面里，就被人拉住了。

那人指着架子，问：“老板，这真的都是古董？”

尤星越调侃：“也可能是上周的工艺品。”

那人乐了，知道尤星越在开玩笑。

自从古玩店卖出过钧瓷后，店里的客人络绎不绝，有些行业大佬曾经感慨过古玩店的珍藏可以开个博物馆了，话里话外透露的信息都是：这个古玩店，真的很有水平。

在尤星越没注意的时候，古玩店逐渐成为颍江市必须打卡的景点之一。一来尤星越和超薄都在用心经营不留客的账号，目前已经有几十万的粉丝，是个网红店。二来古玩店里奇珍太多，还流传着各种故事。

当客人身在古玩店，一边注视着这些古董，一边听着各种小道流传的故事，神奇地感受到了历史的味道——神秘、悠远。

任一帆赶紧站在老板背后，很不好意思地抓抓头：“老板，大家都很好奇菜刀和小布马，但是我也说不出来什么。”

尤星越笑了笑：“昨天才上，还没来得及告诉你。”

有人问：“老板，这是什么古董啊？”

尤星越解释：“这把刀确实是一把菜刀，是瑛代御厨用的刀，请大家不要随便碰，因为依然相当锋利。”

能杀鱼的刀都是相当锋利的，屠龙的刀刃上甚至闪着一层寒光，这是屠龙和直刀戚知雨一较高下的底气。虽然戚知雨完全不想和屠龙比赛谁杀的鱼更好吃。

有个穿运动装的说：“这个金色的地方，该不会还是镶金的吧？”

尤星越点头：“是镶金的。”

“好有钱，真奢侈。不愧是皇宫的东西，菜刀都镶金。”

尤星越继续道：“菜刀是菜刀，但那也是御赐的菜刀呀。当年御厨告老还乡后，皇帝赐下这把刀，所以当然要有点排面了。”

“那这个小布马呢？”

尤星越失笑：“不要小看人家。这可是丝绸布料的苏绣小马，不过来的时候耳朵破了，是找人补上的。”

“哇！确实做得很漂亮！难道是公主的玩具？苏绣的欸，以前就是皇宫才用的东西。”

尤星越道：“嗯……说不定是秦飞眠将军抱过的小布马呢？”

说屠龙是御厨用的刀时，大家都愿意相信，但是当提到秦飞眠这样威名赫赫的历史名人的时候，所有人都产生了割裂感。

人群发出哄笑：“老板你就吹吧。”

“哈哈哈哈……秦将军怎么会玩小布马？”

“好假，还不如说是公主玩的，哈哈哈哈哈……”

“噗，那可是军礼下葬的女侯爷，老板你吹大了！”

人群哄闹着，正巧钟家人带着小燃来店里玩耍，尤星越仗着身高，越过一众头顶向钟卿递去视线。钟卿不明所以，只是对他微微颔首。

灼灼开心道：“早上好，我的飞眠眠。”

尤星越一笑，收回视线。

轮回如此奇妙，谁知道时空轮转，会和谁同处一个房间，共看一室景色？

古董知道。

第11章 衣冠冢

御厨也好，官窑也罢，这对于大部分普通人来说，是可以接受的，可是一旦某个近在眼前的古董和远在天边的历史名人扯上关系，就显得非常不真实。

古董和名人之间是互相加成的。

秦飞眠是谁?

历史上有名有姓的女将，虽然是追封的侯爵爵位，但是在许多历史爱好者心里，她在活着的时候就是镇远侯。作为真实存在的女将之一，秦飞眠有大把的粉丝——随着后人的研究，掩盖在历史风尘中的真相显露在世人面前。秦飞眠的形象越来越立体，她的功绩和历史意义不断刷新。

尤星越后来查询了最新的研究，才发现自己对秦飞眠的了解，已经落后了好几个版本。

尤星越在一个有关秦飞眠的视频下看到过点赞数超过两万的评论，一位用户感慨“史书最薄情，不肯多眷顾”。所以当尤星越说出“秦飞眠”三个字的时候，客人们都充分表达了善意的嘲笑——这就跟尤星越指着一套石榴裙，说是黎朝开国皇帝穿过的一样。何况尤星越的语气还很轻松，大家都当他是玩笑话。

有个客人笑说：“老板你是不是蹭热度啊？”

尤星越没反应过来：“嗯？我蹭什么热度？”

游客有片刻的无语：“不是，老板你蹭侯爷的热度，多少也关注一下侯爷吧？”

尤星越缓缓冒出一个问号：“什么？”

周围有人吐槽：“飞雨市那边发现了侯爷的衣冠冢啊！”

尤星越瞥向灼灼，心里逐渐升起不太好的预感：“最近非常忙，还真没关注，什么时候的事情？”

客人想了想：“也就一个多星期前吧，不到半个月。”

灼灼的本体放在架子上，器灵则在店里蹦来跳去——小马儿，生性活泼骄傲，当然喜欢跑来跑去。店里数它年龄最小，谁都惯着。她也不算闹腾，说实话，比貔貅在店里的时候乖太多了，毕竟小马儿晚上可不会蹦迪。

灼灼听到有人议论它，哒哒哒地跑过来，伸头告诉尤星越：“我从墓里跑出来的！”

尤星越：……已经猜到了，心累。他越想越觉得是两个月内的受伤导致自己脑子不好了，否则这么清晰明了的事情怎么能到现在才想起来？

秦飞眠的尸身没找到，立的当然是衣冠冢，那么衣冠冢里会放什么？

答：将军生前最爱的物件。除了各种武器，必然还有灼灼。

又问灼灼是破土而出的吗？

答：看着不太像。估计是墓被发掘后，灼灼才被惊醒，然后自己溜出来了。

尤星越逐渐生无可恋，他可真是太聪明了，居然到现在才反应过来。也不知道灼灼跑之前有没有被考古组看见，不然他该怎么向别人解释将军墓里的小马会出现在古玩店？难道说小马儿自己跑到古玩店了吗？这个世界上只有小马儿和古玩店的人会信。

不留客的心也高高吊起。随着他熟悉现代社会，他发现古董的来历越来越难解释了。

灼灼歪头，问屠龙：“老板在担心什么呀？”

屠龙大概猜到：“担心你跑出来前被其他人类看见。”

超薄仔细解释：“喏，咱们现代有各种摄像头，尤其是大墓周围。而且盗墓是要入刑的。所以老板担心你来之前被看见，这样咱们古玩店就说不清了。”

屠龙吐槽：“我们是自己跑的，又不能算偷的。这不就跟拐卖人口犯法，自己跑不犯法一样吗？”

灼灼自在地踩踩前蹄：“没有被人看见哦。我在他们下到主墓之前从棺材里出来的，走的时候还把棺材盖回去了。他们还在往下面挖，我已经跑了。”

超薄疑惑：“你为什么会这么熟练？”

灼灼天真无邪：“飞眠眠以前经常看倒斗的话本子呀。”

古董这个概念从古便有，灼灼不想被后人随意拿走，所以墓一开，灼灼就趁夜跑了。

不过灼灼之所以小心翼翼，并不是因为它懂什么监控法律，主要是不舍得破坏小主人的衣冠冢，所以走的时候尽全力不留痕迹。

超薄、屠龙两个器灵看着纯洁无瑕的灼灼，同时冒出一个想法：秦飞眠你害人不浅。

不留客缓缓舒出一口气，钻进卧室偷吃冰激凌压惊去了。

尤星越别过头，又一次和钟卿对上视线，眼神则充满感激：谢谢你，真的谢谢你。

平白无故被看了好几眼的钟卿缓缓冒出问号。

好在这个博古架上除了屠龙和灼灼，还有其他奇特古玩。客人们的注意力很快转移到其他古玩上，一边拍照，一边问出各种问题："这是什么，竹篮子？"

尤星越："对，淘米篮。"

"哇，这一盒是银针吗？"

尤星越："不是，是牙签。"

"这是青花瓷碗？和之前的钧瓷一样也是官窑的吗？"

尤星越："民窑的猫饭碗。"

有人尴尬地笑了下："好接地气。"

尤星越终于忍不住笑了："古人也是人啊，为什么不接地气呢？"

一人调侃道："老板你再这样说下去，我觉得小红马真的有可能是秦将军的了。"

尤星越只是一笑："也许我能知道古董的前世今生呢？"

这只是古玩店的一个插曲，谁都没有太在意，尤星越下午打烊的时候，也没将这件事放在心上。

六点多，戚知雨和陶桃一起回了古玩店。

现在九月初，景明高中已经开学了。戚知雨和同桌陶桃的关系越来越好，两个"小孩"经常一起放学，到古玩店做作业。只是尤星越不理解，摸底考试全班倒数第九和倒数第八到底有什么好互相帮助的？

陶桃是个快乐的孩子，没心没肺地冲尤星越挥挥手："老板，我又来做作业啦！"

戚知雨额头上有点汗，他很不好意思地笑了下：“老板，我回来了。”

“桌子上有零食，去吃吧。”看两个小孩处得好，尤星越也就无所谓了。毕竟有陶桃在，戚知雨适应得更快。唯一的问题在于，戚知雨有点知慕少艾的意思了。可是，戚知雨是器灵，陶桃是人类……尤星越想着，很烦恼地皱起眉。

时无宴放下冲剂，他最近在古玩店待的时间越来越长，有时候甚至会拖到十一点多才离开古玩店。

时无宴：“你在担心，是为什么？”

尤星越摘下眼镜，免得被热气糊满镜片，声音低低的：“我在担心知雨是不是喜欢陶桃。”

时无宴：“所谓喜欢，与情爱有什么区别吗？”

尤星越晃着冲剂，不是太想喝：冲剂是中成药，是又酸又涩的苦味。偏偏开药的沈大夫觉得他离去世不远了，给他开了好几个疗程。

尤星越有一套自己的衡量标准：“对我来说是程度不同。喜欢的程度比较轻，所以要表达浓烈的喜欢的时候，我们会说爱。”总觉得“我喜欢你”比“我爱你”要清新许多，前者像拍校园剧，后者则是一生一世的承诺。

时无宴望着杯子里被晃出涟漪的药剂：“七情六欲，情与爱有何区别？”

“没有吧？”尤星越枕在手臂上，歪头望着时无宴笑，他没戴眼镜，视线雾蒙蒙的，“情就是爱啊。”

时无宴：“什么叫欲？”

尤星越：“欲就是贪，就是索取。”

是占有，是获取。

时无宴认真想了想：“我现在想让你快点喝药，也叫欲吗？”

尤星越：“……大概是关心吧。”

尤星越晃着冲剂，转移话题：“知雨要真是喜欢陶桃，可怎么办呢？”

时无宴疑惑：“为什么不可以喜欢？”

尤星越：“知雨是器灵，陶桃是普通人，他们在一起，岂不是要上演人与妖之恋？”

时无宴道：“陶桃是饕餮。”

尤星越：“居然是饕餮？”

深藏不露，看不出来。不，也许不是人家深藏不露，是他眼太拙。

尤星越仰头一口喝完冲剂，听着不远处戚知雨和陶桃努力了半个小时后，同时放弃了物理作业，讨论今天在食堂里吃了什么。

戚知雨：“菠萝炸肉不好吃。”

陶桃：“那是厨师的问题。我咕咾肉做得可好，明天放假来我家吃饭。”

戚知雨磕磕巴巴道：“可……可以吗？”

陶桃：“我做水煮肉片，再给你炖个佛跳墙，正好家里还剩吊的鸡汤……”

饕餮谈起食物滔滔不绝，超薄和屠龙不约而同停下对话，屠龙听着听着插嘴：“你这佛跳墙不正宗，怎么能放菜叶子呢？”

陶桃在戚知雨面前装了一个月还多，一直都装得很好，但是涉及食物，陶桃忍了忍，又忍了忍，最终还是没忍住：“你在教我做事？”

屠龙先是愣了一下，随即顾不上好奇陶桃为什么能听见，道：“就是不正宗，哪家的做法放菜叶子？”

陶桃：“谁管你正宗不正宗？谁发明好吃的时候想的是正宗？明明想的是好不好吃！就要放菜叶子！”

屠龙气死了：“不能放！没有灵魂！”

没什么比美食更能挑战一只饕餮的忍耐力了，陶桃冲屠龙露出小尖牙：“我炒青菜放辣椒，糖醋口放番茄酱，气死你！”

戚知雨茫然很久，过了一会儿，委屈道：“陶桃，你不是人类吗？”

正常人类按理说是听不到屠龙说话的。

陶桃：糟了，忘了这一茬了。

看着小伙伴备受打击的眼神，陶桃那记满菜谱的小脑袋难得产生了愧疚感。

尤星越默默喝了口水：“翻车了。”

就当超薄和屠龙以为老板要上前劝架的时候，尤星越轻轻拍了下手：“吵起来！”

您多少有点缺德。超薄默默地想，收回“吃瓜”的心理，继续运营古玩店的账号。

李甜恬修完照片已经是晚上六点多，她是来颖江市旅游的，今天是游玩的第一天，本来和朋友打算逛五个网红店，但两人都没想到会在第一家古玩店耽误那么久。

朋友翻着相册："我也拍了好多照片，估计有一百多张了。本来是奔着网红店去的，没想到不留客真的好漂亮，氛围很像博物馆。"

李甜恬是尤星越和古玩店的粉丝，听到朋友的夸奖忍不住开心："那当然。不然怎么会和贝海市博物馆交流那么多次？你忘了那个五百万的钧瓷就是从不留客出去的了？"

朋友咽下奶茶，正巧翻到小红马的照片，她扑哧笑了一声："哎呀，老板真的好帅好可爱，我以为他是那种斯文败类型的帅哥呢，没想到这么有意思，居然说小布马是秦将军的。"

李甜恬幽幽道："不知道为什么，感觉老板不像开玩笑的样子。"

朋友是坚定的秦飞眠粉丝，她放下奶茶："宝，我要跟你科普一下我们镇远侯到底是什么样的人。"

她清清嗓子，打开手机。

随着秦飞眠的衣冠冢现世，这个近千年前战功卓著的将军的形象也逐渐完整。秦飞眠作为高人气的历史人物，衣冠冢的发掘也受到大量关注，考古专家组索性在博览 APP 上建立了秦飞眠衣冠冢的账号，不定时发一些发掘进展。

朋友正要给李甜恬表演一个现学现卖，忽然发现秦飞眠衣冠冢考察组的账号居然更新了。

她赶紧点开动态："我的天！衣冠冢里竟然有四十多封家书！其中有几张保存相当完好，已经发出来两张照片了！"

李甜恬也凑过去，动态上有家书的简体文字版。

第一封——

母亲敬启：

白梁州风土与京城迥异，民风多豪放爽朗，眠抵军营三月有余，并无不适之处……战事繁忙，年末恐不能归家。秋雨催冷，万望母亲天寒增衣，勿使儿忧心……另有苏绣小布马代儿常伴母亲。

第二封——

母亲敬启：

母亲身体康健否？幼弟念书可还用功？

所谓多事之秋，今秋边疆多异动，夷族破关之心不死，儿亦不能回京。虽战事频繁，然无有大战，儿与父亲俱平安无恙。

小红马在京，代儿抚慰母亲忧思。

……

朋友做梦似的看完，道："甜恬，你说我们将军信里说的小布马，有几成的可能和古玩店的是同一个？"

李甜恬答："苏绣，小红马。我觉得，九成吧。"

这可是衣冠冢中不曾见过天日的家书。在这两封家书公开之前，根本没有人知道将军会有一只小布马。然而事实是，真的有这么个小玩具，不在将军的衣冠冢，反而在两座山之外，离得很远的古玩店……太离谱了好吗？

秦飞眠衣冠冢考察组仅在博览这个平台上就有一百二十多万粉丝，同时在其他平台还有大量关注度，这些人中一部分只是喜爱秦飞眠，另一部分则是喜爱历史。

无论是前者还是后者，他们都一直在留意秦飞眠衣冠冢的发掘进程。

而考察组不负众望，在家书之前已经公布了一两件十分有趣的东西。其中家书是考察组近期发现的最具有历史意义的物品。

四十多封家书，有三十多封是寄给母亲的，余下则是督促胞弟学业的。边疆送信艰难，秦飞眠的家书大多随着战报一同发出去，因此偶尔会提到当时战况，尽管都是可以向外界披露的消息，但对于史学家而言，如此大量的家书也能填补史书遗漏的各种细节了。

因此家书一经发现，就引起了考察组的重视，而这种充满私密性的东西，也吸引了大众的视线——谁不好奇秦飞眠私下到底是个什么样的人呢？

考察组一条深夜动态，隔了不到半小时，就被推上了热搜，话题就是"秦飞眠家书"。

在第一条动态后，考察组又放出了十来封家书，每一封内容都不同，但末尾总会提一句小红马。

不到十分钟话题"秦将军的小红马"也冲上了热搜。点开话题，能看见各种评论：

"小布马、布偶小马、我的小红马……我已经疯了！谁能告诉我小红马是什么东西？"

"侯爷冷硬飒爽不近人情的高冷将军形象一去不复返了……为什么一直在乎小红马啊？"

“把家书颠来倒去看了十几遍，终于搞明白了——原来小布马是将军小时候的玩具。”

“所以这么心爱的玩具，专家们有在墓葬里找到吗？让我们瞻仰瞻仰。”

一片混乱过后，大家终于接受了“秦将军最心爱的东西很有可能是个玩具小马而不是刀枪棍棒”这个设定。一旦接受秦飞眠的新形象，评论的“画风”也跟着变了——

“小马小马！呼叫小马！考察组找到小马了吗？”

“家书是在主墓找到的，小马既然是心爱的东西，肯定也在主墓，开棺了吗？肯定在棺里！”

“白天刚去逛过不留客，晚上看到几封家书我真是心情复杂。老板啊，这是什么情况？快出来解释一下，为什么将军的小布马会在你那里？”

这条评论因为看起来似乎知道内情，很快吸引了不少网友的注意力，网友们点开这条评论附带的视频：镜头轻微摇晃，好在清晰度不错，镜头对准的是一个大型博古架和站在架子前的年轻人，人群里有人提问：“老板，这只小马玩具好可爱，也是古董吗？”

视频里的年轻人回答：“当然是啊，苏绣丝绸小马。”

在年轻人身边，一格架子上果然放着一只小布马。红色，丝绸料子，耳朵和四蹄都绣着桃花。苏绣以精细轻软出名，小马四蹄处的刺绣巧夺天工，配上小马可爱的造型，整体明快亮丽。

有个客人笑道：“我们老板半个小时前说这可能是秦将军玩过的小布马，哈哈哈……”

被叫作老板的年轻人眉眼间有着一丝无奈，但也没有出声阻止。人群爆发出笑声，连拍摄视频的人都忍不住笑出声。

提问的人也乐呵呵道：“老板牛皮吹大了啊！秦将军的衣冠冢才被发现，离我们颖江市隔了两座山！”

“老板开玩笑的啦。”

“老板还是这么幽默。”

年轻的老板挑眉一笑，并不解释，只是倚在墙上，端起红茶慢慢喝了一口。视频到此戛然而止。

网友们心情复杂，陷入了和评论一样的抓狂情绪里：又是苏绣，又是丝绸，又是红色小马，老板你快出来交代清楚！

随着动态的点赞数和留言数增多，新参与话题的网友只要一点进话题就能看见这条视频，不到一个小时，有更多古玩店小红马的视频和照片被放上来，全都是白天去过古玩店所拍摄下的新鲜“证据”。事关重大，热度居高不下，热门动态里有人联动了上一次的钧瓷事件，怀疑不留客古玩店是不是有什么不正当的门路。譬如，老板认识神通广大的倒斗团伙，在考古专家组行动前，偷走了小马。

那么问题来了：倒斗为什么只偷一个玩具马啊？

秦飞眠衣冠冢关注度极高，古玩店疑似发现秦飞眠遗物的热搜紧跟着上了热搜榜单。

古玩店粉丝急得要命，纷纷要求不留客出来解释，其中也不乏恶意揣测。无奈这个点，就算是夜猫子超薄也睡觉去了。

考察组也有教授带的实习生，因为晚上才发了两条动态，实习生不意外地在热搜榜上看到了秦飞眠相关的热搜，但是他刷着刷着就发现了不对劲，在看完几个不同角度拍摄的小红马后，实习生一下子蹦起来：“这就是小马啊！”

实习生作为内部人士，知道的细节更多，主墓里除了秦飞眠寄过去的家书，还有侯夫人寄回去的信，只有几封，里面有一封信详细提到了小红马——红色丝绸布料，四蹄都绣着桃花，黑色马尾，黑曜石做的眼睛。除了耳朵上的那一圈桃花对不上，其他细节完全一致。

实习生顾不上看时间，敲响了老师的门：“老师！出大事了！”

教授被吵醒后走出来，紧张道：“什么事？难道有文物损坏了？”

被吵醒的专家们纷纷看向实习生。

实习生举起手机：“衣冠冢之前可能被盗过！”

一言惊飞了所有人的瞌睡虫，老专家们围过来，实习生简单概括了情况，末了道：“这就不是巧合问题了。您看，咱们昨天才找到家信，今天才公布内容，这个古玩店老板是怎么知道将军有个小玩具马的？”

有个专家忘了戴眼镜，他年纪大了视力差，凑到手机跟前才勉强看清楚：“和信里描述的不太一样，这耳朵上有一圈绣花。”

一个对古代服饰颇有研究的专家凑过来，看了半天：“从照片上来看，耳朵上是新补的刺绣，丝线和布料都和其他地方有区别，可能是做了修补。”

专家拿起手机仔细研究，肯定道：“大概率是老东西了，这家古玩店我有印象，他们家的古玩都保存得非常好。”

实习生急了：“我们报警吧！”

专家们面面相觑，实习生老师摇摇头：“问题是，镇远侯衣冠冢没有被盗墓的痕迹。”

有个专家道：“而且晚上不是开过棺了吗？里面没有尸身，但是昂贵的陪葬品非常多，里面那个长命锁就价值连城，其精美程度简直闻所未闻。金银珠玉全在，谁倒斗就偷个玩具马啊？”

实习生一想也是，更加困惑了，他抓抓耳朵，百思不得其解：“难道还能是马自己跑出去的吗？”

他本来是随口一说，谁想几个老专家一起陷入了沉默。

实习生老师下过多个墓葬，曾经见过震撼人心的怪异场面，闻言眯起眼睛：谁说不可能呢？

精通古代服饰的专家道：“网上吵成这个样子，让咱们负责账号运营的人发个说明。”

实习生疑惑：“要管吗？”

实习生老师道：“实话实说而已，确实没有盗墓痕迹。而且……”他顿了顿，补充道，“网上人多关注点太杂，他们现在吵这个，说不定明天就要跑来问我们为什么没有保护好墓葬。”

实习生顿悟：“是这个道理！”他噔噔跑出去，联系负责运营账号的同学。

几个专家互相对视几眼，分别在对方的眼睛看到了一个信息：等腾出手，一定要去那个古玩店一探究竟！

于是凌晨四点多，秦飞眠衣冠冢考察组发布了新的动态。

秦飞眠衣冠冢考察组：镇远侯衣冠冢保存完好，无被盗痕迹。文物经历时间冲刷，随时可能遗落在瓷国某个地方，能重新现世且保存完好，使我们隔着网络相逢，实在是一件幸事。

另，主墓中有重大发现，惊现绝美长命锁，九百多年前竟有如此非凡的工艺？敬请诸位期待！

配图是一张照片，在昏暗环境下拍摄，但是这样的光线依然挡不住长命锁的精美。

动态评论区争论得热火朝天，其中最引人注意的一条还是刚才带视频引起热议的网友发的：

破案了，现在只有三个可能。

1. 小马陪葬了，然后它自己跑了，而且正好就跑到了老板店里，还告诉了老板自己是哪家的小马。

2. 小马陪葬了，秦将军在天有灵，挖了自己的坟带走了小马。（我认为只有秦将军本人在世，才会干下墓只偷玩具马的事情，她干得出来）

3. 小马没陪葬，老板在外面收古董，恰好收到了小马，恰好知道了小马的身世，恰好说了出来。（我自己都不信）

这条评论几分钟就上了热评第一。当最后一个选项属于小概率事件的时候，其他过于玄幻的选项似乎也合理了起来。

网上发生的一切，古玩店的人和器灵一无所知。

戚知雨先是艰难地从“我同桌不是人，我也不是人，我们班里好几个同学不是人”的冲击中清醒过来。随即陶桃和屠龙就“机械化生产美食到底有没有灵魂”展开了两个小时的辩论，超薄听得津津有味。不留客趁着没人管他，偷吃了冰箱里剩下的四个冰激凌。最后，“吃完瓜”的尤星越两三句话哄好了器灵和小饕餮，古玩店终于安静下来，尤星越送走时无宴，几个器灵已经安静下来睡大觉了。

等次日清晨六点四十，超薄早起上网，才发现他们昨晚到底错过了什么，他爬到尤星越的手机里：“老板！出大事了！”

尤星越茫然。

超薄疲惫道：“我们，又上热搜了。”

尤星越果然在热搜第三的位置看见了古玩店。但是时隔一晚，视频弹幕和底下的评论都已经变了样。

尤星越了解了来龙去脉后，心累地想：要不是秦飞眠家书里封封不离小马，我也不至于上今天的热搜。

远在另一个城区的灵王秦飞眠终于处理完公务，正要回到钟卿的身体里，刚刚进入房间，就连着打了好几个喷嚏。

因为热搜，古玩店的粉丝一夜之间涨了七八万，慕名来古玩店参观的游客也增加了。热搜后的第二天，尤星越一天之内卖出了三件小东西。

一群人挤在博古架前，瞻仰灼灼的风姿。秦飞眠衣冠冢考察组没有承认这只小马是家书中提到的那只，不留客官方也没有直接回应。但是那天之后，两个账号互相关注了。还有谁看不懂这个暗示吗？

谁都看得懂，因为衣冠冢中需要考察的文物太多，专家们一时没办法腾出手来关注小红马而已。

“这个小马，”一个穿着飞鱼服的少年半蹲在架子前，谨慎地观察半天才说，“看上去真是太有气势了！”

器灵形态的灼灼就站在他身边，闻言煞有其事地点点头。

尤星越：倒也不必戴这么厚的滤镜。

围观人群中有人小声议论：“耳朵上的桃花绣工好像差点。”

尤星越解释：“耳朵是后来修补的，绣花也是。”他搅了搅杯子里的奶茶，眼睛里笑意涟涟，“谁让补的人手笨呢。”

小马绕着尤星越跑圈，一边跑一边说：“老板绣的花可爱，飞眠眠也说很好看的！”

它当然是可爱的，当时小马一补好耳朵，就奔到秦飞眠面前，秦飞眠抱在怀里逗了好一会儿才放它回来。

屠龙羡慕道：“小马真好，有这么多人喜欢它。”

尤星越抿了口奶茶，心想：那当然，灼灼的脾气也好。看您这几天和陶桃吵架那架势，寻常厨师也不敢请您回去。

就屠龙这个暴脾气，尤星越现在特别担心屠龙与厨师结缘后，会因为意见不合，直接武力“说服”对方。

来参观小马的人一批接一批，不时有人动心想要拥有小马：“老板，小马卖吗？”

灼灼踩踩前蹄：“不要。他似乎没有孩子，我喜欢小孩，不喜欢待在架子上做收藏品。”

尤星越眼神柔和：“卖呀，但是得小马自己点头同意才行，它不太想跟您走。”尤星越在店里的时候完全不遮掩自己“神棍”的样子，坚定“可以听见古董说话”的人设不动摇。但对于不信的人来说，这只是个玩笑。

果然，问的人被逗笑了：“那现在就是小马不同意吗？我能不能问问为什么？”

被回绝的人都竖起耳朵，想知道自己为什么落选。

尤星越一笑：“既然是结缘，当然要讲究一个眼缘。”

那人追问：“到底是哪里不合适？我可以改。”

尤星越有些烦恼地皱起眉，身后传来时无宴的声音："灼灼喜欢孩子。"言下之意是问的人没有孩子，所以不合适。

问的人年近四十，听到这句话长眉一挑——他一个丁克，确实不会有孩子。他探究地看了时无宴片刻，实在看不出对方的来路，想起网络上流传这家古董店玄之又玄，现在看来确实是有迹可循。

时无宴走到尤星越身边。

尤星越自然仰起头，问："今天这么迟？"已经快十一点了，往常时无宴会在营业前就来。

时无宴："在底下耽误了片刻。"

尤星越点头，他正要起身，忽然听见了小孩的哭声。

尤星越并不奇怪——古玩店一直有不少家长带着孩子过来参观，不过都是年纪比较大的孩子，毕竟是古玩店，家长也担心小孩子不懂事手欠弄坏东西。只是这个孩子哭得格外凄惨，父母一个拿玩具，一个拿零食，怎么都哄不住。

尤星越从人群中走过去，蹲下来望向孩子："这是怎么了？"

男孩剃着寸头，长得虎头虎脑，此刻脸上挂着眼泪珠子，看上去格外可怜。

父母急得额头上冒汗，母亲哄了一会儿不见好，已经不耐烦了，呵斥道："别哭了！你能不能懂事点？"

父亲大概是觉得丢人，低声训斥妻子和儿子："声音小点！"

尤星越皱眉："不用对孩子这么凶。"

父亲讪讪道："小孩子以前一直是他奶奶养着，平常胆子挺大的，今天不知道怎么了，突然哭得这么凶。"

尤星越正要说话，旁边忽然传来一个女声："是吓着了。"

母亲赶紧辩解："我们刚才没骂他。"

说话的女人走过来，她看着不过三十来岁，气质温婉柔和，从小包里取出湿纸巾擦了擦男孩的脸，哄他："别怕，大家都好好的。"

尤星越多看了对方两眼，这位女士最近每天都会来，年纪看上去不大，却有种慈母的气质。

男孩情绪渐渐稳定下来，吸吸鼻子："我看见一把刀从一个叔叔头上砍过去了，所以才吓哭了。"

尤星越下意识回过头，刚刚从人群里直接飞过去的器灵屠龙：失算了，这有个体质特殊能通灵的小孩。

超薄和屠龙利索地爬回了本体。

灼灼却穿过人群，停在了男孩面前，友好地伸出前蹄，在男孩的膝盖上踩了踩，绕着他跑了两圈。

谁能拒绝一只小马呢？男孩好奇地看着灼灼，忘记了抽泣。

女人原本想出手，看到这一幕又将手收了回去，眼神格外温柔地看着灼灼和男孩。

本以为今天对男孩来说会是一场惊吓，但小马应该会成为装点他童年的一个小小美梦。

灼灼扬起前蹄，做了个悬崖勒马的姿势，男孩终于破涕而笑，灼灼上前两步，低头轻轻撞了下男孩的膝盖。

困扰男孩许久的阴森突然消失，眼前的小马也不见了。

男孩呆呆的："小马呢？"

男孩父母被儿子刚才的表现吓得心里发毛："什……什么小马？"

女人道："冒昧问一下，这孩子最近是不是去过墓地或者灵堂？"

男孩父亲愣了下："对。"

女人叹了口气："小孩顽皮，要多看管，不要在一些场合里嬉戏打闹，免得引来怨气。"

男孩这几天运势低，加上不留客有往复坐镇，灵气格外浓郁，男孩才会看见几个器灵。

男孩父亲大白天里打了个寒战。

确实，儿子从小养在农村，天性活泼，爷爷奶奶不怎么管教，又正是猫嫌狗厌的年纪，昨天一个亲戚过世，他们去祭拜，儿子居然在灵堂里和其他孩子打闹。

男孩母亲连连感谢："我们回去一定好好教育他。"

女人又交代了几句育儿经，才款款起身。父母顾不上带孩子参观，带着男孩赶紧走了。而这里因为有小孩哭闹，所以没有其他客人过来，形成了店里公共区域里唯一的空地。

女人道："我叫夏藿，老板中午好。"

尤星越面带微笑，眼神里透露几分好奇："你好。"

这位女士浑身都环绕着母性光辉，叫人心生好感。

夏藿的眼神慢慢落在尤星越脚边的灼灼身上，灼灼坐在尤星越的鞋子上，仰头和夏藿对视。

夏藿情不自禁一笑：“它真可爱，老板，你看我和它有缘吗？”

尤星越一怔。

时无宴慢慢走过来，他看了眼夏藿，道：“姑获鸟，又称夜行游女。”

姑获鸟，别名天帝少女、夜行游女。传说这类神人有一件羽衣，穿上可化作神鸟，脱下会化作女子。在部分民间传说以及一些志怪典籍的记录中，姑获鸟有窃取他人孩子的习惯，当然另有别的典籍也说姑获鸟并不夺取幼儿，只是收养无人养育的孤儿。

尤星越面带疑惑：“您想与灼灼结缘？”

灼灼是备受宠爱的小马，爱意赋予她纯洁且强大的心。她有秦飞眠对弱小者的保护欲，也保留了小秦飞眠的童心，更被秦飞眠的母亲赋予了对孩子的爱。夏藿会喜欢灼灼，一点都不奇怪。

夏藿知道自己在人类中的名声，她解释道：“有些同族确实喜好劫掠幼子，但我们姑获鸟一族并非都是这样的。我没有这个习惯，现在是个幼师。”

尤星越歪头，时无宴对他点头：“确实如此。”

尤星越放下心。瓷国的神话体系复杂，而且不同志怪对同一种妖怪神兽有不同的记载，尤星越无从判断夏藿所言是否属实。

尤星越道：“灼灼喜欢谁，就是和谁有缘。”

看来夏藿连着几天都来店里，是因为灼灼。

灼灼坐在尤星越的鞋上，后腿劈叉，前腿撑着身体。它以前不会这么坐，现在这样应该是模仿了猫——程明浅来过一次，灼灼就学会了。

灼灼问：“什么叫幼师呀？你养着很多孩子吗？”

夏藿道：“幼师就是陪伴小朋友慢慢长大的人，有很多很多的孩子。他们出身不同的家庭，有不同的性格。嗯……有时候会很难缠，有时候又很可爱。”

灼灼眼睛一亮：“真的吗？”

夏藿温柔道：“往复在此，不留客与老板作证，我可不敢撒谎。”

尤星越失笑。他连夏藿是姑获鸟都看不出来，夏藿敬畏的当然是时无宴。

灼灼想了想，说：“老板，我想去。”

“以前飞眠眠说，没有人不喜欢小马，卫澜也说过，”灼灼道，“所以我希望孩子们都可以见到一只小马。”

灼灼会告诉所有和卫澜一样的孩子：不要怕，小马保护你。

尤星越浅浅弯起唇角：“是啊，孩子们都会爱你的。”

小马不只是小马，它可以是很多孩子对这个广阔世界的一点幻想，是可爱的、闪着光的梦幻童心。

天何等广阔，龙在云间打个滚，就奔腾出千万里雷霆电光。

所有的科学现象，都可以是梦幻神话、志怪传奇。

浪漫不需要向科学解释。

夏藿和灼灼相处了好几天，才在不留客与尤星越的共同见证下，和灼灼签下契约，带走了灼灼。

这一次，不留客分到的力量惊人，他陷入沉睡，尤星越估计等不留客清醒过来的时候，能恢复到以前的三四成力量。

任一帆看着夏藿走出去的背影，羡慕道：“真好，我要是有钱，我也想带小马回家。”

姑获鸟在世间行走多年，完全不缺钱，尤星越也没有和她客气。

灼灼身上的刺绣部分不多，因为是放在床榻上的小马，为了舒适度没有绣宝石珠子，绣工虽然精美但是也没有高难度的技艺。成交价六万六千，主要是夏藿和小马都喜欢六这个数字。

尤星越笑道：“小马喜欢夏姐姐，才愿意跟她走。”

任一帆：“我觉得便宜了，老板应该卖个六七十万。毕竟我们小马还有历史意义呢，将军家书里提了那么多次。”他是秦飞眠的忠实粉丝，垂涎将军的小红马已久。

因为秦飞眠的关系，来店里求小马的人络绎不绝，有人更是报出了五十万的高价。

尤星越无语片刻：“……什么历史意义？证明秦飞眠喜欢玩具马的历史意义吗？”

秦飞眠前几天才知道考古队在挖自己的坟，连夜跑过去查看墓里有没有黑历史，然而她去晚了，主墓里的东西都已经登记在册，秦飞眠总不能偷走一两样，只好悻悻回来。

任一帆：这个历史意义听起来好像没什么意义。

两人聊了几句，午餐送过来了。正好是饭点，店里的客人不多，他们闻到香气都觉得肚子饿得慌，纷纷出去觅食。任一帆打开外卖，笑眯眯道：“谢谢老板。欸，时先生今天怎么不在？”

往常时先生都和老板黏在一起，任一帆一度以为时先生和老板是异父异母的亲兄弟。

尤星越掰开筷子：“他今天有事，可能这几天都不会过来。”

尤星越喝了口汤，漫不经心地想：也不知道是什么大事，猫局长，不，程局长要出长差，他居然也要回轮回司坐镇。

尤星越突然想起来：“今天是周五吧？你晚上有什么要紧事吗？”

任一帆摇头：“没有。”

尤星越道：“我下午要出去一趟，你今天可以晚点下班吗？放心，给你算加班费。”

任一帆乐了：“老板你跟我客气什么？是一直开门营业吗？”

尤星越摇头：“不，到点就打烊，只是劳烦你看个门。”

不留客正在沉睡，店里只剩超薄和屠龙两个器灵，尤星越不放心——主要是不放心屠龙的暴脾气。

吃过饭，尤星越在店里挑了一样古董拍照，做一些相关科普放上账号，算是更新。

下午的时候玉芝请尤星越吃饭，尤星越推辞不过，只好答应下来，下午四点多的时候，尤星越坐地铁赶往约定的地点。

这顿饭约在远近闻名的绘饮楼，这家酒楼可以说是货真价实的百年传承，屹立颖江市一个多世纪，瓷国的几个传统菜系做得出神入化，在国外也享有盛名。

唯一的缺点是贵。

绘饮楼的装修古色古香，玉芝对尤星越的感谢无以言表，才特意请尤星越到绘饮楼吃饭。

尤星越踩着楼梯慢慢往上走，他并不是很重口腹之欲的人，但进了绘饮楼后闻到香气，居然有点饿了。

绘饮楼包厢紧俏，轻易约不到，所以玉芝订的是大堂位置，但即便这样都要排队等号。

尤星越到二楼的时候，不仅玉芝和卫澜在，连那天陪着玉芝一起来的白总也在。

一个多星期不见，卫澜养得胖了一点，气色和精神比之前好了很多，他隔着几个桌子一眼就看到了尤星越，忍不住冲尤星越挥手："哥哥！在这里！"

尤星越莞尔，走上前抱起卫澜："张阿姨，白总。"

玉芝很不好意思地道："澜澜重得很，您快别抱他了。"

尤星越掂掂卫澜，坐下来让卫澜坐在他腿上，笑吟吟道："哪里重？明明就很瘦，卫澜多吃一点，长高点变成大孩子。"

卫澜用力点头，他凑到尤星越耳边小声说："小马来找我告别了。"

尤星越眼睛带笑，也压低声音和他说悄悄话："是吗？你们说什么了？"

灼灼修补完好后，修为逐渐恢复，现在能自由跑出本体，也可以控制灵体在普通人面前显形和交流。

卫澜说："灼灼叫我不要怕，它会永远守护我。其实我不怕的，我长大了，以后会保护妈妈还有别的小孩。我会多吃饭，长得高高的。"

尤星越揽着卫澜的肩膀："我们卫澜是小英雄！"

卫澜这段话让尤星越彻底安下心，卫高福带给卫澜的不只是身体的疼痛，还有精神上的折磨，卫澜在小区和学校都是被孤立的状态。尤星越前几天一直很担心会给卫澜留下心理阴影，现在看来灼灼给了卫澜前所未有的勇气。

卫澜抿着唇，很不好意思地笑了下。

一大一小说完话，白总笑着拧开饮料，给尤星越倒上，问："那位时先生怎么没来？"

今天请了两个，没想到只有尤老板来了。

尤星越解释："他今天有其他事。"

白总点头："太可惜了，我和玉芝姐都没法向他亲口道谢了。"

尤星越问："两位打算离开颖江市？"

玉芝点头："前几天打完官司，我就想把澜澜的学籍转到我那里去，卫高福靠近现在的学校，我们担心他闹事。今天总算能请您吃顿饭，正式道个谢了。"

尤星越完全理解："孩子的事是最大的事。"

卫澜在之前的学校受过排挤，还是换个地方开始新的生活更好，趁现在学校开学没多久，卫澜能尽快适应新课程。

说完了正事，菜也开始往上端。

白总抿唇一笑，借着闲聊向尤星越解释为什么没有安排在包间："早就听闻绘饮楼的大名，以前太忙没来过，没想到包间这么难订，都排到下个月了。"

尤星越点头："绘饮楼是我们颖江市的招牌之一，作为当地人与有荣焉。不过说起来不怕白总笑话，这还是我第一次来。"

白总心情舒畅，她真是喜欢这个长相好、情商高的老板。

她请客吃饭向来选在包间，一个是隐私性高，二来也有面子，没想到这次居然只能在大堂，白总自己都觉得怪别扭的。

几人吃完后在门口准备告别，尤星越却碰上了熟人——吴兴方。

吴兴方正要往包间去，远远看见尤星越，兴冲冲走过来："老板！"

尤星越愣了下："吴叔叔。"

他有段时间没见过吴兴方了，主要是暗暗坑了金蟾一把，略有些心虚。

吴兴方乐呵呵道："老板来绘饮楼吃饭怎么不知会我一声？我和这里的老板熟。"

吴兴方自从商超开业后财源广进，他兴致勃勃道："老板，我最近在南边又看中了一块地，准备开个连锁，您看能不能抽空去我那儿看看？"

尤星越不太喜欢和吴兴方这样有点小精明的人打交道，推拒了吴兴方的请求："吴叔叔，过犹不及，店里的东西讲究一个缘分，您有金蟾已经足够了。"

吴兴方锲而不舍，他刚喝完酒，大着舌头道："老板，您放心，酬劳是绝对不会少的！您只要指点指点，就有大把的收入进账，何乐而不为呢……"

尤星越飞快皱了下眉，抽出被吴兴方紧紧拉住的手。

吴兴方只感觉身后刮来一阵风，一个娇俏的女孩子一把拉住尤星越的手臂："老板！"

吴兴方愣了一下，晕乎乎的脑子清醒了一瞬：这不是绘饮楼的千金吗？她认识尤老板？

尤星越："陶桃？你怎么在这儿？"

不止陶桃，尤星越一回头，知雨竟然也在。

陶桃眼巴巴地盯着尤星越："这是我家的店。"

尤星越恍然：对，陶桃之前说过家里开饭店。

戚知雨无奈极了："老板，我们本来放学直接回了古玩店，然后陶桃和屠龙吵起来，非要出来比试一下刀工。"

尤星越视线下移，戚知雨手里拎着个包，屠龙藏在包里，叭叭叭道：“老板你评评理，陶桃非说她刀工比我好。这我能忍吗？我可是刀啊！”

尤星越心累：“……你们高兴就好。”

陶桃晃着尤星越的手臂：“老板，你来给我们当裁判。”

小饕餮很会撒娇，戚知雨也跟着眼巴巴地看着尤星越。

尤星越哭笑不得，他看了眼时间，任一帆今天会晚点下班，去看看陶桃和屠龙比试也可以。

尤星越无奈地点点头：“好，我给你们当裁判。”

尤星越对吴兴方略一点头，转身离开。吴兴方有点想伸手阻拦，忽然对上陶桃的眼神。

陶桃冷冷看了他一眼。

吴兴方发热的大脑终于冷静下来，老板难道会缺钱吗？当然不会！

他懊恼地一拍嘴：“喝酒误事喝酒误事！”

尤星越被陶桃推到了后厨。

小厨房里只有他们几个人，戚知雨从包里掏出屠龙。

屠龙和陶桃都等着尤星越决定比什么。

尤星越看了半天，说出一个考验刀工的菜色：“就比一个文思豆腐吧。”

陶桃一挥手：“简单，老板你等一小会儿。”

她从盆里捞出两块豆腐，分别放在砧板上，戚知雨相当关心战况，赶紧站到一边看着。

陶桃和屠龙各占一块砧板，随着戚知雨的一声“开始”，计时器的声音响起，切文思豆腐对陶桃和屠龙都不算什么难事，一会儿的工夫，戚知雨就捧上来两块豆腐花。

尤星越只是看了一眼，还没说话，两个“厨师”就先吵起来了——

陶桃：“我切得更细！”

屠龙：“你中间切断了！”

陶桃：“你眼瞎吗？没有断！”

屠龙：“就是断了！”

陶桃：“你等着！我一会儿就跟老板买你，我们天天比试！”

屠龙：“你去啊！我等着！”

戚知雨左右拉架。

尤星越觉得这两位大概也不是很在意他的点评，索性不管了。

屠龙和陶桃吵架的时候，小厨房里溜进来一个熟人——陶桃的父亲。

陶桃爸拉住尤星越，蹑手蹑脚地走到角落：“尤老板。”

尤星越不明所以：“您有什么事儿吗？”

陶桃爸搓搓手，欲言又止半晌，才将声音压得跟蚊子似的：“老板……唉，这可怎么好意思说呢？但是为了我女儿，我豁出去了！”

他的态度极其慎重，尤星越情不自禁严肃起来：“您说。”

陶桃爸眼睛一闭，心一横：“您看，你家卖童养夫吗？”

尽管知道陶桃父亲说的是戚知雨，但尤星越脑子里还是忍不住蹦出一个想法：……您可真行啊。

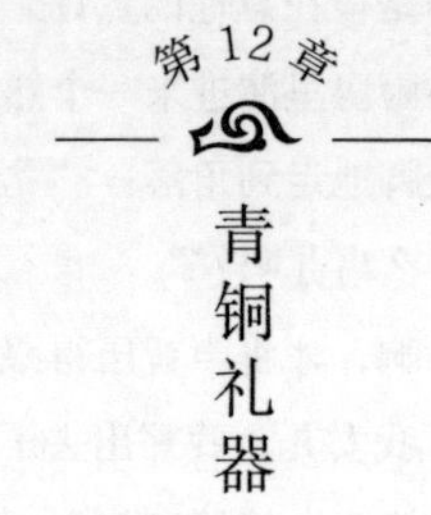

第12章 青铜礼器

尤星越委婉道："您这日子还是挺有盼头的。"

陶桃爸："过奖过奖……哦哦，您不是夸我是吧？"

尤星越清了清嗓子："咯咯，我的意思是，新时代提倡自由恋爱，包办婚姻不可取。我们知雨还没到嫁出去，不是，还没到步入婚姻的年纪，先谈着恋爱也行。"

一千岁当然不小了，但是戚知雨在土里埋了几百年，心理年纪估计和陶桃差不多，一个刀灵一个饕餮，要是从现在开始一起长大，也能算迟来的青梅竹马。

陶桃爸叹气："您说得对，我这不是担心吗？陶桃这个脾气，幸好知雨受得了她。"

尤星越莞尔："陶桃性格很好。"

陶桃爸讪讪一笑。

好个屁哦，陶桃从小就是校霸，成绩还差，说来也是很奇怪，陶桃就是舍不得对戚知雨凶。

两个家长说话时，陶桃和屠龙依然在吵架，话题已经换成了"戚知雨和屠龙到底谁更锋利"。

戚知雨站在一边，沉静的眉眼间全都是无奈，好声好气地劝架："不吵了不吵了，都是刀具，锋利程度差不多。"

尤星越若无其事道："屠龙，不要吵架。"

老板的威信还是有的，屠龙哼哼几声，说："老板，你把我卖给她，我要天天跟她比厨艺。”

尤星越看了眼时间：“契约合同都在店里，正好明天是周六，陶桃来店里玩吧。”

陶桃点头：“谢谢老板！”

尤星越看向戚知雨：“知雨，你是再玩一会儿，还是跟我一起回去？”

戚知雨道：“我跟你一起回去，晚上先把作业写了。”

尤星越点头，接过屠龙擦干净，放进包里：“陶先生，那我们就先走了。”

陶桃父亲道：“我们送老板出去，您别推辞，我们祖上和前几任老板都有交情，曾经在不留客与一整套的白瓷碗碟结缘过。”

陶桃父亲表情略有些心酸，道：“非常漂亮的白瓷，就是话比较多。”

六个开了灵智的白瓷碗，就是六个同胞兄弟姐妹，活像六百只麻雀，吵得人头都大了。

相比之下，脾气暴点的屠龙就好多了。

尤星越莞尔，六个话痨凑在一起，想想就觉得场面很可怕。

陶桃和陶桃爸送尤星越出绘饮楼，快到门口的时候，陶桃爸递出一张硬卡：“看我这个记性，居然忘了做自我介绍，我是陶放。这是绘饮楼的贵宾卡，可以在顶楼开包间，您拿着。”

金属质地的卡片，正反面都刻着小饕餮的暗纹，右下角镌了一串卡号。

尤星越连忙拒绝：“您太客气了，无功不受禄，怎么好收您这么贵重的东西？”

陶放道：“这怎么能是客气呢？其实周围有名有姓的大妖神兽都在顶楼有包间，以后谈事情来楼上也方便。最重要的是……”

陶放打了个眼色：“咱们以后说不定是一家人。”

两个家长互相客气的时候，陶桃和戚知雨都偷偷向这边看。

尤星越想了想，知雨和陶桃的关系在，他到底不想太客气，于是接受了贵宾卡：“那就谢谢您了。”

眼见尤星越收了贵宾卡，陶桃撞了下戚知雨的肩膀，戚知雨抿唇一笑，有点不好意思地低下头。

送到绘饮楼外，尤星越直接拦了一辆车。

戚知雨赶紧道：“老板，我们坐地铁吧。”

尤星越笑道：“戚知雨你是忘了自己已经是有六十多万粉丝的大网红了吗？

还省车钱？任一帆还在店里等我们回去呢，赶紧打车吧。”

包里的屠龙倒是可以用灵力遮盖，但是打车显然更方便。

戚知雨现在定期录制视频，发扬传统武术，迅速积攒了一大批粉丝，甚至有一些剧组看上了他的人气和长相，还想约他去拍武打戏。尤星越将账号的盈利都存到戚知雨的卡上，让他随取随用，每个月还给戚知雨打一笔生活费。所以小刀灵还是很有钱的，不过和陶桃这种白富美有相当大的差距就是了。

地铁口离绘饮楼有一段“打车麻烦、走路太慢”的距离。

戚知雨点点头：“我听老板的。”

陶桃热情地冲尤星越和戚知雨挥手：“我明天去找你们玩！”

戚知雨按下车窗，冲陶桃一笑。他脸颊上有个小小的酒窝，一笑起来羞涩腼腆。

陶桃一下捧住脸：“好可爱！”

陶放摸摸自己的肚子，感慨女儿和老婆都是一个口味，喜欢这种清俊的少年郎。想当年，他也是这样的美少年啊。

尤星越和戚知雨回到古玩店的时候，任一帆正坐在柜台后看话本，听到他们进门，任一帆抬头：“老板回来啦！”

尤星越笑道：“辛苦了，准备下班吧，今天麻烦你了。”

任一帆冲他乐道：“加班有加班费肯定不能叫麻烦，今天虽然有聚会，但那都是九点之后的事了。”说着他起来收拾东西，将脚边的垃圾袋扎起来一起带走。

戚知雨放好屠龙，目送任一帆出门。

戚知雨关上门，道：“我还给不留客带了外面的零食，要放在卧室里吗？”

尤星越道：“你自己吃吧，不留客吸收了一些力量睡着了。”

戚知雨点头：“那我去写作业了。”

尤星越点头：“有不会的来问我。”

他也是名牌大学的毕业生，虽然不是学神，好歹也能算是学霸，辅导戚知雨的功课还是够的，只是会头疼。戚知雨先去柜台下拿台灯，再从包里拿出作业，坐在尤星越平常待客喝茶的黄花梨椅子上写作业。

尤星越皱皱眉，他觉得自己不仅有必要买车，还有必要在附近租一套房子。知雨在店里写作业不方便，晚上休息还得化成原形，睡在刀架上。

次日古玩店开门营业，任一帆喝着奶茶走进店里，刚站在柜台后，店里就迎来了今天的第一对客人——

一对虎背熊腰的壮汉，胳膊比任一帆的腰还粗，正肩膀挨肩膀地挤在门口，向门内张望。

面对两个身高两米左右的壮汉，任一帆脸上的笑容有点僵硬："两位来参观吗？请进。"

壮汉之一连忙开口："我们找尤老板。"

任一帆一愣，拿起手机给休息室的尤星越发了信息。

没一会儿，尤星越走出来，一照面他就辨认出这两个壮汉是器灵。

壮汉姿态拘谨："老板，我们有古董给老板看。"

尤星越浅笑："请跟我到休息室。"

两个壮汉缩着身体跟着尤星越进了休息室："我叫争远，这是广盾，我们二人都是无家可归的器灵，恳请不留客收留。"

广盾紧紧挨着争远。

尤星越为两人斟了两盏热茶："请问两位的本体是？"

争远："两件青铜器。"

超薄震惊到卡机：青铜器？

尤星越艰难地维持住了唇角的弧度："可否请两位先展示本体？"

争远："应该的应该的。"

两个器灵靠墙化出原形。

是青铜剑与青铜广盾。

广盾又称立牌，是一种大盾，呈五边形，下方上尖。

青铜剑未开刃，钝而厚重，足有半人高。

两件青铜器几乎没有受到时光的影响，依然光鲜璀璨，只有一些位置颜色暗淡，呈现出浓绿的锈蚀。青铜剑与广盾上有不知名的花纹作装饰，看上去装饰性远大于实用性。

超薄疑惑："青铜器不是又绿又红的吗？"

尤星越："刚铸造出的青铜器是金色的，有些保存较好的青铜器依然有金属光泽。因为青铜是铜锡元素的合金，氧化后会出现多种颜色的锈迹。"

尤星越仔细观察后，问："我看两位的形制不像人类所有，是不是妖族祭祀所用的礼器？"

广盾："老板好眼力！我和争远出身小妖族群，后来走失，不知道族群是否还在。我们的修为与祭祀挂钩，脱离族群多年，如今修为下跌，难以长时间维持人形。"

争远苦笑："我们在乡下躲藏多年，最近听闻不留客的大名，恳请老板收留。"

尤星越松了口气：既然是妖族所铸，也就不必遵守人类的规矩。

"请两位安心留在这里吧。既然是礼器，想来以后也需要新的妖族继承你们，我会为两位物色合适的族群。"

争远和广盾化为人形，激动地给尤星越行了好几个礼，被尤星越侧身躲开。

和两个器灵聊天的过程中，尤星越发现争远、广盾和其他器灵一样，与现代社会有些脱节，但比知雨还内向，不太习惯和人类交流，希望能以本体的形式挂在古玩店里。

就连晚上和其他器灵见面时，争远、广盾也非常拘谨。

尤星越沉吟片刻后，腾出会客室的空间，将青铜剑与广盾挂在会客室的墙上，起到装饰作用。

次日尤星越洗漱完，给依然沉睡的不留客盖上被子，打开卧室门走出去，一出门就被震惊到——

短短一夜，整个古玩店像是请了专业的团队打扫过。

店里有时无宴坐镇，自然是干净的，尤星越也定期清洁，但是打扫到这个程度，地板都在反光也太可怕了。

戚知雨坐在椅子上，抱着书包，愣是不敢放下。

尤星越看着拿着抹布，穿着围裙的广盾和争远，震惊："你们这是干什么？"

争远眼含热泪，毕恭毕敬："赎罪。"

争远羞愧极了："我们昨天才得知，像我们这样的青铜器不能买卖，如果卖不出去……我们就是罪人！"

尤星越："……别这样，我买的扫拖机器人会失业的。"

广盾腰间系着陶桃落在不留客的粉色围裙，肌肉撑得围裙濒临报废，他面露警惕："机器人？新的器灵吗？有我们在，请老板让他安心失业吧！"

尤星越："……"

争远拍拍胸口："老板放心，以后店里的卫生都交给我们做！"

尤星越迟疑几秒："你们高兴就好。"

眼看拖把第二次从自己眼前路过，戚知雨小心翼翼下了地：“老板，我去上学了，陶桃在门外等我了。”

尤星越点头：“晚上有空带陶桃回来，前几天太忙，今天和陶桃签一个合同，让屠龙跟陶桃走吧。”

屠龙是菜刀，古玩店里没有厨房，屠龙只能跟着陶桃去绘饮楼过过厨艺的瘾，尤星越不想让屠龙在店里憋屈太久。

刚睡醒的屠龙高兴道：“老板，你等着我用厨艺称霸整个绘饮楼。”

尤星越温柔道：“我觉得你先学会化形比较重要，稍微改改你这个脾气。”

屠龙：“……哦。”

戚知雨挥挥手：“老板放心，我会劝陶桃不要和屠龙打架的。”

尤星越觉得好笑：“快去上学吧。”

今天是周一，步行街的人寥寥无几。尤星越吃完早餐正好碰上来上班的任一帆，任同学快乐地冲他挥挥手：“老板！”

任一帆念念叨叨地走进门，正要去会客室的柜子放包，迎面看见一把青铜巨剑。

青铜巨剑一旁，还陈列着一面半人高的青铜盾牌。

任一帆捂住胸口，急速倒抽凉气：“老板！”

尤星越回头：“嗯？”

任一帆手指颤抖：“这是青铜器吗？这样放店里合适吗？”

青铜器基本都是出土文物，非传家的文物都是需要上缴的。这两样东西虽然看着不像老物件，但是他们不留客里……好像全都是古董啊！

尤星越看看广盾和争远，淡然道：“哦，是工艺品。我们收集古玩的，谁不想有两个青铜器呢？”

争远：“……”

广盾：“……”

两个青铜器卑微地互相依靠。

任一帆长长松了口气：“我就说嘛！这么新！”

器灵反哺本体，故而有修为的器物本身看上去保存完好，像戚知雨这样能化成人形的器灵，本体别说像个古董了，简直就像崭新出厂。

快到营业时间，任一帆放下东西跑去柜台，刚站定，便看见老板那位引人注目的朋友从博古架后走出来。

时无宴察觉到任一帆的视线，对任一帆颔首。

任一帆赶紧避开时无宴的视线，慌乱道：“早上好，时先生。”

尤星越在柜子里拿出两张纸，对时无宴一笑：“来了？”

时无宴走过去：“要写什么？”

尤星越抽出记号笔，在纸上写下一行字：工艺品，请勿触碰。

尤星越将两张纸分别放在广盾和争远身旁：“委屈你们了，谁让你们身份特殊呢？”

争远：“……”

广盾：“……”

争远忍住哽咽：太惨了，工艺品什么的……他和广盾长得有那么像流水线产品吗？

时无宴疑惑：“为什么特意标注工艺品？”

尤星越解释：“正经的青铜器大多属于出土文物，是国家所有，应该要上缴国家，不能进行交易。他们两个……反正看上去也很新。”

时无宴认真道：“他们卖不出去，我们会不会亏了？”

争远生怕被赶出去：“老板，我们还是有用的！”

广盾：“我……我……我们特别会做家务，是收纳能手！酒吧里的清洁工作都是我们干的。”

此刻为了留下来，争远和广盾真的很努力了。

下午，临近四点半，古玩店进了一个打扮较为奇怪的客人。

对方戴着口罩和帽子，手提一个皮箱，径直走到任一帆的面前。

“打扰一下。”

对方的声音清亮中略带沙哑，听起来年纪不大。

任一帆扫了眼对方的皮箱，对这男孩的打扮感到奇怪：“您好，请问您有什么事吗？”

“我想找一下老板，有一个……古董想给老板看一看。”

对方说到“古董”两个字的时候，飞快含糊了一下。

任一帆见他神神秘秘的，以为是很不得了的古董，亲自领他往里面走去，但是他只走到最后一个博古架的位置，就停了下来："你继续往前走，到了桌椅的地方往右看，帘子后面是休息室，老板在休息室里等你。"

不留客内部空间宽敞，摆下五个博古架后，还能容得下一个私人休息室，走过博古架，向右一看，果然看到了一片米珠串成的珠帘。

古玩店里弥漫着一种奇异的馨香，令人心神愉悦。

这个古玩店，果然从内到外都透着一种与众不同。

刚才经过的那几个博古架上放的东西果然和网上说的一样，件件精品，样样不凡。

少年紧张得手心出汗，他攥紧手提箱，撩开帘子："打扰了，请问老板在这里吗？"

尤星越正在编辑今天的更新内容，闻言暂时推开超薄："我就是，请坐。"

博山炉里燃着清淡却又芬芳的香料，时无宴正坐在一旁，轻轻盖上香炉。

尤星越最近睡得不是太好，时无宴点了安神的香料。

少年放下手提箱，润润嘴唇："那个……我听说你们古玩店也收一些比较奇怪的古董。"

尤星越推给少年一杯奶茶，笑吟吟地暗示道："嗯，什么奇怪的古董都收。"

少年听懂了尤星越的暗示，松了口气，拿起手提箱放在桌上，郑重地打开。

露出了一个……枕头？

少年正色道："我觉得，我家的枕头，它成精了。"

尤星越："……"

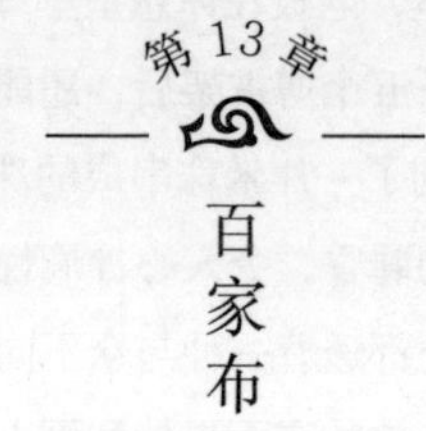

第13章 百家布

猛地一看，这就是一只普通的矮枕，几何形图案的枕套，整体洗得很干净，蓬松且散发着洗衣液的香气。仔细一看，好像也是个普通的软枕。枕头是仔细清洗晾干了的，枕套因为多次清洗，边缘有掉色发白的痕迹。

尤星越：怎么看都是普通枕头。

超薄隔着空气都感觉到了老板的无奈。

但是，尤星越在这只枕头上察觉到十分微妙的气息，也就是说，这只枕头还真的可能有点异常。

休息室内安静得落针可闻，博山炉升起袅袅的烟气。

少年尴尬地握起双手，他手指较长，掌心有一层茧，皮肤是健康的小麦色。尤星越迟迟不开口，少年的脸越来越红，坐立难安道：“不好意思，我可能是最近压力大，然后……”

尤星越手指动了动，他轻轻叹了口气：“请问，怎么称呼你？”

少年尴尬稍缓：“我叫裴彦。”

尤星越：“我可以拆掉枕套看看枕芯吗？”

裴彦连忙点头：“可以可以。”

尤星越一笑，从抽屉里拿出一对手套戴上，从枕套里取出枕芯。

和配色朴素的枕套不同，枕芯显得十分花哨——一个单人的小枕头，居然用了不下十种颜色的布料拼接。能看出尽量找了同色系的布料，但是其中有几块布料颜色十分突兀，和素净的枕套截然相反，色彩堆砌甚至驳杂，看得出是碎布料东一块西一块地拼在一起。

超薄：好家伙，这枕头要是成精了，揽镜自照的时候会不会自闭啊?

尤星越看见这层花里胡哨的布料，有些感慨道：“百家布。”

时无宴移开视线，似乎是不太适应枕头的奇怪风格：“何谓百家布?”

尤星越解释：“是向亲朋好友求取碎布料，缝制成的一整块布。早年民间会用百家布裁制小孩的衣裳，是一种祈福的方式，希望孩子能有百家的庇佑，好好长大。”旧时候孩子的夭折率颇高，民间因而出现了很多祈福的方式。例如裁剪百家衣，例如给孩子取贱名。所谓的小孩没腰，也是小孩没“夭”的谐音，求一个吉利。

时无宴不知道民间还有这种风俗，好奇地多看了两眼枕头。如此风俗，不过是口头彩，竟然有那么多的人相信吗?

尤星越眼神柔软：“我见过不少百家布，大部分会做成小衣服或者小被子，还是第一次见做成枕头的。”

孤儿院里有一张百家被。老院长是刺绣能手，也会一些裁剪功夫，手头积攒了不少碎布料。在物资缺乏的年代，碎布头都是好东西。老院长心灵手巧，用碎布头做了一张小被子。被子只有一床，不时拿来给体弱多病的孩子盖，希望孩子多福长寿，没病没灾。

尤星越轻抚过枕头，碎布拼接出的枕头触感柔软蓬松：“这确实是老东西，保存得也很不错，近期用过?”

“对，听我妈妈说是好几辈前传下来的，听说是碎布不够，所以才做了个单人枕头。我最近睡不好，然后我妈把枕头拿给我，说是用这个枕头就能睡个好觉了。”

尤星越随口问道：“用了枕头后你睡得很好，所以怀疑枕头成精了?”说话间，尤星越的指尖抚过布料时，微弱的欣喜传递到尤星越心间，布料确实产生了灵智，只是十分孱弱，不能语言交流，只能传递情绪。成精的也并不是一整只枕头，而是这层百家布。尤星越眉心轻蹙，指腹传出一丝灵力，缓缓融入百家布。察觉到温柔的灵力，百家布却没有太多欣喜的情绪，似乎对灵力没什么兴趣。这小东西还挺挑食的，不吃灵力。

裴彦崩溃道：“那倒不是，我最近压力大有点失眠，但自从我用了枕头……我就开始整夜地做噩梦!”

尤星越有些吃惊："为什么？都做什么样的噩梦？"

裴彦摘下口罩和帽子，整张脸露出来，眼圈青黑，脸上还冒了两个因为熬夜长出的痘。他生无可恋道："我这个人睡眠质量其实还蛮好的，但是刚上高二，压力大睡不好。换了新枕头的前两天还好，但是过了大概一周的时间吧，我只要一躺下就能听见有个声音在我耳边喊救命。"裴彦想起响在耳边几个晚上的窃窃私语，忍不住搓起手臂，"跟恐怖片似的！那种幽幽的嗓子，我感觉它下一秒就要说'我死得好惨啊'，吓得我根本睡不着。我去问了我妈，结果我妈一点都不信，说我肯定是做噩梦了，还吐槽说我平时皮糙肉厚，结果睡个觉还破事多。可是真的特别恐怖！"委屈的情绪从布料上传递给尤星越。

尤星越不仅善解人意，还十分地善解布意，代替百家布开口："它说它没有，所以你要不要考虑另一个可能性？"

裴彦下意识接下去："什么可能性？"

尤星越："比如你家闹妖怪？"

布料再次传递了否认的情绪。

裴彦撕心裂肺地咳嗽起来："老板你不要吓我！"

尤星越失笑："我开玩笑的。说话的不是枕头，它还不到能说话的地步。"

裴彦先是放松下来，紧接着感觉全身的汗毛都奓起来："您的意思是这个枕头它真的成精了？不不不，如果说话的不是它，我家还有别的东西成精了！"

尤星越解释道："枕头可以算是有一点灵智，但是非常弱小。准确来说，是这层百家布成了精。"

裴彦的猜测被证实，一想到自己在枕头上睡了好几天，就后颈发凉，他摸着后脑勺："我鸡皮疙瘩都要起来了。为什么枕头也能成精啊？"

尤星越感觉指腹下的布料传来几分失落，他莞尔，轻轻抚过百家布。

尤星越解释："成精成怪，成妖成仙，有时候讲究的是机缘。何况器物和活物不同，他们生来没有灵体，修炼艰难，但是机缘到了，照样可以开启灵智。"

尤星越偏头看向时无宴，神情轻松："对吧？"

时无宴："嗯。"

似乎觉得一个字的回答太简单，时无宴又补了一句："确实如此。"

接触的器灵多了，尤星越便发现器灵的诞生与器物存在时间的长短并不相关。

老物件更容易诞生器灵，并不是因为存在的时间久，而是古董与生灵产生的纠葛更多，沾染的情绪更强烈。

尤其是人类世界里的器物，人类生命短暂而情绪丰富，也意味着会有更多的生离死别与爱恨情仇，器物常年陪伴在不同的人身边，浸没在各种各样的联系与爱恨里，自然更容易产生灵智。

比如小马灼灼，是在母亲对孩子强烈的思念下催生出的器灵，从有了模糊灵智到彻底成形，只花了十来年的时间。

尤星越莞尔："所以你不用怕，很多器物的性格与它的原主人有关。你刚才说，这是你家传的，会为子女准备百家布的人，一定很爱你们。"

裴彦委屈道："可是，这个枕头睡起来完全不舒服！我感觉不到它爱我。"

尤星越摸了摸枕头："也是奇怪。"

他想起方才投喂百家布灵力时，百家布兴致缺缺的模样，忽然灵光一闪，"你平时是不是不怎么做梦？"

裴彦惊奇地趴在桌子上："您怎么知道？我睡觉雷打不醒的！这能算出来吗？老板你会算命啊？能给我算算我高考能考上心仪的学校吗？"

尤星越好笑："我不会算命，谁让我只是一个普通的古玩店老板呢？"

裴彦老实道："好吧。不过我确实很少做梦，前段时间失眠也就是睡不着，但是真睡着了，睡眠质量还是相当好的。这和我不做梦有什么关系吗？"

"可能有。"尤星越歪头看向时无宴，"这世上有妖怪以梦境为食，依靠吞噬梦境壮大自身的吗？"

时无宴点头："大多妖物依靠灵气修炼，但也有部分小妖以梦境作为食物。既然当初裁剪百家布的人将其做成了枕头，想来也是希望孩子可以整夜安眠，故而此物有助眠，甚至造梦的能力。"

"百家布对灵力兴致不高，灵体存在于世间，不可能毫无摄入，它大概吞吃梦境……"尤星越说着说着，感觉指腹下传来雀跃的情绪，显然是大力赞赏尤星越说得对。

裴彦认真听着，问："所以，它是饿了？"

尤星越忍笑："饿到要哭了。"

人在睡眠中，精神防守较为薄弱，也更为敏感，加上裴彦的睡眠质量好，所以在酣眠中接收到了百家布饿到哭唧唧的怨念。百家布如果能指挥自己的身体，此刻恐怕已经感激地给老板跳上一段广场舞了。

裴彦：突然觉得这块百家布也不那么可怕了，但是……但是家里还有一个妖怪啊！裴彦想了想，竟然有点心疼百家布："如果我继续留着它，它是不是还要饿肚子？"

尤星越："饿肚子倒是小事。只是怕时间长了，它会逐渐消失。"

裴彦吃惊："还会消失？"

尤星越笑道："人会饿死，器灵当然也会，尤其是弱小的器灵。"

其他小器灵会因为沾不到人气或者灵力饿死，百家布则会因为没有梦境而饿到消失。

裴彦犹豫："那……那怎么办？"

尤星越脱下手套，抿了口茶："有两个选择，一是把它拿给你的母亲，二是卖给我。不过这是你家传的东西，百家布更是承载了长辈爱意的物品，我建议你还是选择第一个。"

裴彦心情复杂起来，摸摸枕头："我真是错怪你了。那我选第一个，带它回去给我妈。"

裴彦小心收起枕头，扣上皮箱子："谢谢老板，耽误你这么长时间。"

他本来打算如果枕头真的成了精，就把枕头送给老板，这样他能安心，不留客外头那个奇奇怪怪的"古人生活区"博古架上还能新添一样，结果打扰了老板这么长时间，什么都没做。

裴彦自己都脸红，他赶紧掏出手机："老板，我付个咨询费吧。"

看出裴彦的愧疚，尤星越无所谓："码就在旁边，你随便扫吧。"

裴彦转了一百块钱，红着脸说："我零花钱不多。"

尤星越笑道："你就是转十块也行。"

裴彦嘿嘿一笑："十块多跌份啊，这不凑个一百怎么能显出我颖江市未来篮球巨星的身份？"

他拎着箱子站起来，正要走，突然转身："不是，老板，你刚才说我们家里可能还有一个会叫救命的东西？"

裴彦脸色有点绿："不会真是闹妖怪吧？"

"不会，你身上没有妖气。可能是你听错了，自动将百家布的情绪翻译成了救命。"

裴彦想了想，搓搓手："好吧，那我先走了老板。"

裴彦乐呵呵地拎着手提箱回家了。

九月是夏末，天气转凉，白日渐短，裴彦骑着小电驴回家的时候，天色刚暗下来。裴彦做贼心虚，生怕老妈发现他把枕头抱出去了，于是轻手轻脚地蹿进楼道，悄悄打开门。

很好，老妈在楼下烧饭。

裴彦放下手提箱，取出枕头放进老妈房间里，一系列动作一气呵成，坐下来写了一会儿作业后，听到老妈在楼下叫自己吃饭。

洗手的时候，裴彦随口道："妈，我还是用原来那个枕头吧。"

裴妈妈眉毛一皱："又怎么啦？那个枕头明明很好！那可是你太姥姥九十多岁的时候做的，怎么就你不爱用呢？"

裴彦看着亲妈清晰的黑眼圈，有点心疼道："哎呀，是我头发油！我最近睡得挺好的，你觉轻，给你用。"

裴妈妈怀疑地盯着裴彦的眼睛："假的吧，看看你的黑眼圈。"

裴彦道："不是，我习惯侧睡，用高枕比较舒服，那个枕头太矮了我不适应，侧睡压得肩膀疼。"

裴妈妈道："好吧，山猪吃不来细糠。这个月电费比上个月高了，你在家少开空调啊。"

裴彦："哦……"

夜里，裴彦用回了自己的高枕。解决了一桩心事，裴彦一觉睡到三点多，迷迷糊糊地被憋醒，起床出来上洗手间。刚刚走到外面，忽然感觉客厅有光影晃动。他疑惑地走到客厅，嘀咕着："灯忘关了……吗？"

客厅里，灯是关着的，电视却开着，沙发上坐着一个半透明的人影，跷着二郎腿，正津津有味地看着电视。他甚至贴心地……关掉了音量。

第14章 裁缝剪

电视上播着经典志怪电视剧，画质未经修复，客厅的大小灯都关着，唯有电视的光映在沙发墙上。

半透明的男人一身裁剪得当的正装，跷着腿看着电视，明明没有声音，他却看得很专注。

裴彦：“啊！”

裴彦惊呼出声，男人吓了一跳，错愕地回头看向裴彦，用一种惊讶的语气道：“吓死人了，你突然跑出来嗷一声，这要换个年纪大的，直接给你吓晕过去了。”

裴彦：他还能说话?

男人站起身，优雅地理好袖口：“失礼了，在下裁非，是……”

裴彦捂住胸口，用百米冲刺的速度冲到亲妈房间门口：“妈——咱们家里有妖怪！”

裁非低头看看自己的身体，这才意识到一件事：这个样子好像是挺灵异的。

裴妈妈不堪噪音，终于打开门，裴彦拉着亲妈就往房间里钻：“妈，客厅闹妖怪！我们快进卧室躲一躲。”

裁非诚恳道：“妖怪会穿墙，你下楼我也能追着你下去啊。”

裴彦进门的动作顿住了。

裴妈妈一头雾水：“什么？你这几天怎么大惊小怪的，家里不可能闹……”她走出卧室，和裁非对上视线。

裴彦看着母亲的表情，她一瞬间心情复杂的样子：“是您啊。”

裁非也感慨道："当年的小姑娘也是大小伙子的妈妈了。"

裴妈妈有点不好意思地笑了下："让你见笑了，小孩咋咋呼呼的。所以你这是？"

裴彦缓缓伸出头："妈，这是你的老相好啊？"

他妈妈离异五年了，有恋爱情况多正常，但是人妖情未了……是不是太劲爆了？

裁非慢慢道："这种儿子，不打几顿说不过去。"

程苑在长辈面前丢了人，竭力维持着尴尬的笑容："这是你……太姥姥用过的裁缝剪刀。妈妈小时候见过他，你就叫他老祖宗！"

裁非一听"老祖宗"三个字，顿时头都大了："大可不必！"

裴彦听到亲妈解释，麻木道："妈，我的太姥姥到底是个什么神人啊？你给我的那个快成精的枕头也是太姥姥做的，现在这个妖怪居然是太姥姥的剪刀？"

太姥姥在世的时候是很有名的长寿老人，裴彦小时候还见过太姥姥。

裁非有点怀念道："你太姥姥啊……一个特别古灵精怪的小姑娘，是当年远近闻名的好裁缝。也算是巧合吧，我当年还是个话都不会说的小器灵，凑巧被她买回去了，搭档了一辈子。我当年和你太姥姥，是志同道合的好友啊。"

程苑吃惊的是另一件事："枕头成精了？你怎么知道的？"

裴彦将自己今天偷拿枕头去不留客的事情交代了一遍，程苑恨铁不成钢："说你傻你是真的傻！网红店你也敢信？你就不怕人家把百家布骗走了？"

裴彦不服气："可是人家就是很准啊！再说了，店里一堆金银美玉珍珠宝石，骗个布回去干什么？不留客是靠真材实料红的好不好？老板一眼就看出我这个枕头成精了，还告诉我说枕头要吃梦，因为我不做梦，枕头饿得不行了，所以我才睡得不舒服。"

程苑依然有些怀疑。

裴彦不服气："我之前跟老板说，有个东西半夜在我耳边叫救命，老板说家里是干净的，他要是想骗钱，干吗不顺着我说？"

"稍等。"

裁非轻轻抬手："在你床边喊救命的是我。"

裴彦："为什么？"

裁非挺无辜的："你睡觉跟死了一样，打呼噜就算了还没有足够的梦境可食用，我担心你饿死百家布那个小东西，所以给你提个醒。因为你好像不知道器灵的存在，所以我没有现身，怕吓到你。”

裴彦委屈极了：“那是提醒吗？那明明是午夜惊魂！不知道还以为是索命，你就不怕我厥过去？”

裁非：“……倒也不必把自己形容得那么娇弱。”

“至于你说的不留客，”裁非轻轻眯起眼睛，“带我去看一看吧。”

说起来，他刚刚形成灵智的时候从其他器灵口中听过不留客这个名字，只是从来没有见过，听说是为古董器灵寻找有缘人的古玩店。

裁非看着程苑，叹了口气，又笑道：“时移世易，代代不同，我看你和孩子如今都不做服装行业了。”

程苑歉疚：“对不起，我对服装设计实在没有兴趣。”

裁非笑笑，收起那点落寞之意：“别道歉。人各有志，我也该再寻一个志同道合的人了。”

程苑虽然不信任网红店，但裁非有意，她只好道：“周五！周五带您亲自去看看那个不留客。”

在裴彦的好奇注视下，程苑打开了家里的保险箱。

裴彦一直知道家里有一个中型保险箱，他一度幻想亲妈哪一天打开保险箱，告诉他“儿子，其实咱们有传世的古董宝贝，你是个富二代”。

裴彦期待地看过去，保险箱里的不是什么金砖银器，而是一整套的裁缝工具。硬尺、软尺、镊子、认不出的小零件，甚至还一沓乱七八糟的草稿纸。裴彦看得眼花缭乱。裁非半透明的手指轻轻抚过那些草稿纸，又想起了当年裁布做衣的时光。他的本体放了太久，不知道是不是一如当年那样锋利。

上层单独放置了一把剪刀，是裁缝用的大剪刀，做工精巧，竟然没有一丝笨重的感觉，程苑从保险箱拿出来的时候，依然能感觉到剪刀的锋利。

程苑郑重地将这些东西取出来，一一放置在手提箱里，打算过几天带去不留客。

尤星越对这一切一无所知，这天他帮屠龙和陶桃签了契约，这两个意见不合的话痨和吃货终于可以在厨房里同台竞技。

尤星越送走屠龙的当天晚上，长长舒了口气：“我终于不用在深更半夜的时候，听屠龙在店里背菜谱了。”

尤星越不是夜猫子，但他也没有早睡的好习惯，平常在十二点左右睡觉。临近午夜的时候，听到屠龙要挟超薄上网看美食视频，他真的会忍不住……

忍不住点外卖。

超薄也虚弱道："老板，我什么时候才能化成人形？我真的好想吃东西，不留客沉睡前还跟我说，他能吃东西了。"

尤星越托着脸："再有个五六百年吧。"

戚知雨忍笑道："你把上网的时间省下来，不就能好好修炼了吗？到时候不仅能吃东西，还能自由行走在阳光下。不比上网好玩吗？"

超薄轻啧一声："你肯定不能理解我这种宅男的想法。再说了，网上难道就没有腥风血雨了吗？我在网上的英雄行为多如牛毛，我要是说出来，一定能吓你一跳！"

戚知雨不懂，好奇道："网上怎么做英雄？"

尤星越洗漱完出来锁门，从他俩身边经过时，轻轻笑了下："键盘侠。"

超薄听了尤星越这一句，赶紧关机了。

回到卧室的尤星越摘下眼镜，揉了揉眉心，明明已经过了十二点，他还是毫无睡意。不留客睡在另一边床上，毫无苏醒的迹象，尤星越心里有些沉重。

卧室里不知为何弥漫着淡淡的梨香，尤星越疑惑了一会儿："什么味道？"他从床上起身，顺着味道找过去，在卧室角落里发现了一个落地银质镂空小香炉，正袅袅地升着气。香气非常淡，又和床铺是斜对角，以至于尤星越心事重重地躺下时，竟然没有立刻就发现。尤星越没有点香的习惯，戚知雨也不会细心到在他睡前点上一炉香。

是时无宴。

尤星越戳了下香炉，吊在半空中的银质小球晃了晃，他忍不住弯起唇角：灵神往复，着实是细心人。

一周的时间过得很快，周五下午。

程苑拎着箱子，身后站着儿子，谨慎地踏入了"不留客"这间网红店。

尽管来之前在网络上已经看过这家店的装修，但是亲身来到店里，感触截然不同——质感，非常有质感的店铺。

整个店面都透出一种时间沉淀下的稳重，沉重却不压抑，降香黄檀为主的家具没有红木的森严感。

一进门，首先闻到了淡淡的香气，清新甜蜜融合得刚刚好，让工作时的大脑放松下来。

程苑即便想要提高警惕，也依然在这股香气里越来越放松。

店里只有一个店员，此刻被人群围着。

程苑不自在道："只有一个店员吗？"

裴彦点头："对。"

程苑生出一点不信任："这么大的店就雇一个店员？"

裴彦："呃……我觉得一个店员够了啊。"

程苑走过去的时候听见人群发问：

"一帆！店里最近点的什么香？怎么会这么好闻？"

"感觉失眠都要治好了，真的好好闻啊。"

"求一个链接！买不到我真的会哭！"

那个被称作一帆的年轻人大概被问了很多次这个问题，依然是好脾气且熟练地回答："是老板朋友亲手调制的香料啦。因为老板最近睡得不太好，所以店里白天也点香，特制的香料，听说挺贵重的。"

"没有配方。

"不卖的。

"喜欢可以多来店里坐坐。"

程苑心里稍稍安定："其实店员的素养还挺高的，客人的素质也很好。"

裴彦自觉比亲妈更熟悉古玩店，自告奋勇上前找任一帆搭话。

程苑拎着箱子看着儿子走向店员，向对方询问古玩店老板现在是否有空。

"你好，请问老板在吗？我家有几件古董，想和老板谈谈。"

任一帆没认出裴彦，微笑道："老板出去了，我立刻联系老板回来，您先在会客室休息一会儿，可以吗？"

任一帆领着裴彦两人往会客室走，他要做正事，围在一起的客人们自然散开，拍照的拍照，观赏文物的观赏文物。

程苑挺直肩膀，矜持地走过去。会客室和入门的玄关柜台用一道纱帘隔开，此时会客室里没有人，纱帘被半挂起来，做了个隔断。

任一帆倒出两杯常温的橙汁作为招待："两位请稍做休息，我刚刚给老板发了消息，他说还有十分钟就能回来。"说完，任一帆没有打扰他们，而是静静退出去，出去时落下了纱帘。

程苑放松下来，轻轻放下手提箱，左右环视一圈："这里环境还挺好的。我看博古架上不少东西都像模像样的。"

裴彦乐道："是吧？我都说了不留客很正经的！"

程苑打开手提箱，露出裁非的本体。裁非的器灵慢悠悠坐在椅子上，像他这样修为的器灵，虽然还不到可以化出人类肉身的程度，但已经可以轻松改变自己器灵的形态，有选择在人前显形或者不显形的能力。

现在他的灵体坐在椅子上，连程苑和裴彦都看不见他。

裁非托着下巴，看着纱帘外。

刚才进来的时候，似乎在门口的柜台上看见了……老式笔记本的器灵。

这里果然是不留客。不过他一睡几十年，现在的世界里连电子产品都能成精了吗？

尤星越收到任一帆信息的时候，正和时无宴在另一条街的眼镜店里。

尤星越换上新的眼镜："我们回去吧，店里来人了。"

时无宴臂弯上挂着几个纸袋子，帽檐落下的阴影遮住眉宇。虽然戴了帽子，但因为身高过于出众，在路上走着的时候依然不断吸引行人的目光。

尤星越也戴着帽子，头发被帽子压得搭在额头上，看上去小了好几岁。他最近精神不好，脸色有些白，显得眉睫更加乌黑。

两人并排往回走，时无宴道："下个月如果有时间，要去妖界看看吗？"

尤星越吃惊："我可以去吗？"

妖怪们就是为了离开人间才开辟了妖界，难道会容许人类进入妖界吗？

时无宴微微点头："可以，下个月有妖市，程明浅会返回妖界主持，可以去妖界寻找器灵。"

尤星越忍不住笑。

他昨天和时无宴说店里现在缺少器灵，没想到时无宴今天就给他想了个办法。

"好啊，我还没去过妖界。不留客从上次结缘后就陷入沉睡积聚力量，如果能再结缘两个器灵，他应该就能醒过来了。"

时无宴认真道："会的，器灵们都会喜欢你的。"

因为有时无宴，尤星越回到店里的时候唇边还带着笑意，时无宴拿着袋子去整理东西，尤星越径直撩开纱帘走进了会客室。

尤星越近视度数上涨，换了新的眼镜后看得比之前清楚一点，他先看见了裴彦，随即又看到了椅子上的器灵。原来小同学家里真的有第二个器灵。

尤星越不知道自己什么时候才能练就和不留客一样的火眼金睛。不，昨晚连往复都没有发现，这不能怪自己瞎。

“下午好。刚才有一些私事处理，让三位久等了。”尤星越放下手，鹅黄色纱帘在他身后款款落下。他就像这间古玩店，轻缓柔和，说话时的神情语气稳重而不严肃。

程苑不上网不关注热搜，还是第一次见到尤星越，在看到真人的时候，等待带来的焦躁被对方三言两语抚平。

这位老板是个合格的生意人。

程苑打起精神应对，正要和尤星越握手，迟钝地注意到尤星越刚才的话，惊讶道：“三位？”

尤星越和对方握了下手：“确实是三位，您不是带了一位器灵来吗？”

程苑回过头，只见身边空无一人的椅子上缓缓显出一个身影。

裁非时隔多年第一次来外界，他深谙人靠衣装佛靠金装的道理，在路上观察了不少行人，特意改变了灵体的形象——他换了一身得体的黑色西装，戴着单片眼镜。

而尤星越一进来，裁非心中就警铃大作——此人看上去跟自己似乎是一个类型的，更要打起精神来应对了。

程苑陷入震惊：这个老板居然能看得见？程苑保存着裁非的本体，却也只在很小的时候见过一次裁非，她知道如果裁非不主动显形，他们根本看不见！

程苑飞快掩饰住震惊：“是的。请容我们自我介绍，我是程苑，这位是……”

裁非慢悠悠站起身：“裁非，一把裁缝剪刀。”

尤星越和他握了一下手：“尤星越，不留客的现任老板。”

尤星越收回手，指腹轻轻捻了捻，裁非的触感有别于他所接触的所有器灵，似乎有一种奇异的锋利感。

但是这种感觉，连知雨都没有给过尤星越。

尤星越侧身为程苑和裴彦续上两杯橙汁，随后坐下：“请坐。三位这次来应该是为了裁非先生？”

程苑没有说话，扭头看向裁非。既然裁非愿意出来，那么去留当然是由裁非自己做主。

裁非示意尤星越看手提箱：“我的本体就在其中，有记忆的时间大概是二百多年。”

尤星越打开手提箱，箱子里放着成套的裁缝工具，尤星越第一眼就认出了裁非的本体：“确实是一把好剪刀，你愿意来古玩店？”

尤星越小的时候，老院长也有这么一个箱子，里头放着各种工具，裁非这样的裁缝大剪刀，尤星越经常见老院长用。

剪刀在瓷国有相当悠久的历史，在七八百年前，剪刀的造型就已经趋近于现代剪刀，国内的墓葬中曾经出土过陪葬剪子，甚至有装饰性的剪刀饰品。

裁非点头：“你这里客人络绎不绝，应该生意不错吧？”

尤星越道：“还可以。在你之前已经有几个器灵与人类结缘了，古玩店在网络上还有几十万粉丝，客人很多，所以撞见有缘人的概率比以前高。”

“所以，”尤星越给眼巴巴围观的裴彦倒上饮料，“你作为一把裁缝剪刀，有什么长处吗？”

裁非谦虚道：“没什么太擅长的，也就是天生比人类更懂得怎么节省布料。跟一任主人一起上过国外大学的专业设计课，算是个有点学历的器灵。”

尤星越抬头，恰好对上裁非看似平静的眼神，从对方社会精英似的外表下，看到了矫情较真的本质。

这是谦虚吗？这是以退为进等着被夸呢。

尤星越浅浅一笑：“那也还不错，可惜没有毕业证书。”

作为一个老板，拒绝裁非抬身价的行为。

裁非一手握拳轻轻咳了一声：“毕竟是器灵，但我确实上完了当年的所有课程，所谓时尚是一个轮回，我相信我的审美依然站在时代的前列，有缘人在我的帮助下，事业会一帆风顺，设计毫无瓶颈。”

尤星越浅浅微笑：“哦，所以你希望找一个能轻松接受器灵存在的有缘人？难度又加大了。”

裁非幽幽和尤星越对视片刻，终于确认，这个看上去温文尔雅的老板，揭掉那层伪装，其实不是什么好东西。

很好，他也不是什么好东西。

裁非揉揉眉心：“这年头，找一个聪明可爱能看见我的小裁缝，居然是高要求了吗？”

尤星越客观道：“很难。”

裁非无奈：“好吧，不过我也不是小器灵，可以慢慢找。”

尤星越从抽屉里取出合同：“这里签个字，你就可以留在不留客了，我会为你找一个合适的有缘人。”

裁非忍不住吐槽：“我卖我自己也太奇怪了。”

说着裁非将合同推到程苑面前：“签之前先商议商议价格。”

程苑连忙摆手，她进门时对不留客的怀疑已经完全打消，在心里不断惊叹果然是高人不露相，她道：“您是我太姥姥的朋友，算是我的长辈，现在有了更好的去处，我怎么好拿钱呢？”

裁非拿起笔，恨铁不成钢地在桌子上敲了好几下，要不是当年的小姑娘已经当了妈，他都想敲到程苑脑袋上：“傻不傻？他有钱你不要？”

裁非一把将笔塞到程苑手里：“快，想办法把我卖得贵一点！”

程苑一言难尽地握住笔：您还真是十年如一日的特立独行。

尤星越淡然地喝了口茶：“报价您请便，我会还价。”

尽管裁非在离开之前希望能给程苑母子留一笔钱，算作相识一场的纪念，但是对于程苑而言，裁非的身份更像个长辈，让程苑拿长辈出去换钱，程苑心理上过不去。

最后只收了三千元。

裁非眉心微蹙，忧郁地摁住胸口。

裁非确实是个相当有审美的器灵，他的人形斯文俊美，凤眼薄唇，一副风流相。此刻捂住胸口，竟然有几分西施捧心的影子。

裁非惆怅道：“竟然只有三千，怎么如此？”

他明明是个灵体，此刻居然有了心痛的感觉。

尤星越将合同推到程苑面前，笑了下：“我觉得这个价格很公道。”

裁非只有二百多年的历史，是那个时代常见的剪刀。

器灵无价，但器物可以用金钱衡量。

裁非的本体并不属于热门古董，材质寻常，价钱难以走高。

程苑带来的手提箱里除了裁非，还有几样小工具，算不上古董，只能说有一些年代。

尤星越将这些东西擦拭一遍，封在了库房里，也许千百年以后，会有人好奇如今的年代用什么做衣服呢?

器物是文明的遗迹。

裁非则被安排在了灼灼待过的小格子，用木架子撑起来。

正式加入古玩店后，裁非在店里转悠，发现柜台上那个厚重的笔记本电脑真的诞生了器灵。

“这是笔记本电脑吧？这也能修成器灵？”

裁非在店里转了两圈，语气复杂：“我睡了五十多年，中间还醒过一次，怎么感觉和这个时代完全脱节了？”

超薄缓缓道：“醒醒，没你家那个枕头成精离谱。”

裁非想辩解那是块百家布，后来自己也觉得枕头成精有点离谱，默默飘走了。

古玩店在博览上的粉丝日渐增多，尤星越保持着两天一次的更新，大多是用库房里的古董做个科普。他不接广告，也基本不出镜，偶尔和其他博物馆互动。不过和经常拍视频露一手的戚知雨同学比起来，粉丝量还是差了一大截——戚知雨仅在博览一个平台上就已经积累了近一百万的粉丝。

古玩店休息日的清晨，尤星越坐在桌边浏览着信息，看了两页微微叹气：“私信里的内容和古董相关的不多，更没什么器灵的痕迹。还是要提高知名度，才能找到更多的器灵，也更方便器灵们寻找有缘人。不留客现在到了临界点，只要再与一两个器灵结缘，也许就能醒过来了。”

提起沉睡的不留客，超薄也跟着叹气，正想安慰尤星越，裁非惊喜地从库房走出来，怀里还抱着一匹素锦布料：“老板！库房里存了那么多布料，你不用吗？”

尤星越放下手机：“我不用，你要？”

裁非拿着布料，远远冲着尤星越比画：“你一个古玩店老板，居然连一件汉服都没有，寒碜。”

尤星越低头看看自己的短袖上衣，之前不觉得，裁非一说，他就觉得好像确实需要一件。

裁非懒洋洋道：“来来，拿软尺过来，我给你做两身长衫，又方便又好看。保准你往门口一站，立刻回头率百分百。”

尤星越站起来，从架子上拿下软尺，怀疑道：“你真的能自己做衣服吗？”

他会针线活，知道做一件衣服不简单，裁非睡了这么多年，还记得怎么做整件衣服吗？

裁非捏着软尺，抬手摁住尤星越肩膀，一边上下打量，一边道：“哇，你不要看不起我好吧？”

裁非摁住尤星越的肩膀，这副人类的躯体比他想象中还要漂亮，柔软的衣料下是劲瘦的身材：“你身材是真的不错，不给你裁两身，我手痒……”

说着，裁非背后一寒，他手一松，软尺从尤星越肩上滑下去，被尤星越抬手接住。

尤星越：“怎么了？”

裁非脸色微沉，回过头，昨晚见过一面的男人站在博古架后，漆黑的眼睛静静看着自己。

那眼神里明明没有什么特别的情绪，裁非就是在注视下无端打了个寒战。

好在那人率先收回了视线，从后面慢慢走过来。

好像是叫时无宴？随着对方靠近，裁非情不自禁后退一步，他自己都忍不住无语，人家明明什么都没说，也没有发怒的表情，为什么他要这么防备人家？

尤星越没注意到裁非的异常：“无宴。”

时无宴轻轻“嗯”了一声：“要不要吃早饭？我去给你买。”

尤星越随手将软尺塞回裁非手里：“我吃过了。”

时无宴停在尤星越身边，视线略低就能看见尤星越衣服上的褶皱：“在忙什么？”

尤星越：“裁非说帮我做两件衣服。我觉得他是好多年没做过衣服，拿我当模特练手。”

时无宴想了想，点头：“嗯。”

裁非无语：“你还做不做了？”

“做。”

尤星越配合地转过身：“来量吧。”

裁非刚要抬起手，就见时无宴的视线看过来。

裁非试探着递出软尺：“要不你来量？”

用尺只是因为他太久没做衣服，有些生疏了，否则照他的眼力，直接目测也不是不行。

时无宴接过软尺，在手上绕了两圈，问尤星越：“你要裁新衣？”

两步走到尤星越身后，一手扶住尤星越的肩膀，拉开软尺。

时无宴的力道很轻，隔着衣服轻轻摸上来，体温和触感都很清晰。

他太高了，居然将尤星越硬生生衬出几分清瘦。

尤星越道：“嗯，裁非说给我裁两件长衫。”

量腰的时候，时无宴从尤星越身后圈上来。

尤星越肩背敏感，立刻躲远，一手摁住时无宴的手：“突然贴上来，吓我一跳！”

时无宴：“测腰围。”

尤星越歪头和他对视半天：“我痒。”

时无宴：“我会轻一点。”

尤星越败给了时无宴的眼神：“好吧。”

裁非催促：“量个尺寸别磨蹭，你还要人哄啊？”

时无宴一手轻轻压下尤星越的肩膀，尤星越无奈站稳：“好好好，你量。”

时无宴低头拉开软尺，裁非凑过来看数字，他啧啧道：“这身材穿长衫肯定漂亮。”

尤星越在穿着上不算讲究，衣物合身得体，干净整洁就好。哪怕现在经济上没有任何压力，他也没想起来给自己多添置几件衣服。

裁非想拿尤星越练手，尤星越本来也不约束器灵的行为，也就随他去了。

自从古玩店开设了社交账号，尤星越的大部分精力都转移到了账号运营上，另一部分挂心不留客。

尤星越每晚睡觉前都要细细端详不留客，生怕疏忽了任何异常。

不留客实在是睡得太久了。

他这样忧心，时无宴便安抚他：“不留客沉睡是因为正在向更凝实的躯体转变，早年不留客全盛之时，甚至能被凡人看见。只是他如今的力量不足，想完成蜕变，必须沉睡节省消耗，积攒力量。”

“我总是担心，”尤星越轻声开口，“怕我结缘的数量不够多，怕他哪天忽然消失。我已经习惯他在我身边了，不想失去他。”

时无宴："不会的。你是不留客最好的老板。"

尤星越微微笑了下，眉眼间还是有些担忧。

所以裁非乐呵呵准备长衫的时候，尤星越则一头扎进了古玩店的宣传中。

裁非将长衫的初稿拿到尤星越面前的时候，尤星越正在写新视频的文案。

裁非："喏，稿子出来了，你看看有没有需要修改的地方。"

尤星越勉强分出一点心思，瞄了眼画稿："嗯嗯，好看……"

裁非狐疑："你根本就没在看吧？"

尤星越："款式新颖独特，花纹……"

裁非面无表情："这就是正统板型的长衫，哪来的新颖？"

尤星越："……"

糟糕，敷衍被发现了。

他双手离开键盘，转头认真看稿子，笑道："你诈我，这明明是近现代的改良长衫。我好歹是个古玩店老板，真当我什么都不懂？"

裁非一挑眉："是吧，是不是很好？"

尤星越将稿子举到眼前："嗯——"

尤星越果断夸奖："好看。"

裁非等了半天等到两个字，盯着尤星越："就这？"

尤星越轻嗤："再捧两句，你就要上天了。"

"衣裳一定衬你，"时无宴原本倚在架子上看一本书，此时放下书本，借着尤星越的手看画稿，"君子清且濯，萧萧肃肃，松姿竹影。"

裁非得意："我可是为老板量身定制的。"

时无宴视线低垂，和尤星越对视："会有很多人喜欢你穿这件衣服的。"

尤星越慢慢靠在椅背上，目光灼灼地盯着时无宴："你说，我穿这件衣服会有很多人喜欢？"

时无宴："自然。"

尤星越变脸如翻书，转向裁非的瞬间挂上笑容，双手捧起原稿送回到裁非手中，柔声道："裁非。"

裁非警惕："无事献殷勤非奸即盗，你要干什么？"

尤星越唇角的弧度加深："别紧张，只是想请你多做两件衣服。"

裁非："哦，你想让我给你多做两件长衫？"

尤星越眼神温柔："不，我是想请你给我做几套古董拟人的服装，也就……四五套吧？"

裁非大为震撼："四五套？你前一秒还说是两件！"

尤星越安抚他："也差不多。"

"什么差不多？翻倍了……不对，你说古董拟人？"

裁非作为一个睡了几十年，和现代社会脱节的器灵，疑惑道："你的意思是古董化成人形之后的样子？那不就是器灵？"

尤星越："准确来说，是用人类假扮器灵。依照器物本身的风格虚拟出器灵形象，由人类扮演，最后剪辑成一个短片。店里太缺器灵了，我想提高知名度，让一些古董爱好者，甚至收藏家都向我出售或者交换一些古董。也许这些古董中，会有器灵的存在。"

"放心，不叫你白忙活，报酬按照市面上最好的裁缝的工时来付。"

裁非摇头："我不在乎钱，做新衣也是因为时隔几十年想要熟悉工作而已。但你想好选什么古董，选哪些演员了吗？我提前准备。不过……选角不好，有损古玩店的形象吧？好演员能请得起吗？"

尤星越眉眼弯弯："演员不必担心，我有最好的人选。至于古董，我想好了三个，直刀、小红马和海棠红钧瓷瓶。"

这些都是当时在网上颇有名气的古董，自带流量。

裁非更困惑了："这些都不好拟人吧？"

尤星越："演员你别管，我去联系，有眉目了来告诉你。"

裁非："行吧。"

裁非没想到尤星越的效率极高，次日就告诉裁非，他已经选好了古董和演员。

裁非收起画稿从休息室里飘出来的时候，被古玩店乌泱泱的人和器灵震住了。

穿着西装的年轻男人头上顶着个貔貅器灵，裁非见过一面，是貔貅的有缘人，顾珉。

和他站在一起的女生容貌昳丽，她几乎和顾珉差不多高，正懒洋洋地和顾珉说着什么。

这是灵王秦飞眠。

貔貅正伸出前爪扑秦飞眠的发尾。小马器灵哒哒哒地绕着秦飞眠跑圈。

柜台前坐着三男一女。

女人穿着酒红色长裙，纤细的吊带轻轻陷入肩膀，长发散下来，抬头说话时，肩颈的弧度带着一种丰盈的美。

紫檀的有缘人魏鸣思和牡丹花妖坐在一块，紫檀别在魏鸣思的脑袋后面，叭叭叭地和超薄聊天。

社交小笨蛋戚知雨坐在角落里，紧紧抱住怀里的直刀。

尤星越也被震住了：“你们怎么都来了？”

他明明只给秦飞眠和沈情发了信息。

尤星越不能理解：“你们全都挤过来干什么？不忙吗？”

沈情：“你发信息来的时候，我和季歌在外面吃饭，就顺便带他们过来了。”

季歌还拿着笔，闻言解释道：“我听说老板想裁两身衣服，正好我是学绘画的，想来看看能不能帮上忙。要是需要搬什么东西，鸣思也能搭把手。”

顾珉扶额：“我……我也不知道来干吗，就是想来。”

秦飞眠耸肩：“我可是自己一个人来的。”

才怪。秦将军鬼话连篇，遭到嫌弃后第一时间表明自己和那帮人不一样。

小马是很惯着秦飞眠的，用力点头：“我是偷偷跟着飞眠眠进来的！吓了飞眠眠一跳！”

秦飞眠唇角微微扬起，配合地小声道：“是呀，我都没发现呢。”

尤星越：“……”

你就宠着她吧。

纯粹来看热闹的顾珉转移话题：“老板找我们有什么事吗？”

尤星越的注意力转移到正事上，“确实有事相求。我希望店里能增添新的器灵，但是光凭我一个人到处去找，效率太低，所以希望古玩店的账号可以增加关注度，让藏家主动来和我沟通。我想拍一个古董拟人题材的短片，大概是做完造型后简单拍几个镜头，不需要演技，真的拍起来可能也就花一两天的时间。”

魏鸣思第一个响应：“我和季歌承老板的救命之恩，这点小事我们肯定竭尽全力。拍短片的话，剪辑和特效的工作可以交给我。”

尤星越简单解释自己的想法：“我想请知雨扮演直刀，沈医生扮演海棠红钧瓷瓶，秦将军扮演小红马，还有一个古董，我暂定为玉笏，实在没人的话……我可能自己上。”

裁非的眼睛蓦然一亮：这几个人若是扮演古董，那当然能完美还原。

都是年轻人，还都是可以接受灵异志怪的年轻人，尤星越说完话后，几个人的眼睛都亮了。就连沈情也没有反对，反而觉得十分有趣：“我还没拍过短片，不费时间的话，我很愿意。”

只有秦飞眠低头和灼灼对视一眼，小马儿抖抖耳朵，眼神无辜。

掌管刑罚司下六层的将军扮演还没人膝盖高的玩具小马。

时无宴屈指抵在唇边，压住笑意。

秦飞眠：“灼灼它太可爱了，我实在装不来。我贡献一枚虎符，是当年我用过的东西。”

秦飞眠语气幽幽：“别以为我没看见往复在笑！你要敢坚持让我演小马，我就去轮回司传你和往复对我职场霸凌。”

尤星越若无其事：“……这不是在跟你商量吗？虎符也很好。”

貔貅疯狂晃动顾珉的肩膀，顾珉慢慢举起手：“老板，带我玩。那个玉笏能让我演吗？”

尤星越一笑：“要是你愿意露脸，那我求之不得。”

顾珉微笑：“等拟人造型出来了，我们公司买版权在游戏里出镜吧。”

季歌腼腆地开口：“我不会别的，和裁非先生一起做画稿吧。”

裁非竟然有些感动：“谢谢，竟然还有人记得画稿子的是我。”

古董拟人策划虽然是尤星越提出的，但负责最核心工作的是裁非。

画稿虽然有季歌以及魏鸣思的妹妹魏一缘帮忙，但是打版、裁剪只有裁非能做。好在尤星越是个绝对可靠的合作伙伴，以最快的速度拿出了短片的剧情，这样裁非三人才能根据短片的氛围虚拟古董器灵，而最令裁非惊喜的是——尤星越竟然会刺绣！

裁非果断将衣服的刺绣部分扔给尤星越来做。

接下来一周的时间内，季歌和魏一缘拿出了两张器灵形象的草稿。

周一下午，古玩店的账号爆出了两张草稿，发出动态：传承文化，发扬国风，不留客最新企划——古董拟人。你想知道虎符与直刀的前世今生吗？

不到十分钟，两个粉丝过五十万的画手接连转发，魏鸣思的动画工作室紧跟其后。

下午一点十分。

话题“浮生世界或与不留客梦幻联动？”空降热搜第八位。

虽然上了热搜，但是被骂上去的热搜。

浮生世界作为国内大火的端游，正式运营后凭借可玩性以及优秀的美工备受玩家的赞赏，推出新的角色和武器等上热搜也是常事，因此当玩家看见自己的游戏冲上热搜的时候，并没有太过惊讶。

国内今年最火的游戏，从一堆大型互联网公司手游里杀出血路的端游，上两个热搜不是很正常吗？

稍等，联动？

联动这么大的事，浮生世界官方没有任何预告，就这么突然，惊到了不少玩家。

玩家们还没看具体信息，先抱团哀号：完了完了，这是什么野鸡联动啊，突然就插队进来了，不会还耽误正常活动吧？

不到半小时，浮生世界最新动态下就多出了几百条评论，能这么快到达评论区的，基本都是游戏玩家，连具体内容都没看，就被标题震惊了。

凯凯门：突如其来的联动？完全没有任何准备。说起来这是我们浮生第一次联动吧，居然不是和其他游戏。我现在心里有相当不好的预感，不会是圈钱的活动吧？

貔貅！我的貔貅：也不算梦幻联动吧……竟然有玩家不知道浮生组的吉祥物貔貅是从古玩店不留客请的吗？

可可可爱：不喜欢联动，专注自家不好吗？策划又不当人了是不是？都联动的什么东西？

玩家们激动了一会儿，这才关注到动态内容。

浮生世界的游戏官方来不及拟文案，所以直接转发了不留客的动态。

张鹏朝是浮生世界的氪金玩家之一，下午一边上班“摸鱼”，一边打游戏，从世界频道才发现游戏突然官宣要联动，还上了热搜，他点开转发的内容。

当图片加载完毕，高清地出现在他们面前的时候，张鹏朝一万句脏话全都咽回肚子里了——

别的不说，就这两张图的质量，比浮生世界以前买的原画的质量只高不低。

尤星越公布出的两张草稿，其实是魏一缘和季歌画出来的二次元形象，一看就知道是草稿。

虎符拟人是女将军形象，身着明光铠的将军一手握紧缰绳，枣红马高抬前蹄，将军横刀，刃上血光迸现，望向屏幕外的漆黑眼睛看似无波无澜，却杀意涌动。

那眼睛里似有千军万马，乌云摧城的森寒尽数收拢在平静的表象下，仿佛冰层下的惊涛骇浪。压迫感打破屏幕，扑面而来。

直刀拟人是个清秀少年，眉峰凛冽，持一柄修长的直刀，在暮色中挡在城门之前，身后是身着铁甲的同袍。

他如此单薄，又如此岿然。

所有看到这幅画的网友，脑子里首先冒出来的都是“一夫当关，万夫莫开”。

两幅原画画工超凡，流畅的线条，无可挑剔的人体，画面适当的留白……画面的意境和张力冲破画纸，俘获了所有路过的网友。

直到看完这两张画，网友才深刻明白那一行字里轻飘飘的“国风”到底是个什么风。

这两张画看上去都是画战场与将军，风格却完全不同。

前一张女将军横刀立马，飞溅的血点都写着将军百战的张狂和肃杀，明明整张构图里背景丰富，偏偏不如她一人抢眼。

后一张少年持刀护城，看似单薄的肩背却能撑起一国一家，给人说不清的安全感，仿佛躲到他的背后，就能躲开天崩地裂。

牛肉粒：姐姐！这真的是我能免费看的吗？呜呜呜，绝美！策划的意思是我们浮生世界要出这两个人物吗？！也太帅了！

挂在高树上：可爱的弟弟！好嫩好帅！怎么做到秀美且霸气的？等等，古董拟人？拟人的竟然是虎符！难怪第一张图这么霸气。

小猫猫雨：既然大家都在犯花痴，我就来点干货吧。第一张虎符穿的是明光铠，和秦飞眠衣冠冢里复原的明光铠基本一致，细节到位。第二张直刀拟人穿的甲胄便于骑马，有叫鸳鸯战袄的，非常轻便，是骑兵穿的一种甲胄。考据相当严谨了。

张鹏朝捂住胸口，单手在键盘上飞快敲字。

生化环材：看第一张图——姐姐我的爱！看第二张图——我都要！都可以！

和张鹏朝一样的心路历程的玩家不在少数，游戏玩家们总是热情的，在充值玩家的努力和好评下，热搜稳步向前，吸引了相当多的圈外人。

因为联动质量高，浮生世界官方动态下的评论相当和谐。

联动上热搜的时候，浮生世界的官方也没料到这个最开始是骂上来的热搜竟然出了圈！

此刻浮生组的策划们坐在一块，目瞪口呆地看着热搜爬过了知名歌手发布新专辑的第六位热搜。

整个浮生组的高层都是和顾珉一起打拼、白手起家的死党，坐在一块开会反而更像聚会，气氛轻松。

活动策划慢慢道："老大，我们可能，出圈了。"

顾珉思考了一会儿："等我回去拜拜貔貅。"

其实老板也很有貔貅的属性。

……

热搜虽然带来了大量的关注，但也给古玩店和拟人策划增加了压力。

好在古玩店的人和器灵们相对淡定，热搜上的好评与差评都没有影响到拟人策划组成员的心情。

拟人策划中定下的四个古董分别是：虎符、直刀、和田白玉玉笏，以及海棠红钧瓷瓶。

对应的服装分别是：明光铠、鸳鸯战袄、绯红官服和红石榴裙。

现在休息室的门关着，裁非快乐地踩着缝纫机，做最后一件衣服的最后一处绣花。

尤星越在做自己衣服上的刺绣，他实在受不了，就近往椅子里一倒："我已死，有事烧纸。"

时无宴摘掉尤星越的眼镜："不要说这种话。"

眼镜一离开，尤星越的视线模糊起来，他眨眨眼睛，感觉自己的度数可能又涨了。

针线活费眼睛。

往复袖间淡淡的香气压下来，尤星越眼前一黑，他下意识闭上眼睛，听着缝纫机的声音睡着了。

所有的服装做好是两天后的事了，多亏有一个不吃不喝不睡觉的裁非夜以继日地做衣服，才能尽快赶出来。

衣服做好，负责扮演古董的几个人都很兴奋，在约定好的地方碰头。

地方是顾珉联系到的，几个人分别换上衣服，因为没有专业的化妆师，季歌托人找了个靠谱的化妆师。

化妆师是个三十多岁的男人，看着几个人抱着服装自己进去换衣服，他还笑着和尤星越调侃："美人都是和美人一起玩的吗？您的朋友也太漂亮了。"

尤星越的外套下是新裁的长衫，他轻轻转着手里的扇子，笑道："毕竟要扮古董上镜。"

秦飞眠扮自己的虎符，明光铠是她常穿的，轻松换上，将头发尽数收在发网内束起，拎着头盔，径直走出换衣间。

戚知雨更简单，他演他自己，穿上单衣版的鸳鸯战袄，右手习惯性地转了转直刀，找到了当年的感觉。

至于沈情，冷若冰霜的美人身着石榴裙，梳堕马髻，戴整套红宝石金头面，挽着石青色披帛出场的时候，引来一群人的惊叹。

顾珉文质彬彬，所以他选的是上朝所用的玉笏，在沈情走出来的瞬间，一把按住了要冲上去拨弄步摇的貔貅。

貔貅："……"

化妆师看着面前一水的素颜，惊叹道："这哪是古董拟人？这明明就是古董本身啊。"

尤星越笑了下："您夸张了，请先化妆吧。"

化好妆，化妆师被请出去，超薄顺着网线占据了电脑，砰的一声，打光灯照亮了室内。

尤星越解下外套，清了清嗓子："可能有些尴尬，但还是……努力拍吧。"

秦飞眠麻木地看了看自己的剧本："只有我和知雨的比较尴尬吧。"

她和知雨一会儿还得去外面的马场，一想到要穿着这身衣服尴尬地演，秦飞眠就产生一种要不还是现在挂掉回轮回司上班的想法。

顾珉安慰她："起码你们镜头多。"

两天后，深夜十一点四十五分，在许多年轻人还没有入睡的时间，古玩店忽然放出了视频：

不留客：四位古董向您发来视频邀请，点击接受

恰好在古玩店主页逛来逛去的粉丝立刻点开视频：是期待已久的古董拟人！

视频前两秒都是黑屏，渐渐响起号角声，漆黑的屏幕中出现了一枚虎符，它呈卧姿，全身有几处斑驳褪色，但虎背上的金色铭文依然清晰可见。

马蹄声响起，一道策马来的声音冲破黑暗，虎符被高高抛起，观众的视角随之升高，虎符上升到最高点的时候向下坠落。

就当所有人的心随着虎符起落的时候，虎符稳稳落在了一人手中。

那只手修长有力，指腹手心带着薄茧。

镜头拉远，身着明光铠的将军腿间别着一柄刀，她长眉凤目，一手持缰绳勒着红马，一手高举着虎符："虎符在此，中大营听我号令——"

她扬起手，将虎符远远掷出去："大军开拔！"

虎符抛远，一柄直刀横空而出，将虎符一分为二！

时空轮转，虎符分裂象征朝代更替。

分开虎符的直刀落入一个少年手中，他一身轻便的甲胄，跨坐马上，背后是潇潇暮雨中的城池。

少年将军挥刀，带起响亮的破空声，他眉目冷厉："人在，城在。"

镜头再一转，一枚象牙色的温润玉笏占满了镜头，随着镜头抖动和拉远，竟是一个身着朝服的文臣立在台阶下。

他年轻俊美，身着绯红官服，手持玉笏，在巍峨宫殿中上前两步，眉目凛然毫无惧色："臣，有本启奏！"

镜头缓缓向前推动，从朝中推向了宫廷，最后落在了一支钧瓷瓶上，镜头略微模糊之后，一个身着石榴裙的美人快步走进来，她云鬓花颜，衣裙却仿佛着火。

殿门外传来尖细的声音："城破了！皇帝驾崩了！"

美人骤然抿起唇，坐在这间富丽堂皇的宫殿中，紧紧抱住了瓷瓶，身形逐渐与瓷瓶融为一体。

然而就在她认命的时候，一个宫女忽然跑进来，抱起瓷瓶跑向了宫门之外。

视频到此彻底暗下来，黑暗中一个接一个浮现了虎符、直刀、玉笏和海棠红钧瓷瓶，那些历经了战火，历经了王权变迁的器物此刻静静陈列在不同的博古架上。

短短几分钟，塞外将军奉命征战，到拼死守城再到文官以死相谏，最后到国破家亡，宝物从宫廷流向民间的情节竟然串联在了一起。

有一个人穿着黑色绣红牡丹花的长衫，领口垂下一串白珍珠，他从黑暗里慢慢走过来，路过这些一言不发的器物，仿佛穿过千百年时光，停驻在镜头前。

镜头外有人问："老板，你说有缘人才能与你家的古董结缘，那什么样的人才算有缘？"

那人抬起扇子点了点下颌，他竟比那白玉扇骨更温润洁白，随着老板的动作，挂链眼镜微微摇晃。

他牵起唇角，微笑道："他们会向有缘人搭话——嘘，你听。"

一言落下，屏幕渐黑，视频里却响起了窃窃私语声，这些交谈声最后汇聚成一个声音："你好。"

视频到此为止。

屏幕外，观众们久久不能回神。

直到两分钟不到的视频开始重播，直到虎符将军威严冰冷的声音再次响起，观众们如梦初醒，赶紧打开弹幕和评论，一心二用地看起视频和弹幕：

"太牛了，再来一遍。不知道为什么，看到最后觉得好感动。"

"我要是能听到古董的声音就好了，好想知道他们到底经历过什么。"

"老板出来了！他一开口，我就感觉全身都起了鸡皮疙瘩，完全被拖进老板的世界里了，太震撼了。"

"我信了，你说古董会说话，能不能变人？好耶，下次就去古玩店！"

"呃……等等，我怎么觉得这几个人这么眼熟？我认出来了，是戚知雨和顾珉大神啊！"

当视频重播到最后两秒，古董们跨越千百年的声音汇聚在一起，凝成"你好"两个字的时候，弹幕刷满屏幕。

"穿山渡水，等我到你面前的时候，我也会向你打招呼：你好！"

评论区也是一片热闹，除了刷屏的"啊啊啊"，还有各种分析。

橙橙橙汁：太强了！我语无伦次！视频太短了！虽然看上去是无关的四个古董，但是故事是可以串联的！第一个出场的是虎符！敲黑板，我国现存的虎符数量稀少，是极其珍贵的文物！虎符出塞，肯定是民族战争了，虎符小姐姐的气势能压倒千军万马！后面直刀出场，看背景应该是中原地区的城池，由守边关变成了守城。扮演直刀的小哥哥真的太贴合直刀形象了，秀美霸气。玉笏是文官上朝的提词器，这是朝堂上在商议军政大事，看文官凝重的表情，可能是战事不顺利。后面钧瓷瓶是贡品，所以摆在内宫，但是皇城被攻破，瓷瓶被逃走的宫女带出了皇宫，流落民间。

一只鸟：歪个话题，我记得老板之前五百万卖了个海棠红的玉壶春瓶，现在又掏出来一个……所以老板有很多个五百万？

不要放香菜：看来这个视频真的出圈了啊，吸引了好多不了解古玩店的人。大家可以去古玩店的话题区逛逛，老板随手就能掏一个镇馆之宝出来，我时常怀疑老板是不是能穿越，不然为什么能有那么多的古董？

随着评论增多，网友们的注意力渐渐转变：

有事烧纸：老板从哪里找来这么多俊男美女？我好喜欢石榴裙的姐姐。

快乐水：是啊，都好好看。扮直刀的我认识，是老板的弟弟，传统武术很强，剩下的小哥哥小姐姐有账号吗？好想关注一下。

貔貅赐予我力量吧：我看了五遍……那个穿着红色朝服、扮演玉笏的是我们大老板吧？是顾珉大神吧？

一旦有人开始好奇扮演者的身份，话题就不可控制地转到了这个方向。

就要贴贴：找出来了，根本不需要扒……扮演虎符的是钟卿，代码赛强队TANG里唯一的高中生，拿过单人赛冠军。扮演直刀的是戚知雨，这位很有名了，和国家传统武术协会关系很好。扮演玉笏的用户名是貔卡貔卡，是丰程科技创始人顾珉，对，浮生世界就是他们家的游戏。最后饰演钧瓷瓶的姐姐没有账号，但她是相当有名的脑科医生，我三爷爷去年在她手里做过手术。

困困鸭：既然有人扒了，那我也扒一下吧——短片剪辑：超薄、魏鸣思。超薄不知道是哪个高人。魏鸣思的用户名是国色动画，记得当时上热搜的“那个长发男生”吗？还有前段时间比较火的游戏CG也是他们家做的。服装美术：裁非、季歌、魏一缘。裁非也是一位不知名的高人。虽然一缘大佬不正经，但真的是超级厉害的绘画大师。

……

超薄对视频的数据相当满意：“视频反响一级棒。这才投放不到一晚上的时间，视频现在已有三百多万播放量。等联动上了，我们还能再有一轮热度。”

裁非则欣赏着评论区里对服装的夸奖，得意地跷起腿，锃亮的皮鞋点着桌腿：“不愧是我。可惜没有人发现我那件长衫板型的小创新。”

古董们的衣服是力求还原的，但最受好评的还是尤星越那件长衫，裁剪和花样参考了旗袍，挂在领口偏左的珍珠手串更是神来一笔。

古玩店承载了历史的神秘与厚重，所以采用了黑色织花锦，绣红牡丹。而穿这件衣服的尤星越气质却更偏文雅清润，挂链眼镜配白珍珠手串，硬是压住了长衫。

裁非想到这里，稍微有点失落。

好在他善于自我安慰，很快就沉浸在评论区的赞美中。在数以万计的评论里，裁非精准地抓住一个转瞬间淹没在评论区的评价。

YCC：那件长衫有意思，参考了旗袍的板型？好想法，摒弃了对男女衣着的固有理念。

这个人仅凭借几分钟的视频，就猜到了自己打版时候的想法！

YCC 的头像是一片纯蓝，从个人主页的几条动态来看，对方似乎是服装设计专业的学生。

裁非犹豫几秒，戳进了 YCC 的私信界面：你好，我是古玩店的裁非，拟人视频的服装设计师，你很喜欢板型的改变吗？有没有觉得哪里不足？

远在帝都的一位年轻设计师拿起突然亮起的手机，读完后台的私信后，她略微挑眉，沉吟片刻，打字回复：很喜欢你的理念，不过感觉扣子的颜色再换一换会更好。

古玩店中，裁非看着对方发来的私信，急忙抽出色卡比对，惊喜地发现新配色果然更合适。

YCC：我对传统服饰的改版也十分感兴趣。多个朝代以及近现代的长衫多是权贵或文人穿的，与短衫对应，日常穿着并不方便，改版后更修饰身形，便于活动。

裁非有些心动：YCC 的设计理念和自己也非常相似。

他低下头，开始和 YCC 聊天。

帝都的颜晨初索性靠在椅背上专注打字。

一人一器灵在半夜聊出了几百条信息。

拟人视频发出去后，古玩店的人和器灵都陷入了加班后的颓废状态。

和尤星越料想的一样，拟人视频的出圈为古玩店带来了惊人的关注度，后台收到的私信数量翻了数倍。

尤星越筛选信息的间隙喝了口茶，瞄了眼裁非：“你们有没有觉得裁非最近上网的时间变多了？”

超薄也在看私信，被折磨得死去活来，根本没注意裁非：“联动那边怎么搞？我不想搞对接。”

尤星越点头：“对接我来。季歌那边有电子稿，可以发给顾珉。”

说话间，时无宴回来了。

时无宴带回来的早餐是鸡蛋仔和牛奶，都是尤星越喜欢的甜食。

时无宴将早餐袋放在尤星越面前：“早餐。”

尤星越接过袋子：“谢谢。”

薄荷绿的纸袋子，上面印着商标，这是距离不留客相当远的一家甜品店，目标人群是高收入的金领，而且每天都排长队。

尤星越无意识拨了两下塑料管，手串上的流苏俏皮地跳了两下：“怎么跑那么远？”

不只是远，带回来的鸡蛋仔是热的，还浇了一勺枫糖浆，牛奶常温，完全是尤星越的口味。

时无宴给牛奶插上吸管，推到尤星越面前：“你喜欢这一家的口味。”

尤星越垂下眼睛：“太麻烦了。”

时无宴则道：“对我来说不远，就算是另一个城市，也不过是眨眼间的事情。”

尤星越咬着吸管，笑了下：“那我要吃隔壁市的早餐，你也去买？”

时无宴认真地点头：“去。”

尤星越没忍住笑起来。

时无宴重复了一遍：“真的会去。”

尤星越笑吟吟道：“我也不会使唤你去干的。”

时无宴垂下眼睛，浅浅一笑。

超薄插嘴：“老板。”

尤星越咽下牛奶：“怎么了？”

超薄：“呃，有个叫金蟾大神的账号想加你好友。”

尤星越一下没反应过来：“谁？”

超薄：“他说自己是咱们店里的大金蟾。真的假的？是不是冒充的？头像真的是一个金蟾照片，每天都给咱们古玩店的账号发信息。”

尤星越终于想起来了——陶桃之前说给金蟾买了手机。

尤星越：“发了几天了？”

超薄：“也就是十天半个月吧。”

尤星越：“……”

早就没良心的老板还是感觉到了微微的良心不安。

金蟾的网名叫“金蟾大神”，自从知道古玩店在博览上有账号后，坚持不懈地每天给古玩店后台发私信，直到昨晚发来一张金蟾本体的照片，才终于被超薄挑出来。

古玩店后台每天会收到大量稀奇古怪的私信，超薄会过滤掉大量无用的私信，只留下与古董相关的发给尤星越，要不是金蟾终于发了一张自拍，还会被超薄无视下去。

超薄絮絮叨叨的：“不能怪我啊！老板，你不知道，后台奇怪的私信太多了！他顶着个‘金蟾大神’的账户名，看着就很奇怪啊。”

尤星越端着牛奶，站在超薄跟前：“不怪你，最近太忙了。”

筛选信息是大工程，这要换个人，早晚累死在后台。

电脑屏幕上，一个顶着金蟾自拍照的账号从九天前就开始给古玩店发信息。

超薄熟练地甩过去一个链接，把金蟾拉进群里。

金蟾大神：你们总算理我了！

金蟾大神：我一个蟾好可怜，要不是饕餮给我买了手机，我都不知道你们都在一块玩。

金蟾大神：嘤嘤嘤。

貔卡貔卡：踢出去！

金蟾大神：我改邪归正了！我也是老板家里的古董，凭什么不让我进群？就进！气死你。

玉猫猫：貔卡貔卡，晚上带你去猫咖。

尤星越：“原来貔卡貔卡是貔貅的用户名……我以为是顾珉小号。”

超薄道：“算是吧，是用顾珉身份证注册的，拿来给貔貅玩。”

金蟾大神：有星月，这个是老板吗？

尤星越手机一振，他敲了两下键盘。

有星月：是。

有星月：欢迎回家。

时无宴走到尤星越身边：“今天去福利院吗？”

尤星越舔了下唇边的牛奶：“去。你一起吗？”

时无宴点头：“嗯。他们看到你会高兴，我也觉得很开心。”

尤星越仰起头：“好，那我们这次稍微绕个远路，先去看看金蟾吧，顺便在超市里买点东西。”

时无宴：“我都听你的。”

尤星越和无所事事的裁非、超薄打了招呼，帮戚知雨解了一道物理题，才戴上帽子和时无宴一起出门去商超。

远在大型商超的金蟾捧着手机，他藏在生长旺盛的吊兰里，专心致志地和貔貅吵架。

金蟾受了那么多年香火，不是个文盲，他认得字，能在手机上手写输入，速度飞快。

吴兴方建立商超时请来的两个风水大师都没说错，如果能压得住原本景观湖的煞气，那么修建在商超入口处的水池确实可以聚财。

商超的环境让人感到舒适，是下班后蹭空调的首选，蹭着蹭着就会进行一点消费，积少成多，商超的经营情况相当好。

金蟾蹲在吊兰花盆里，不时分心看看商超。

楼下有第一次来商超的一家人，小男孩看见水池里游动的锦鲤，蹲在喷泉上的金蟾，猛地甩开父亲的手，噔噔噔地跑向水池，夏天穿的塑料凉鞋在地上刺溜一滑。

小男孩的父母来不及反应，小男孩已经向水池摔了过去，眼看要磕在池子边沿，突然身子向左一歪，扑通摔了个屁股蹲。

小男孩坐在地上，肉多的地方落在地上，没多疼，很疑惑地摸摸手：感觉有什么东西推了自己一下。

父母连忙跑过来抱住小男孩，连连责怪他：“你怎么一点都不听话！叫你皮！万一摔破脸，看你哭不哭！”

小男孩仰起头，小孩的眼睛干净，总觉得有个金色的身影跳上了吊兰，然后那一抹身影转眼消失，再也无法捕捉到。

这样的小插曲，金蟾一天要碰上好几回，根本没放在心上，刚刚跳回吊兰花盆里捡起手机，忽然感觉熟悉的气息出现在附近。

商超的门口进来两个个子很高的男生。

察觉到金蟾的视线，稍微矮一些的那个抬起帽檐仰头看过去，他手腕上戴着一串珍珠手串，手臂抬起的时候，红色的流苏自然垂落，在空中晃了晃。

晃得人心里也跟着轻轻地摇。

时无宴收回视线。

尤星越一进来就看见金蟾扶了一把摔倒的小男孩，否则就男孩那个架势，肯定要一头磕在水池上。

和金蟾对上视线后，他眉眼弯弯地一笑。

是老板！

金蟾已经很久没见过尤星越了，一时控制不住激动，从花篮上跳下来，后腿用力一蹬，跳上了尤星越的肩膀！

等在尤星越肩上蹲好，金蟾才发现自己兴奋过头，于是小心翼翼地扭头观察尤星越的表情。

以前在古玩店的时候，老板的肩膀是貔貅最喜欢的位置，他没事就喜欢蹲在尤星越肩上巡视古玩店的“江山”，貔貅圆润可爱，尤星越嘴上说着貔貅太闹，实际上却一直宠着。

但金蟾直到结缘的时候才被解除封印，所以他从来没蹲过尤星越的肩膀，眼馋了很久。

尤星越先是感觉肩膀一沉。

所谓勿以善小而不为，金蟾在商超里不时捡两个小孩，扶一把老人，何况他还镇压着原水池的煞气，攒下了大量的功德，把自己喂得胖了一圈，修为几乎翻了一倍。

对于老板，金蟾打心里感激，如果不是老板，他现在还辗转在各路骗子手里，满心打算夺舍一个肉身，若是不成功就算了，如果当初真的成功了，现在说不定已经被一道雷劈得魂飞魄散！

金蟾在结缘后一直试着联系老板，也是为了向老板道个谢，他受过多年的香火供奉，却在最近才找到自己要修的道。

尤星越不动声色调整了一下姿势：“走吧，我们去买点东西。”

奇怪，他现在居然能如此清晰地感觉到灵体的分量了？

看见和触碰到是两个概念，能清楚地接触到又是另一个概念。

他现在的身体……似乎越来越像妖怪了，逐渐脱离人类的范畴。

“上次买回去的牛奶挺好的，”尤星越尽量不去想自己的异常，笑着道，“不知道这里有没有。”

时无宴只隐约觉得尤星越似乎有些忧虑，却又不能理解尤星越在担心什么，于是顺着说：“应该也有，我们这次可以买多一点。”

金蟾没被赶下去，很高兴地蹲着：“是什么牛奶？地下一层的超市我可熟。”

尤星越道：“好像叫甜旺？”

金蟾：“有！今天办卡买一百送三十，不过这边离老板你太远了，还是别办卡了，就在地下一层的食品专区。”

在金蟾的指路下，尤星越顺利找到牛奶，一路上静静听着金蟾念叨自己现在改邪归正了，感谢老板帮他指一条明路这样的话。

尤星越一边听着，一边将物品放进购物车，眉梢眼角渐渐染上一层自己都没有注意到的笑意，付完款后，尤星越和时无宴拎着东西走到商超出口。

金蟾依依不舍地蹲在水池边：“老板，你抽空要来看看我啊！等我修炼好了，我就去找你玩。”

尤星越莞尔，手指忽然垂落，在金蟾的灵体上轻轻抚过，他的动作轻柔且快，外人看来就是挥了下手。

“抱歉。”

尤星越轻声道：“让你等了好几天。”

金蟾死死捂住嘴，目送老板走出商超，生怕自己张口就是一串不舍的嘤嘤声。

金蟾暗暗发誓：我金蟾从今天起，对老板死心塌地！

尤星越和时无宴带着一堆东西，所以叫了快车直接去福利院，在车上的时候，尤星越叹气：“我这个月第六次发誓，我一定要买车。”

知雨军训都结束了，九月已经过了一大半，他既没有去买车，更没顾得上买房。

时无宴：“下周就去吧。”

尤星越笑了：“希望下周没有太棘手的意外出现，不然又要耽误很久。要是能腾出手，就先买车。”

买房可能还不太够，古玩店虽然看上去收入惊人，但那是税前收入，而且买房后还有装修，古玩店的日常运转也要花不少钱。

时无宴目光沉静，看着尤星越：“下个月……也许你要赴一个邀约。你答应我了，所以要腾出空来陪着我。”

尤星越一拍额头：“我竟然忘了，是我的错！”

时无宴邀请他去妖市的大事竟然忘了！

时无宴：“我想带你去看那里与这人世间不同的景象。”

旷野上长风三千里，金车做日，玉轮为月，一日跑遍山川起伏、大泽浩瀚。妖市开启时，玄武负海岛而出，凤凰高歌三日不歇。

那是他与大妖亲手开辟出的妖界。

时无宴第一次没有回避尤星越的视线，那漆黑的眼眸里仿佛有呼啸而过的光怪陆离。

尤星越怔然。

车窗外车水马龙，人声鼎沸，这人间的景象他看了千万遍，也带着时无宴看了千万遍。

尤星越从时无宴的眼神中看出了未出口的意思——想带你看看与我相关的世界。

好一会儿，他才找到自己的声音：“好。”

尤星越两人回到古玩店的时候，裁非给尤星越带来了一个相当震撼的消息——

裁非惊恐地飘到尤星越面前：“完了老板！有个网友想跟我见面！”

尤星越第一反应是：“我就说你最近在跟谁聊天，搞网恋？人妖情未了是不是不太合适？”

裁非简直想把手机扣在尤星越头上：“是一个服装设计师网友！她一眼就看出了我的设计想法，我跟她聊了几天，结果她今天突然说要来颖江市出差，想和我线下见面，怎么办？”

尤星越表情安详：“别慌，说不定是你的有缘人到了。”

新的器灵没找到，但貌似能让裁非与人结缘，还是很赚的。

几天后。

颜晨初走出颖江车站，看了眼手机，界面上是和裁非的聊天记录——

YCC：正好我过几天去颖江采风，顺便带一些画稿和你当面交流，可以吗？

裁非：也、也行。不过我的样子很奇怪……可能会吓到你，希望你不要介意。

颜晨初给裁非发了条信息，收起手机打车去古玩店。

她看重的是裁非对服装设计的见地、对传统服饰的喜爱，至于裁非的相貌，根本不影响颜晨初对裁非的看法。

颜晨初坐在车上，郑重地给裁非发去信息。

YCC：我半小时后能到古玩店，给你带了我们当地的特产，还有这些年秀场里流行过的样式画稿，希望你会喜欢这份礼物。至于外表，我不会以容貌评价任何人。

对话框上方的“对方正在输入”停顿许久，裁非才发来回复：希望如此吧。

颜晨初关掉手机，虽然裁非多次提起自己的外表吓人，但颜晨初并没有放在心上。

无论裁非长相如何，都不会吓到她。

颜晨初到达古玩店的时候，是周日下午，古玩店不营业，她轻轻叩响古玩店的正门。

超薄听到敲门声就调出了门口的监控，压着声音：“裁非的网友来了！快躲一躲！”

他们几个还好，一般不会被普通人看见，只有少数人才能看到他们，裁非就不同了。

裁非的修为比小器灵们高不少，灵体已经修炼出人类的模样，他不收敛的情况下可以被人类看到，但是由于没有肉身，裁非的灵体是半透明的，看着吓人。

裁非闻言手忙脚乱地收拢灵力，淡化了身形。

裁非可以控制自己在普通人面前显形或不显形，对于他这样的器灵而言，想找的就不是一个普通人，而是一个能坦然接受器灵的有缘人。

他想要自由显形，而不是像之前待在程苑家里一样，看个电视都偷偷摸摸的。

等他们都藏好了，尤星越才去开门：“你好，来找裁非的吗？”

颜晨初微微点头：“是。我姓颜，颜晨初，老板叫我的名字就好。”

尤星越往后看了一眼：“裁非他……在里面，先进来说话吧。”

说着他让开身体，颜晨初也不客气，对尤星越略一颔首，走进古玩店。

店里点着熏香，袅袅的白烟从花鸟纹的铜香炉里升起，被后窗的风一吹，弥散在整个空间。

尤星越正要去给颜晨初拿饮料，时无宴竟然已经主动去了，尤星越停下脚步，对颜晨初道："请随意坐。"

颜晨初落座前，看到了落在桌子上的长衫和绣绷子。

和颜晨初沟通之后，裁非对这件长衫又有了新的想法，正往上面补刺绣。

绷子上的牡丹花刚刚绣了一朵，欲开未开。

颜晨初放下手上的果篮和设计稿，并没有上手触摸，只是看着："这是视频里老板穿的那件长衫吧？两处绣花的针法不太一样。"

尤星越接过时无宴拿回来的饮料，打开放在颜晨初手边："是。上边的是我绣的，绷子里是设计师的。"

颜晨初一眼看出两处刺绣针法不同，想来在刺绣上有相当高的水准。

尤星越一心推销裁非："请随意，可以拿起来看。"

颜晨初只是轻轻触摸牡丹花，"好漂亮的苏绣。精细纤巧，栩栩如生。我以为裁非只是参与设计，没想到绣工也很好。老板刚才说他在店里，我怎么没看见他？"

裁非就飘在颜晨初身旁，紧张地看向尤星越。

尤星越斟酌措辞："他不知道你能不能接受他的样子。我跟你说，你千万不要怕。"

颜晨初轻轻哦了一声："我是设计师，什么样的人都见过，我不会怕。"

有些秀场把模特画得奇形怪状，她早就习惯了。

尤星越："他是那种，男性外表，比较高，其实还挺好看的。你能想象吗？比较俊美的男人。"

颜晨初一边点头，一边若有所思："嗯……大概可以想象。这有哪里值得害怕吗？"

尤星越一边观察着颜晨初的表情，一边继续描述："他还是半透明的、没有身体的……"

颜晨初：半透明？

颜晨初沉思几秒，慢慢问："他这个品种，是不是不是人？"

尤星越展颜一笑："您简直是天才！"

颜晨初微微颔首："确实。"

古玩店的器灵们纷纷向裁非投去同情的眼神：颜女士居然能和老板聊到一块

去，裁非捡到鬼才了。

尤星越轻声问："你可以接受这种模样吗？"

颜晨初欣然道："我完全可以接受。"

尤星越扬起声音道："裁非，颜设计师想见见你。"

裁非慢慢显形，他保持了半透明的身体，慢悠悠飘到颜晨初面前。

尤星越郑重道："这位是裁非。"

裁非悄悄理了下自己的领口。

尤星越介绍："裁非是一把裁缝剪刀的器灵，本体有两百多年的历史，以前的一位合作伙伴在国外的科尔科思大学念服装设计，他旁听了几年，虽然没有文凭，不过确实是一个有文化的器灵。"

裁非再次露出得体的笑容，腹诽：这个老板，当时买他的时候不提大学，准备卖他的时候提。

什么黑心商人……

颜晨初目露惊讶："原来裁非以前不是古玩店的器灵。"

尤星越："是的，他曾经陪伴过几任有缘人，后来有缘人过世，他沉睡多年，辗转来到古玩店。颜女士，我们不留客会给有灵智的古董寻找有缘人。"

颜晨初意会，她坐正身体："您的意思是，哪怕是裁非这样的古董，也能走手续离开古玩店？"

尤星越点头："所谓志同道合。他很欣赏您在设计上的思想审美，也希望找一个能和他一起钻研服装设计的灵魂。"

尤星越笑着问："您愿意和他在古玩店的见证下，签订契约吗？"

尤星越十指交叉抵着下颌，看向裁非和颜晨初。

对于尤星越的提议，颜晨初只是思考了几分钟就爽快地答应了——她和裁非的审美以及观念相当贴合，就算是她的恩师也没有和她如此合拍过，错过一定会后悔。

"至于价格……"

尤星越接收到了裁非的凝视。

裁非：不许坑她！

尤星越当作感觉不到："凑个整数，算你三万吧。"

裁非："等……"

尤星越摆手，示意自己还没说完："买裁非送赠品，包含一套裁缝工具，还有一台电脑绣花机。我稍微赚一点。"

颜晨初纳闷："买小件送大件？"

裁非两头受气："我才是那个大件！"

他这么大一个器灵！

尤星越取出合同，推到颜晨初手边："一共三份，你、裁非以及不留客分别保留一份。"

三人执笔在合同上签下自己的名字。

契约落成，红线一分为二，一根飞快在颜晨初和裁非之间闪过，一根融入卧室中不留客的身体。

卧室内，不留客手指轻轻动了下。

虽然裁非的物种超出颜晨初的想象，但颜女士着实是个心脏强大的人，和裁非签订契约后，一人一器灵在颖江市游玩了几天，终于准备回到帝都。

尤星越将契约与裁非的本体、赠品全部打包，送颜晨初和裁非离开。

因为裁非是器灵，尤星越和颜晨初不放心用快递运输裁非。

好在尤星越及时从程局长那里问出了妖怪们常用的快递——鲲鹏物流。

鲲鹏物流的幕后老板确实是鲲鹏，妖怪神兽们经常走鲲鹏物流寄一些稀奇古怪的东西，不管多远，次日达。

三个人打车先去寄快递，时无宴从尤星越手里接过手提箱。

这只皮质的名牌手提箱本身就是老物件，经久不坏，除了质量优秀，分量也出类拔萃，沉沉地压手。

里头除了一整套裁缝工具，还存放着颜晨初的设计稿，以及超薄依依不舍送出来的一个键帽。

价值三十五块钱。

刚才尤星越下意识握紧了手提箱，接收到时无宴疑惑的眼神，他慢慢放开手，任凭时无宴从他手里接过箱子。

鲲鹏物流乍一看和普通快递一样，尤星越进门后径直走向柜台："你好，寄快递。"

快递员推过来一个二维码："扫码填个单子。"

尤星越道："一套工具，走特殊通道。"

快递员这才认真看了尤星越一眼，拎起手提箱放上一边的电子秤，秤上没有重量和计价，只是亮起了红光。

测出了灵力波动，确实可以走鲲鹏快递的特殊通道。

快递员脸上多了笑意，他取下手提箱，从柜子下拿出一张表格，热情道："您先填表。"

颜晨初填好表格，快递员已经将手提箱打包完成，顺手将表格贴在包装上，道："大概下午可以到，一共是四十六元，请扫码，谢谢。"

这也太快了。

颜晨初吃惊地看了眼快递员，不愧是妖怪快递，正常物流至少要走四五天。

扫码付款后，颜晨初只带着手机和饮料，被送到了高铁站。

颜晨初来了一趟古玩店，不仅没有送出设计稿，还带走了一个合作伙伴，她站在高铁站的入口处，踮起脚冲尤星越挥了挥手："老板！我有空会陪他回来看你的！"

尤星越已经走出一段距离了，闻言无奈道："为什么一个两个搞得我像个独守空巢的老人？"

他明明是个朝气蓬勃的年轻人，为什么像个儿女成家后孤独寂寞的老家长？

时无宴："你不老。"

尤星越正要接一句"我当然不老"，却对上时无宴笑意浅浅的眼睛。

时无宴道："时间会偏爱你的。"

轮回也会。

尤星越摸了摸自己的胸口，他轻轻叹了口气：我的身体大概是在向妖怪转变了。

他也不是感觉不出来，从前段时间疲惫嗜睡的状态来看，是人的身体容纳了太多线，已经到了不能负荷的地步，所以彻底吞噬了一部分线，迫使尤星越的身体发生变化，以承受更多的线。

也是，这辈子不活得长一点，怎么能还完欠的线？

颜晨初刚下飞机就收到了快递到达的信息，她取走快递后，回到了自己的工作室。

说是工作室，其实是个两室一厅的小套间。装修温馨，天才服装设计师的审美在这小小的套间里展现得淋漓尽致。

裁非已经从箱子里出来了，坐在颜晨初身边。

颜晨初："你先随便坐，我给老板报个平安。"

颜晨初打电话的时间，裁非从她的桌子上看到一本画稿。

打开来全是改版的传统服饰，其中不乏相当惊艳的作品，完成度非常高，客厅悬挂的成衣里有本子里的成品。

从画稿上注明的时间来看，颜晨初研究改良传统服饰已经有几年的时间了。

颜晨初放下手机的时候，随口问："有喜欢的设计图吗？"

裁非："有。很多设计非常出彩，可以卖得很好吧？但是我在网上没找到这些设计图的信息。"

颜晨初："我从来没有放出去过。一是现在新国风和改良传统服饰的市场比较浮躁，二是我导师并不是这个方向，我还不确定以后走哪个方向。"

裁非捏着设计稿，犹犹豫豫，反复思考后："那个，我有个想法……"

他在心里唾弃自己这副扭捏吞吐的样子，可是面对相识不算太久的颜晨初，他又不确定对方会不会嫌弃自己的要求太麻烦。

颜晨初："嗯？"

裁非推了下单片眼镜，"那个古董拟人系列，我还想继续做下去。但我毕竟是个器灵，只能借你的身份还有你的资源去做，当然，我不要钱，收益都归你，你日后的所有工作我也会全力以赴，优先辅助你的……"

颜晨初："哦！你说这个啊！你想做就做，也不用借我的身份，就用你的名字。"

她拿起手机走过来："如果你想，我可以直接帮你注册一个新国风的牌子，在我毕业前和你一起做这个牌子。怎么样？"

裁非没想到颜晨初竟然直接给他开一个牌子："真的可以吗？"

颜晨初："可以！我现在是学生，创业还有帮扶。而且最近古董拟人视频流量可观，完全可以借着这次流量直接创立账号……"

她果断切到社交平台，直接创建了一个新的账号，输入昵称的时候，颜晨初问裁非："注册名你想用你的名字，还是品牌名？"

裁非定定地看了会儿颜晨初，看对方黑色眼睛里自己的倒影。

这个人视他为可以平等沟通的灵魂，而非单纯会说话的器物。

裁非回答道："品牌名吧，我想叫它……华衣。"

裁非虽然快乐地投入了新时代服装设计的课程中，但先前古董拟人的后续还没完。

涉及联动，所需要考虑的事很多。

尤星越抽了一个下午的时间，带上原画稿和几件衣服去了顾珉的公司丰程科技。

丰程科技位于颖江市的CBD区域，离南北街很近，坐地铁十来分钟就能到，尤星越到达公司的时候，先给顾珉发了信息。

玉猫猫：收到，老板你上二十七层直接到前台报一下名字就行了。

尤星越收起手机："我们上去吧。"

时无宴拎着袋子，和尤星越一起进了电梯。

电梯里还有其他人，尤星越按下二十七层，道："袋子重不重？给我吧。"

时无宴："只有一件衣服，不重。"尤星越将扮演玉笏的那件朝服带给顾珉。

电梯上到二十七楼。

前台听到尤星越报出名字，笑着领尤星越到了顾珉的办公室。

顾珉正在建模型，宽大的办公桌上摆着各种周边，其中一半都是浮生世界中貔貅BOSS的玩偶和手办。

尤星越和他打了个招呼，将袋子放在顾珉面前，顺手放下U盘："袋子里是朝服，U盘里是几幅设计稿原画。"

顾珉起身，从冰箱里拿了两瓶饮料："我们商量了一下，打算把这几件衣服出成角色时装。至于季歌和魏一缘画出来的二次元形象，我们就不用了，退还给两位画手。"

几套服装设计可都是白拿的，联动热度也是，顾珉不可能再要两个精心做好的人设图。

而这一次联动，浮生世界和古玩店都受到了不少好评。

尤星越随便他们："晚上一起吃顿饭，到时候当面说吧。反正U盘在这了，你到时候……"

尤星越的话突然一顿，时无宴已经转头看向了窗外。

顾珉诧异道："怎么了？"

尤星越疑惑：“感觉有什么东西过来了。”

时无宴道：“貔貅。”

顾珉莞尔：“他上午出去逛了，现在也差不多要回来了。”

话音未落，一道金光落入室内。

因为貔貅经常在顾珉的办公室显形，所以办公室的窗帘拉着，连门都是反锁的。

貔貅在桌子上走了几步，坐下来道：“我要宣布一件事。”

顾珉忍笑：“好，你宣布。”

貔貅快乐地晃晃脑袋：“我能变人了！”

说着，貔貅闭着眼睛酝酿了几秒，砰地炸开一朵金光，等到光芒散去，一个十七八岁的少年坐在桌子上，晃了晃腿。

他穿一身灵力变成的衣服，身体还是半透明的。

浮生世界这次联动，获得了热度和流量，貔貅吃够了金玉财气，一时间力量增长了数倍。

顾珉从貔貅说出能变人的时候就愣住了，直到貔貅跳下桌子，在地上走了两步，他还是没有反应过来。

尤星越惊讶：“你修炼得这么快？”

尤星越眼疾手快地拍了两张照片，貔貅以为自己英武的外表折服了老板，大方道：“随便拍！”

尤星越保存好照片：“下次打印出来放在店里，给器灵们当个宣传照片。”

顾珉终于反应过来，拉住貔貅：“可以变成人形了。老板，他大概还有多久能修炼出人的身体？”

尤星越：“不好说。貔貅器灵吃财气和功德修炼，按照你这个喂猪的水平……估计也快。”

貔貅反驳：“不是猪，貔貅是凶猛的瑞兽！”

顾珉忍着笑：“是是是。”

貔貅越说声音越小，身形也越来越矮，逐渐从十七八岁变到十一二岁：“我，镇宅招财，辟邪祥瑞……”

顾珉感觉眼前一花，面前的小男孩砰的一声变回了小貔貅，懵头懵脑地坐在地上，完全没反应过来。

尤星越笑出声："多凶猛啊，变人都没有三分钟。"

貔貅："我……我是去别的地方炫耀过了，所以没有灵力了，等我明天变给你看！"

尤星越笑着点头："是是是，加起来能有五分钟吗？"

小貔貅恼羞成怒，爬进了顾珉的口袋里。

顾珉感觉小貔貅在口袋里疯狂打滚，多少有点心累：老板，您几岁？

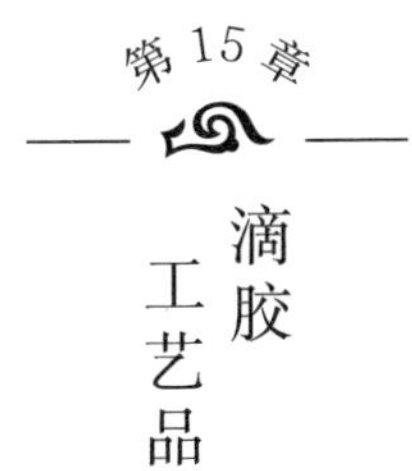

第15章 滴胶工艺品

和浮生世界的联动很快推出，不过从收到原画到建模，再到上新需要相当一段时间，为了给期待联动的玩家们吃一颗定心丸，浮生世界的官方特意先公布了原画，和几件拟人服的照片。

原画和衣服照片刚一放出，就获得了游戏玩家的一片好评，也给古玩店带来了新一轮的热度。

拟人的几件古董都相当美貌，虎符与直刀有杀伐气，玉笏本身是美玉所制，而海棠红钧瓷瓶则如绝世美人，令人一见倾心。

古董拟人的视频后，除了参与表演的几位主演分别涨了粉丝，古玩店的关注人数更是噌噌上涨，足足翻了一倍。不论是粉丝还是来参观的游客，都希望能在今早看到拟人的那几件古董本尊。

尤星越相当理解粉丝们的迫切心态，因为他为了维持热度，每天只放出一件古董的近照和介绍，这样拖了四天后，尤星越订的几个玻璃展柜终于到了。

任一帆下班前看到了玻璃柜到店，他松了口气：“终于到了，这几天一直被顾客问，为什么不把拟人古董放上来，我解释得嘴皮都破了。”账号上发了公告也没用，还是有很多人来问。

争远和广盾抬着柜子，放在早就清出来的位置上。原本这里放着供客人们休息的桌椅，现在撤下桌椅换成了玻璃展柜。这台玻璃展柜是为直刀专门定制的。毕竟尤星越不会把戚知雨放在柜子里，所以展示的直刀是库房里另一件开了刃的存品，尤星越担心有客人乱触摸，特意订了玻璃柜。

同样是器灵的争远和广盾作为青铜礼器，一来比较新，被尤星越定义成工艺品，二来礼器本身没开刃，安全性高，摸一两下也没什么。

库房里确实有一件开刃的玩具直刀，但那是戚知雨拍视频用的道具，何况视频里展示的直刀是戚知雨的真身，尤星越便在库房里找了一把开过刃的直刀。

尤星越将直刀放进玻璃展柜里，打上灯光，锁上柜门。

展柜所在的地方灯光较暗，光芒聚在玻璃柜上时，直刀的所有细节都展现出来，刀柄和环首有时间锈蚀过的痕迹，刀身依然闪着寒光。

任一帆恨不得趴在柜子上观看："太帅了！有生之年要是能摸一摸，我死而无憾！"

尤星越头都不抬："开刃的东西，别想了。"

任一帆吸吸鼻子，绕着圈看了一会儿，依依不舍地下了班。

次日，古玩店营业的时候，尤星越已经将虎符、直刀、玉笏和海棠红钧瓷瓶等几件出现在视频中的古董放在一处展览。

营业不到半小时，视频里的古董终于展览的消息就刷满了古玩店的话题，所有能腾出时间的粉丝都第一时间放下手头工作，奔向古玩店。古玩店一时间人流量爆炸，尤星越不得不暂时关门谢客。

展柜里，虎符与直刀闪烁着金属光泽。瓷国现存的虎符非常稀少，有两枚都收藏在帝京博物馆，其中一件历史悠久不做展出，店里这只虎符是颖江市第一个虎符。虎符呈卧姿，因为是被秦飞眠带走的，所以保存得较为完好，身上的铭文清晰可见。

客人们围在展柜前，不敢大声说话：

"虎符比我想象中小好多，趴着的样子很可爱。"

"这真的是虎符吗？感觉比帝京的那个更新。"

"直刀有这么长的？"

"玉笏上面还有红色的痕迹欸……看不清是什么东西了，应该是字吧？"

"这只方壶和上次卖了的那只感觉不同，造型更偏向端庄典雅。"

尤星越今天穿了那件长衫，换了一串玛瑙串，他很轻地拍了下手，见客人们纷纷将视线投向自己，微微一笑："因为是新上的古董，所以今天由我为大家简单介绍一下。"

"虎符是真的吗？"

尤星越向发出声音的方向看了一眼，等声音消下去，才道：“都是真品。我们按照视频顺序一一介绍吧。

“这只虎符是景朝后期的一枚虎符。虎符造型精巧，是古时候军权的象征。可能有些同学误以为虎符的尺寸和大印差不多，其实虎符为了方便携带，往往十分小巧。虎符背部铭文的大意为‘此乃调动军营之符，由君王持右半符，左右两半符相合时，可以调动塞外军队’。虎符大多分为两半，调动部队时，传令者手中的虎符与将军的虎符需完全契合，才能调动军队，这也是‘符合’一词的来源。这柄直刀年份其实比虎符年份早一些，是大原早期的一柄直刀，刀柄有环形装饰，刀刃上可以看见很清楚的锈蚀痕迹。当时收到这柄刀的是上上任老板，具体来历我已经说不清了。不过肉眼也能看得出来，这是一件开刃见过血的宝刀。因为比较危险，所以特意定制了玻璃展柜。

“玉笏，又称朝笏。古时候臣子们的提词器，会在玉笏上书写面见君王时要说的话，上面红色的痕迹可能是字，也可能是长时间使用后残存的笔墨。笏的材质有玉石、象牙、竹几种，不同品级的官员所持的笏有规定的规格，每个朝代的规定都有细微的不同。

“至于这只官窑的钧瓷，大家应该不陌生了。我们瓷国的瓷，就有瓷器的意思，而黎朝的书画和瓷器达到了前所未有的水平。钧瓷以色出众，这只海棠红钧瓷是某一任老板收藏的。确实很漂亮，和小姐姐的石榴裙是不是很配？”尤星越说得口渴，身后递来一杯茶，尤星越接过，回头果然看见了时无宴。

这样的介绍比较浅显，但作为初亮相已经足够了，因为大家都在欣赏古董的美貌。

一个戴着眼镜的老人仔细看了很久，赞叹道：“都是保存极好的真品啊。”

“尤老板，”老人上前两步，紧紧握住尤星越的手，“古董是我们活过的痕迹，请您千万千万好好保存，不要让它们流离失所啊！”

尤星越从老人浑浊的眼中看到期待，他认真道：“您放心，我会的。”

已经与人类结缘的器灵都有自己的意识，而这些记载了文明与辉煌的东西，当然不会轻易流落在外。

老人眼含热泪，问道：“那就好。对了，怎么不见秦飞眠将军的那一匹红色小马？我从飞雨市坐飞机转高铁才到，就是为了能见一见小马。”

尤星越心里升起不好的预感——这不会是秦飞眠衣冠冢的考古专家吧？

尤星越："她……被一位很有缘的人……请走了。"

老人定定看了尤星越一眼，轻叹："是我缘分不够啊。"

尤星越敏锐地从老人的眼神中看到了一点别的意味，他沉默片刻，展颜笑道："小马找到了志同道合的朋友，从此能在天地间撒欢了。"

老人静了片刻，轻拍着尤星越的手："那就好，那就好啊！"

九月底，颖江市接连下了两场大雨，气温骤降，秋风刮得树叶落了一片，连着好几天都飘着细细绵绵的雨丝。刮着风还下雨，十六度也冷得让人打哆嗦。

尤星越穿着一件薄款的棒球服外套，拿着两杯热可可钻进伞下："突然降温了。"

他打开热可可，递一杯给时无宴，因为两个人不算小的身高差，贴心的尤老板没有提出自己打伞的建议。

时无宴的口味和大部分瓷国人差不多——他喜欢不太甜的甜品。可可温热，尤星越指尖被吹得冰凉，握着纸杯才暖回来，两人顺着街道往外走："也不知道妖界冷不冷。"

风刮得凶，时无宴稳稳撑着伞，将伞向尤星越的方向倾斜："那边刚入秋，妖市开启的时候，岛上会撑开结界，不像外界这么冷。"

尤星越："那就好，裹着厚衣服逛街不舒服。"

一个星期前给裁非和颜晨初结了线，他的身体又开始产生了微妙的变化，抵抗力下降了不少。

时无宴看着尤星越的指尖，冻得有些发红："很冷？"

线是一种相当隐秘奇异的力量，时无宴作为"轮回"的化身，虽然可以看见，本体更是能够直接触碰线，但他本人并不能很好地理解七情六欲。

时无宴也曾行走人间，试图领会人这种生灵的喜怒哀乐，可惜他始终难以融入，更加无法理解。所以作为能够看见线的灵神，他反而比看不见线的普通生灵更难理解线的力量。他能看出线在改变尤星越的身体，但也只能看出这是在向好的方向转变。

尤星越拉着他上了地铁："还好。一路上都有空调，也不会太冷，买到东西我们就回去。"

他们这趟出来，是因为一位藏友家里有几件古董想要出手，尤星越想来看看。

藏友姓黄，四十多岁，事业有成，一看到尤星越就乐呵呵请他进去。

“我昨天看中了一尊铜佛，很想请回家供奉，可惜这个价格嘛……”黄先生摸了摸肚子，“只是价格上叫我为难，所以只好脱手一对镯子。”

尤星越笑了笑：“先去看看东西吧。”

黄先生直接带他们上了二楼，小心翼翼地拿了一对镯子出来，尤星越只是看了一眼，就有些无语：“您这对镯子……多少钱收的？”

黄先生面露得意：“也就三十万！这可是冰种帝王绿。”

“……您这个镯子，要不还是请专业机构出个证书吧。”他对玉石的研究不多，所以看了照片才想过来看看，结果见到实物，就认出这是一对假货。

黄先生吃惊道：“您的意思是我这两件东西不真？可是我有证书呀！”

尤星越觉得好笑：“您仔细看看，这个色泽和内部结构，一定经过酸洗染色作假，长期戴着可能还对身体有害。”

黄先生连连摇头：“你不懂这个，翡翠是硬玉，古代加工技术不成熟才磨成这个样子！哎呀，我以为你是个行家呢！”黄先生比较激动，三十万也不是小数目，而且还是朋友介绍的东西，如果真的是假货，黄先生根本不能接受。

尤星越摇头。

黄先生这种情况，尤星越见过很多。玉石本来就水深，刚入行的人很容易上“熟人”的当。不过黄先生这个当也太惨了，三十万买了对一文不值的镯子。

他想了想，伸手去扒拉时无宴的袖子：“我记得你前几天有一枚坠子……”

“什么样的？我拿给你。”往复本体是玉制的“轮回”，身上常常佩玉。

尤星越比画：“是翡翠材质，绿色，这么大。”

时无宴贴身的东西随手就能取出来，他闻言从口袋里取出一只坠子，放在两个“帝王绿”的手镯旁，两者的差距肉眼可见。

尤星越道：“您仔细看看，手镯和这对袖扣相比，哪个更不自然？”

黄先生仔细对比了一下，颓然坐在椅子上：“还真是假的。”

尤星越并没有安抚黄先生，对于黄先生这样盲目自信，一头扎进古玩行业的外行人，还是要让对方吃一点教训。

尤星越道：“玉石造假不在少数。随着科技进步，造假的技艺也更新迭代，外行人更容易上当。”

黄先生不甘心，搬出一个密码箱，解锁后示意尤星越看：“那这些呢？”

黄先生的保险箱里有常见的文玩核桃、菩提子手串、貔貅手把件、锦红菩萨吊坠、翡翠无事牌……

尤星越道："我能拿起来看看吗？"

黄先生连连点头。

尤星越从里面挑了一副蜜蜡珠串。

黄先生立刻松了口气："只有这个是假的？"

尤星越都有些不忍心了："只有这个大概率是真的。"

黄先生饱受打击，摇摇晃晃两下，艰难扶住了桌子："我……我明天去找他们算账。"

尤星越将蜜蜡珠串放回去，劝道："这一行多有骗新人的，您买东西前要多做功课，轻易不要出手，如果非要买，还是去更靠谱的拍卖行。"

黄先生感觉心脏疼，闻言抽着气点头，恭敬地换了个敬称："您说得对，我也就是人到中年，找了个爱好，没想到……以后就不瞎玩了，没那个眼力。"

尤星越笑了下，起身："既然这样，我们就先告辞了。"

黄先生连忙说："老板留下来吃顿便饭吧。"

时无宴眼神微动。尤星越感觉袖子被时无宴拨了一下，他唇角笑意加深——今天走的时候，说好了要带他们一起出去吃饭，时无宴肯定不想留在黄先生家里。

尤星越背过手，抓着时无宴的袖子拽两下，示意自己没有忘，面上笑吟吟地婉拒黄先生："晚上和朋友约了吃饭，就不叨扰您了。"

黄先生深感遗憾，他还想借着吃饭的机会和尤老板拉近关系，没想到被拒绝了，他知道现在的年轻人不大喜欢饭局，不敢勉强，顺着说："今天让老板白跑一趟了，有空一定请老板吃顿饭赔罪。"

尤星越笑了下，一边和黄先生客套两句，一边往楼下走。

一楼客厅，有个年轻人一边盯着电视，一边疯狂戳着手上的绒毛，看到他们下来，年轻人停下手上的动作："爸，你那箱宝贝有几个真的？"

黄先生气不打一处来，瞪了儿子一眼："狗嘴里吐不出象牙！"

年轻人撇撇嘴，从老爸的态度上猜出了答案："您以后也安分些吧，留着钱吃大餐不好吗？我明天给你和妈订机票出去玩，不好吗？"

黄先生脸有点红："总比你一天在家玩胶水强。"

尤星越一听停住了脚步，很感兴趣地看向年轻人手中的毛毡："这是在做羊毛毡吗？胶水的话，你平常也做滴胶？"

滴胶，又称环氧树脂，现代很多广告牌会采用这种材料，增加广告牌的光泽性，后来也被个人用在手作上。

年轻人认识尤星越，知道尤星越是很有名的古董店老板，有点不好意思地点点头：“兴趣爱好，做着玩玩。”

黄先生没好气地道：“家里摆着一堆，也没见他卖出去几件。”

尤星越却道：“我可以看看吗？”

年轻人很吃惊，站起来道：“就是一些很普通的手工作品。你想看的话，当然可以。”年轻人领着尤星越三人到了他的卧室。卧室里打了一面墙的展示柜，放着各种毛毡和滴胶作品。

年轻人一进门，掏了一对绿色的手镯递给黄先生，郑重道：“昨天刚出土的古董帝王绿，耗时一天。”

明明就是胶水做的！但是看上去……黄先生内心流泪，看上去比他三十万买的镯子还像真的。

展示柜里放着各种毛毡戳成的小动物，甚至还有山海神兽系列，看上去毛茸茸的很可爱，而滴胶就比较离谱了——他做了三星堆青铜面具，一小块千里江山图，还有……

一只半边身体跃出海面的巨鲸，白色的水花和蓝色波浪过渡自然，滴胶做的底层有游动的鱼群，巨鲸是木雕和环氧树脂共同做出来的，整个摆件长有二十厘米，宽度超过十厘米，放在展示架的正中央，猛然看见相当震撼。

“这个鲸跃水面太漂亮了。”尤星越赞叹。

年轻人有些骄傲：“是啊，前后做了三个多月，而且是无瑕疵品，几乎没有气泡。用木头滴胶做的，有些鱼和珊瑚礁是用丙烯颜料画出来的。”

尤星越蹲下来：“这个卖吗？”

年轻人一愣：“您要买啊？可是……它就是个滴胶啊。”

尤星越道：“可它也是个手工作品。”

他笑着看向年轻人：“在我见过的滴胶作品中，这是最惊艳的了。”

年轻人还是觉得很奇怪：“您不是买卖古董的吗？这东西与您的店很不搭。”

尤星越：“放个几百年就是古董了。”

年轻人被逗乐了：“您要是喜欢，我肯定卖。”

他想了一会儿：“就……两千五吧，虽然材料没花那么多钱，但是做了挺久的。”滴胶的磨具都是现做的，投入了大量时间，这是年轻人的得意作品，不舍得太便宜地卖出去。这样大件的滴胶作品，卖贵了没人要，卖便宜了又不甘心，定价上十分尴尬。

尤星越起身：“给你凑个整，三千吧，能搭几个羊毛毡给我吗？”

他指了指柜子里的一组羊毛毡。这是一组羊毛毡家具，羊毛戳出来的房间里，摆着床、桌椅、衣柜……各种迷你家具，桌子上甚至戳出了水杯和电脑。是一个微缩的小房间，简单温馨。

年轻人挠着头：“我送山海那组给你吧，应该和古玩店更配。”

“我更喜欢这组。”尤星越歪头欣赏了一会儿，“《山海经》已经是过去，但这组是现在。等我们淹没在时间里，后人们会从无数器物里拼出现在，然后惊叹原来先祖曾用过这样的家具。”就如同现代人吃惊古代人居然也用牙签一样。

年轻人忍不住顺着尤星越的说法开始畅想，居然有点激动——难道过个几百年，真的会有人从这些奇奇怪怪的小东西上研究现在的人们是怎么生活的吗？这也……太帅了吧！

难得遇知音，年轻人大手一挥：“就两千五，这组羊毛毡我送给您！”

尤星越赞叹：“你真是太客气、太大方、太有格局了。”

黄先生：现在都用视频和照片记录，还原居住环境还用得着一组毛毡？

黄先生的儿子扶着门框，依依不舍地注视着尤星越和时无宴的背影，感叹道：“老板对我有知遇之恩呐！我遇到了老板，才知道我的小作品竟然有如此深远的意义！”

滴胶很大一件，尤星越不确定这东西是否可以带上地铁，所以叫了一辆车回古玩店。上了车，尤星越哈了口气，等车的工夫，他在外面冻得够呛：“早知道开车出来了。”尤星越两天前买了车，但是他们每次出门的时候，路上都很堵，尤星越懒得开车。

时无宴道：“那下次开车出来吧。”

尤星越唇角微弯，从袋子里拿出那只附赠的小猫，捧到时无宴跟前：“可爱吗？”

“我以为你不喜欢猫。”

尤星越解释：“如果猫可以不像程局长那么‘活泼’，就很可爱。”

时无宴接过羊毛毡戳的灰色小猫，低头看着，问出这样一个问题：“人为什么会喜欢宠物？”

尤星越想了想，他伸手握住时无宴的手，微微合拢，让时无宴的手将灰色小猫轻轻笼在手心。

时无宴怔了一下。毛毡有一点硬，外表是毛茸茸的，握在手心，触感非常奇妙。

尤星越笑着说：“小小的，毛茸茸的，可爱吗？”

时无宴静了好一会儿：“嗯，可爱。”

这个时候，司机师傅打开了广播，传来主持人轻柔的声音：“现在元宝路非常堵啊。”

男主持人：“是的，听说春山花鸟图的真品找到了，现在正在博物馆展出，所以元宝路上都是去看展的市民朋友。”

尤星越听了一耳朵，没有太在意。他订了餐厅，准备带时无宴他们出去吃饭。

吃过晚餐，已经是晚上七点多，正是南北街热闹的时候，尤星越正要打开店门，时无宴忽然按住尤星越的手。

“里面有人。”

尤星越一怔，戚知雨顿时紧张起来。

“是个器灵。”

尤星越诧异道：“器灵？”说着，他推开门，古玩店里果然坐着一个陌生器灵。

她长发挽起，全身没有任何花哨打扮，眉眼清丽，略带愁绪。

器灵对尤星越微微颔首：“您就是古玩店的老板吧？外面人多，我担心引人耳目，所以悄悄进来了。”

尤星越看看门：“您这是怎么进来的？”

器灵：“挤进来的。”她指了指自己，“我是春山花鸟图。”

尤星越心脏骤停。

春山花鸟图，国画历史中里程碑级别的作品。而作者常杜隐更是颍江市本地人，真品一经面世，便引起万众瞩目。如果真品的器灵带着本体跑了，现在的颍江一定乱成了一锅粥……

“……的仿品。”器灵略有些哀怨，“真品现世，我已经无人在意了。”

尤星越心情复杂：这是白月光与替身文学？